马建斌 著

一碗泉

黄河出版传媒集团
阳光出版社

图书在版编目（CIP）数据

一碗泉 / 马建斌著. -- 银川：阳光出版社，2024.9. -- ISBN 978-7-5525-7410-4

Ⅰ. I247.5

中国国家版本馆CIP数据核字第2024Z69N99号

一碗泉　　　　　　　　　　　　　　马建斌　著

责任编辑　金小燕
封面设计　晨　皓
责任印制　岳建宁

 黄河出版传媒集团
阳 光 出 版 社 出版发行

出 版 人	薛文斌
地　　址	宁夏银川市北京东路139号出版大厦（750001）
网　　址	http://www.ygchbs.com
网上书店	http://shop129132959.taobao.com
电子信箱	yangguangchubanshe@163.com
邮购电话	0951-5047283
经　　销	全国新华书店
印刷装订	宁夏凤鸣彩印广告有限公司
印刷委托书号	（宁）0030326

开　　本	710 mm×1000 mm　1/16
印　　张	21.25
字　　数	280千字
版　　次	2024年9月第1版
印　　次	2024年9月第1次印刷
书　　号	ISBN 978-7-5525-7410-4
定　　价	75.00元

版权所有　翻印必究

序 Preface

马建斌是我的学生，也是我一直关注着成长起来的。我和建斌在昌吉学院时，曾经两个人吃过一份拌面，因为那时候我们都很穷。那一份拌面，是我们师生间友谊的见证，也成了最温暖的回忆。建斌走上工作岗位后，从小学老师做起，一步步走来，经历了人生的风风雨雨，但一直保持着坚韧不屈的品质。

2024年5月，建斌在第二期鲁迅文学院文化润疆作家培训班学习期间，发信息说写了长篇小说《一碗泉》。我在为建斌感到高兴的同时，也期待早日见到作品，一"读"为快。

2024年7月1日，建斌发来了《一碗泉》书初稿，希望我写几句鼓励的话。我回话："热烈祝贺之余，也是感慨万千！建斌的《一碗泉》付梓面世，就是一个典型的理想照进现实的案例。能为建斌的大作尽一点力，是我的荣幸！"

随后，我认真阅读了《一碗泉》，感兴趣的重点章节还细细看了好几遍。三次落泪。

第一，建斌说过，他要为家乡一碗泉做点自己的贡献，无论是经济，还是文化方面。这次，建斌做到了。《一碗泉》是一碗泉乡亲们心灵、精神细腻而真实的写照，也是扎根在祖国西部边疆各族人民真实生活的写照。建斌通过自己的笔，将他们活灵活现地展现在了世人面前，是情与爱的集成，更是对家乡的赞美与讴歌。为建斌实现心愿而感动落泪。

第二,建斌很早就满怀文学梦,我们师生结缘后,他回木垒基层当老师,我暂停工作去读硕士。建斌给我打电话,说的最多的就是他的文学梦。后来,我阅读也转发过建斌的好文章。但这次认真拜读《一碗泉》,敏感地体会到建斌在小说创作方面化蛹为蝶的提升,谋篇布局,节外生枝,花开数朵,万本归元,建斌的巧思维、细谋划、苦用心,令我感动落泪。

第三,建斌的这一碗泉,是我们新疆人、西北人,甚或是中国人的一碗泉,物质的甘泉是文明的起源,更是文化形成发展的根本力量。建斌写故乡木垒的一碗泉,很智慧地链接了地域、时代、国家等主题与背景,宏大的家国情怀通过深婉的一脉清泉汩汩流淌,源源不断,建斌这大气的格局令我感动落泪。

"讲好中国故事,弘扬中国精神",是新时代文学创作计划和新时代文学攀登计划的要义和追求,而建斌的《一碗泉》正是顺应了这一时代要求,以一碗泉为背景,讲述了三代人的故事,情节曲折,语言生动,让人感动。

现在,《一碗泉》即将付梓面世。在祝贺的同时,也想对建斌说点心里话:当下的创作虽然日臻成熟,却仍有提升空间。我愿与君共勉,在创作的道路上继续努力,力争更上一层楼。

友情第一,心照不宣。是为序。

海滨

(海滨:海南大学教授、国家一流课程"李白导读"主讲教授、央视百家讲坛主讲嘉宾)

引 子

当我年过半百,走过一些地方,经历过一些生活后,却发现,一碗泉仍然是留在记忆最深处,最无法割舍的那部分——潺潺流淌的泉水,荒芜贫瘠的小山坡,朴实无华的乡亲们,活泼调皮的牛羊……都像烙印一样,深深地印刻在我的脑海里,成了记忆深处最美丽的风景。

近几年,父母先后从一碗泉离开人世,到了另外一个世界。在送走父母,将要离开一碗泉时,父母劳累艰辛的一生,在我的脑海里,一次又一次地闪过。这里面有我聆听到的,有我目睹的,也有和他们一起生活,亲身经历过的。

父母的一生是艰辛的,也是努力的。像千千万万个走口外的人一样,他们为了讨一口生活,不远万里来到了新疆,扎根一碗泉,靠着自己的双手建造了自己的家,繁衍了子孙后代。他们没有文化,对生活的定位和追求,只是停留在吃饱饭、穿暖衣、有房子住,所以,他们的人生注定是平凡的。但当我把所见所闻和与父母一起经历过的生活串联在一起时,却发现这是一部充满着辛酸的奋斗史,更是对新生活的追求史。我在他们的生活历程里,看到了他们不向生活低头的身影,听见了他们拼搏奋斗的呐喊,如同聆听一曲低沉的花儿,这声音震耳欲聋,震撼人心。

某天早上，阳光明媚，我突然萌发了要用自己的行动，去探索，去寻找，去记录父母经历过的贫穷与希望，艰辛与奋斗，跋涉与收获。我担心，有一天当我们老去时，他们的这段经历，会被风吹走，会被雪覆盖，最终消失在历史的长河里。

我把目光再次聚到了一碗泉——这个他们生活过，留下汗水和念想的地方。我力图用一些碎纸片般的记忆，拼凑出他们离开家乡，在他乡度过的一生。我盯上了马德胜，这位今天仍旧辛勤劳作的老人——他有与父母一样的经历和故事，从他身上能看到父母的影子。

只是我担心，我支离破碎的文字，不能准确地描写出他们辛酸的一生……

一碗泉的早晨，是从一声鸡叫声开始的。鸡，可能是张三家的，可能是李四家的，也可能是王五家的。村里的人不讲究是谁家的鸡叫了第一声。在听到鸡叫声后，大家就好像接到了起床的命令，或麻利，或磨叽，起床穿衣下炕，一天的生活就这样开始了。

刚睡醒的一碗泉是安详的，也是懒散的。太阳已经从东边的山坡上冒出来了，红艳艳的，像新娘子用天边的云彩为自己扯起了一道面纱，给人一种犹抱琵琶半遮面的神秘感。

在乡亲们的眼里，太阳就是镶嵌在天空里的大时钟，引领着村里的人和其他活物的生活和行动。

早起的媳妇们开始做早饭了，各家各户屋顶上升起的浓烟打着圈儿慢腾腾地升向天空，然后消失在了湛蓝的天空里。被鸡叫声惊醒的牛羊发出了让人心烦的喊叫声，此起彼伏，督促着主人，该放它们出圈吃草去了。圈里散发出来的屎尿味，飘散在村子的每一方空间，和煤烟味、树木花草的清香味，搅和在一起，形成了一碗泉特有的味道，蔓延开去，包围了村子。早出溜达的狗儿，已经摇着尾巴回到了村里。它们运气好的话，可能会在山坡上碰到鄯善县羊把式（放羊的人）抛弃的死羊，美美地饱餐一顿，然后回到村里坚守岗位；运气不好，只能在主人面前摇着尾巴，乞求主人给点剩汤剩饭，填饱肚子。麻雀是村里的活跃分子，总是第一个睡醒，然后占据房前屋后的树木，异常激烈地争吵着。也搞不清楚它们在争论什么，可能是像人类一样，在召开着重要的会议，可能是在吃饱喝好后闲聊着，也可能是为了一些鸡毛蒜皮的事在吵架。鸟儿的事是搞不懂的，就随它们自己去闹腾吧。

村东边的马德胜起床了，他头戴一顶被太阳晒得发白的鸭舌帽，花白的胡须齐整地飘在胸前，被岁月打磨的身板仍然高大魁梧，显得威严庄重,让人不由得想起电视剧里那些武艺高强的老者。他是从甘肃来的,在这个村子里已经生活了四十多年,算是一碗泉的老人了,熟悉村子里的每一寸土地,甚至每一只动物,每一种味道,就像熟悉自己的五官一样。

他背着手走出房门,果树、花草和蔬菜散发出的香味混合在一起,形成了一种混杂的清香,迎面扑来,让他精神一振,打了一个响亮的喷嚏,脸上露出了舒心的微笑。他很享受这种感受,觉得有一种自然的亲近和惬意。

人总是要对生活有追求,就像当年他们不远千里,吃尽苦头来到一碗泉,不就是为了追求让自己满意的生活吗?马德胜在心里默默地想着。现在,他有了眼前一溜六间砖混房子,高大洋气:鲜红色的屋檐,奶白色的瓷砖墙,蓝莹莹的塑钢门窗,在阳光的照映下,发出了高贵的色彩。院子里,苹果树、李子树、葡萄树枝繁叶茂,挂满果实的枝条像调皮的娃娃,竟然把手和脚偷偷伸到了院子里,又为院子搭起了一块天然纳凉的好地方;蔬菜更是丰富,虽然已经入秋了,但依旧旺盛,茄子、辣子、西红柿,在肥沃的土地上肆意生长着,给人一种生命不息,生长不止的勇猛劲。他觉得,这点倒有点像他。

他捋了捋胡子,陷入了对幸福生活的满足里,就像一个家长把孩子培养成了自己希望的样子那般满足和幸福。在他的认识里,房子是一个庄稼人的门面,没有一栋好房子,就像走亲戚串门子,没有一套能拿出手的新衣服一样。这是他大给他讲的。所以,他很在意,种树种花种菜,把房子收拾得顺顺当当,美美气气的。

算一算,这已是他来到一碗泉后住的第三套房子了。第一套,是刚来的时候修建的,椽子和檩子,是他用了一个冬天的时间从山上背下来的。那时候天气贼冷，雪足有半米多深，他背着老伴马晓燕烤的锅盔早出晚归，从山上一根一根背下来。那时的艰辛，至今让他有一种心惊胆战的恐惧。第二年开春，在乡亲们的帮助下，建造了两间土坯房，一间用来住人，一间用来装东西。因为窗户小，房子里始终黑黢黢、阴森森的。但这是他和马晓燕来一碗泉后的第一个家，虽然简陋，但也充满着温馨。尤其是每当屋子里飘起饭香时，他就能感到极大的幸福和满足。第二套，是一九八六年修的，那时条件好多了。他把旧房子拆了，在原址上修了五间砖底土坯房，安装了大窗户，房子里亮堂堂的，可以算得上是真正的家了。现在住的，是前年修的，是对照隔壁村子老李家的房子修的。那一天，他去老李家借种牛，给自己的花母牛配种。看见老李新修的房子，觉得这就是多少年来自己心目中一直想要住的房子。回家后，就和老伴商量，按照老李家的房子样式修了现在的房子。这时候，他手头有钱了，修房子的时候找了专门的建筑队，他只负责做好监工，所以活也干得精细。

想想住过的房子，马德胜觉得，其实每建一套房子对他来讲，就是生活的一次变化和提升，也是他对人生的一次认知和感悟。修房的过程，就是他年龄增长、生活变化的过程，也是由年轻到苍老，由贫穷到富裕的过程。站在镜子面前，看着斑白稀疏的头发，布满皱纹的脸，他感到了一丝伤感，嘴里唠叨着："唉，老话说得对啊，时间就是一把刀子啊，悬在每个人的头顶上，一刀一刀地慢慢削切着生命，虽然这刀子隐藏得很深，可是它削砍的结果，确确实实摆在了每一个人面前。你看，你已经老成啥了，这还是当年那个瘦瘦高高、意气风发的小伙子吗？"此时，他的鼻腔里一酸，两滴眼泪顺着粗糙的脸颊滑落下来了。

农村老人是没有退休这一说的，只要还能走得动，就会有适合你的活等着你去干。年轻时，劳作的重点在地里或生意上，放羊顶多算个副业。现在，老了，种不动地了，也做不了生意了，就成了羊把式了。

马德胜拿起水壶，开始洗脸。他洗脸是不用洗脸盆的，嫌洗脸盆里的水不流动，是死水。死水总是不如活水让人心里觉得洁净。另外，他觉得，洗脸只是把脸部的浮尘清洗干净就行了，没必要像城里人一样还要配上香皂、毛巾、擦脸油，好像少一样都不够完美。而且，每一次还要用那么多水，他是从干旱的黄土高原上来的，在他眼里，水贵如油，哪有浪费油的说法呢？他是不会浪费水的。

"娃他大，饭好哩，吃饭。"随着马晓燕的一声喊叫，他起身来到了饭桌前。天热的时候，他们喜欢在伸出来的树枝下面支放一张桌子吃饭，这样既敞亮又凉快，还能及时了解村里发生的事情。尤其是看着自家养的鸡鸭狗猫伸长脖子，围着桌子讨要吃的的时候表现出来的滑稽动作，让人忍不住想笑。他觉得，这就是生活，是他想要的生活。一个庄稼人的生活里没有了鸡鸭狗猫，那肯定会让人感到寂寞和孤单。

早饭已经放在饭桌上了，一碗荷包蛋，一碟咸韭菜，一碟馕饼子。早饭是马晓燕做的，多少年来，她一直用心照顾着他，每天都会变着花样给他做各种吃头，让他时时有一种无以言表的感动。有时候，他还会莫名地产生一些奇怪的想法，尤其近几年，随着年纪增大后，这种想法越来越强烈了。假如有一天，和她一起生活了四十多年的老伴不在了，那他的日子怎么过呢？想到这里，他感到了一丝后怕，他不敢想象那时的生活会是怎样一种凄惨的样子。

鸡鸭猫吃饱已经跑了，去找它们的乐子去了。这时，他家的大黄狗游玩了一圈回来了，摇着尾巴向他讨要吃的。大黄狗已经在他家生活六年了，是他用一袋子麸皮从邻居家换来的。刚来时，才一个月大，每天围着他跑来跑去的,有时还会栽个跟头,给他的生活增添了很多乐子。现在看去,虽然依旧高大健壮,但已经明显有了老态,反应也不如年轻时敏捷了。唉,岁月不仅不饶人,连牲口也不放过啊。

马德胜舍不得把老伴做的荷包蛋喂给大黄狗,他从盘子里拿出一块馕扔给了。大黄狗狼吞虎咽,很快就吃完了。他在心里骂道:"饿死鬼,慢点吃,别噎着了。"接着,又扔了一块。

太阳慢慢升起来了。村子里渐渐热闹了起来,放羊的放牛的,已经沿着村子中间的柏油路,或急或慢地走过,留下了一路牛羊的喊叫声,像录音机里播放的杂七杂八的外国音乐。忙着下地劳动的人,开着小四轮拖拉机,急匆匆地向农田走去,屁股后面留下了一股子黑烟,黑烟又随着风慢慢向四周扩散,最后消失在了天空里。

马德胜推开羊圈门,一股羊粪臭味迎面扑来,把他冲了个趔趄。他很喜欢这种味道,能让他从心里感到舒坦和踏实。这可能是一个和土地打了一辈子交道的庄稼人不一样的嗜好,就像爱喝酒的人闻见酒香味一样陶醉。

羊已经争先恐后地往外跑了,一个比一个跑得快。马德胜紧跟在后面,右手拿着皮鞭,左肩上斜挎着一个草绿色的半旧水壶,这是一个羊把式的全部装备。每每拿起这两样东西,他就像指挥着千军万马出征的将军,有一种威武的自豪感。

早晨的微风吹过高墙,吹过树木,也吹过了他的脸庞,有点儿凉,但很舒服。

羊已经沿着公路往东边跑了,路上留下了密密麻麻的羊蹄印,还有在圈里没有拉干净的羊粪。远远看去,在黑油油的柏油路上又勾画出了一条新的路。这条路虽然弯弯曲曲,还散发着难闻的臭味,但也是一条路啊！他在心里念叨着，这是羊为了吃饱肚子，走过的路啊。他在想，其实每一种动物都有自己的生活路数。你细心想想，狗虽然喜欢单独跑，但它们是有目的地在跑，而且该回家时就能准确地回来，这说明它们有自己的生活轨迹和路数；大雁虽然在天上飞着，但是会排着有规则的队形飞，秋天到南方，春天了又都回来了，自然也会有它们的生活轨迹和路数。人会有吗？他问自己，可能会有的，这条柏油路不就是村里人的生活轨迹和路数吗？每天，全村的人都会通过它走向不同的地方，晚上又沿着这条路回来了，怎么能不算呢？应该算，但好像有点牵强。

突然，有条路在他的眼前晃了一下，而且越来越清楚，最后变成了一幅画面停留在了他的眼前。这是一群讨生活的人踩出来的一条路，是他们离别家人走出来的生活之路，这条路久远而绵长。多少年了，他用一切力量阻止自己的思绪，不去触碰这条路，因为它太苦焦了。但是随着年岁的不断增长，他越来越控制不住自己的思绪，那条路就像他的影子一样纠缠着，他经常会看见，而且越来越清晰。

一

二十世纪七十年代，因为旱灾，全国大部分地区闹饥荒。祖国西北部的黄土高原，自古民风淳朴，百姓善良，无奈上天不眷顾，自然环境恶劣，是全国的重灾区。据老人讲，甘肃是在一九五九年庐山会议之后，开始大量饿死人的。榆树皮、杨树皮剥光了，连比黄连还苦的柳树皮也都剥了吃光了，被子里的棉絮也扒出来吃了。

这些话，我们无法去评判其真伪，但马德胜确实见到过饿死人的场景,也经历了背井离乡讨生活的事。

马德胜的家乡位于黄土高坡西南面的一个叫南阳沟的山沟里。这是一块典型的高原丘陵区,所谓的山,并不雄奇,多慈眉善目,但是体量庞大,乡亲们开玩笑说:"老天爷给咱蒸了一笼的玉米面馍馍。"随便站在一座山顶上望去,山梁沟谷,连绵起伏,莽莽苍苍。然而,当你走近,山、梁、岭,又像是凝固的潮头浪峰。

这里是一块贫瘠苦焦的地方,为了生存,乡亲们广种薄收,大肆垦荒养殖,致使生态环境严重恶化,干旱、冰雹、沙尘暴等自然灾害频繁发生。五十几户人家低矮的茅草房像乞丐身上的虱子,藏匿在黄土高原的皱皱褶褶里,从春到夏,从秋到冬,默默地接受着狂风、烈日、沙尘的粗暴。

马德胜家在一个山沟沟里,屋前的黄土横坡霸道地挡住了视线。家,在这面横坡面前,显得低矮而单薄,就像山羊站在骆驼面前,让人始终有一种压抑的逼迫感。

房子是傍着黄土坡修成的,是那种只有三面墙的低矮的地窝子似的土坯房子。名义上是三间房子,但都很狭小,像立起来的火柴盒,被太阳晒得看不清最初用什么颜色染过的窗户,死板地镶嵌在墙上,让人感觉到岁月的积淀和沧桑。最东边的一间,是他大他妈的住房,地下靠墙的一排瓷瓮,是盛水和腌酸菜的;墙上挂着割庄稼的镰刀和背庄稼的绳索;门后立着挖土的镢头和担粪的扁担。中间一间稍宽敞点,是他奶奶的住房。马晓燕来了以后,就住进来了,负责照看奶奶。不大的土炕上铺着半旧的炕席,炕席上面铺着两条用绵羊毛擀的毡。半瘫的奶奶静静坐在炕上,眯缝着两只布满眼屎的眼睛,像个娃娃好奇地望着门外,眼光迷茫而无神。奶奶六十多岁了,浑身的病,整天唉声叹气地呻吟着,每一声都像一根无形的针,扎得亲人们心疼。但大家对这种状态,又显得那么无能为力,有一种叫天天不应,叫地地不灵的无助和痛苦,全家人生活在凄凉的病痛氛围里。最西边的是他和姐姐的住房,姐姐出嫁后,就由他一个人住着,只有一个土炕,一床破烂的被子。

干旱持续着,土地被暴烈的太阳晒得炸开了镢头把儿宽的口子,麦子土豆苞米种不下去。大家怀着侥幸的心理,在干燥的黄土里撒下了谷种,心想:迟早下一场雨,谷苗就冒出来了。早稻迟谷,谷子又耐旱。然而,乡亲们押的宝落空了,扒开犁沟儿,捡起谷粒在手心捻搓一下,全成了酥酥的灰色粉末儿了。

家里穷得已经揭不开锅了,粮食已经少得再不能少了。每天除了给奶奶做一点粗粮糊糊外,全家人每顿饭只能在有限的野菜汤里像撒调料一样撒上一点苞谷面。地里长不起来庄稼,也就不会长出多少能吃的野菜,山里能吃的草根草叶已经被搜刮得干干净净。

马德胜正处在长身体的时候,由于营养不足,脸色蜡黄,两颊有点塌陷,没有他这个年龄所特有的青春色彩。

在饥饿的折磨和摧残下,马德胜已经对这片养育他的土地失去了信心。年轻的心在蠢蠢欲动,眼睛望向了远方。不同于父母传统保守对老根子眷恋的思想,他的血液里涌动着大量不安分的分子,有改变现状的冲动,也有对没有饥饿生活的渴望。有一天,他终于下定决心,要离开这片深爱着却给不了他希望的土地。

帮助他最终下定决心的是与他的表兄弟李长忠的偶遇。那天下午,他饿得实在受不了了,便来到东头的山坡上,想找点能吃的东西。他像寻找宝藏一样,一个山洼一个山洼寻找着。只是,在这些被像他一样饥饿的人寻找了千百次的山坡上，他没有找到什么可吃的，却碰到了和他一样饿得受不了的李长忠。在闲聊中，李长忠给他透露了一个信息：他叔李德宝前几年上新疆了，最近来信说新疆地广人稀，水草丰茂，到处都是牛羊，到处都是飞鸟野兽，在那里，不但能吃饱肚子，而且还能吃上肉。

李长忠的话还没有说完，他的哈喇子便不自觉流下来了，眼前闪过了一个美丽的地方：广漠的草原像绿色的毯子一直铺到了天边，云彩像漂洗过的棉花，在无边无际的天空上自由飘着；成群的牛羊像撒开的珍珠，给碧绿的草原绣上了美丽的花朵；牧羊人安静地坐在帐篷边上，喝着浓香的奶茶，冬不拉弹唱的歌声飘得很远很远……

就在这一刻，他被美丽的大草原吸引了，被浓香的奶茶吸引了，脑海里冒出了一个大胆的想法：上新疆，去找一个能吃饱饭的地方。这是马德胜脑海里冒出来的人生第一个重要的想法，这个想法将使他离开父母，离开病重的奶奶，离开生他养他的地方，走上一条新的生活之路。只是，外面等待他的生活会是什么样子，他难以想象。当然，有一点他是清楚的，一切都将无比艰难，他赤手空拳，无异于一丛飘蓬，但对现在的他来讲，没有比饥饿更可怕的了，他决定冒险走这条关乎他一生的生活之路。

马德胜的决定，自然遭到了他大他妈的坚决反对。"去那么远的地方干啥，太危险了。一家人要活就活在一起，要死就死在一起。"他大马俊德的语气硬得像三九天的冷空气，他是舍不得自己的宝贝儿子去冒那个险的，用一双鸡爪子一样的手捋了捋花白的胡子，继续说，"再说了，奶奶年岁大了，你走了，奶奶肯定会伤心，会担心的，这样走得更快了，你娃可考虑清楚了啊。"

"大，我饿得实在不行了，咱们一家人不能都死守在这里挨饿啊，咱这地方没有希望。"马德胜像头倔驴一样，已经听不进去这些了，饥饿使他对家乡没有了一点留恋。他爱奶奶，但现在顾不了这些了。"我还年轻，去闯闯，找个有希望的地方，把日子过好点。我去新疆安顿好后就回来接你们。咱们换个地方，换个活法。就像老人们说的，人挪挪活哩，树挪挪死哩。"

儿子决绝的话就像榔头一样，狠狠砸在了马俊德的脑袋上，他僵住了，想不明白一向乖巧的儿子竟然能说出这样的话语来。过了一会儿，他在自己的脑袋上狠狠拍了一巴掌，转身走出了屋子，随即，又走了进来，继续坐在炕沿上，右手不停捋着花白的胡子，好像在认真思考着什么。此时的他不知道站在哪里合适，做什么事合适。枯瘦的身子显得更加单薄，焦黄的脸上没有一点表情。

屋子里变得很安静，一只黑头苍蝇飞到窗户前，被玻璃挡了回来，落在了北边的墙上。它发出的声音，像天空飞过的轰炸机留下的尾声，充满了整个屋子。

马俊德还是败下来了。眼见挽留不住了，他双手抱着头蹲在地上，发出了一声长叹，算是承认了这个他已经无法改变的现实，只是他也提出了一个要求："你走也行，赶紧和晓燕结婚，领着晓燕一起走。"

马德胜轻轻擦去从他大嘴里喷出来溅在他脸上的唾沫星子。"只要晓燕同意，我没意见。"然后，他去找马晓燕。"我要到新疆去讨生活，你愿意和我一起走吗？"

同样饿得面黄肌瘦的马晓燕没有丝毫犹豫，点点头，答应了。

临走的前一天晚上，马德胜和马晓燕捆好了行李。几件破衣服，一条开洞的黑羊毛毡，早年间姐姐出嫁时留下的一床被褥，已经缀了许多补丁——三根断麻绳续在一起，便扎住了他们出门的全部家当。马德胜和马晓燕躺在土炕上，一直半睡半醒。明天就要走了，走向一个前途未卜的世界，他们现在才感到了一片令人心悸的渺茫，由不得手心里捏出两把汗……恍惚中，马德胜听见有人在敲门，悄悄下了炕。他妈刘悦萍立在门边上，手里拿着一个烂旧黄提包："我出去叫人把拉链修好了，又拿肥皂擦了一下……"他克制着哽咽，说："嗯……"

早上，东方的一丝鱼肚白将黑夜割开了一道口子，一切都还笼罩在黎明前的黑暗里，死一般的安静。父母的房间里，煤油灯发出的苍白的灯光给离别蒙上了一层伤感。马俊德虽然才四十多岁，但苍老得像五六十岁，榆树皮一样的脸上挂满愁容，不时还掉落几颗泪珠，在灯光下显得愈加沧桑悲痛。

马俊德站在门口，右手习惯性地捋着花白的胡子，不时发出让人心痛的叹气声。刘悦萍正在吧嗒吧嗒拉着风箱，拿出家里仅有的一点苞谷面为他俩烙了几张饼子，煮了几个土豆，一遍又一遍让着他们多吃点，说吃饱了好赶路。

在这种情况下，他们哪还有心情吃，内心有对亲人的割舍不下，有对新生活的向往，尤其是看到躺在床上病恹恹的奶奶，他们清楚，可能这一别就是和奶奶的永别。他们烦恼着，矛盾着，纠结着，几乎到了放弃的地步。但最终，在饥饿的要挟下，他们还是坚持了自己的决定，要去寻找心中的世外桃源。

马俊德凑到煤油灯前，用食指弹掉了一朵灯花，房间里瞬间亮了许多。然后抱着试探的态度，再次问道："你们真的要走吗？"

"大，我们得走啊！你看，都准备好了，一起走的人也约好了，不走不行了。"马德胜望着黑洞洞的窗外,回答得很坚决,想以此来掩盖复杂的心绪,也想打消他大挽留的希望。

"我听说到新疆两千多公里,路途远得很,你们要照顾好自己啊,尤其你要把晓燕照顾好。"马俊德唠叨着。

"对啊,路途远,你要照顾好晓燕,不然我不答应你。"刘悦萍也插嘴了,用近乎哽咽的声音对他说。

"大,妈,你们就放心吧,我不吃不喝也会把晓燕照顾好的。"他信誓旦旦地向父母保证着。

刘悦萍从破旧的衣服里摸了半天,拿出一个塑料袋,递到马晓燕的手里。"这是我昨天从你舅家借的一点钱和粮票,你们拿上,在路上用得着哩。"

他们的眼睛湿润了,被亲人间的真爱感动了。马德胜坚决地从马晓燕手里要过钱,又塞给了刘悦萍。"妈,我们两个人年纪轻轻的,有手有脚,我们有办法走到新疆哩。这些钱啊,你们留着,家里用钱的地方还多着哩。"

刘悦萍疼爱地望了一眼儿子,生气地说:"瓜娃,出外和家里不一样,拿点钱遇到个事了要用,我们在家里穷点苦点都能过。"说着又把钱塞给了马晓燕。马德胜没有再阻拦,他怕再挡会伤了老人的心。

这时,隔壁房间传出了奶奶的咳嗽声。马俊德示意小声点,不要惊醒了奶奶,不然奶奶是不会放他们走的。

马德胜的眼泪在眼睛里打转转,为了不让眼泪掉下来,他只是点点头,用哽咽的声音说:"大,妈,你们要照顾好自己,要照顾好奶奶,我们走了。"他怕再不走,会惊动了奶奶,也会击碎他越发矛盾的决心。

临出大门时,马德胜把钱偷偷放在了窗台上。他知道,他大他妈过一会儿就会发现的。

这个早晨对马俊德一家人来讲是痛苦的，也是矛盾的。对于马俊德老两口来讲，儿子儿媳妇不顾一切地离开，就像在他们的头上打了一闷棍。他们心疼自己的儿子，也心疼自己的儿媳妇。虽然家里条件差，但他们把马德胜当成了家里的宝，尽力娇惯着他，尤其是奶奶，更是把马德胜当成了心肝宝贝。马晓燕虽然是儿媳妇，但从小就在家里长大，她身上其实还有另一个身份——女儿。他们视她为己出，从来没有打骂过，甚至连一句粗话也没有说过。现在，这两个娃娃不顾一切要出远门，到一个他们只听说过名字，远得看不到边的地方去，这让他们怎么能放心呢。况且，两个娃娃连县城都没去过几次，他们行吗？不让走吧，家里已经没有什么可吃的了，马德胜饿得就像缺水的杨树，虽然个头长高了，却是干巴巴的，没有一点年轻人的精气神，继续留下，希望在哪里啊？其实这几天，他们两口子已经商量了好多次了，在去与不去上掂量来掂量去，始终无法拿出一个硬邦邦的答案，最终他们选择了听儿子的决定，既然给不了娃们什么，那就放开，让娃们自己去创造自己的光阴。两个老人又难受，又煎熬，像滚烫的油浇在心上。

对于马德胜来讲，他知道自己决绝地离开，去创造自己的新生活是自私的做法。虽然他在心里一直盘算着，等安顿好了就回来接奶奶和父母到新疆去过新生活，但那要等到什么时候呢？奶奶能等得及吗？他自己都不敢想。他还知道，自己这次带着马晓燕上新疆，其实就是人生的一次冒险，能不能平安到达，过上自己想过上的生活，还是个未知数。这个风险对他来讲有点大了。

二

　　这次和马德胜、马晓燕一起上新疆的，还有李长忠、张淑华两口子，李长忠的弟弟李长善。他们背着行李，行走在路上，说是路，其实是沙石铺的简易土路。

　　此时，他们的内心充满着对新生活的渴望和期待，留下了一路的欢笑声。

　　说起来，马德胜和李长忠是表弟兄。李长忠的大李德强娶了马德胜的姑姑马兰英。马兰英常年生病，卧床不起，所以生活的担子全部压在了李德强的身上。李德强像一头老黄牛，忍着艰辛把两个孩子拉扯大了，去年给李长忠娶了媳妇。这时的他，就像被吸血虫快吸干血的尸体，浑身上下没有几滴血液了。眼看着又长大的李长善，显得无能为力，便鼓动着两个孩子到新疆投奔叔叔李德宝去。

　　太阳越来越高了，他们已经气喘吁吁的，脸上、脖子上挂满了细密的汗水。他们在一个叫东升的地方停下来。李长忠打发李长善到一户人家要了一壶水，对大家说："咱们在这里吃点东西，休息一会继续赶路。"这时的李长忠俨然是领导了。是啊，每一项活动，不管大小，总得有个人操心，大家也都从心里默认了这个领导。

　　大家拿出家里带的吃头吃了起来。此时的他们还处在离开家乡的兴奋中，对他们来说，水是甜的，吃头是合口的。吃过午饭，稍作休息后，他们又出发了。这时候，他们已经开始慢慢体会到了跋涉的艰辛和痛苦。

　　李长忠感叹着说："德胜啊，这往新疆走不容易啊！我看，咱们要脱层皮哩。"

"那咋不是哩，要容易了，咱们队上的男女老少还不像一股风，全跑去了啊。"马德胜一边抹着脸上的汗，一边说。

"德胜啊，照咱们这样慢腾腾的走法，啥时候才能走到啊？这远得没边没际的。"李长忠两眼茫然，望着远方看不到尽头的路低声说道。

"谁知道哩。我大说，有两千公里路哩，咱们只能这样走了，急不得啊。"德胜望了一眼李长忠回答道。

张淑芳看了一眼大家，说："我听人讲，隔壁队上几个人走到一半，又返回了，还折了一个年轻娃娃的命哩。"

"唉，现在啊，只能走一步算一步了，咱们已经没有退路了，总不能当个逃兵吧，那可丢死人了。庄子上的人还不把咱们当成笑话啊。"李长忠大声说着，好像是在给自己打气，也在鼓励大家。

"反正我是不会当逃兵的，就是饿死在戈壁滩上，当个孤魂野鬼，也不会折返的。"马晓燕狠狠地说。

德胜望了一眼马晓燕，笑了笑："放心吧，要死我也会陪着你的，不会让你一个人当野鬼。"

"你看你们这些人，还没走多少路，没受多少苦哩，就已经开始想当孤魂野鬼，当逃兵了。放心吧，只要大家鼓足劲，就一定能走到新疆。咱们走出庄子了，就回不去了，只有坚持了。"李长善大声说。

"我们只是开个玩笑，肯定会走到新疆的，我们还要到新疆享福去哩，福没享到前，绝对不会退缩的，谁退缩，谁就是软蛋、逃兵。"李长忠边鼓励大家边说，"德胜，你给大家唱首花儿，鼓鼓劲。"

"是啊，德胜，你唱几首花儿，我们就有劲了。"李长善附和着说。

"好吧，我给大家唱一首花儿。"

走了，走了，走远了。

越走呀越远了。

眼泪的花儿漂满了。

哎嗨哎嗨哟。

眼泪的花儿把心淹了

……

晚上，他们拖着疲惫的身子，简单吃了点东西后就平躺在了路边的荒滩上。月亮像个大玉盘升起来了，星星在他们头上眨巴着眼睛，微风轻轻在耳边刮过。他们感到一切都是那么新鲜。他们没想到黄土高原上的夜晚会这么迷人。虽然劳累，但无法入眠，他们清楚，离亲人越来越远了，也在想象着，新疆的星空也会像家乡的这么美丽。

第二天傍晚，他们赶到了兰州，看到了老人说过千百次的黄河。天边的晚霞像炉子里的火焰一样舞动着美丽的身子，像极了家门口的月季花。黄河像一条长龙，在晚霞的映照下发出了闪闪金光，咆哮着奔向远方。在他们的眼里，黄河震耳欲聋的吼叫声就是一首高亢激昂的花儿。他们兴奋地尖叫着，忘掉了走路的艰辛，也忘记了饥饿，感受着黄河母亲带来的巨大震撼。

接下来，经过简单的商量，他们决定晚上就睡在黄河边上。晚饭很简单，但让他们骄傲的是，今晚喝的是黄河水，这将成为他们最珍贵的记忆和向别人夸耀的资本。

晚饭后，大家依旧很兴奋，没有一点睡意。后来一致提议，到兰州的街道上去转转，见识一下大城市的模样，体验一下兰州人的生活，看看他们吃什么样的饭、穿什么样的衣裳、住什么样的房子。

可是，当他们离开黄河边没走几步，又都齐声说不想去了，早点睡觉，明天还要赶路哩。说实在的，大城市对这些没出过门的年轻人来说，充满着神秘和诱惑，进入城市转转看看是他们的愿望，但想到自己身上破烂的穿着，别人听不懂的方言，自卑感又让他们对大城市产生了畏惧，使他们在渴望与自卑之间痛苦挣扎着。最终，他们还是无法战胜自卑，打消了念头。

母亲河博大的胸襟、磅礴的气势，激励了这五个年轻人。当他们在母亲河边睡了一觉后，浑身充满了力量。他们精神抖擞，迎着初升的太阳，唱着花儿又出发了。

第一个大的困难出现在第十天。这时候，他们已经逐渐适应了长途跋涉。出门时带的吃头早已经吃完了，只能想办法解决。他们边赶路边做短工，只要能管饭，或者给点盐、土豆等食材，就会抽出时间去干最苦最累的活，补充能量。碰不到人家时，路上看到树叶和能吃的野菜时，就拿来用水煮熟撒上盐吃。如果连这些也没有，就刮下树皮，撕碎了加上水撒上盐，做成类似饼干的树皮干。

戈壁滩是荒凉的，也是慷慨的，在他们一次次没有口粮时，总能找到一些吃的，支持着他们走完每天的路途。

这天傍晚，太阳快要落山的时候，他们行走在一个一望无际的戈壁滩上，感受到大漠孤烟直，长河落日圆的空旷和苍凉。行走了一天，他们已经筋疲力尽了，打算就在这戈壁滩上住一晚上。

马德胜和李长忠去找吃的东西，马晓燕和张淑华、李长善准备找柴生火做晚饭。说是做晚饭，实际上食材只剩下几个土豆和萝卜，这还是前天做短工挣的。水也没多少了。他俩转了一圈，只挖了一些野菜。

李长善已经生起了火,马晓燕和张淑华把土豆和萝卜切了,和挖来的野菜一起放到锅里煮上。看着石头垒起的锅灶下闪动的火苗,锅里翻滚的食物,他们还是感受到了家的温暖。

就在大家准备吃饭的时候,从远处走来了一个女人和一个小女孩,面黄肌瘦,身上的衣服破烂不堪。女人手拿破碗怯怯地说:"好心人啊,能不能给点吃的,我娃已经一天没吃东西了,饿得不行了,行行好吧。"

他们停住了筷子,好奇地打量着这两位不速之客,然后,每人分了一点,算是尽他们的能力做了一点善事。她们狼吞虎咽地吃着碗里的吃食,发出了响亮的吧唧吧唧的声音。马德胜在想,这两个人是饿过了头,才能咀嚼出这样香甜,这样急切的响声。在闲聊中,他们知道,这是母女俩。母亲叫王芳,今年三十岁,女儿叫李燕,今年八岁,家住兰州城东边的莫尼沟,离他们家不远,算是半个老乡。

王芳说,她们是到新疆去找娃她大的。娃她大前年跟队里的人一起上新疆了,听说把家安到了一个叫奇台的地方。她们是和队里的人一起上新疆的,因为娃小,走得慢,一起的人不满意了,说是影响了大家的速度。今天早上,她们睡醒来时,一起的人已经悄悄地走了,撇下了她们母女,还把她们剩下的一点吃的也拿走了。王芳说着说着便哭起来了,哽咽着说:"大兄弟,我看你们是好人,带上我和娃吧。不然,我俩会饿死在这戈壁滩上的,到新疆后,我一定会让娃她大好好儿感谢你们。"说着,拉过李燕就要给他们磕头。

他们为难了,不知道该怎么回答这可怜的母女俩。他们已经很疲惫了,每天走的路越来越少,鞋子都磨透底了,脚上起了一个个水泡,疼得咬着牙坚持着,吃的也越来越难找了。在这样的情况下,怎么还能再带上两个人呢,况且还有一个小女孩。不带吧,她们是肯定走不出这戈壁滩，更别说走到新疆了。不为高尚伟大，单就人性来讲，他们也过不了自己这一关。

他们陷入了带与不带的矛盾里。夜漆黑而安静，从山坡刮过来的风，凉飕飕的。

"早点睡觉吧。"李长忠说，"明天还要赶路哩。"大家都清楚，李长忠的这句话是在做不了决定时的一种暂缓办法，是给大家留出点时间考虑。

母女俩已经不自觉地加入了他们的队伍，睡到了最东边。看着冻得瑟瑟发抖的李燕，马晓燕拿出自己的一件外衣盖在了她的身上。这个夜晚，大家看似很安静，其实每个人的脑海里却进行着激烈的斗争。

第二天早上，他们把剩下的食材煮了汤，一人一碗分着喝了，也包括王芳母女俩。

出发时，大家没有说带上王芳母女，也没有说不带。王芳母女怯怯地跟在他们后面也出发了。从此，他们的队伍变成了七个人，困难也更多了。

不久，王芳母女俩和大家熟悉了，活络起来了，尤其是小李燕，露出了微笑，像个小燕子给大家带来了快乐。在路过一个庄子时，有一家好心人给李燕送了一套旧衣服、一双布鞋，小李燕改变了模样，有了她这个年龄该有的活力。

他们已经记不清楚离开家走了多少天了，只是觉得四周越来越荒凉，人烟越来越稀少了。

傍晚的时候，他们遇到了一家放骆驼的牧民。主人赛力克一米八几的个头，高大魁梧，留着络腮胡子，说起话来瓮声瓮气的，像沙漠里刮过的风声。看到他们破破烂烂的衣服、疲惫不堪的身影，尤其听说了王芳母女的遭遇后，赛力克两口子表现出极大的善意，拿出家里的风干牛肉，做了哈萨克族的特色纳仁饭。赛力克媳妇帕利达在木板炕上铺了一块白布，端来了一大盘子风干牛肉，下面垫着一层玉米面片。房子虽然狭小黑暗，但依旧温馨。大家盘着腿坐在木板炕上。这是他们第一次坐在这样的房子里，心里充满着好奇。

赛力克一边拿着小刀熟练地削着肉，一边给大家讲："我们哈萨克族人喜欢吃肉，而且喜欢直接用手抓着吃。你们可能不太习惯吧。"赛力克停下了手，用嘴嘬了一下沾满油的手指头，望了一眼大家，接着说，"今天，你们要学着我的样子用手抓着吃。"

"没问题的，赛力克大哥，我们照着你的样子，看一次就会了，适应得很。"李长忠一边吃着肉，一边笑着说。

"赛力克大哥，嫂子，这是我们离开家后，吃得最好的一次，也是最香的一次，谢谢你们了啊。"王芳一边望着大家一边说，眼睛里是满满的感激。

"说啥感谢呢，你们不知道，我们哈萨克族被称为没有乞丐的民族。我们一出生，爸爸妈妈就教我们，要好客。只要到了我们的家门口嘛，就是我们的朋友。现在你们有困难了，我们很高兴帮忙。是不是啊，老婆子？"赛力克说着望了一眼正在倒茶的帕利达，发出了一阵爽朗的笑声。

"是的，你们来了，我们很高兴！亲戚来了一样的。"帕利达大声说。

大家一边聊着天，一边大口吃着肉。李燕好久没吃过肉了，两只手不停在盘子里挑肉，嘴角上沾满了油，还不时学着赛力克的样子，用嘴嘬一下留在指头上的油。

吃完以后，赛力克夫妇安顿大家住在旁边闲置的一个毡房里，让舒舒服服睡个好觉。

第二天早上，帕利达给他们烧了奶茶，拿出昨晚吃剩下的牛肉和高粱面馕，让着大家多吃点。她又拿了一些馕，还装了一葫芦骆驼奶子，让大家带上在走不动的时候补充能量。赛力克画了一张简易的线路图交给李长忠，说他们按照画的线路走就能找到最近的路，尤其是能找到喝的水。在戈壁滩上，水源是最重要的。

大家被这一家人的善良感动了，流下了感激的泪水。王芳拉着帕利达的手，一遍又一遍地讲一定要去奇台她家做客。尽管她还不知道娃她大具体住在什么地方，她们能不能平安地走到目的地，但她真挚的邀请还是让人很感动。

按赛力克讲，他们已经进入了新疆的地界。大家听后一阵高兴，感觉马上就要到达目的地了。但赛力克后面的话，又给他们刚刚热起来的心上泼上了一盆凉水。"你们虽然现在进入了新疆，但新疆大得很，还有很多的路要走。你们要去的木垒，我的亲戚有呢，我去过那里，是个好地方，但是你们嘛，要走过很长的一段没有水的戈壁滩，经常会刮沙尘暴，还会遇到狼哩。"大家安静了下来，他们知道，真正的困难和考验还在后头。

太阳冉冉升起来了。在一眼望不到边的荒芜的戈壁滩，偶尔飞过几只不知名字的小鸟，给空旷的戈壁增添了一些活力，让人觉得这里还有生命存在。

昨晚吃了肉，睡了个好觉，早上吃得又饱，大家精气神十足，向着目标走着。

渐渐地，赛力克的话应验了，太阳像下了火，好像擦根火柴就能燃烧。他们已经满头大汗，气喘吁吁，真真切切感受到了新疆大地火一般的热情。尤其是王芳母女，已经慢慢落在了后面。

李长忠大声吆喝："大家打起劲了，咱们啊，必须在天黑前赶到赛力克说的有水的地方，不然，会渴死在这戈壁滩上当野鬼了。"

中午，他们吃了帕利达给的馕，把骆驼奶子分着喝了。大部分人是第一次喝骆驼奶子，一边喝着，一边评论着味道。

李燕的两个小脸蛋因劳累显得红扑扑的，她坐在地上一动不动，也不说话了。孩子累了。

休息一会儿后，他们又出发了。李长忠把王芳的行囊分给了三个男的，让王芳腾出精力拉着李燕走。

他们相互鼓劲，终于在天黑时赶到了赛力克说的地方。

这是一个废弃的放牧的房子。一间土坯房子由于年久失修，已经破烂不堪，边上圈羊的圈子也大部分倒塌，显得孤寂破落。

李长善按照赛力克说的，在房子南边二百米左右的地方找到了水源。大拇指头粗细的泉水努力往外流着，显得很吃力。泉周边的一片芦苇，给孤寂的戈壁滩增添了一丝生机。喝水的动物留下了乱糟糟的脚印，从脚印看，最近骆驼、狼、兔子等动物来过。

在李长善的招呼下，大家到泉边洗了脸，喝饱后提了两壶水到破败的房子里生火做饭。洗了脸，疲劳好像一下子都跑了。李燕的脸上又露出了可爱的笑容。

夜深了。这是一个黑暗阴沉的夜，没有月亮，只有星星在眨巴着眼睛。泉水的方向传来几声怪异的叫声，在空旷的戈壁滩上显得凄惨悲壮。他们猜测可能是落单的狼发出的声音。李燕吓得不敢出声，紧紧依偎在王芳的怀里。

第二天早上，他们吃过早饭来到了泉水边，寻找昨天发出怪声的动物，但找了半天也没发现什么，也不知道到底是什么动物。倒是远远有几只跑鹿子，看见他们掉头就跑了。

他们舒舒服服地洗了把脸，装满了水壶，恋恋不舍地离开泉水，又出发了。

喜怒无常，说变脸就变脸是戈壁滩天气最大的特征了。他们出发时晴空万里，太阳还是那么狂热。现在，西边天空黑压压翻滚着的沙尘暴如恶魔般呼啸着奔跑过来了，顿时天昏地暗，山崩地裂。

他们躲在了一个洪水沟里，用衣服捂着头，忍受着大自然的肆意践踏。心像煮沸的开水，仿佛要从嘴里跳出来。嘴里不知什么时候钻进了沙土，满嘴都是咸咸的腥土味。眼睛已经被沙土迷得睁不开了。

不知过了多久，风小了一些。他们抬起头望望，天地仍然浑然一体，到处都是灰蒙蒙的一片，带给人的是世界末日般的恐惧。

李燕叫嚷着肚子疼，要去方便。王芳只好带着李燕到南边的一个小洪沟里解手去了。

在等待的时候，王芳发现前面不远处趴着一只兔子。在沙尘暴的摧残下，安静地趴着，像一个可怜的孩子，用惊恐的眼睛望着她们。

兔子的眼神刺痛了王芳的心，母爱瞬间占据了她的大脑。但同时，她又想到了大家面临的饥饿困境。在母爱和饥饿面前，王芳选择了后者，萌生了要为大家做点事的想法。

只是她不知道的是，这个决定带给了她灭顶的灾难。

王芳让李燕在原地等她，自己去抓兔子了。兔子为了活命，歪扭着身子竭尽全力地跑着。王芳为了让大家补充点能量，拼命追着，脑海中还不时闪现晚上大家围坐在一起吃兔子肉的幸福场景。

沙尘暴又来了。如果说第一波沙尘暴只是一个小偷，还存有一点人性的话，那么这次就是暴徒了，彻底没人性了，带着极大的仇恨，裹挟着杂草、碎石子再次扑来，好像要把这块枯燥贫瘠的土地从地球上吹走。王芳看风沙大了，胆怯了，放下快要追到手的兔子急忙往回赶，去找李燕。可是，此时她看不见前方了。她找不着李燕了。阵阵袭来的恐惧和担忧揪着她的心。这位可怜的母亲发疯般呼喊着，冒着被风吹走的风险寻找李燕。可是她发出的声音，很快又被风吹回来了，或者根本就没有发出去。李燕听不到，远在几百米外的同伴们也听不到。

沙尘暴足足刮了一个多小时，渐渐地，弱了下来。

马德胜他们发现王芳母女还没有来，担心会出事，开始分头去寻找。

黄沙还弥漫着，大风还在呼啸，感觉随时还会迎来第三波、第四波的疯狂。他们大声呼叫着，慢慢向前移动着，不断扩大寻找范围。此时，他们的心情十分复杂，既有找人的迫切愿望，又担心沙尘暴再次肆虐会带来伤害。

风小了，沙尘慢慢退去。太阳露脸了，没有一点儿生机，像一个生了病的老人，安静地趴在了偏西位置。从位置来看，它已经隐藏了很久，也走了很长的路了。

他们就像刚从土地里钻出来的一样，在阳光的照映下，蓬头垢面。他们已经筋疲力尽了，坐在地上稍作休息，喝了点水，吃了点东西。

这时，他们听到了王芳撕心裂肺的喊叫声，便连忙迎了过去。王芳披头散发，脸上没有一点儿血丝，近乎发疯地跪在地上哀求他们帮忙去找李燕。

他们又开始了新一波的寻找。爱神和死神，时间和生命，在这空旷的戈壁滩上赛跑着。可怜的李燕,你在哪里啊?你能听到妈妈的喊叫声吗?

他们累倒在了戈壁滩上了,已经没有力气再去寻找李燕了。破烂的衣服被汗水湿透后,又经风吹日晒,留下了五花八门的白色印记。王芳躺在戈壁滩上痛哭着,她的声音已经嘶哑,没有穿透力,只在周围回荡着。没有人能体会到,这位母亲此时经历着怎样的无助和痛苦。

太阳快要落山了,天慢慢暗了下来。这时,他们被迫做出了一个痛苦的决定:要赶路了,不然会渴死饿死在这里。很多时候,同情心是那么无力……

王芳几乎是被马晓燕和李长善架着向前走。这一天,对他们来讲是灰色的,痛苦的。他们见识了大自然的凶暴残忍,感受到了人类在大自然面前的脆弱。他们经历了一个活生生的生命从眼前消失;也见证了一个母亲,失去女儿后的无助和痛苦。

天上的星星闪现了,那是小李燕的眼睛,在默默注视着他们;戈壁滩上的夜风轻轻吹过,发出了悲痛的呜咽,那是小李燕伤心的哭泣声。

天亮了,他们不知道走了多少路,也不知道是不是还在按照赛力克指的路线行走着。眼前一望无际的戈壁滩,梭梭、蒿子和一些叫不出名字的草上覆盖着一层尘土,这一切证明昨天这里刮过可怕的沙尘暴。

在翻过一个小山坡时,他们惊喜地看到有一辆卡车被风吹翻在路边。他们疾步走去,司机也看到了他们,大声叫喊着招呼他们。这是他们经历了沙尘暴后,见到的第一个人,是在黑暗和绝望中看到的光明,是在戈壁滩上看到的希望。

车是鄯善县政府的,司机叫库尔班,是个帅气的小伙子,身材魁梧,白净的脸上留着浓密的胡须。他被派到甘肃酒泉拉救灾物资，由于车装得太高，昨天被沙尘暴吹翻了。库尔班听说他们要到木垒县投靠亲戚时，热情地说："鄯善离木垒不远，你们帮我把车抬起来，把货装好，我拉你们走。"

大家一起把货卸了，把车抬起来再装上车，坐着库尔班的车出发了。

马德胜还没有从沙尘暴的惊魂里缓过来。汽车发出的呜呜的声音，撕扯开了他的思绪，一路的经历一幕幕在他的眼前闪现，当想起李燕花朵一样的笑容时，他心里猛烈地颤了一下。到现在，他还无法接受李燕的离去，感觉李燕还在身边，她只是贪玩出去捉虫子，或采摘野花去了。他想哭，尤其是看到王芳死一样的表情时，再也无法控制自己的情绪，眼泪像断了线的珠子，一颗一颗往下掉。他骂自己无能，没能保护好一个孩子。"多么可爱的孩子啊！她还那么小，还没有经历过真正的人生，还没有见到想念她的爸爸。"他喃喃地说着。可是，在残暴的沙尘暴面前，他又能做什么呢？他为自己辩解着，解脱着。她现在在哪里呢？活着，还是已经到了一个没有沙尘暴，没有痛苦的地方了？她肯定在天堂里，她那么小，那么懂事，谁忍心让她再遭罪呢？

他不敢想了，决定把这段记忆牢牢封存起来，而且要把回忆的钥匙狠狠地扔在戈壁滩上。

三

马德胜他们落脚的一碗泉是木垒县东边的一处地方，处在戈壁丘陵地段。和家乡不一样的是，这里的山坡上长满了各类耐寒野草，还有能吃的沙葱、刺梅花等。在这里，他也见到了真正意义上的羊群，每一群都有好几百只，红的、黑的、白的、花的，行走在戈壁滩上，像滚动的绣球，也像散落人间的云朵，那气势让他感到惊讶。还有牛群、马群、骆驼群，每天都在他眼皮子下走过。

二十几户早来的乡亲围绕着泉水搭建了各自的地窝子，没有窗户，像盛洋芋的窖那般阴暗。远远看去，就像戈壁滩上冒出来的蘑菇。对出来讨生活的人来讲，有地方住就已经很满足了。

在李长忠忙着到处找住处，准备安家落户的时候，马德胜还没确定是不是要留在这里，库尔班的话时时在他耳边响起："新疆嘛，地方大得很，现在到处都缺人。"他在心里悄悄地想，是不是再考察一下，选个更好点的地方住呢。他虽然刚满二十岁，但是个有心人，对每一次选择都很慎重。当初离开老家来新疆时，他也是考虑了很久，掂量了又掂量，才做出的决定，这次的决定同样也很关键，很重要，会决定他一辈子的生活。

这天下午，他又把一碗泉仔细观察了一番。山坡从东、南、西三面围住乡亲们的地窝子，形成了碗状的造型。这不是一个聚宝盆的形状吗？聚宝盆就能聚财。泉水的流量虽然不大，但据说一直没有断流过。水在他眼里是最宝贵的，有了水就会有生命，就会有希望。在老家时，最缺的就是水。他常想，假如老家有一股欢蹦乱跳的泉水的话，乡亲们的日子也不会过得那么孽障，他也不会抛下父母和奶奶，跑那么远的路来到一碗泉。

德胜矛盾着，在留不留的问题上，他和马晓燕已经商量了多次了，但还是无法决定。

这一天早上，天气晴朗，太阳像个大熔炉，照在身上热乎乎的。

借着好天气,马德胜想去县城转转,主要是去看望一下老乡李宝。

那时的县城就像个大一点的村庄,没有高楼,只有一家连着一家的平房,高低错落,从半山坡一直延伸到河坝边上。街上的人大多坐着驴车、马车,或者是骑着驴、骑着马,嘈杂的声音听起来像蜂群发出的嗡嗡声。这一切,在马德胜的眼里,已经很繁华了。

李宝既是他的老乡,也是一个远房的亲戚,当兵后来到木垒县的,在武装部上班。当时,武装部的副部长张文见李宝长得壮实,为人耿直,尤其是喜欢学习,吹拉弹唱样样都会,是武装部里公认的才子,便将自己的女儿张英嫁给了李宝。两年前,老伴去世后,李宝两口子便搬过来一起住。张文平时看看报纸,侍弄一下院子里的菜地,有时也会自己下厨做饭,日子过得很美气。

张文是个新疆通,对一碗泉很了解。据他讲,一碗泉是丝绸之路上的一个驿站,从哈密翻越天山到巴里坤,再沿天山北坡西行到伊犁、到中亚,都要经过一碗泉。成书于晚清的《新疆图志》记载:"有泉出北山麓,有一湾泉塘,今名一碗泉,状其小也。清代曾在此设立哨卡,名一碗泉卡。"另据史料记载,著名爱国将领林则徐在去伊犁的路途中经过一碗泉,并留下了墨迹;清代著名诗人史善长途经一碗泉,也曾留有一首五言律诗,盛赞一碗泉之水的不同寻常:"一碗不寻常,军持仔细量。攒眉同酒试,染指当羹尝。浅酌休言量,佳名竟有乡。卢同如此过,无计润枯肠。"

德胜不识字,也不懂诗词,他听老人们讲过林则徐虎门销烟的故事,很敬佩林则徐。在听了张文的讲述后,他觉得林则徐都留下墨迹的地方一定不会错,他对这块目前荒凉的土地有了信心。只是他不知道的是,多年后,他的儿子长大后却弹嫌这个地方,责怪他们没把家安到乌鲁木齐那样的大地方。

李宝和家人很热情,做了清炖羊肉、浆水面。在吃过午饭送马德胜出来时,李宝拉着马德胜的手说道:"刚才老爷子讲了一碗泉的历史和各方面的情况,我觉得这地方很不错。老人们说得好,不好好儿干,再好的田地也种不出好庄稼,只要好好儿干了,到处都是黄金。新疆这地方,有山有水有广袤的土地,就看你好好儿干不干了。"

从李宝家回来后,马德胜心里虽然已经倾向于在一碗泉落脚了,但还觉得缺一点理由让他死心塌地留下来。

这天,他闲着没事,便想着到泉边走走看看。可能是家乡缺水的原因,他对泉水有一种发自内心的喜爱,喜欢看泉水源源不断地从地下冒出来的样子,像鱼吐泡,一串接着一串,后面的赶着前面的。

当他来到泉上时,看见泉水边的草地上坐着几个穿戴齐整的人,一边喝水一边聊天。见他过来了,便热情地说:"同志啊,你们这泉水好啊,长年累月,一直就这样流着,太不可思议了。"

"你们是干啥的啊?"德胜疑惑地看着这几个人,他们怎么对一碗泉这么了解。

"我们是县水电局的,全县的水资源状况我们都掌握。同志,这眼泉水还有个神话故事哩。"

"是吗?我没听说过。这就是一眼泉嘛,还能有啥故事哩。那你给我讲一下。"

"好吧,那我给你讲讲这个故事。"女同志用泉水般悦耳动听的声音讲开了。

传说当年,周穆王对西王母仰慕已久,便乘坐神驭王良驾驭的八骏宝车,历尽千辛万苦来到天山瑶池与西天王母幽会。周穆王与西王母两情相依,相见恨晚,终日沉迷于游宴歌舞之中,一晃就是三年。眼看着归期将近,在挥泪惜别之际,俩人吟诗唱和相约来年再会。孰料天下没有不透风的墙,西王母与周穆王私下幽会的事被玉皇大帝知道了。玉皇大帝难忍心中的嫉恨,决心要置穆天子于死地,就命四方河神将穆天子归途中所有的河水吸干,把泉眼堵死,又命太阳神放射烈焰烤尽天上的水汽。在炎炎赤日的炙烤下,千里荒漠霎时变成了一片焦土,灼热的地气让八匹神骏顿时失去了昔日的神采,蔫头耷脑地卧倒不起,此时的穆天子也像热锅上的蚂蚁一般,只好派人四处找水,却都是空手而回。西王母得知穆天子一行正陷于危难境地的消息,心急如焚。她知道这是玉帝从中作梗。情急之下,她顺手拿起身边的一只翡翠玉碗,轻舒玉臂舀了一碗瑶池之水,向着穆天子落难的独山脚下抛去,西王母抛下的这一碗救命的瑶池之水竟然落地生根,神奇地变成了一汪经年不息、清冽甘甜的山泉。不仅解除了穆天子的危难,还在独山脚留下了取之不尽,用之不竭,清冽甘甜如玉液琼浆的一碗泉水。

　　马德胜被神话故事深深吸引了。脑海里闪过很多美丽的画面。在这些画面里,他看到了周穆王和八匹神骏饥渴喝水的样子,也看到了他们喝饱甘洌泉水后脸上露出的满足微笑,还有他们恋恋不舍,一步三回头离去时的场景。

　　他虽然没有文化,但知道神话故事是一些有文化的人编出来的,真实性几乎是没有的。但这则神话故事,给这泉水注入了神秘感,增添了文化厚重感。想想在这茫茫的戈壁滩上，只有这块土地上冒出了一眼泉，而且这泉水在经历了风风雨雨、严寒酷暑后，依然顽强地坚守着，这是多么神奇啊。想想当年那些拉着骆驼长途贩运的商人、逃荒的平民百姓，因饥渴走不动路时，看到这么一眼汩汩流淌的清泉，那该会多高兴，这是救命的水啊！

有这么一股神奇的泉水，还愁过不上好日子吗？就在这一刻，马德胜做出了最后的决定，他要在这片土地上生活，挖自己的光阴。

四

一碗泉是新生产队。听老人们讲，这里以前是哈萨克族牧民的夏季牧场，现在被口里来讨生活的人居住了。人员里，有从甘肃来的、河南来的，还有其他地方的。五湖四海的人，有各自的生活方式和习性爱好，也有各自的方言。所以，东头以河南话为主，西头以甘肃话为主，而且到后来，竟然演变成了一碗泉特有的一种方言，如：吃饭叫咥饭，打架叫打捶，吵架叫嚷仗。

生产队虽然小，但队里的领导该有的都有。队长马建华也是从甘肃来的，老家离马德胜家不远，一聊，还认识他大。一米七五左右的个头，身板笔直，为人和善。副队长兼会计张文国，是从甘肃民勤县来的，戴个眼镜，一脸书生气，说话细声慢语。马德胜常想，张队长的头上假如再有一条长辫子，就是典型的古代教书先生了。副队长黄伟，是河南人，长得高高瘦瘦的，背有点驼，走起路来左右摇晃着，让人担心风刮得大一点了，他会被吹倒。

队里给马德胜腾了一间空房子，以前是个库房。房子还算宽敞，就是离生产队办公室太近，每次开会时，人来人往，吵得他们心烦。又给他们借了点钱，用来购买生活用品。这样，一个临时的窝就搭起来了，他们开始了新的生活。

李长忠两口子和李长善的情况比他们好多了，李德宝给他们借了一户姓张的人家的房子。这家人来一碗泉住了两年，后来搬到别的地方了，房子闲置着，锅碗瓢盆也在，他们算是住了个现成的房子。

五个年轻人，开始在这块陌生而又充满希望的土地上忙碌他们的生活了。自古以来，庄稼人是勤劳的，也是肯干的，他们身上有一种与生俱来的吃苦耐劳的精神，只要给他们一个合适的空间，他们会把自己的潜力发挥到极致。当看到这广漠的土地，源源流淌的泉水，温暖的阳光时，他们就如同雄鹰遇到了苍穹，骏马遇到了草原，兴奋着，激动着，浑身的细胞激活了，喷发出吓人的力量。他们年轻气盛，有着强烈的劳动致富的愿望，吃饱了饭，就有使不完的劲。

那时候，政府鼓励开荒，不住人的地方都是荒地。所以，你不清楚，一碗泉到底有多少庄稼地，而且这个数字年年在变，往往是一年比一年多。庄稼地面积很大，一片连着一片，尤其是有些旱地，有上百亩之大。水浇地是有限的，因为泉水是有限的。

他们到来的时候是六月底。那一年赶上了个好年景，风调雨顺，庄稼长得很旺盛。油菜花金黄金黄的，像黄色的海洋，引得蝴蝶翩翩飞舞；小麦出穗了，微风吹来，麦浪翻滚，像碧绿的大海。

五个年轻人被这情景感动了，陶醉了，也震撼了，真想站在地头上大喊一声，尤其是想扯开嗓门来一曲花儿，表达一下他们的兴奋和激情。

安顿好住处后，他们便开始参加劳动了。

第一天的劳动是收割油菜。队长把他们五个人和李德宝分到了一个组，算是让李德宝带带新人吧。

李德宝已经是个新疆通了，他熟悉周围的一切，说起来头头是道。李德宝岁数刚过三十，钢钉般的头发端端地竖着，两道浓黑的剑眉像拿毛笔绘画的。他为人仗义热情，办事干净利索，对这五个年轻人特别照顾。

天麻麻亮，他们坐着李德宝的毛驴车出发了。

太阳晃晃悠悠从东边坡顶上升起来了，把天边的云彩渲染得五彩缤纷，给整个大地披上了一层淡黄色的光彩。毛驴车在坑坑洼洼的沙石路上慢悠悠前行着，路边的三尖草、苦豆子、毛毛蒿、骆驼刺，还有一些他们没见过的杂草，因为雨水充沛，长得密密匝匝；草丛里的虫子发出了悦耳动听的喊叫声，尤其是成群的蚂蚱在驴车周围蹦来蹦去，给寂静的戈壁滩带来了一些生机。

马晓燕是第一次看到这么多虫子，心里既好奇又有点担心，生怕蚂蚱一不小心跳上车，钻进她的裤腿和衬衣袖子里。

在驴车跨过一个小山沟时，一只兔子从驴前腿前唰地跑了出去，像离弦的箭，瞬间跑出了百十米，然后又回过头来，好奇地望着他们，好像在质问为什么要打扰呢。兔子的这一通猛操作，把驴吓得猛地转了个弯，也把车上坐的人吓了一跳。马晓燕的心咚咚咚跳个不停。

李德宝笑笑说："别害怕，在这里啊，经常会发生这样的事哩，有时还会遇到沙狐子哩。"李德宝看了他们一眼，用一种略带自豪的神情接着讲，"有一次，我割麦子割累了，就躺在山坡上睡觉。一只兔子可能把我当成了一堆杂物，竟然悄悄钻进了我的外衣袖筒里，刚开始还把我吓了一跳，定睛一看，是一只又大又肥的兔子。就这样，我躺着抓了一只兔子。晚上,你婶婶用辣皮子炒了,那肉好吃的呀。"李德宝吧唧了一下嘴,抹去嘴角快要落下去的口水。"这里地广人稀,野物多,不像老家,人多,把动物们吓跑了。冬闲的时候,乡亲们还会凑到一起去追兔子,去追呱啦鸡哩。整个山坡上都是人和狗,特别热闹。抓到兔子后,晚上会找个条件好点的人家,把兔子宰了炖上,大家边吃边说笑,打发着冬闲时间,很有一种味道哩。"

"叔,野兔子肉好吃还是家兔子的肉好吃啊?"马德胜一边抹去流出嘴角的口水,一边好奇地插言问。

"当然是野兔子好吃啊!你想嘛,野兔子在戈壁滩上生活着,吃的都是药草,活动量也大。哪像家兔子,人给啥就吃啥,而且一天吃饱了就睡,长的都是虚膘,吃起来没有味道。"

李德宝又给他们讲起了队里的情况。"夏收是队里一年最忙的时候,尤其是七月份,是夏收最吃紧的时候,全队的男女老少都要没白没黑地干,队里就剩下几个碎娃娃了。收庄稼一般先从油菜籽开割,油菜籽要比麦子早熟差不多一个月哩。这里的油菜籽大多数种在旱地里,都是一大片一大片的,有些地块长得看不到头。在这样的地块里干,比较累人。这边夏天日头硬,尤其是三伏天,那天气热得让人没地方躲,每个人都要脱一层皮哩。但为了不让丰产的麦穗掉落田野,乡亲们都会戴上草帽遮阳,那镰刀刃片割麦秆的咔嚓咔嚓声,人们比拼割麦的吆喝声,麦地里蚂蚱的声音混在一起,简直就是一曲优美的花儿。乡亲们都盼着秋天有个收成,庄稼长成了,大家就看见希望了,所以再苦再累都毫无怨言,每个人的脸上都会洋溢着丰收的喜悦。"

说到今年的庄稼时,李德宝的脸上洋溢着幸福。"去年下的雨少,庄稼长得不行,很多旱地里的粮食才一尺高,最后都放了羊了,看着让人心疼啊。今年的庄稼长得扎实啊,往年的油菜籽哪有这种长势哩,秆子粗得简直就是玉米秆子。今年啊,大家都会拿个高工分,过个宽松点的日子哩。"

马德胜们听得入迷了。很快,就走到今天劳动的地上了。

正如李德宝所言,密密匝匝的油菜地里,人进去就被绿中泛黄的油菜淹没了,彼此望不见身影,只听到镰刀扫割秸秆的脆响,咔嚓咔嚓咔嚓响个不停,一排排油菜像死尸一样唰啦啦倒地。五个新人欢快地甩开镰刀,就像久旱的鸭子放进了涝坝里,心底里感到畅快舒坦。

这是他们离开老家后的第一次农田劳动,每个人的心里都憋着一股子劲,也都想表现一下。三个男人很快一趟割出头了,马晓燕和张淑华毕竟是女人,已经落在了后面,累得坐在割倒的油菜秆子上喘气。

马晓燕白净的脸因热因累变得红润,额头上渗出了细密的汗珠子,两只胳膊上留下了油菜秆划过的血印子,手被油菜叶子染绿了。她不住地用手扇着风,但似乎效果并不好。

马晓燕虽然以前也下地干过活,但都是些边边角角的轻活。马俊德两口子视马晓燕为宝贝,可不忍心把她累着。今天她有点吃不消也是可以理解的。马德胜掉过头笑笑说:"你咋成软蛋了,还没放开干就坐下了啊。"

"你才是软蛋!人家一个女娃娃,能和你们大男人比啊。一点风度都没有,还不赶紧过来帮忙。"马晓燕的嘴像机关枪一样,发出了一排子的话。

马德胜摸摸下巴,擦了一把汗,笑笑说:"好,好,我没有风度,我错了,我现在就过来帮你。"大家都笑了。

中午,毒辣的太阳像着了火。这使他们想起了戈壁滩上的太阳,觉得一样毒辣，一样不近人情。大家只好大口喝水降温，不一会儿满头大汗，衣服也湿透了，粘在身上让人难受，像是刚淋过雨似的。

因为路比较远，中午他们就在地头吃了点自带的馍馍，喝了塑料壶里装的茶水，然后坐在地边上休息了一会儿。

马德胜看着马晓燕被太阳晒得汗水一滴一滴往下淌，便把割倒的油菜秆竖起来，围成个圈，搭了个简易凉棚，马晓燕和张淑芳坐在下面休息，感觉凉快了很多。

下午的活对两个女人来说，就更难了。两个人已经累得不行了，腰疼得直不起来，两条酸软的腿开始打晃。但作为新人，也为了在李德宝面前留下个好印象，她们还是坚持着，用目光互相交流着，鼓舞着。

李德宝看见后笑着说："刚开始劳动都这样，干上几天适应了就好了。"夕阳拉长了他的影子，沾满灰尘的面孔灰沉沉的，露出一丝难以说清的表情。

"对，对，干几天适应了就好了吧。"她们应承着，可是眼前看不到头的油菜还是让她们心里连连叫苦。

色彩缤纷的晚霞染红了大地，眼前的油菜，还有远处的天山，一望无边的戈壁滩，都披上了金黄的色彩。辉煌气势将他们也笼罩在一片无比富丽的金黄色之中，这是他们从未见过的壮丽景色。

他们已经割倒了一大片油菜籽，马晓燕和张淑华坐在割倒的油菜上动弹不了了。马晓燕看了一眼李德宝，意思是该收工回家了，回家还要做饭哩，活计留着明天再干。李德宝却好像没看见，往磨刀石上吐了一口水，霍霍地边磨镰刀边说："咱们割到太阳落山了再歇工啊。"马晓燕、张淑华情绪败坏地把镰刀扔到一边，眼睛里流出无奈的眼神。

劳动每天都在进行着。早晨,马建华早早就站在生产队办公室门口,拿着铁棍把悬挂在屋檐下的一个破烂犁铧敲得贼响,队里的男男女女便扛着干活的家伙集合了。

马德胜和马晓燕能吃苦,每天都早早地下地了。作为新人,他们谦虚地向老人们学习,而且还很有礼貌,见到老的,叫叔,年龄差不多的,叫哥叫兄弟。这是马俊德再三教他们的。所谓"嘴甜吃天下"。

每天和大伙儿一起劳动,虽然流着汗劳累着,但大家说说笑笑,内心深处是开心的。每天都能吃饱肚子,有时候还能打个牙祭吃点肉。马德胜对这种生活是满意的。

割完了油菜籽接着割麦子,割完了麦子收苞米,收完了苞米挖洋芋。收完苞米时,马晓燕已经很厉害了,劳动时能跑在别人的前面。

九月底,碾完最后一场麦子,挖完最后一块地的洋芋,标志着今年的庄稼收割完了,一年里主要的活干完了。

收割完小麦、油菜籽和苞米的庄稼地,就像是旧衣服上的补丁,坨坨块块清晰分明。

队长、副队长又带着有经验的老农们开始翻耕水浇地了。常言道:"人误地一时,地误人一年。"吆喝牲口的,咦——喔——咦——喔——的声音就像花儿一样,每天早晨都会回荡在一碗泉的上空,满含农耕情愫的旋律听起来是那样受用。

马德胜因为年轻,经验不足,没有被抽上去翻耕水地。但这两口子也没有闲下来。马德胜买了些洋灰把住的房子粉刷了一遍,把透风漏气的地方,该用泥的用泥,该用碎布的用碎布,全部堵住了。然后又到队里借了些煤,准备暖暖和和地过个冬。马晓燕把该洗的衣服被子都洗了,又忙着准备做布鞋。

孤寂的房子里充满了生活的气息。

算算时间，马德胜和马晓燕结婚已经好几个月了，除去路上的时间，真正的夫妻生活是到了一碗泉后才开始的。虽然条件艰苦，但小两口却很满足，每天都像在蜜月里一般。晚上劳动回来，马晓燕用简单的食材精心做好每一顿饭，德胜吃得很开心，很满足。吃完饭后，马晓燕马上烧壶热水，给德胜洗脸洗脚。庄稼人一般睡觉谁还洗脸洗脚呢？但马晓燕硬是把这个"毛病"给马德胜惯下了，现在不洗个脸，不洗个脚，钻到被窝里都睡不着觉。每天晚上，在他还没脱衣服前，马晓燕就把一切都收拾好，自己先钻进被窝——她要先用自己的体温把被子焐热，才让德胜睡进来。马晓燕是个感情热烈的人，每晚都非让马德胜和她在一个被窝里睡不行。德胜起先不习惯，后来不这样，他倒不行了。

十月以后，天越来越冷，夜也越来越长，晚上他们也就不像往常那样早睡了。马晓燕在煤油灯下给他缝补那些破烂衣服，做鞋子，马德胜蹲在炕头上捻毛线织袜子。或者泡上一壶热气腾腾的茶，每人倒一杯，吸溜吸溜地喝着。外面寒风呼呼吼叫，但屋子里却暖烘烘的，有一种无法形容的安宁和舒服。两个人偶尔相视一笑，传达着内心无限的情感。有时，马晓燕还会停下手中的活，傻看他半天。两个人这时候就干不成活了，依偎在一起，静静地坐在热炕头上，互相感受对方的心跳。

只是，在他们享受现有生活的同时，德胜眼前总会闪过他大他妈和躺在病床上的奶奶的影子，心情一下子又沉重起来了，往日挨饿的光景也在眼前晃着。他在心里默默责问自己："大，妈，奶奶，还在挨饿，奶奶在忍受病痛哩，你高兴啥呀。"他感到了一阵阵的愧疚和心疼，心里如滚油浇着一样难受。

五

正当乡亲们准备歇口气，领着老婆孩子们逛逛县城，买件新衣服，或者走访一个夏天没有往来的亲戚朋友时，新的活又来了。

晚上，马德胜和马晓燕刚吃过晚饭，准备到张斌家里喧荒去。张斌是河南人，脑子活，被乡亲们称作张能人。德胜喜欢和张斌打交道，喜欢听张斌讲河南的一些趣事。

这时，队长又敲起了犁铧，召集全队的劳动力开会。

马德胜和马晓燕赶到时，昏暗的会场里已经挤满了人，或坐着，或站着，乱糟糟的。大家纷纷议论今天开会会有什么事情。到晚上九点钟了，会议还没有开始。

有些没有吃晚饭的人挨不住了，开始嚷："队长，快点开会吧，肚子饿得都开始叫唤了。"

"你的肚子里有蛔虫啊，饿得比别人都快。"马建华微笑着说，"大家不要着急啊，今天的会议十分重要。过一会儿，公社的阿贝宝主任也要来参加，现在是在等他哩。"

台下又一阵热议："队长，你先透露一下嘛，阿贝宝主任来参加会议，有啥重要的事情？"

"天机不可泄露，说早了漏气了。"人群里发出一阵笑声。

"队长，你这是要把人往死里急啊！先透露一下，我们保证不让漏气。"人群里又发出了一阵笑声。

"你的嘴像没安玻璃的窗户，到处都在进风，还能不漏气啊？"

这时，门开了，阿贝宝主任走了进来。马德胜以前远远见过阿贝宝主任。秋收的时候，阿贝宝主任经常会来地里查看情况。一米八以上的个头，健壮得像戈壁滩上的骆驼，身穿一身中山装，白净的脸膛因为长期被太阳晒的原因，两颊有丝丝条条的血丝。看着阿主任，他突然想起了赛力克两口子，想起了赛力克两口子给他们做的纳仁饭，心底里涌出了一股暖流。赛力克大哥，你还好吗？

马建华示意大家静一静后说："现在开会，先请阿贝宝主任讲话，大家欢迎。"

阿贝宝站起来，先跟大家打了一声招呼，然后用生涩的汉语说："今天把大家叫来嘛，是有一件重要的事要宣布。经过县上的争取，给咱们一碗泉嘛，申请了一些资金，我们计划修个涝坝，冬天的时候把泉水聚起来，第二年嘛，用来浇庄稼。一碗泉地多，但缺水，每年种的庄稼很多，但收获并不多。县上的技术员前面已经做过了测量，也做好了技术准备。大家也可能以前见到过他们测量。"

会场里又响起了一阵议论声，完全压住了阿主任的讲话声，阿贝宝只好停下讲话，无奈地看着大家。

马建华站起来大声吼道："大家把嘴闭紧了，是你们讲话还是阿主任讲话！"

说话的人意识到喧宾夺主了，马上安静了下来。

阿贝宝继续讲："今天的这个会啊，主要是把这件事给大家通报一下，大家嘛，要做好准备。我们计划十一月份开始动工。我就说这么多，怎么干嘛，马队长安排。"

马建华站起来说："修涝坝是大家期盼了很久的事情。大家都清楚，咱们队上每年种庄稼是看老天爷的脸色，雨水好了，就是丰收，遇到旱年了，大家辛辛苦苦干上一年，却收不上多少粮食。涝坝修好后，我们的庄稼就有保证，收入也会多了。"马队长喝了口水，擤了一下鼻涕，环会场看了一眼，"大家都清楚，咱们队里没有机械，全部要靠骡马驴车拉土，回去后，大家尽快把车子收拾一下，该买驴买马的抓紧。新来的，买不起拉车牲口的，到时候安排到工地上打零工。"

马建华讲完话后，会议室里再次沸腾了。这无疑是今年队里最重大的事了。哪个人能想到，本该休息的时候，队里竟要搞工程建设，要修涝坝了。水浇地是后面的事了，他们最关心的是，这个冬天又会有一份额外的收入了。大家七嘴八舌地议论这项重大的工程。

张斌站起来问："阿主任，这个出一天工能给几个工分啊？"

阿贝宝笑呵呵地说："这个嘛，你们的马队长知道，他们会拿出一个方案，到时候再开会给大家宣布。我们今天的任务主要是把事情告诉大家，让大家抓紧做好准备。"

马建华接着阿贝宝的话说："张斌，你个坏怂，活还没干，就开始要价钱了啊。大家记住，这次是给咱们自己修涝坝，就是不记工分，也是应该的。但县上考虑到咱们队大部分是新来的，条件差，会给一些补助的，到底补多少，等技术员核算清楚了再告诉大家。反正今年冬天有事干了。"

这时候会场更乱了，肚子饿的人也好像不饿了，大家七嘴八舌地议论着。

乱哄哄的会场，也扰乱了马德胜和马晓燕两个人的心，散会回到家后，两个人躺在冰冷的炕上无法入眠了。

"这是一次挣工分的好机会，可是咱们没有驴车啊，这咋办哩。"马晓燕说。

"能咋办,买,咱们买不起,借,又没地方借,只能看人家挣钱了。"这时候,他俩突然感到莫名的孤寂和无助。

"队长不是说了嘛,没有车的人,到时候可以干碎活哩。"马晓燕像是在安慰马德胜,又像是安慰自己。

"唉,只能等到开工时再看吧。"马德胜望了一眼马晓燕,心里阴沉沉的,像快下雨的天气。

幽静的夜死了一般。两个年轻人的心却跳得十分剧烈,有无奈,有烦颓,也抱着幻想。

过了几天,队上又召开了一次会议,算是开工前的动员大会。参加会议的除了乡亲们外,还有县上派来的技术员张文、李武两个人。

会议在嘈杂声中进行着,大部分人兴奋着,这平白无故地又来了一次挣钱的机会啊。只有懒汉二流子们挠着头抱怨着,这冬天也不让人休息。

李德宝给李长忠借了一辆牧民的驴车子。马德胜没有借到,小两口只能报劳动力了。马德胜被安排到了坝体上,丈量拉土沙的运量,一天算一个工分。马晓燕被安排给技术人员做饭,一天也算一个工分。

六

每天天麻麻亮,全队的人就都动起来了。大家赶着驴车马车骡车像赶集市一样,你追我赶拼命奔跑着,本该孤寂的生产队又掀起了一次劳动的热潮。他们像蚂蚁啃骨头似的,把一座大山啃掉,这一群"愚公"让人感动。他们每天吃杂粮喝稀粥,更不要说肉了;拿着和老祖先们差不多的原始工具,单衣薄裳,靠自己的体温和汗水来抵御寒冷……

这就是中国的庄稼人啊！

马晓燕的工作单一，她做饭精细，条是条，丝是丝，颜色是颜色，味道是味道，而且还注重卫生，很快就得到了技术员们的好评。后来，看马德胜吃不上饭，她向队长和技术员们提出让马德胜也到食堂吃饭，该交的钱按照标准交。队长没意见，技术员们也都是些见过世面、有文化的人，自然也不会有什么意见，这样马德胜就和技术人员们吃一锅饭了。

马德胜这下开心了。平时让他干体力活，他不怕，像一头健壮的老黄牛，从早忙到晚都不会言传。但让他去做饭，去收拾房子，就是赶鸭子上架，难得不行。另外，这样他也可以帮马晓燕干点粗活。每天下班后，马德胜第一时间赶过来帮助马晓燕，大家其乐融融，相处得很好。下班后，两个人一起走路回家，顺便聊聊一天的见闻。

马德胜的工作就不好干了。当初，马队长安排他到这个岗位是有想法的。一方面，马德胜刚来，和队里的大多数人还都不是太熟悉，可以规避人情因素；另一方面，经过一段时间的察看，他觉得马德胜人老实厚道，办事认真负责，把大家都盯着的这份工作交给他放心。

队长肯定也想到会有人找马德胜的事的，但没想到来得这么快。

在开工的第五天下午收工的时候，太阳快落山了，鲜红的霞光给周围的山坡披上了一身金色的外衣，朦胧而漂亮。

马德胜看大家都收工了，准备收拾着回家。这时，有人叫他，他循声望去，是马宝，便微笑着说："马宝哥，你找我有啥事吗？"

马宝来一碗泉已经五年了，长得一副凶相，瘦高个头，鹰钩鼻，尖下巴，做事圆滑，一肚子坏水。平日里，游手好闲，喜欢和人闹个事，在队上大家见了他都躲得远远的。马德胜没想到，这个平时大家见了躲着走的人却盯上了他。

马宝皮笑肉不笑地说:"德胜啊,我把一车的票弄丢了,你给补一张吧。"

马德胜一边拍打着身上的土,一边说:"马宝哥,你咋弄丢的啊?你再找一找,这票我没法给你补啊。"

马宝紧盯着德胜的双眼发出了令人恐惧的凶光,好像要从气势上给德胜造成压力。"你咋不能补啊,你是发票的,我拉了多少车你最清楚啊。我今天本来拉了十五车,你看,现在只剩下十四张票了,你赶紧给补一下。"

"马宝哥,我只负责你卸一车,我发一张票,你丢了的票,我可管不了。"马德胜说完准备往回走了。

这时,马宝的媳妇马丽娜也过来了,站在马宝的后面帮着腔:"德胜,的确丢了一张票,你看着给补一下啊。"

马德胜扭过头,微笑着说:"嫂子,你们再仔细找一下,这票我确实没办法给你们补。"

马宝拉下了脸,脸色突然变得黑青黑青的。"德胜,你就一个发票的,牛啥呀,你以为你是老母鸡上了房顶,就成了鸟了啊。今天你补也得补,不补也得补。不然你看我怎么收拾你。"

"马宝哥,我是个新来的,一点都不牛,队长给我安顿的工作我要负责,我没法给你补。你们再好好儿找一下吧。"说完,转身往回走了。

这时,马宝扑上来在马德胜的后脑勺狠狠地打了一拳头。马德胜只感觉脑后一阵疼痛,两眼一黑,两条腿一软,便倒下了。马丽娜也扑上来用脚狠狠地踢着。有一脚踢在了脸上,瞬间鼻血流下来了,一会儿脸上和衣服上都是血。

马德胜正准备站起来还手时,耳边响起了他大的话:"娃,你记着,在外面啊,要学会忍。很多时候拳头是解决不了问题的。"便继续躺在地上不动,任由马宝两口子打着。

吵闹声惊动了马队长,也惊动了社员们,一会儿便站了一圈子人。这时,马晓燕也闻声追过来了。这个平时文文静静的女人像发了疯的狮子,冲过去抓住马丽娜的头发,连踢带打,嘴里还不住地骂着:"谁让你们打我男人啊,他吃你家的了还是喝你家的了啊!"接着,又拿起地上的铁锨向马宝砍去。幸亏马队长手快,一把抓住了铁锨。

马晓燕这一通神操作吓住了在场的人,也怔住了马宝两口子,场面一度陷入了平静。

马队长在了解情况后,对马宝两口子说:"你们两个浑蛋,德胜是生产队安排的发票的,不是给你马宝看票的,你们两口子凭啥打人哩?我看你们两口子干活不行,找麻达却很行啊。今天这事责任全部在你们两口子身上。我现在说个解决的办法,你们双方看,同意了,咱们就私了了,明天该干啥就干啥。不同意了,我给公安局打个电话,让警察来处理。你们先给人家德胜两口子赔礼道歉,还要承诺往后再也不找事了。马晓燕刚才也拔了马丽娜的头发,我看双方吃的亏差不多,这事就这样处理了。你们看,行不行啊?"

马宝两口子自知理亏,头点着像叨食的鸡,连连表示同意。

马德胜也清楚,自己的伤情没多严重,顶多是些皮外伤。自己是新来的,多一事不如少一事,顺便还能给队长个面子,也点头表示同意。

只有马晓燕不答应:"马队长,这两口子太欺负人了,他们打人了就这么便宜放过,以后还会欺负我们这些新来的。我豁出命也要到公安局去告他们。我也打人了,一起抓起来,按法律办,该抓的抓,该罚的罚。"马晓燕的话又震惊了在场的人。大家想不通,这个平日里见了人都羞得低头的女人,怎么会有着这么大的胆识和力量呢。

自从嫁给马德胜后,马晓燕已经把马德胜当成自己的天了,她可以忍受一切困难,甚至是羞辱,但绝对不容许别人欺负她的天。

马德胜似乎缓过来了,抓起马晓燕的手,拉着往回走。

马队长愣住了,马宝两口子也愣住了,不知道下一步该怎么办了。

这时,人群里有人说:"看来这两口子要告状去了,马宝,你们两口子就等着进班房吧。"平时大家都讨厌这两口子,今天马晓燕给大家出了一口气,大家在感受舒坦的同时,也不忘吓唬吓唬这两口子。

马宝害怕了,脸瞬间变得寡白寡白的,拉着马队长的手说:"队长,我们知道错了,你就再给德胜两口子做做工作,不要去告我们。家里娃娃还小,要是进了班房,谁来照看啊?"

马丽娜也过来求队长,带着哭腔说:"队长,我们错了,你再帮忙去劝劝,我们可以上门给他们赔礼道歉。"

"马宝,打人可是犯法的,要拘留哩。你要是不想蹲班房,就赶紧回家抓只鸡,跟着队长到德胜家里去赔礼,还可能免去牢狱之灾。"围观的人继续叫嚷着。其实,大部分人心里都清楚,马德胜两口子是不会去告状的,马晓燕刚才说的要去告状,也是气话,是吓唬人的话。

太阳已经落山了。马队长坐在一块石头上,卷了一支莫合烟,点火抽了起来。他微低着头,没接话,只是静静地坐着,看火候差不多了才说:"我看大家说得有道理,马宝,你赶紧回家抓上两只鸡,然后过来找我,我带你们去德胜家赔礼去。"

"我家里只有一只下蛋的老母鸡,那我还得去再买一只。你稍等我一会儿。"

队长想了想，说："一只就一只吧，剩下的一只你先欠着，改天宰了，我把德胜两口子叫上，到你家吃去。"

"好，好，没问题的。"马宝两口子满口应承着。

马德胜和马晓燕回到家后，马德胜责怪道："你今天咋这么厉害啊，像疯了一样，一打二，一点儿也不顾形象了，关键是给队长一点面子都不留。"

马晓燕没有接话，打了一盆水给马德胜擦洗了脸上的血，换了一件干净衣服，又拿开水烫过的湿毛巾敷在马德胜挨拳头的后脑勺上。"我管他是谁，谁敢打我的男人，我就要和他拼命。"

"真是个瓜婆娘，连队长的脸也不给，明天我见了队长咋说啊。"

"还疼吗？我今天就是要告诉队里的人，我们新来的不是好惹的，惹急了会拼命的，看他们以后还有谁敢欺负咱们哩。"

这时门开了。队长带着马宝两口子走了进来，马宝媳妇抱着一只老母鸡。

马德胜赶紧站起来，给队长和马宝两口子让座。

"马宝两口子拿着鸡给你们上门来了，你们啊，就不要去报案了。冤家宜解不宜结，都是一个队里的人，抬头不见低头见哩。"马队长笑呵呵地说。

"德胜、晓燕，我是个浑蛋，说话做事不过脑子，今天是我们不对，不应该打你，你们就原谅我们吧。家里娃还小，还有老人哩，你们就不要报案去了，以后我们再也不这么做了。"马宝接过队长的话连声说。

马晓燕瞪了马宝两口子一眼，说："我想问问，你们为啥要打德胜哩，还不是看我们是刚来的，势单力薄，好欺负！"

"大妹子，今儿个是我们不对，我们也认识到错了，你就原谅我们吧。以后咱们好好儿做姐妹，互相帮助。"马丽娜连连说。

马德胜望了一眼马晓燕说："少说两句，赶紧倒茶，倒茶。"

"这事情已经发生了，马宝两口子也认识到自己的错了，你们就原谅他们吧，明天大家还一起干活哩。刚才马丽娜说得好，以后你们啊，要像姐妹一样相处。说实话，咱们都是外来的，只是我们早来几年罢了。以后咱们要团结，别动不动就用拳头，拳头是解决不了啥事的。你看，今天德胜做得就对嘛，讲道理，不出手打人。马宝两口子，你们以后要管住自己的嘴和手，没事了别到处惹事了，把精力放在挣钱上。德胜，你们两口子看这事么处理行吗？"队长说完看向马德胜。

马德胜望了一眼队长，点点头。"我同意队长的意见，我们不去报案了。"

"马晓燕，你看呢？"马队长又掉过头问马晓燕。

"队长，她也没意见，就按你说的办。"马德胜看看马晓燕，怕她又会说出不好听的话，就抢着替她回答了。

马晓燕瞪了一眼德胜。"既然队长说了，这次就这么处理了，下次谁再欺负到我们的头上，绝对不会这么轻易放过的。"

马宝两口子连连说："再也不会有这样的事了，以后咱们当兄弟姊妹来往。"

队长见大家都同意了，便说："那这件事就这么处理了，鸡留下，宰了给德胜补补身子，毕竟德胜刚才流血了嘛！"

"队长，鸡就不要了，拿回去下蛋给娃娃吃。我们身强力壮的，没啥。"马晓燕果断地说。

马队长见马晓燕态度坚决，就说："那就拿回去吧，改天了在你们家宰了，请德胜两口子去喝鸡汤。到时候你可不要把我给忘了啊。"

队长说着就带马宝两口子离开了。

看着人走了,马晓燕嗔怒地说:"你倒好啊,我为了你打人,你却成了老好人,队长还夸你,我成了不讲理的恶人了。"

马德胜笑笑,轻轻把马晓燕搂进怀里,眼前又浮现了刚才她拼命打人的场景。他没想到这个女人平时像水一样绵软,紧要关头,却像生铁一样坚硬。他也清楚,这个女人为了他可以不要命,即便是自己走到人生的半路上猝然死亡,她也完全能够撑起门户,抚养儿女,孝顺父母。"我马德胜何德何能啊,竟然娶到了这么一个好女人,这是我一辈子的福分啊。"德胜内心暗自高兴,脸上露出欣慰的笑容。

晚上躺在炕上的时候,马德胜失眠了,一种被人欺负的屈辱感占满了他的脑袋。他突然感到了孤单,觉得自己在生产队里就像个没娘的娃娃,猛一看,和旁人家没啥区别,细看,还是有区别。每天乡亲们赶着毛驴车像疯了一样拉土拉沙子时,自己却只能发发票,一身的力气没地方使。终究还是因为自己没钱,也没亲戚帮忙,弄不上车子和拉车的牲口。还有,就像马晓燕说的,马宝两口子为什么不欺负别人,而偏偏和自己过不去,还是因为自己是新来的,没根基。努力挣钱吧,等有一天把自己的日子过好,有钱有实力了,看谁还敢来欺负。他安慰着自己,也渐渐地进入了梦乡。

七

十一月底,下了一场大雪。雪飘飘扬扬下了一天,给大地披上了一层厚厚的棉被。一眼看去,大地银装素裹,白茫茫的一片,仿佛明晃晃的神话世界。

下雪天，劳动累了的乡亲们，一头倒在热炕上，扯着沉重的鼾声，没白没黑，除过吃饭就是睡觉。多么好啊！男人们在睡梦中闻着拉条子的香味，听着女人们在锅灶上把盆盆罐罐碰得叮当响。

马晓燕睡不成，早早起来做饭去了。马德胜赖在床上不想起床，这一赖就又睡过去了，直到中午。他赶紧起床，带着一种负罪感，跑到马晓燕做饭的食堂。

饭已经好了，技术员们正在吃饭，见马德胜进来了，连忙让着吃饭。只有马晓燕吊着个脸，冷冰冰的，没有对他说话。

马德胜知道马晓燕生气了，扒拉了几口饭，就跑去帮马晓燕干杂活。马晓燕脸上有了笑意，德胜揪着的心总算放下来了。

下午，技术员们给马晓燕放了半天假，晚上的饭由他们自己随便做点，对付对付。

小两口开开心心地回家了。他们打算用下午的时间收拾一下房子，洗洗衣服。两个人手脚麻利，早早就干完了活。其实也没有多少活可干，几件旧衣服，十几平方米的房子，经不起他俩折腾。

干完活，两人心情大好。马德胜抱起马晓燕上到炕上。最近太忙了，没时间来解决他俩的神秘事情。屋子里响起了神秘的花儿，比德胜平时唱的还要让人陶醉。

下午六点左右，有人敲门。马德胜呆愣了片刻，连忙踩着鞋子下炕开门去了。马晓燕赶紧穿好衣裳，用手指胡乱梳理了一下乱糟糟的头发。

德胜打开门一看，队长站在门外。"睡醒了没有啊？赶紧叫上马晓燕，咱们吃饭去。"

"好，好。"德胜连问都没问就答应了队长。说实在的，他见了队长有一点紧张,就像儿子见到了威严的父亲。

"谁啊?到哪里吃饭去啊?"马晓燕好奇地问。

"队长,队长叫着吃饭去哩。你赶紧换衣裳吧。"

"队长叫我们吃的哪门子饭啊?要吃,也应该是我们请队长吃饭啊!"马晓燕连忙走到门口,让队长进屋:"队长,赶紧进屋子,外面冷得很啊。"

"不了,你们赶紧穿好衣裳,咱们吃饭去。"

"到谁家吃饭去啊,队长?"

"马宝请你们两口子吃饭哩,让我作陪。他们怕你们不去,就让我来叫你们,你们横竖要给我点面子啊。"

"没麻达,队长的面子必须得给啊。再说了,我俩也嘴馋了,好久没吃肉,都不知道肉是啥味道了。"

马德胜没想到马晓燕会这么爽快地答应。队长也没想到马晓燕会这么爽快答应,刚才路上的忐忑放下了。

马宝的家,在马队长家南边的一块平地上。房子是以前别人闲置的房子,后来在马队长的撮合下,马宝花了五十元钱买下了。说是房子,其实只是个地窝子,半截子埋在地下,高出地面的最多也就一米多一点,一个烟囱孤寂地站着,像个放哨的兵娃子。火柴盒一样的小窗户镶嵌在北墙上。屋子里面阴暗潮湿,一个大炕占了半间屋子,地上放满了瓶瓶罐罐,显得拥挤杂乱,像个杂货铺子。现在,这个黑咕隆咚的房间里,却弥漫着饭菜发出来的香味,让人忍不住流口水。

其实,马宝也是个可怜的人,从小他大就病死了,只留下他和他妈相依为命。因为家里没有壮劳力,日子过得紧巴巴的,常常是吃了上顿没下顿。周围的邻居们还会经常来找麻烦。

有一次，邻居赵寡妇找上门来，说马宝家的鸡偷吃了她晾在院子里的苞米种子了，要求赔偿。马宝妈说好话，做解释，可赵寡妇就是不依不饶，话臭得像茅坑里的粪。马宝忍无可忍，拿起地上的铁锹把子狠狠抽了赵寡妇几下。这下好了，赵寡妇的兄弟姊妹都找上门来了，要教训马宝。好在队上的干部们及时赶到，劝住了。从此以后，赵寡妇好像乖顺了很多，再也没有找过事。从那以后，马宝慢慢养成了好斗的习惯，甚至有时候不讲理，成了最不被待见的人。

后来，马宝带着他妈来到了一碗泉，马队长见两个人可怜，便给落了户口，帮忙给买了房子，还把隔壁队马三的丫头马丽娜介绍给成了家。在队里，马宝也最听马队长的话了。

马宝两口子趁着今天下雪，宰了上次要送给德胜补身子的老母鸡，又炸了油香，炒了两个菜。

晚饭大家吃得很开心，都坦坦荡荡的，好像没有发生过打架的事。马晓燕忙前忙后地帮马丽娜干活，就像亲姊妹。

马队长笑笑说："德胜啊，你小子有福气，娶了个好媳妇啊。"

"是啊，队长，我不知道撞了啥狗屎运，才娶了这么个媳妇。"马德胜看看马晓燕，也开心地笑了。其实，他一直为能娶到马晓燕感到高兴和自豪。

"那你要对人家好点啊。不过，我看你现在已经做得很不错了。"

"队长，我做得还不够好，以后要做得更好。"屋子里发出了一阵笑声。

修涝坝的工程，并没有因为下雪而彻底停工，雪一停，就如火如茶地进行着。刚下过的雪，经车轱辘碾压、人踩踏后，就变成了一道道明晃晃的冰溜子，人走上去，一不小心就摔得仰面朝天。但大家为了挣更多的工分，都铆足了劲拼命赶速度，丝毫没把冰溜子和滑倒摔跟头当回事。这时事情又发生了。

马德胜穿着厚厚的棉大衣站在坝上发票。一张票是一份汗水，发少了乡亲们吃亏，发多了生产队吃亏，他不敢有一丝的大意，兢兢业业干好自己的工作。

这时，李长忠赶着驴车过来了。李长忠在车辕上拴了一根套绳，扣在肩胛里，和驴一起拉着车，由于走得快，气喘吁吁的。

李长忠的驴车是李德宝给借的，一头黑白花色的老叫驴，头抬得高高的，一副高傲的样子。

"德胜，冷不冷啊？我看新疆这天气，冷得要命哩啊。"

"就是嘛，这比咱老家冷多了。一不小心冻掉耳朵哩，你可操心啊！"

"是啊，把人骨头都冻透了。"李长忠脸冻得黑青，嘴唇干裂，像翻起来的洋芋皮。双手上一条条暗红的裂痕，像小娃娃张开的嘴。

马德胜赶紧过去帮李长忠卸车。他手里准备了一把铁锨，平时碰到老人或女人赶车卸沙土时，他会主动去帮忙。一来，闲着也是闲着，还不如帮助大家一下，积点人脉；二来，天气太冷，干点活，出点力，浑身还暖和一点。

"今天拉了第几趟了啊？"

"这是第三趟了，看来今天拉个十趟没问题。"

"那不错啊，今天挣了不少钱呢。"这时，马德胜的心里升起了一股淡淡的嫉妒。

他俩有一句没一句地聊着，忘了把驴腿子拴住。那头傲气的花叫驴似乎找准了机会，猛地拉着车向前跑去，脚下一滑，就地打了个圈，狠狠摔倒在地上了。马德胜靠在车轱辘边上的一条腿被车轱辘硬生生压在了下面，他疼得趴倒在地上大声叫喊着。

马队长赶过来一看，脸上露出了紧张的神色。"完了，腿被压断了。李长忠，赶紧把车卸了，送德胜到县上接骨去吧。"

"好！好！好！"李长忠吓傻了。队长一说，才回过神来，在赶来看热闹的人的帮助下，三两下便把剩下的沙土卸完了。

马队长给张文国交代队里先支付点钱，让拿着去看病。

李长忠怀揣着生产队里借的五十元钱，赶着毛驴车，拉着德胜往县上赶。

刚刚下过的雪，白晃晃的，给大地盖了一件厚厚的被子，只是这被子太大了，看不到边际，让人有一种生活在缥缈世界里的错觉，仿佛这里没有生命，只剩下白色的单调和孤寂。从南边山顶上刮过来的西南风像饿狼一样，不住吼叫着，好像在发泄着不满，尤其是临近风口的时候，路边的雪像戈壁滩上的沙尘暴一样，向人的脸上身上、驴的脸上身上扑来，一会儿的时间，人变白了，驴也变白了，整个世界都成了白色的。还好，矗立在南边的天山，黑魆魆的，像一条匍匐着的巨龙，雄伟壮观，显现着不同的色调，让人感觉到一种倔强的力量。

德胜平躺在驴车子上，身上虽然盖着厚厚的被子，但仍然感觉到冷风凉飕飕地直往里钻。对他来讲，冷还能忍受，最要命的是受伤的腿火辣火辣钻心地疼，是那种叫人无法忍受的疼。他发出痛苦的呻吟，凄凉而绝望。这声音和车轮压在雪上发出的咯吱咯吱的声音混合在一起，形成了一首低沉哀怨的花儿在车子周围回荡着，飘不远，只有李长忠和拉车的驴能听得到，听得清。

李长忠手牵着驴缰绳，低着头，慢腾腾往前走着。生活像磨盘一样沉重地压在这个壮汉的胸口上，使他连气都喘不过来，不住地发出哀叹声，穷人的日子咋这么难心啊！前几天，两口子还高兴地盘算着，今年辛苦一个冬天，他们粗略算了一下，可以挣个三五百块，那样，生活就会好点了。他们看见了即将出现的曙光，甚至已经开始盘算这些钱怎么花。

　　这时，他妈病恹恹的样子又在他眼前晃动了起来。在李长忠的记忆里，他妈始终是躺在炕上的，整天和病魔做着斗争。尤其最近几年，随着旱灾的持续，家里已经揭不开锅了，吃不饱，穿不暖，他妈的病也更加严重了。在很多乡亲们的眼里，他妈是在熬日子，甚至有人说，过不完今年了。他经常在心里骂这些爱嚼舌头的人，咋就这么爱搬是非哩，咋就这么爱管别人家的闲事哩。但抱怨归抱怨，他心里也很清楚，他妈的时日真的不会太长了。所以，他思谋着挣上钱了，先给老家寄上一百元，尽点孝道。另外，他们还有很多想法，要给自己新建的家置办点东西。生活苦焦归苦焦，但有些东西是少不了的，就说最基本的锅碗瓢盆，总不能天天向叔叔借吧。现在可能这一切都要打乱了。德胜是帮自己卸车时，被自己的驴车压断了腿，这得管啊，起码的医药费得掏吧。这要花多少？他心里没底。他从来没有进过医院，就是他妈常年躺在炕上，他们家也没有钱送到医院里去找个医生给看看。他突然觉得，他妈好可怜啊，连个进医院看病的机会都没有。这还不是穷造成的吗？要是家里有钱了，他们能不送她去医院看病吗？肯定会去的。尽管他妈常年卧床，但他发现，他大并没有嫌弃过她，毕竟是结发夫妻，他大对他妈还是很有感情的。只是家里太穷了，穷得让人变得没有人情味了，穷得让人麻木了。他的眼睛有点湿润了，听见的好像不是德胜的呻吟声，而是自己妈妈的呻吟声，他拉着去看病的不是德胜，而是自己的妈妈。

更让他担心的是，这德胜的腿要是断了，下不了炕，干不成活，除去医药费，他还要管德胜的生活！能不管吗？必须得管，人得讲良心。这时，他恨起了给他闯下祸的驴。驴啊，驴啊，你怎么这么不懂事，尽给人造麻缠事。

长长的路，李长忠走了一路，也留下了一路的颇烦、一路的叹息。

正午，他们赶到了县医院，医生们也刚好午休，回家吃饭去了，医院里空无一人。他们只好先坐在医院的走道里，等着医生上班。

说是县医院，实际上只有两栋平房，在积雪的覆盖下，像两个盖着白布的火柴盒。房子中间有一个过道，放着一溜木凳子，供病人坐着休息。两边是医生的办公室。现在，所有的门都紧紧关着，只有残留的药味让人知道，这里是医院，是治病救人的地方。

医院里还有几个等着看病的人。他们和德胜一样，脸上露着痛苦的表情，显得焦躁不安。陪护的人小心翼翼地照看着。

医生们陆续上班来了，紧闭的房门都打开了，医院也好像活过来了，有了人气。

给德胜看病的是一个五十多岁的男大夫，戴着一副眼镜，显得很有学问。听说他是县上有名的接骨大夫。

大夫让德胜平躺在病床上，他用一双粗大的手按了按，摸了摸，笑着说："小伙子，问题不大，没有断裂，我开点消炎药，拿回家，休息几天就好了。这一段时间，千万不要干重活啊。"

德胜感觉一下不疼了，浑身上下感到一阵轻松，李长忠也如释重负，一路的颇烦，现在烟消云散了。

太阳快落山时，他们回来了。马德胜的腿上缠着白布，疼痛已经缓解了，见人就微笑着点头打招呼。只有见了马晓燕时，可怜得像个犯了错误的孩子，低着头，不敢正眼望。

晚上，德胜打发马晓燕去叫马队长，说有事要说。

马队长还没进门就关切地问："德胜，伤得重不重啊？我听李长忠说没有断裂，休息上几天就没有麻达了，就可以干活了啊。"

"是啊，队长，不碍事。明天可以继续上工地了。"马德胜坐在炕边上，一副不在乎的样子，好像什么事也没有发生过。

"你胡说啥哩。不行，不行，伤筋动骨，要休息一百天哩，你这还连一天都没有，怎么能上工啊？马晓燕，你说是不是？"

马晓燕一边给队长倒茶，一边点头说："是啊，我也是这么个意思，让在家休息几天，但人家像头倔驴，死活就是不同意，我也没办法了。"

"队长，你最清楚我们的情况，现在要啥没啥，吃的喝的都拿队上的，不挣点工分能行吗？另外，家里我奶奶常年患病，躺在床上没钱看病，现在不知道情况咋样了。我大和我妈的日子苦啊！你说我能躺得住吗？再说，我只是一条腿受伤，又没有断，每天早上坐李长忠的驴车子到工地上，中午的饭马晓燕送一下，下午再坐李长忠的车子回来，这不就没有问题了嘛。"马德胜说得情真意切，队长也不吭声了，马晓燕也转过头去悄悄地抹眼泪了。

"还有，我要是躺下了，李长忠会良心上过不去的，肯定会给我补偿，他家的情况还不如我家哩，你说我能要吗？现在，只有我去上工了，李长忠心里的坎才能过去，我的事也解决了。"

马队长喝了一口茶，想了想说："好吧，就按你说的办。我看你娃娃是个硬骨头,我就喜欢你这样的儿子娃娃。"

第二天早上,德胜又出现在了工地上了,只是这时的他变成三条腿了,又加了一根木棍。他还是像以前一样,尽职尽责地干着工作,只是不能帮别人卸车了。

快过春节的时候,工程停下了。队里抓紧给大家兑现了工钱。挣得多的马老五家,一千多元,而新户马德胜两口子挣了二百元,李长忠两口子挣了四百元。大家沉浸在收获的喜悦里,男女老少的脸上都带着笑容,乐呵呵地准备过春节。

这天晚上,马德胜的小房子里坐满了人,有马队长、两个技术员,还有李德宝、李长忠、李长善两弟兄。大家喝着茶,你一句我一句地闲聊着。马晓燕和张淑芳两个人在锅灶上忙活着。

从生产队领到钱后,马德胜和马晓燕手舞足蹈,他们在老家从没见过这么多钱。对于一个常常手无分文的庄稼汉来说,这一大笔钱揣在怀里,在喜悦的同时,也不免有点惊恐。他俩开始盘算怎么花这笔钱。马晓燕先提了个法子:"给老家寄上五十元,给自己家里置办点东西花个三五十元,留上些钱开春了给自留地买种子。还有一项,打点肉,把队长和技术员请到家里吃一顿饭,感谢一下大家的帮助。"

看着钱就这么支配完了,马德胜觉得还是太少了,还有很多用钱的地方,他都不敢想了。"唉,辛辛苦苦一冬天挣的钱,还没焐热就花完了。

商量好后,马德胜上县上称了四斤羊肉,四斤菜籽油,又买了些菜。白面家里还有点,够用了。

从下午起,马晓燕和张淑华就开始忙活了。她们发了一盆子面,一半炸成了油香,一半包了包子。这两样都是马晓燕的强项。然后炒了两个热菜,分别是白菜炒肉和土豆炖肉。她家里也就这条件了。

当饭菜端上桌子时,大家很高兴,几个男人一边吃着,一边夸赞马晓燕和张淑华饭菜做得好。

马队长一边往嘴里塞吃的,一边微笑着说:"德胜,你小子好福气啊,马晓燕不但人长得好看,茶饭也做得好,你小子积下的德啊。"

"队长啊,我没有积下啥德,是我大我妈积下的德,我只是接住了。"说完,大家哈哈大笑起来了。

马队长又说:"咱们队上来的这几个年轻人,优秀得很啊,能吃苦,是非还少。"

"就是,就是。"李德宝接着说,"这几个娃能吃苦,还是非少。"

技术员李武接过话茬说:"马晓燕的饭做得比我媳妇的好多了,我现在回家都吃不惯家里的饭了。在一碗泉干了半年的活,体重就像开春的气温,直线升高。"

晚饭在热闹的氛围里一直持续到了十二点多才结束,大家抹着嘴巴,打着饱嗝,回家了。

八

正月十五过后,春种准备工作开始了。副队长张文国带着一伙壮劳力到县上去买种子;副队长黄伟带着一队人马开始清理羊圈牛圈里积攒了一冬天的粪;木匠马哈飞带着一伙人修缮损坏的犁头。大家分头行动,队里热闹起来了。

马德胜两口子早早地开始务习自家的四亩自留地了。这是一块新开垦的半荒地，土地僵硬得像三九天的冻土。马德胜和马晓燕把厕所里积攒了一冬天的粪便和烧火的灰土掺和起来，堆成一堆。又借马哈飞家的驴车子到附近羊把式的羊圈里拉了几车羊粪，堆积到地头上。

看见德胜两口子行动了，李长忠两口子也坐不住了，借了李德宝的驴车子，也去拉羊粪了。

"你们两个不要命了吗？这么冷的天气就开始干活了啊。"张文国看见后笑着说。

"张队长，我们情况和你们不一样啊。一方面，我们的地是半荒地，薄得很；另一方面，我们没有驴车子，再过一段时间大家都开始动了，就借不上车子了，所以只有早点行动了。这叫慢鸟早飞。"马德胜笑着回答。

张文国脸上露出了赞许的微笑，对这个勤快的小伙子竖起了大拇指。

这一年的春种，因为这几个年轻人，比以往开始得早了一点。

春种完了后，接连下了几场透雨，一碗泉像刚洗过澡的新生儿，到处透露着清香和灵气。戈壁滩上，小毛草们已经盖住了荒芜了一冬天的地皮，有些小草也开花了，散发出淡淡的清香。有些阳洼坡上的麦苗、豆苗、油菜苗也隐隐约约地闪出了绿意，虽然还不能完全盖住地皮，但也让人感觉到了生命的希望。燕子已经回来了，到处叽叽喳喳地叫着，让寂寞了一冬天的一碗泉显现出了新的活力。

马德胜和马晓燕在积极参加生产队里的生产劳动，种好自留地的间隙里，在乡亲们的帮助下，顶着日渐热起来的太阳，开始修建自己的房子了。房子地址是德胜自己选的。那时候，队里没有规划之说，大家选好位置后，给队长讲一声就行了。马德胜选了队长房子左边的一块空地，这块地离泉水近，土质好，方便种菜养牲口。选好位置后，马德胜和马晓燕两口子开始脱土块了，李长忠兄弟两个也过来帮忙。因为只修建两间房子，四个年轻人用了三天时间就把土块脱够了。土块晒干后，马德胜开始盖房子了，队里的大部分人都过来帮忙，包括马宝两口子，从头帮到了尾。这出乎马德胜的意料，也出乎大部分人的意料。

张斌悄悄对马德胜说："德胜啊，俺来一碗泉后就没有见过马宝帮谁家修过房子哩，你是第一家啊，而且还是两口子，你面子大啊。"

"你个怪俅，人家马宝哥是看我可怜，才过来帮忙的，你再不要大惊小怪了，让人家马宝两口子听了都不好意思了。"

"马宝两口子还会不好意思？反正我是不会相信。你们呢？"说着，望了一圈帮忙的人。

这时，站在旁边的木匠马哈飞接话道："我也不相信。"大家接着发出了一阵大笑。只有马宝两口子还蒙在鼓里，不知道大家为什么发笑，也跟着傻笑着。

用了三天时间，新房子就盖好了。房子虽然简单，和过去地主家的羊圈差不多，甚至还赶不上，但总归有了自己的窝。他们又在房子前开垦了一大块菜地，种上了茄子、西红柿、包包菜等蔬菜，这样保证了最起码的生活用菜，过冬吃的菜也有了。

土地是肥沃的，也是充满希望的，尤其是看到无边无际的戈壁草滩时，大家对美好生活充满了信心。但每天劳动时，很多乡亲晒着太阳，说说笑笑，挤到一起磨洋工，真正出力的没几个。还有人编出了顺口溜："集体活，慢慢磨，干得多了划不着。"

马德胜看不惯这种烂场的样子，但又无法改变什么。他经常在心底里说:"现在人心不齐啊,这样的状态,咋能种好庄稼呢。要是再不认真盘算一下,会烂包哩。"

他感到了心痛,感觉到了约束带来的窒息和无奈,就像雄鹰即将起飞时折了翅膀。他遵守政策,这是他老实巴交的大对他讲的:"娃呀,不管在哪朝哪代,咱老百姓啊,少管社会上的事,做个听话的农民,党的政策法规要像按时吃饭睡觉一样遵守。"只是,他又时时陷入一种有劲无处使的苦闷里。去年还好,通过修涝坝,他和马晓燕挣了些钱,今年又铆足了劲,想赶年底再挣些钱时,队长却讲,修涝坝的工程款被上面拿去干别的事了,涝坝工程干不了了。他和乡亲们都想不明白,这工程干了一半就放下,算是怎么回事呢,投入了那么大的人力物力,却发挥不了半点作用。大家感到不理解,也感到失落和沮丧,但又改变不了这种现状。

马德胜陷入了痛苦,他清楚,按照目前的劳动模式和收入,吃饱肚子没问题,但要想改变生活,走向富裕,是不现实的。从来到一碗泉看到广漠的草场后,他的梦想就是有一群自己的羊,每天早上赶出圈撒满戈壁滩,他唱着家乡的花儿,手握皮鞭,走在羊群的后面,那是多么美好的享受啊。但这个愿望,什么时候能实现,他看不到一点希望,只能每天想想。

时间在德胜的颇烦里一天天溜走,白天黑夜交替着,春夏秋冬也在按时交替着,算算,他们来一碗泉已经五年多了。

在秋后的一天,马德胜和马晓燕商量后,做了一个重要的决定:他要利用冬闲的时间,上山给鄯善的羊把式放羊去。这在当时的环境下算是一个大胆的想法了,他有点心惊胆战,但又觉得自己必须去做,就比如填饱肚子和遵纪守法两者之间要做出一个选择时,他的选择肯定是先填饱肚子。

那是一天下午，他在家里没事，便到北边的涝坝边上去看羊把式们饮羊。他最喜欢看一群群羊拼命地跑向涝坝喝水的情景，其实，这是他的梦想，渴望自己也赶着这么一群羊，在空旷的草原上放牧。

这时，一个长得很魁梧的羊把式走了过来，用生硬的汉话说："朋友，你想放羊吗？我的一个放羊的人生病了，我需要一个羊把式。"

这个消息让他感到有点吃惊。他没想到，自己来看羊喝水，还能找到挣钱的机会，便问："羊要放多长时间？在哪里放？给多少钱？"他没有回答对方提出来的问题，自己却提出了一连串的问题反问。

"我叫赛买提，鄯善人。放一个冬天，到山上冬窝子去放。你同意了，我给你五个羊娃子。"

他的心晃了晃。五只羊娃子，不少啊。他惊叹着，要是有了五只羊，那该多好啊！可以卖掉，把钱寄回老家给奶奶看病，给奶奶买好吃的。他美滋滋地想着，但很快又被现实惊醒了。"我嘛，很高兴跟你去放羊，但这与政策不符啊，所以嘛，我不能去。"

赛买提脸上露出了诡异的笑容。"我知道，这和政策不符，但我们是活人，你可以想点办法啊。"

"有啥办法啊？"

"你嘛可以请假，说爸爸生病了，回老家看爸爸去。"赛买提狡猾地给他出着主意。"现在有很多人都在偷偷做生意呢，你嘛，太老实了。"

"噢，这也是个办法啊！"他点头说道。同时，心里好像感觉到了一丝不快。他想反驳："我不是老实，我是遵守纪律，遵守规矩。"但又一想，算了，自己现在也很渴望去放羊挣钱。他调整了一下情绪，说道："我回去嘛，和媳妇子商量商量。明天这个时候给你回话。"

马德胜怀着激动的心情回到了家,关了门,把马晓燕拉到炕上。马晓燕叫嚷道:"大白天的,你要干啥呢,晚上吧!"

德胜笑了笑,说:"你想啥哩,我是有话要给你讲。"便把今天和赛买提的相遇及赛买提想请他去放羊的事,告诉了马晓燕。马晓燕和他一样激动,也提出了一样的困惑,这和政策不符啊,干这事是违反政策的。

他把赛买提教给他的办法给马晓燕讲了一遍。"我觉得可以试一试,咱们现在太需要钱了。胀死胆大的,饿死胆小的。"说着他俩都笑了,只是这笑有点死板,也有点牵强。

笑着笑着,德胜突然停住了,好像想起了一件事。"还是不行,我不能去,你怀娃了,我走了谁照顾你啊?不行,不行,咱日子过得穷点苦点可以,但你坐月子我不能不照顾啊。"

马晓燕拿手在他大腿上拧了一下,说:"你一个大男人,整天守着老婆热炕头,多没出息啊。这可不是我想要的男人。坐月子的事,你不用愁,我可以找谢艳她们帮忙呀。"

"你这是真话吗?"马德胜歪着脑袋问道。其实他的心里早就决定了,他要去挣这五只羊。五只羊对他太有诱惑力了。他这样说就是想试试马晓燕是真的支持还是在逗他。现在,他得到了想要的答案。

"马德胜,你记住啊,回来后给我和娃补上。"

"没问题,回来后我洗锅做饭,还有洗尿布。"

记得在刚来安顿好家后,马德胜就着急地想要孩子,传宗接代。其实这也是他大他妈的意思。近几代,马家人丁不是很兴旺。按他大的话说:"人脉单薄,像泉里的水,真担心哪一年干旱少雨,就会断了。"在他们结婚的头一天,他大就含沙射影地讲了自己的担心。

德胜也牢记在了脑子里，在修好自己的两间小屋，有住处后，便提出了生娃的事。马晓燕听了后，头摇着像拨浪鼓。马晓燕的意思是现在的日子过得没边没沿，看不到一点点希望。而且，老家里三个老人还挨着饿，忍着痛，天天盼着他们给点扶持哩，在这种光景下，能要娃吗？肯定不适合。

德胜见马晓燕的分析有道理，造人的事就暂时放下了，两个人没白没黑地干活挣钱。

今年，各方面的条件都好多了，再说，两个人岁数也大了，该要个孩子了。现在马晓燕已经有五个月身孕了。没想到的是，马德胜却突然遇到了这么个挣钱的机会，要上山放羊去，把大肚子的马晓燕一个人撇下了。这成了德胜心上的一块心病。他清楚，马晓燕虽然嘴上说没问题，全力支持他上山放羊，但是她心里还是充满着恐惧。自古以来，生娃娃是夫妻两个人的事，现在由她一个人承担，这对马晓燕不公平，她肯定会伤心的。

第二天中午，德胜又去见了赛买提，说他愿意去放羊，他们两个人又把具体的一些事商量妥了，只等着到时候上山放羊去。

九

在上山之前，马德胜还要完成一件事，那就是要把过冬的煤拉够。往年他没有去拉过煤，一来没车，借别人家的开不了口；二来，他们两口子年轻，抗寒，到羊把式的羊圈拉些羊粪，再拾一些柴火凑合一下，冬天就过去了。今年不行，马晓燕坐月子，房子里要暖和。拉煤路途有点远，而且走的大部分是沙石路，行走起来比较困难，必须几个人合伙去才行。马德胜和李长忠商量后，决定跟着李德宝一起去拉煤。

马德胜在李德宝的担保下，借了队上的驴和驴车子。

这是一头纯黑色的母驴，刚过三岁，一身黑色的毛油亮油亮的，在太阳底下闪闪发光，四只蹄子健壮有力。

德胜很是喜欢，饲养员老李却提醒说："这是个生驴，劲大，但没有经验，拉煤跑远路，还是年岁大点的驴好点，你可要操心啊。"

自负的德胜没有把老李的担心放在心上。在他眼里，一头绵软的驴，还能上天吗？他才不信。

马晓燕连夜给他做了在路上吃的锅盔，还煮了些鸡蛋。李长忠让李德宝借了鄯善县羊把式的驴和驴车。

一个阳光明媚的早上，他们出发了。太阳高高地挂在天上，把秋后的大地晒得暖烘烘的，让人有一种想睡觉的疲劳感。秋风像一支神奇的笔，给毛茸茸的咸碱草涂抹上了金黄色、殷红色、粉红色，夹杂着斑斑驳驳的墨绿色，远远看去，像铺在炕上的花毯子，一泻千里，很漂亮。周围一片寂静，偶尔飞过的大雁留下了一路的嘶叫声，给这孤寂的戈壁滩增添了一些生机，还有一份凄凉。

马德胜好奇地观赏着眼前和家乡不一样的景色，兴奋得像打了鸡血，这也激起了他唱花儿的瘾。他放开嗓子开唱了：

左边的黄河嘛噢哟

右面的石崖嘛噢哟

雪白的鸽子嘛

噌愣愣愣愣愣

仓啷啷啷啷

扑噜噜噜噜噜

啪啦啦啦啦啦地飞呀

水面上飞来嘛噢哟

哎……

一对对鸽子嘛噢哟

青天里飞来嘛噢哟

尾巴上连的是

噜愣愣愣愣愣

仓啷啷啷啷

扑噜噜噜噜噜

啪啦啦啦啦啦地响呀

惹人的哨子嘛噢哟

……

马德胜刚唱完,李德宝又接上了。假如说德胜的歌声空灵,有磁性,给人一种心灵上的感动和震撼的话,那么李德宝的声音则沉稳,沙哑,会让人从灵魂深处激起伤感和沉思。

……

院子里长的是绿韭菜呀

不要割呀

就让它绿绿地长着

哎不要割呀

就让它绿绿地长着

……

两个人,你一首我一首,轮番唱着,留下了一路的花儿。而李长忠和三头驴则成了忠实的听众。

第二天早上,太阳升起来的时候,他们进入了一片黑褐色的光秃秃的戈壁滩。这里没有草,也没有生命的迹象,连一只麻雀都看不见,映入眼帘的全是荒漠和死一般的沉静。

在他们坐下来吃早饭的时候,李德宝讲,这里是将军戈壁,拉煤的地方快到了。李德宝接着给他们讲了一个关于将军戈壁的凄凉壮烈的故事。

相传中唐时期,一位将军率兵奉命远征边疆,对抗外敌入侵,不幸闯进了准噶尔东部的茫茫戈壁,后来渐渐饥渴交加,人困马乏。一日,将军忽见远处波光粼粼,于是率领众士兵欣然前往,不知走了多长时间,那浩浩波涛却越来越远,最后渐渐消失。将军一行这才知道上了那海市蜃楼的当。无奈之下,将军只好命人就地掘泉,然而,泉水却苦涩无比,不能饮用。将军不禁仰天长叹:"天灭我也!"这样全军数千将士只剩下了最后一壶水,将军不忍独饮,传众人舔之,最后水绝,全军覆没。后人有感于将军的品格,把将军征战的地方命名为将军戈壁。

听完李德宝讲的故事，他们都沉默了，被故事厚重的内容感染了，也为将军和战士们的遭遇感到心痛。这些为了祖国领土完整，付出热血和生命的将士们的精神令他们敬佩。

三个人又默默地出发了。太阳明亮而温暖，微风柔柔而清凉。

下午太阳快落山时，他们上到了神仙梁。三个人被眼前壮观瑰丽的景色再次惊呆了：天空中，漫天的晚霞像神笔绘就的彩图，五颜六色，在戈壁滩上空舒展开来，把天空变成了一个大画屏；地面上，只见一个直径几公里的大坑，里面熊熊的火光映红了半边天空，红光直达天空，仿佛仙境，又若灯火阑珊的大城市。真叫人难以置信，在这深山荒野之中，竟有这么美丽的景色。

李德宝讲："这一带的煤含有丰富的硫黄、磷等物质，所以露天氧化后便自燃了。听老人们讲，这火燃自唐代，至今已经燃烧了一千多年了。到底燃烧了多少煤，就无法计算了。我们现在看到的火光，是从焚烧的东火坑发出来的，你们看，多像是一个大火狱，很危险，也很可怕。"

李德宝看着被惊呆的马德胜和李长忠，继续讲："记得有一年，我去拉煤，下到煤宫（采煤的坑道中）去装煤，出煤宫的路很窄，两边是熊熊燃烧的火坑。我亲眼看见，一辆马拉车掉进了火坑里。只看见冒了一股黑烟，车马就不见了。幸好那车户机灵，及时跳下车逃生了。你们不知道，当时啊，那车户吓得蹲在地上瑟瑟发抖哩，半天都站不起来了。"

马德胜怀疑这个故事是李德宝编造的，目的无非是想显摆一下他见多识广，也顺带着提醒他和李长忠，要注意安全，这里可来不得一点大意。

夜晚，拉煤的人并不多。他们三个人相互帮忙，很快就装好了车，各自赶着驴车往外走。

马德胜突然感到有点莫名的紧张，耳边响起了李德宝讲的故事，眼前一直晃动着马车坠入火坑的场景。他害怕了，浑身有点发抖，心也跳得厉害了，仿佛坠下去的就是他的毛驴车。他拍拍脸，搓搓手，然后用力拉着驴笼头，生怕驴不听话掉下去。这时候，他有点后悔了，当初应该听老李的话，借一头成熟的老驴，毕竟这路不好走，但现在已经晚了。

黑母驴拼命往前拉扯着身子，车仍然像移动的蜗牛，慢腾腾地向前走动着。现在，他怕这头漂亮母驴拉不动，会被压趴下，然后……他不敢想了，后背吹过一阵凉风，他冷得直打哆嗦。

身后传来了一阵叫骂声："前面的，走快点儿啊，你这是往天亮磨叽吗？驴拉不动还不少装点，不怕撑死呀！"

他忍受着没有说话，任凭后面的人叫嚣，心里却越发着急了，有点手忙脚乱。他连忙转身走到车的旁边，用力推着车子。车子比前面快多了，眼看就要走过最陡峭的坡段了。这时，车轮子被前面车上掉下来的煤块挡了一下，在他和黑母驴猛地用劲的时候，车辕打了个转，朝左转去，黑母驴又不听话地用力一拉，他眼前一模糊，看见黑母驴和装满煤的车子像故事里的马车一样，向火坑飞滚而去。他被急转过来的车帮子打倒在地上，屁股被掉在地上的煤块垫得钻心疼。

马德胜被这突发事件吓呆了，浑身像被抽去了筋骨，软塌塌地瘫坐在地上，喘着粗气，心慌乱得厉害，好像要从他的躯壳跳出来。沾满煤灰的脸变得寡白寡白的。

整个煤矿安静了，刚才还叫嚷的人也都惊讶地闭上了嘴，沉浸在刚才突发的惊吓里。

马德胜不知道自己是怎么走出煤矿的。当他清醒过来时，已经站在了李长忠的煤车边上。最终，他发出了绝望的哭喊声："哎呀，这让我咋办哩，这是要我的命啊！"这嘶叫声在空旷的戈壁滩上回响着，像一声猛雷，响彻整个天空。

李德宝和李长忠走过来劝他，李德宝拉着他的左手，望着他惊恐的眼睛，说："德胜啊，一碗水倒在地上，就再也舀不起来了。事情既然发生了，咱们就得面对啊，没有过不去的坎。"李长忠也用近乎同样的语调说："德胜，你要想开啊，家里马晓燕还在等着你哩，事情既然发生了，你哭了，喊了，也没用啊。"

此时的马德胜，满脑子都是刚才驴车滚落火炕的情景，尤其是黑母驴落下去的瞬间向他瞥来的惊恐和无助的眼神，像一把刀子狠狠刺向他的心，让他的心疼得发抖。他觉得自己的心在流血，一滴一滴，落在了戈壁滩上，变成了熊熊燃烧的火焰，将他烤得钻心疼！

他突然觉得自己累了。自从离开父母，离开老家以后，他靠着顽强的毅力走到了新疆，路上吃过的苦、受过的罪还历历在目。到一碗泉后，他觉得生活应该会好起来的，但现在，他仍然是个一无所有的穷光蛋，原计划这次把煤拉回去后，到山上放羊，改变一下现状。现在，鸡飞蛋打了，驴没了，车没了。那可是队里的驴车啊，回去咋向队里交代！肯定要赔偿，那要赔偿多少钱呢，根据他掌握的价格，起码也得100元，那是他和马晓燕要多久才能挣得的钱啊。他痛苦地呻吟着，双手狠狠地撕扯着头发，却感觉不到一点疼痛，反而有一种痛快的感觉。他煎熬着，痛苦着，茫茫的戈壁滩突然变成了灰蒙蒙的一张大网，压得他透不过气。他想大声吼叫几声，也想在戈壁滩上躺下，没心没肺地睡上几天或几个月，不再思想生活里的烦事。

　　他觉得口渴了，拿起水壶大口喝了起来，可是，水似乎没有进入肠胃，而是全部流入了眼睛，接着眼睛起了雾，雾凝结成了水珠，水珠变大，眼睛里装不下后，撑破眼皮，一滴一滴滚落下来。突然，他的泪眼里恍惚出现了一个将军，高大勇猛，威风凛凛。这不是李德宝讲述的将军吗？将军面带微笑，好像在对他说什么，但他还没有听清楚，将军便从他眼前消失了。他感到很惊奇，揉揉眼睛，眼前还是茫茫的戈壁滩，并没有将军。他开始胡思乱想了，难道这是将军给他托梦了吗？突然，他精神一振，觉得自己好懦弱。想想将军，舍小家为大家，离别亲人，守边疆，卫家国，最后战死疆场，经受了多大的苦难啊！而自己受了这么一点小挫折，就像一只斗败的公鸡，垂头丧气，这还是那个意气风发的自己吗？他感到惭愧，狠狠地抽了自己一巴掌。

　　第二天天黑时，他们回到家了。虽然马德胜已经从沮丧中走了出来，但他还是怕走进家门，怕见到马晓燕，怕见到队里的乡亲们。

　　乡亲们都给予了他同情，用不同的方式安慰着他。

　　马建华拉着他的手说："年轻人，别害怕，驴车又不是你推下去的，谁还没有个一差二错哩，队里开个会研究一下，你不赔点是说不过去的，但我们也不会把你这个新来的人一棒子打死，等价格定好后，你慢慢地还，今年有了今年还点，没有了往后日子好过了再还，没事的。现在最要紧的是你要放下思想包袱，可别愁出个病来，那太不划算了。"马建华像亲人样安慰着他。他觉得说话的是他大，只有他大在他遇到困难时，才会这样语重心长地开导他，鼓励他。他突然想哭，想叫一声大，但还是控制住了自己的情绪，他已经是个大男人了，是马晓燕的丈夫了。男儿有泪是不会轻弹的，他咬住牙，坚持不让眼泪掉下来。

马晓燕比他坚强多了,微笑着拉他回家,鼓励他:"怕啥啊,不就是一头驴一辆车嘛,没了,咱们可以再挣啊,咱有手哩,啥也不怕。"

晚上,马晓燕给他做了一碗荷包蛋面条。吃完饭,她烧水让他洗了个热水澡,安顿他早早地上了床,又用自己的身体给受伤的男人进行了最原始最管用的安慰。马晓燕依旧那么温暖,像春风一样。熟悉的气息,像晨风一样干净,小心翼翼地吹到他的脸上。然后,熟悉的手也过来了,抓住他的手拖进了她的被窝,贴在她孕育生命的肚子上。

马德胜重温了马晓燕身体的炙热,随即他的手也被击打了一下。马德胜惊了一跳,脱口叫道:"这是咋了啊?"

"是你儿子在踢你。"马晓燕在黑暗里笑着说。

他悄悄流泪了,背过身子,没有让马晓燕看到。

十

国庆节后,马德胜跟着赛买提上山了。马德胜先到生产队开了回家探亲的证明。队长问都没问就给盖了章,还嘱咐他路上小心点。队长的关心,让他作假的心跳得飞快,他担心自己一不小心会说漏嘴。

马德胜第一次近距离地见到了天山,感受到了天山的雄伟壮观。那天,他们赶着羊群走到目的地的时候,已经是下午了,虽然一路劳苦,但沿途的景色让他兴奋不已。他一边赶着羊群,一边举目四望。沟壑纵横,山坡陡峭,到处金灿灿的一片。枯草、阳光、白云、蓝天,构筑了一个神话般的意境。周围一片安静,偶尔会传来几声鸟叫声,让人感觉到这里还有生命存在。在感到新奇和震惊的同时,他也感受到了天山的空旷、孤寂、苍凉。

他们居住的是两间残破的石头房子，孤寂地坐落在一个深沟里。房子是用石头垒成的，显得低矮、灰暗。赛买提已经提前到了，生起了炉火，屋顶上冒出的烟变换着造型，慢腾腾地向四周蔓延扩散。托运行李的驴和马甩着尾巴在房子周边默默吃着草，显得悠闲而安静。

在赛买提的召唤下，马德胜拖着疲惫的身子走进了石头房子。屋内阴暗、狭窄，马灯发出昏暗的灯光。屋子中间的火炉子上支着一口大锅，锅里煮着一锅肉，散发出诱人的香味。

赛买提麻利地把肉捞到一个面盆里，然后又往肉汤里下了皮带面，等皮带面熟了，捞到装肉的面盆里，然后浇上羊肉汤、皮牙子丝和咸盐混制的调味汤，这样，晚饭就好了。

德胜一边好奇地看着，一边说："这饭好啊，不但好吃，还抗饿抗寒啊。"

"我们羊把式搬家的时候都要煮肉吃。你嘛，第一次上山放羊，一定要多吃点啊。"赛买提爽朗的笑声充满了小屋，也传到了空旷的山沟里。"小马，这里就是我们的冬窝子了。这一冬天，我们就要在这里放羊。你的活，主要是上山放羊去，卡德尔嘛，负责看家和做饭。我明天早上就回去了。你也看到了，这里啊，连个人也看不见，羊好放得很，每天早上嘛，赶出羊圈，你跟着羊群就行了，下午太阳快落山的时候，再把羊赶回来就行了。"赛买提说完望了他一眼，然后拿起一个羊腿骨递到他的手里。"不过啊，你要防着狼偷吃羊，这里的狼狡猾得很，会和你斗智斗勇的，你要学聪明点啊。另外，这里的冬天，还会有暴风雪的，那场景吓人得很。不过你放心，我们的卡德尔是个勇敢的小伙子，他会和你一起解决这些麻烦事的。"

卡德尔是赛买提的大儿子,虽然只有十八九岁,个头却比他大还高,尤其是一双眼睛炯炯有神,散发着智慧的光芒。据赛买提讲,卡德尔从十五岁就开始跟着他放羊了,经验丰富,是个好羊把式。

第二天吃过早饭,赛买提骑着马回鄯善了。这让德胜觉得像少了一样东西,一阵孤单感袭来了。

马德胜每天赶着羊群出圈去放牧,看着爬满山坡的羊,他觉得自己就是一个指挥千军万马的将军,羊是他的士兵,他让羊往哪里走,羊就得往哪里走。在羊群面前,他有着绝对的权力。尤其是站在高耸入天的天山顶上时,他的内心深处油然而生一种"会当凌绝顶,一览众山小"的豪迈感,体内的荷尔蒙也彻底激发出来了,他也会扯开嗓子唱上一曲家乡的花儿,他觉得只有站在天山上唱花儿,才会有酣畅淋漓的畅快感,而且那歌声好像长了翅膀,直冲九霄云外。

白牡丹你就白来着耀呀人哩

阿哥的白牡丹呀

红牡丹你就红呀了着

想我的花儿嘛火呀哩

……

只是每每唱到情深处,他都会想起马晓燕。这时,他会想马晓燕现在在干啥呢,她还好吗,她一个女人挺着个大肚子,还要干家里的碎活,太辛苦了!他也会想,她什么时候给自己生儿子哩,他对儿子的出生充满期待——那是他和马晓燕爱情的结晶,也是他们马家人血脉的延续。尽管他清楚,怀胎需十个月,也大概记得马晓燕怀上的时间，但这个时间往往是有很大空间的，早个十天八天，或晚个三天五天，都很正常。有时候他也会感到孤单，在这么广阔的草原上，尽管有很多的羊、牛、马，还有见了他就撒腿跑的沙狐子、野兔子，但没有一个可以和他说话交流的。有时，他会碰到别的羊把式，但大多是哈萨克族或维吾尔族，不会说汉语，没办法交流，只能费力地用手、用身体比画着。时间久了，就觉得没意思了，见面只是微笑着点点头，算是打过招呼了，然后各干各的了。有时他也会想起家乡，想起父母，想起病在床上的奶奶。这时，他就会不停地问自己一个可怕的问题：奶奶还好吗？她该不会已经到另一个世界了吧？每每想到这些，他都会泪流满面。

如果说思念和孤单是日常生活里最难熬、最困扰他的难题的话，那么后来碰到狼和暴风雪，就是对他的更大考验了。这些在他的老家，是永远都不会遇到的。

深夜里，深邃的天穹星光稀疏，一轮玄月高高悬挂在天山上空。夜，静谧而神秘，深远而浩茫。

劳累了一天的马德胜和卡德尔睡着了，他们在各自的梦乡里畅游着。

突然，狗疯狂嘶叫起来，那声音在空旷的山谷里回荡，让人感到毛骨悚然。卡德尔摇醒他，惊恐地说："德胜哥，不好了，可能狼来了。"卡德尔一边说着，一边穿衣服，虽然有些惊恐，但有条不紊，就像一个训练有素的士兵，在面对敌情时，坦然自若。

马德胜虽然从卡德尔的淡定上得到了一些镇定和胆量，但心里仍然感到一阵惊恐。他以前只是在老人们的口传里知道狼，还听说狼多么狡猾，多么凶残，没想到今天遇到了，而且还这么近，近在咫尺。

他浑身开始发抖，两只手抖得拿不起衣服。等他穿好衣服，卡德尔已经冲出了屋子，左手晃动着手电筒，右手提着大头棒，大声叫喊着向狼出没的方向冲了过去。两只牧羊狗已经和狼对峙上了。只见那狼后腿微屈，前腿向前伸出，摆出一副随时出击的架势。两只眼睛里发出幽幽的凶光，让人不寒而栗。

这是一匹体格健硕的大灰狼，每一根毛发都仿佛带着霜冻的露珠，冷硬而富有光泽。它的眼睛，犹如两颗被时间磨砺的宝石，深邃，清冷，透出一种无法言说的野性。

看见卡德尔冲过来，狼胆怯了，在向狗做出一个冲击的动作后，撒腿朝山上跑去了。

直到这时，马德胜的两条腿仍像灌满了铅，心好像要跳出来，震得他肝脏疼。

这次遭遇狼袭是他放羊以来，遇到的第一次大的考验。虽然时间很短，过程也很简单，却在他的心里留下了阴影。之后的一段时间里，他一直生活在恐惧中，每天晚上都会做噩梦，梦见不是狼咬伤了他，就是狼叼走了羊。

他紧跟着卡德尔，像影子一样缠着他，不敢单独去放牧，夜间也不敢外出解手。

时间是个好东西，随着日子的推移，尤其是在卡德尔的一次次鼓励和开导下，他才慢慢从阴影里走了出来，不怕狼了，也敢自己去放羊了。

让他没想到的是，第二次生与死的考验很快又来了。如果说半夜遇到狼，他和卡德尔还有牧羊狗与狼的斗争是可控的，那么遇到暴风雪就是不可控的了。他再一次感受到了大自然的凶残和超强破坏力，就像他们在戈壁滩上遇到沙尘暴一样让人恐惧。

太阳偏西，他准备赶着羊往回走时，西边天空突然涌起了黑色的浓云，排山倒海地向他这边滚来了，很快太阳不见了，天空黑压压的一片，让人感到恐惧和窒息。呼啸的冷风已经夹着雪花向他扑来了，粗硬的雪粒狠狠打在脸上，又冷又疼。

马德胜的心抖得厉害，似乎感觉到世界末日就要到了。他厉声吆喝着把羊群缓缓向居住的地方赶。可是，风雪越来越大，呜呜的风啸变成了轰轰的狂吼，铺满草原的厚雪向天空翻卷，世界白茫茫的一片。

羊群吓呆了，停下脚步，咩咩狂叫起来。羊的惨叫声伴着狂暴的风吼，使他恐怖到了极限，他甚至觉得，今天要把自己留到这里了。

马德胜已经变成了一个稻草人，没有了往日将军的威严。吓坏的羊儿不再理会他的喊叫和皮鞭的抽打，它们扭头顺风狂奔起来。他紧紧追上羊群，来回地跑着横线企图拦截它们。但是，浑身沾满雪块的羊群像一堆雪球，一个劲儿地顺风滚去。他的嗓子嘶哑了，头脑也呆滞了，只是机械地左挡右拦，嘶哑地吆喝着。

在马德胜快要承受不住的时候，风雪的呼啸中传来了一个声音："喂——德胜哥！喂——德胜哥！"他听出来了，是卡德尔的声音！

他用尽了所有的力气，奋力喊着："卡德尔，我在这里！卡德尔，卡——德——尔。"

一团雪雾冲到他身边，卡德尔骑着枣红马来到了他的身边。卡德尔表情庄重，眉宇间显出一股坚毅的神情，这种神情，只有在特殊的时候才能看到。在上次和狼的斗争中，卡德尔的脸上也显出了这种神情。德胜很佩服这个小伙子在困难面前表现出来的刚毅和冷静。

羊群也似乎因为卡德尔的来临而安静了下来，它们不再烦人地咩咩乱叫了，在两根皮鞭的催赶下，渐渐转身朝西半顶风半顺风地被赶回了羊圈里。

回到屋子里，马德胜一屁股瘫坐在土炕上，身子像散了架，没有一点力气，耳朵里还回响着呜呜的风雪声，眼前晃动着不听话的羊群和黑压压的乌云、翻滚的积雪。他感觉自己又在鬼门关上走了一趟，好在平安回来了，不然他的孩子一出生就没有了爸爸。这时，一股眼泪从他的眼角滚落下来，掉在了炕上的花毯子上，他连忙转过头，悄悄擦去了还留在眼角的眼泪。

卡德尔做好了饭，叫他吃饭，他却没有一点食欲。他还处在惊慌和恐惧中。

十一

在马德胜离开家，上山放羊挣钱的时候，留在家里的马晓燕也没有闲着。她是个闲不住的人，而且，现在新的生活正在向她招手，她能闲下来吗？不会的，她像注了鸡血一样，没白没黑地忙碌着。虽然，她的肚子已经明显地显露出来了，有点臃肿，有点笨。可是从小吃惯苦的马晓燕，并没有把这当成影响她劳动的借口。她每天仍然早早起来，简单吃点早饭，挺着大肚子，喂好鸡和狗，就到菜地把洋芋、萝卜收了，然后叫来张淑芳，把洋芋、萝卜放进菜窖里，又乘着天热，把房子漏风的地方用泥巴全部抹严实，为过冬做着准备，也为自己即将出生的娃做着准备。

随着德胜离开的时间拉长，马晓燕感到了孤单。她是个传统的女人，不喜欢凑热闹。她牢牢记着婆婆的话，作为女人，少到人群里去。

人聚到一起就是说别人的闲话，你不说，人家觉得和你不是一类人，会把你拒之门外；你说了，谁知道他们说的是不是真心话，说不定就是个套路，人还没散开，你说的话已经到了对方的耳朵里。所以，最好的办法是少去，少说。她觉得婆婆虽然是个没文化的人，说的话很有道理，所以，她一直就按照婆婆的话在做着。

虽然来一碗泉有几年了，但她仍然像个新人，对队里大部分人都还不熟悉，最多就是见了面打个招呼，有些连招呼也没打过，只是听过叫什么名字，别的就一概不清楚了。

到现在，全队她就和谢艳、张淑芳、马丽娜几个人关系好点。和这几个人关系好也都是有原因的。谢艳是河南人，她也出生在河南，虽然早早地来到了甘肃生活，但她对河南人还是有一种骨子里的故土情。在第一次交往后，她发现谢艳心直口快，说话像打雷，走路一阵风，在她的认知里，这种人都心眼不坏，还热情，所以她和谢艳的来往最勤，平时闲了互相走动，有事了相互帮忙。张淑芳话少，大多时候好像都在思考着什么，和她交往起来特别累，所以，她俩的关系保持在有用得着的时候相互帮助，没事了也不来往。马丽娜从上次打架后，虽然关系恢复得不错，外人看来亲密得像姊妹，但她心里清楚，她们之间还没有好到那个程度。人啊，一旦发生过矛盾，虽然看似和好了，但还是有隔阂的，这需要很长的时间才能完全消除。她和马丽娜之间，可能还处在消除期吧。

马晓燕的失眠是从一天下午开始的。那天下了一下午的秋雨，天快黑时才停下。被秋雨淋洗过的树木、小草像穿了新衣服，空气也十分新鲜。雨后的秋景感染了她，她突然想到外面走走，顺道看能不能拔点嫩草回来剁了喂鸡。她已经养了六只鸡了。当她走过门前的小山坡往泉上走时,看到李老汉放的队里的羊群。李老汉不知道跑哪里去了,羊像风吹散的蒲公英,撒了一坡头。正当她走过羊群时,看见羊群里顶着钢叉一样羊角的公羊在疯狂地追逐着母羊,而且还当着她的面,干起了羞死人的坏事。当时,她羞得低下头匆匆折回了家。她不知道有没有人看见她的窘样。回到家后,她用凉水洗了一把脸,想把自己的情绪平复一下,但心依旧跳得厉害。这时,谢艳来找她喧荒来了。

谢艳看她满脸通红,眼光躲躲闪闪的,便问:"你咋了,是生病了吗?"

"没事,好着哩。"

"俺不信,你肯定有事瞒着俺,快说。"谢艳的声音像炸雷,把房子都震得晃了晃。

马晓燕怎么能说出口呢,抬头望了一眼谢艳,"真的没事,好着哩。"说完,便低下了头。

"俺才不信,你肯定是有事瞒着俺。是不是想马德胜了啊?"谢艳一半当真一半开玩笑地咋呼着,两只眼睛紧紧盯着马晓燕,好像要把她看透看清。

"没有,真的没有。"说着又低下了头。马晓燕觉得谢艳的两只眼睛就像是两把刺刀,刺得她心里慌慌的。

"马德胜也真是啊,把自己大肚子的媳妇扔下回老家了,也不分个轻重。"说完,谢艳好像意识到自己说错话了,连忙改口,"不过啊,看望老人也是必要的。人啊,难得很,尤其是像你们这样刚成家的,老人不在身边,干啥都不方便。但你要守好家啊,马德胜不在了,你可不能胡思乱想啊,要耐住寂寞!"

马晓燕的脸红得像熟透的苹果,装着生气地说:"这有啥受不了的啊，我们又不是你们两口子，骚情得很。"说完，发出了一阵银铃般的笑声。

"告诉你啊，俺们刚结完婚时，一天都分不开，每天晚上都要亲热一阵子。你别看俺家张斌瘦瘦弱弱的，那方面可厉害了，有时候我都受不了，求他放一马哩。"

"有那么厉害吗？你就瞎吹吧！"马晓燕忍不住发出了一阵笑声。

谢艳走后，马晓燕觉得心里空荡荡的，眼前一直晃动着那两只不害臊的羊，怎么也赶不走。还有谢艳讲的他们夫妻的事，也在她耳边回响着。她突然感到一丝委屈，她也不知道自己委屈什么，何况当初德胜去放羊是她同意的。她安慰自己，开春后德胜就回来了，就可以天天在一起了。她又想，要是天天在一起，可能也会烦的，再不要天天吵架了，那多不好看啊。想到这里，她失声笑了。

月亮升高了，窗帘里透进来的光线把屋子照得影影绰绰。马晓燕躺在炕上翻来覆去，总觉得炕上缺个啥。这时，她想起了他们的第一次。那天客人们走后，她静静地坐在炕沿上，煤油灯发出的暗黄色的光线给屋内蒙上了一层神秘的光。她紧张得心扑通扑通跳着，不知道怎样迎接即将到来的那一刻，有期待，有紧张，也有恐惧。

这时，德胜进来了，黑红的脸在灯光下显得愈发黑亮。他站了一会儿。她感觉到他的心也在剧烈地跳着，奇怪的是，竟然和她的心跳还保持了一样的节奏，一样的力度。德胜好像在做着冲刺前的准备，然后像铆足了劲的种公羊向她扑来。

她的心跳得更快了，呼吸几乎要停止了。只觉得自己的衣服像飘落的雪花，一件一件飘落到了地上，接着一阵钻心的疼痛后，她从姑娘变成了女人。

这一夜马晓燕失眠了，看了一夜的月光，听了一夜的风声，也想了一晚上的"坏事"。她在问自己，同样是人，难道干那事还有差别？母羊会不会也和人一样，经常半夜里想起"欺负"过自己的公羊呢？肯定会的，动物也是有七情六欲的；不会的，它们是牲口，怎么会有人一样的情感呢。纠缠了一晚上，她也没理清楚，倒把自己累瘫了。

十一月中旬，一碗泉降下了第一场雪。这场大雪一直下了两天两夜。队里的老人们讲，这是多年来没有见过的大雪。洁白的积雪给大地盖上了一层厚被子。马晓燕兴奋地在雪上走来走去，她甚至大胆地想，要不是肚里有娃，非要约上几个姐妹打一次雪仗，尤其是人走上去发出的咯吱咯吱声音，像老家的花儿一样好听。这时她想起了德胜唱的花儿。记得那时她刚到德胜家，德胜天天拉着她到山顶上扯开嗓子就唱起来了。那时她还年纪小，不知道德胜唱的是花儿，她只是觉得好听，像秋风吹过即将收割的麦穗发出的声音，又像喜鹊求爱时发出来的欢叫声，让人很兴奋。后来有一天，德胜唱完后给她讲，他唱的是花儿。她觉得花儿很好听，听着像被阳光抚摸一样舒坦，浑身麻酥酥的。德胜知道她喜欢听花儿后，有时间了就给她唱，直到他们结婚前。有一天，德胜又站在山顶上给她唱花儿，只是这次的花儿和往日的不一样，德胜一边唱一边用一种以前没有过的眼神望着她，两只眼睛射过来的光让她有一种麻酥酥的感觉。她的脸红了，心跳得飞快。那以后不久，她和德胜就结婚了，成了夫妻。结婚那天晚上，他们忙完要紧的事后，她紧紧依偎在德胜的怀里，问德胜当时唱的是什么花儿，像千百只猫爪子挠身一样，让人心慌。德胜说那叫《阿哥的白牡丹》，是一首爱情花儿。

她家低矮的房子在积雪的覆盖下只露出个烟囱,孤单地挺立着。这时她想起了德胜。他还好吗?是不是也像这个烟囱一样孤单呢?她突然有了一丝伤感,穷人的生活苦啊,要是家里没有难场,她是不会让德胜撇下她到山上去放羊的。有哪个女人大肚子的时候不希望自己的男人陪在身边呢?德胜虽然平时大大咧咧、笨手笨脚的,但也有温柔的一面啊。自从她怀了孩子后,德胜变了很多,就像秋天地里的麦子,头天还是青绿的,经过一夜秋风吹,第二天就变成了草黄色了。德胜自从得知要当爸爸后,也知道关心她了,家里的粗活细活抢着干。"唉,我就没有这个命啊!"她叹息道,"这个家伙一走就没有了音信,也不顾我的死活。"但马上她又想,德胜一个人到那么远的山上放羊,人生地不熟的,怎么过的啊。听别人说,山上还有狼,想到这里,她感到一阵后怕,但又觉得无可奈何,谁让自己家穷呢。

记得当时德胜和她商量要上山去放羊时,她没有一丝的犹豫就答应了。她觉得,他们现在需要钱的地方太多了,奶奶常年生病,是快入土的人了。虽然葬礼可以简单操办,但还是需要花钱。家里已经像冬天的麦秆,挤不出一点养分了,而且公公婆婆都岁数大了,身体一日不如一日,这都需要钱。所以在德胜提出想要去时,她坚决地支持了他。有时候,夜深人静,一个人躺在床上时,她有过后悔,尤其是下大雪的晚上,那风雪暴躁,好像要掀掉她家的屋顶,吓得她整夜睡不着觉。

马晓燕的肚子越来越大了,她不敢往外乱跑了。每天晚上,谢艳都会来她家里喧荒。谢艳一再叮嘱她:"没事了可别往外跑,新疆雪厚,人走上去容易滑倒。前两天,李老汉的媳妇摔倒,摔坏了肩胛骨,现在躺在床上动弹不了。你是大肚子,尤其要小心。"谢艳的话犹如一道紧箍咒，牢牢地套在了她的脑袋上，她不敢有一丝的大意。她在屋里放了一个尿盆，晚上不出去。她怕自己大意，肚子里的孩子出事了，怎么向德胜交代，怎么向老家的老人交代啊。她小心翼翼地照顾着自己，其实就是在悉心照顾着肚子里的孩子。

这一天，她待在家里，特别烦躁，不知道该干什么。这时谢艳来了，两个女人天南海北地闲聊着。谢艳给她提供了一个信息："你手那么灵巧，可以织点毛衣、做点布鞋，来年时卖给鄯善羊把式，还能给家里增加点收入哩，起码油盐酱醋的钱够了，周围的媳妇们都在做。"她觉得谢艳提供的这个信息太好了。她手巧是出了名的，小时候婆婆给她教会了纳鞋底做鞋子、织毛衣的活计。按婆婆的话说，女人要学会做针线活，不然别人会看不起的。现在她发现，还是婆婆有远见，给她教了一门挣钱的手艺。从此以后，她把大把的时间用来做鞋子、织毛衣。

马晓燕的肚子已经大得像倒扣的铁锅了，走起路来左右摇摆着，像院子里的大白鹅。她知道自己快当妈妈了。这天中午，吃过饭后，她躺在炕上睡着了，然后做了个梦，梦见德胜赶着一群羊站在高高的山坡上放着，羊群像洁白的棉花团撒了一山坡。调皮的山羊在陡峭的山尖上像疯子一样撒着欢子，让她触目惊心，担心羊会掉下来。德胜站在最高的山尖上，放开嗓子唱着她最爱听的花儿：

白牡丹你就白来着耀呀人哩

阿哥的白牡丹呀

红牡丹你就红呀了着

想我的花儿嘛火呀哩

……

她如痴如醉地听着,就像德胜第一次唱给她听时一样好听,闹得她心里乱乱的。

这时,一只雄鹰叼着一只小动物飞了过来,可能是雄鹰累了,也可能是被叼的小动物咬了老鹰一口或者是抓了老鹰一爪子,老鹰扔下小动物飞走了。被叼的小动物从天空轻轻飘落,最后竟然落到了德胜面前。她伸长脖子,睁大眼睛,仔细一看,是一只狼崽,摇晃着尾巴在德胜身边转悠着,嘴里还不停发出吱吱呀呀的叫唤声,显得十分亲密。

马晓燕被一阵敲门声吵醒,是谢艳来看望她了。随着肚子日渐鼓起,谢艳来得越来越勤了,帮忙给她砸点煤、提桶水,有时候家里做了好吃的也会给她端来一些,让她解解馋。谢艳生过两个孩子,对养胎、坐月子很有经验,经常给她讲注意什么,操心什么。而且最近又把自己的大丫头萍萍打发到家里来,帮她干些杂七杂八她不方便干的活。

马晓燕把刚才做的梦讲给了谢艳。谢艳说:"马晓燕,俺要是没猜错的话,你要生个带把的了。按照老人的说法,梦见狼娃子一般都生儿子哩。俺提前恭喜你啊!要是马德胜知道你给他生了个大胖小子,他会多高兴啊。还有你的公公婆婆,肯定也会高兴死了。老人重男轻女,传宗接代思想特别严重,你这第一炮就要实现开门红了啊。"

"你看我的脸色害得厉害吗?"

"厉害啊,都快成黄脸婆了,马德胜要是看见你现在的样子,还不心疼死。"

"去你的,他才没有那么稀罕我。我听老人说,大肚子媳妇脸色蜡黄憔悴的，要生儿子，脸色红扑扑的、反应不大的，要生丫头子。"

"你还迷信得不行啊。"两个女人又大笑了。

此后，马晓燕总觉得眼前有个胖娃娃在晃动，有时还会偷偷叫她一声妈妈。但当她答应后去寻找时，却没了影子，这时才发现自己走神了。她享受着即将当妈妈的喜悦，也有一丝丝的忐忑不安，一遍遍在脑海里想，会生个男娃还是女娃。虽然谢艳说是男孩，但那也只是凭一场梦做出的判断，可信度没多少。她自己也无法回答这个问题。她常常安慰自己：只要能平安生下来就是最好的事了，管他是男娃女娃。但是，在她的内心最深处还是渴望能生个儿子。

在谢艳的帮助下，她已经准备好了坐月子的东西，而且谢艳还帮她请好了接生婆，李长忠的舅母，是附近一带有名的接生婆。

早上太阳像个大灯照得平静的一碗泉亮堂堂的。洁白的积雪在阳光的映照下发出刺眼的光芒，让人睁不开眼睛。鸡叫声、牛羊叫声，还有小孩子的欢笑声汇聚到一起，营造了乡间特有的热闹和骚乱气氛。

马晓燕吃完早饭准备收拾屋子时，突然腹部猛然向下一坠，疼得她几乎叫出了声。她感觉到了异样，赶紧打发萍萍告诉谢艳请接生婆。她忍着疼慢慢移到炕边，用尽力气爬上炕。但在疼痛的同时，也似乎感觉到了一丝幸福、一种收获的喜悦，这是她盼望了很久的一刻。她平静地躺下，按照身体给她发出的信号慢慢运作着，就像尿脬满了往外排尿一样自然，只是这时候疼得有点钻心。突然，肚子猛地一疼，她感觉到裤裆里有个热烘烘的东西在蠕动，接着发出了一声响亮的啼哭声。

婴儿的哭叫声立刻充满了温暖的小屋，也萦绕在她的耳畔，就像德胜唱的花儿一样让她心动。她的心一上一下疯狂跳着，好像要随着婴儿的哭叫声从嘴里跳出来。她看向孩子，映入眼帘的是那模糊的小牛牛，这可能是她本能的最想看到的东西。现在这个纠缠了很久的问题，终于有了明确的答案了。"儿子，我有儿子了，德胜有儿子了。"她本能地在心底里叫喊着。她又愣住了。她不知道下一步该怎么操作，即便谢艳给她讲了很多次，但此时，她因为幸福而变得糊涂了，不知道是该抱起来，还是先洗掉身上的血迹。

好在这时谢艳和接生婆来了，她们被眼前的场景惊呆了。这是第一次生育吗？还有这么顺畅的生产！这时她俩没时间考虑这个问题。后来的一天，在马晓燕感谢谢艳和接生婆时，她们似乎从自己的经验里总结了两点：马晓燕生得快，一是因为经常参加劳动，活动多，二是怀胎期间也没有吃上大鱼大肉，所以生起来顺畅。另外，她们开玩笑说，马晓燕平时吃得清汤寡水的，婴儿受不了了，就着急地跑出来了。

接生婆赶紧剪断了脐带，用热水把孩子洗干净。谢艳拿出马晓燕早就准备好的红布单子把婴儿包了起来。这样，一个新的生命鲜活地展现在了大家的面前。

谢艳又承担起了照顾马晓燕坐月子的事。

马晓燕的奶水很旺，儿子吃饱了睡，睡醒了吃，省心得很，麻烦事不多，在她坐够一个月的月子后，就可以抽出时间干别的活。

马晓燕生了儿子的消息迅速传遍了一碗泉。坐完月子后，善良的乡亲们，熟悉的，不熟悉的，都来看望她。这让马晓燕很感动。尤其让她没有想到的是，公社的领导还派阿依古丽来看望她。那天她刚给娃娃喂完奶，妇女干部马英急匆匆地赶来说："公社的阿贝宝主任听说你生娃了，要打发人来看望你，你赶紧收拾一下屋子吧。"

这个突然的消息让她感到高兴的同时也陷入了紧张。她长这么大，还没有被哪个领导关心过，该怎么接待呢？她愣在那里了。好在马英给她讲把屋子收拾一下，烧一壶茶水就行了，公社的领导没那么多讲究。她赶紧把屋子收拾了一遍，又给壶里灌满水，放到火炉上烧。这时，公社的领导已经进门了，自我介绍说："我是公社的民政干事阿依古丽，你生了孩子，阿贝宝主任让我来慰问一下你。你们从甘肃来，生活不容易，小马子又回老家了，你要照顾好自己啊。有什么困难了嘛，随时到公社来找我们。"阿依古丽用生硬的汉语说了半天。马晓燕因为紧张，什么也没听清楚，只是一味地说着谢谢。阿依古丽在桌子上放下50元钱后就走了。

送走公社的领导后，她赶紧问马英，刚才公社的领导都说了什么。马英又给她重复了一遍，她这才明白了意思。她感受到了公社的领导的关心，这让她高兴了好一阵子。

这时马晓燕又遇到了一个难题，得给孩子起个名字啊。现在德胜不在，她又没文化，只好求助谢艳了。谢艳想想说："先起个小名，等以后上学了，再找个有文化的人，给起个好听点的名字。俺看就叫狗蛋吧，老人们讲，狗有九条命，起狗蛋，娃皮实。"

马晓燕点点头，觉得这个名字虽然有点俗气，但只要孩子健康，比什么都重要。

十二

春暖花开，万物复苏。山上的春天比戈壁滩上的来得晚一点，但还是来了，天山上的积雪开始融化了。

赛买提提前两天赶到了山上,准备着往夏牧场转场。

马德胜放羊的期限到了。

这天晚上,赛买提宰了一只黑羯羊,算是对马德胜放了一冬天羊的感谢。两个人一边吃着肉,一边聊着天。

"小马子,你是个老实人,羊放得很好,我很满意。我想,明年有需要的话还请你来。"说完看了德胜一眼,啃了一口肉,"你放羊的工钱嘛,我明天把五只羊娃子指给你。但我想,这些羊你不能拉回去,拉回去了嘛,会有麻烦的。我和你把羊拿到鄯善卖掉,你把钱拿回去,你看行吗?"

德胜大口地吃着羊肉,嘴角上沾满了油。他很感激赛买提父子这一冬天对他的关心。"好啊,就按你说的办,咱们把羊拉到鄯善卖了,我拿着钱回去,这样好点。"

他们又聊了很久才睡下。这一夜,德胜睡得很踏实。

正好有车要拉赛买提回鄯善,马德胜和他一起拉着羊,去了鄯善。一只羊五十元,共卖了二百五十元钱。

马德胜握着钱,激动得久久不能说话。这是他一个冬天靠自己的辛苦劳动挣来的,是血汗钱。有了这些钱,他可以解决很多难题了。他心里从来没有像现在这么踏实过。

他感谢赛买提给他了一个挣钱的机会,非要请赛买提吃顿饭。赛买提看他是真心的,便答应了。

他们来到赛买提家门口的一个饭馆。因为来得早,饭馆里还没有什么顾客。马德胜要了二斤手抓羊肉,两碗拌面,扎扎实实地吃了一顿。在他去结账时,赛买提早已经把单买了。马德胜非要把钱退给赛买提。

"小马,我们新疆人嘛,有一句话:'朋友来了,一顿饭不请嘛,那不是真朋友。'你到我的房子来了，哪有你请客的事！你这样做，我脸臊得很。"

德胜听赛买提这样说，就不好再给钱了，他把这份情谊牢牢记在心里了。

德胜到鄯善县城，把一百元钱寄回老家了，他希望他大拿着这些钱给奶奶买些药，买点吃头。他多么想奶奶还活在这个世界上。他给马晓燕扯了一块淡蓝色的布料，给他还没见过面的儿子买了两个玩具。给马队长买了两盒大前门牌香烟。自己只是到理发店理了个头发。

这时的德胜，和进山前发生了很大的变化。放羊期间，卡德尔每天都上山抓野兔、野鸡，想办法做好吃的，偶尔还会宰羊吃，现在他的身板更壮实了，像山上的青松一样魁梧。

德胜像一个成功者，手里提着买的东西，挺直腰杆子走进了一碗泉，急着去见他的马晓燕，还有他的儿子。现在，迎接他的已经是两个人了。可是，临到家门口，他的脸烫得像炭火一般，能听见自己咚咚的心跳声，他也不知道自己为啥紧张成这样了，是因为要见一个新生命而激动，还是因为要见自己心爱的女人而兴奋。

当他推开门扑上炕，看着自己的亲骨肉用一对黑溜溜的眼睛望着他的时候，忍不住鼻子一酸。他俯身去亲吻儿子的小脸蛋，那小脸蛋就像熟透的苹果一样圆润。自从儿子出生后，他突然觉得，自己的人生有了新的意义了。

马晓燕把他的头掀在一边，心疼地说："你嘴巴把娃娃都亲疼了！"说完瞪了他一眼，两眼里满是喜悦。

生完孩子后，马晓燕变得更丰满了，脸色红润，带着做了母亲的幸福，也更结实了，门里门外的活拿得起，放得下，从不叫苦喊累。

但似乎也邋遢了一些，不像以前那样讲究自己的穿戴了，一身带补丁的衣服从早穿到晚。德胜记得，他很小的时候，还年轻的妈妈就是穿着这样一身缀补丁的衣裳。像土地一样朴素和深沉的母亲啊，想起来就让人温暖，让人鼻子发酸。

德胜很喜欢晓燕的这身打扮，他希望儿子也能记住这样一个母亲的形象。望着儿子天真稀罕的小脸蛋，他突然有种想哭的冲动。如果说在儿子出生前，他还有一种外来人的孤寂，心时常有悬在半空的感觉的话，现在随着儿子在这片土地上的出生，他就成了实打实的新疆人了，儿子成了"疆二代"了，他们在这片土地上已经实实在在地扎下根了。他突然想到了父母，要是两个老人知道他们有孙子了，那该会多么高兴啊。两个老人肯定会流泪，尤其是妈妈，笑着哭着满庄子跑着去告诉亲戚朋友这个好消息。

他在心里默默地想着，也是在给自己打气："我有儿子了，生活有奔头了，我一定要给儿子创造更加美好的生活。"这可能是当了爸爸后的激动，也可能是他感觉到他的幸福生活已经开始了。他从来没给别人讲过他在山上遇到狼和暴风雪的情景，把这些深深埋在了自己的心底。

队长见他拿着烟来看望，很高兴，真把德胜当成了探亲回来的人，问这问那聊了很长时间，还告诉他一个好消息："拉煤掉到坑里的驴和驴车，就赔上一百元钱吧。你是新来的，现在家里困难，等你有钱了再还上。"

德胜是流着泪走出队长家的。望望天空，阳光明媚，白云飘浮，和风习习。他感慨道："一碗泉的天空真美丽啊！"

十三

六月的一碗泉是迷人的,远方的小山坡只有在这个时候才用惹眼的绿色装扮起来。水浇地里,玉米已经快一人高了,每一株都孕育着一个到两个可爱的小绿棒,绿棒的顶端都吐出了粉红的玉米须。山坡上,豌豆、鹰嘴豆、油菜花,都在开花,红、白、黄、蓝点缀在无边无涯的绿色之间。因为不久前下了饱雨,因此地里没有显出旱象,湿润润,水淋淋,绿蓁蓁,真叫人愉快、舒坦。

这天下午,德胜和晓燕正在玉米地里除草。天蓝得像水洗过一样,雪白的云朵静静地飘浮在空中,麻雀、虫子们也都停止了歌唱,安静得只剩下锄头锄断草根发出来的清脆声音,让劳动的人有种烦躁的感觉。

这时,谢艳的女儿萍萍气喘吁吁地跑了过来,远远地就扯开嗓子叫喊着:"姨夫,姨姨,你们家里来客人了。"萍萍由于跑得急,上气不接下气,说得断断续续,含糊不清。

德胜和晓燕蒙住了,自己家里会来谁呢?他俩在新疆又没有个可以往来的亲戚,除了个别乡亲来串个门,谝个闲传子外,基本上就没有个啥亲戚找上门的。便纳闷地问道:"萍萍啊,你说的客人是个啥样的人啊?"

"一男一女,还有一个小丫头,十来岁吧,三个人。俺也不认识。现在就在你家门口等你们哩。"

两个人看从萍萍的嘴里也问不到什么实质的情况,便拿起锄头快步往家里走去。

虽然是下午了,太阳依旧毒辣,短短的一段路,他俩走得满头大汗。

当走近家门口时,两个人惊呆了,异口同声地叫道:"啊,是王芳姐,是李燕。"另外一个男人,不认识,但两个人的心里已经猜了个八九不离十,肯定是王芳的男人,李燕她大了。

"李燕不是……不是……"两个人同时发出了一声惊叹,然后疾步向他们跑了过去。

马晓燕紧紧拉住王芳的手,一时说不出话来,然后两个女人紧紧拥抱在了一起,已经是泣不成声了。德胜拉起李燕的手,用好奇的眼光望着,却不知道该问啥,该说些啥,只有那个男人两只手揉搓着,硬生生被晾在了一旁,好像是个无关紧要的局外人了。

四个人亲热够了,也哭够了,松开了彼此,这才发现把真正的客人给冷落了。王芳擦擦脸上的泪痕,不好意思地笑笑,然后指着站在旁边的男人介绍:"这是你们姐夫——李强强。"

李强强身材魁梧,光头,黑皮肤,身上穿着土布衬衣,裤管像水桶一样粗。腰间斜插着一支吊着红布烟袋的旱烟管,稍一走动,布烟袋就晃来晃去,十分惹人注目。

"姐夫好,很高兴你到我们家里浪来呀。"德胜热情地说着,目光却始终没离开过李燕,似乎在问:"那个上了天的丫头,咋又飞回来了啊?"

王芳不急不忙,故意吊他们的胃口,拉着李强强的手给他介绍:"这是马德胜,这是马晓燕,他们就是我和娃的救命恩人。"说着眼泪又吧嗒吧嗒掉下来了,然后又抱住了马晓燕,号啕大哭。马晓燕也哭了,李燕也哭了,德胜也是鼻腔一酸,眼泪流下来了。这时,他们的脑海里闪过的是上新疆路上的艰辛,还有找不到李燕后的绝望。

太阳已经开始西沉,黑影子慢慢落下来,西北风呜呜吹着,好像也受到了他们情绪的影响，变得凉飕飕的。

把客人让进房子后,德胜把家里的花公鸡宰了,蹲在院子里拔鸡毛,嘴里还哼起了花儿。马晓燕和王芳忙着炸油香、炒菜,最后摆了一桌子好吃的。这时候,李长忠两口子、李长善也赶来了,患难的人们聚到一起有说不完的话,有聊不完的事,更有解不开的困惑。

李长忠摸了摸李燕的头问道:"这真是小李燕吗?这咋让人觉得不相信自己的眼睛了啊!"然后望着王芳说:"王芳姐,你赶紧给咱们讲一讲,李燕是咋找回来了的,你又是咋找到姐夫的啊!"

"你先不要着急嘛,姐夫,还有小燕子到现在还没喝一口茶,没吃一口饭哩,你着急个啥呀!"德胜一边倒茶一边说。"你说是吧,姐?"说完,望着王芳笑了笑。其实,他的心里也着急得像猫在抓,只是在故作镇定。

王芳笑笑,说:"我知道你们现在最想知道啥,我就给你们讲吧。"王芳喝了一口茶,润了润嗓子,开始慢慢讲她是怎么找到李强强,李燕又是怎么回到他们身边的。这又是一段艰难的历程。

王芳辞别了德胜他们后,按照李德宝指点的方向去找自己的男人李强强了。此时的王芳,心里五味杂陈,脑海里乱成了一锅粥。以前虽然艰苦,但那时她是和一群人在走,大家相互照应着,鼓劲着,而现在她变成了孤零零的一个人了,心里感到寂寞而又胆怯,而且李强强的具体位置她也不清楚。这些她还能克服,手里至少还攥着一张纸条子,她可以打听到自己男人的住处。现在,最让她难心和颇烦的是,她把丫头弄丢了,心里还伤心着,愧疚着。现在,她又要带着这块心病去见娃她大,该怎样给李强强解释呢?李强强又会怎么看她呢？会不会原谅她呢？疑问一个接一个，把大脑装得满满的，让脑子生疼。

王芳迈着沉重的步子慢腾腾走着，像个无头的苍蝇，觉得哪里都是灰蒙蒙的戈壁滩，除了偶尔脚步声惊起一些不知名的小鸟外，就只剩下自己脚步踩出的声音和剧烈跳动的心脏发出的声音。大脑也没有闲着，一路上思想着颇烦的麻缠事。

太阳越升越高了，气温越来越热了，她满头大汗，困乏地坐在一块石头上喝了几口水，缓了一会儿，继续出发。

太阳正中时，她走到了木垒县城。

王芳来到一棵大树下，一屁股坐下，吃了几口馍馍，喝了几口水。这时，她反倒不着急赶路了，心里想："着急回去干啥哩，一个连自己的孩子都保护不好的人，会受到欢迎吗？"虽然她了解自己的男人是个老实人，但那时她没有犯下致命的错误，现在不一样了，自己把女儿弄丢了，这是致命的伤疤啊，没有人会原谅的。她认为回去就是个泥潭，就是新的痛苦的开始，既然这样，还不如索性在这里多休息一会儿，慢慢来。想到这里，她反而淡定了很多，心情也放松了很多。

但总归还是要走的，在太阳偏西、天气不是太热的时候，她离开木垒县城向奇台方向出发了。路上依旧孤寂，依旧看不见行人，只有偶尔刮过的微风发出轻微的声响。

在太阳快落山，黑影子即将笼罩住戈壁滩时，王芳担心了，在这样一个前不见村，后不着店的地方，一个人怎么过啊？要是遇到了狼怎么办啊？她加紧了步伐，虽然已经很乏了，但仍然鼓足劲疾步向前走去。必须得找个地方歇一宿了，她给自己打气着。

她听见了狗叫声，心里一阵子惊喜，循着狗的叫喊声快步走去。

这是一个不大的生产队，在日渐浓厚的黑影子的笼罩下，一些低矮的房子显得孤单而破败。个别人家已经点上煤油灯了，像鬼火一样，既让人觉得是希望，也不由得产生一丝恐惧。

王芳向最东边的一栋房子走去。这家人的房子相对于别人家的，显得高大一些。

王芳还没有走近，一条凶猛的黑狗向她扑来了，龇牙咧嘴的，一副吓人的凶狠样。王芳手里早就攥着一根树条子，这是她用来防身的，现在正好用上了，做出要打狗的样子。狗停住了，只是咧着大嘴旺旺狂叫着，却不敢前进半步。

这时，一个女人的声音从屋子里传了出来，大声呵斥着狗。狗好像完成了任务，摇摆着尾巴跑一边玩去了。

一个女人从大门里走出来，向她这边走了过来。女人四十多岁，高个头，脸色黝黑，身穿一身半旧的土布衣裳。

"乡亲，你找谁哩？"女人望着她问。

王芳一听是老家的口音，突然有了一种亲近感。几步走过去，说道："大姐啊，我是过路的，要去找我的男人，现在天黑了，想在你家借住一晚上。你就可怜可怜我吧，让我凑合着住上一夜，明天早早儿我就走了。"

女人打量了王芳一会儿，问道："妹子，你是打哪里来的啊？老家在哪里啊？"

"我家住在兰州东边的莫尼沟。"王芳回答道，"大姐啊，听你的口音和我差不多啊，你老家也是兰州附近的吧？"

"是的啊，我们也是从甘肃来的，我们这儿就有你们莫尼沟的人哩。"女人说着，脸上露出了微笑。老乡的情感已经把两个人的关系拉近了。"走，进屋子，歇会儿，喝点茶。"

王芳跟着女人走进了屋子里。屋子里很简陋，除了锅碗瓢盆，看不见一件值钱的东西，煤油灯发出昏暗的灯光。

这时，从外面走进来了一个男人，五十岁左右，身材魁梧，只是因为平时的劳作，背有点驼。

女人连忙给男人介绍着："这是从莫尼沟来的乡亲，来找他男人的，到咱家借个宿，明天早上走哩。"

"噢！"男人向王芳点点头，算是打过招呼了，然后问道，"乡亲，你男人现在在哪里啊？"

王芳连忙拿出写着男人地址的纸条子，说："就这纸条上写的地方。"

"哎呀，妹子，我不识字，你记得大概的吗？"

王芳想了一会儿，说："好像是奇台县三个庄子生产队。"

男人和女人都愣住了，同声说："我们这个生产队就是三个庄子啊，你男人叫啥名字？"

"李强强，去年跟庄子上的人来的新疆。"

"哎呀，妹子啊，你找对地方了，你男人就在我们队里，莫尼沟的强强就住在最北边哩。"说着两个人发出了爽朗的笑声。

"啊，这么巧啊！"王芳脸上露出了灿烂的微笑，但笑容瞬间不见了，又重新布满了愁容。

"我现在就打发丫丫去叫强强。"说着男人大声喊道："丫丫，丫丫！"叫了半天，也没有回音，"这碎女子又跑哪里疯去了啊。"

"大哥，你先别叫，我希望今晚住你家，明天早上再去找强强。"王芳用乞求的眼光望着男人。

"这是咋了？"两口子不解地望着王芳，眼睛里充满了好奇。

王芳突然哭了，哭声凄凉而悲痛。过了一会儿，擦干眼泪，才把怎么逃荒，怎么把李燕丢掉的事给两口子讲了。然后说："我怕强强接受不了这个打击，会打我哩。"说完，又开始哭了。

王芳说出来的这件事也把两口子搞蒙了，半天没有说话，像是在思考该怎么办。

男人开口了："唉，这号事是经常发生的，这也是没办法的事啊。"

女人接着说："去年来的高老三，把父母都留到了路上了，自己也是凭着一口气才来到这里的。"

"妹子啊，谁也不想摊上这样的事，既然摊上了，就该勇敢面对。我想李强强是会理解的。我这就去找他，先把女子丢了的事给他讲了，让他心里好有个准备。老婆子，你赶紧给妹子弄点吃的，妹子可能饿坏了。"男人推着一辆破旧的自行车出去了。

王芳望着走出大门的男人，心里一阵感动，这才想起还不知道这两个人的名字。便问女人："大姐啊，我还不知道你俩叫啥名字哩。"

"我叫赵桂花，我男人说话声音大，人都叫他王大炮。"女人爽朗地回答道。

王芳忐忑地等着自己的男人，既有久别重逢的渴望，又有丢了女儿后的胆怯，一分一秒是那么漫长。

赵桂花给她倒了一杯茶，端来了一碟苞谷面馍馍。王芳只是象征性地嚼了一块便停下了，等待着即将出现的热情拥抱，抑或是拳打脚踢。

大概过了一个小时，从大门外走进来两个人，一个是王大炮，一个是王芳心心念念的男人——李强强。

王芳站起来，急忙迎了上去。李强强也疾步走来了，久别的手紧紧握在一起，彼此用心对视着。王芳发现李强强眼睛红肿，知道王大炮已经把女儿丢了的事告诉他了。眼泪又流下来了，连声说："娃她大，我对不起你啊，我把丫头给弄丢了，你打我吧，你打我吧。"说着紧紧抱住了李强强，哭声凄凉，响彻了整个院子。

赵桂花两口子也悄悄扭过头去抹眼泪。

"这不怪你，这不怪你。是我不好，让你一个女人带着娃上新疆。"李强强也大声哭了起来，越发抱紧了王芳，"这都是命啊，这说明咱们和丫头的缘分浅啊。"

月亮升起来了，把这个偏僻的小山村照得明亮而朦胧，从西边山坡上刮过的夜风吹过树梢，发出了呜呜的响声，更增添了一份凄凉。

王芳停下了讲述。这时大家面色凝重，还都沉浸在那段艰难的经历中。是啊，在那样一个特殊的时期，人的力量能有多大呢？何况她还是个弱女子。大家都不约而同地将目光投向了李强强，他们敬佩这个胸怀宽广的男人。

马晓燕给大家又添满了茶。大家静静坐着，没有喝茶，眼睛盯着王芳，期待着她的讲述。

王芳明白大家的意思，望了一眼李燕，接着讲道："当狂怒的大风来时，遮住了人们的视线，只能看到眼前十几米的地方。娃娃惊恐地叫着妈妈，可那时我因为追兔子，离娃娃已经有几百米了，所以，娃的喊叫声我听不到。"

李燕怕了，顺着风去找咱们。顺着风的李燕越跑越快，越跑越远，直到掉进一个深沟里，额头碰烂了，膝盖也碰烂了，才停下来，抱着头惊恐地哭着，等着妈妈来救她。李燕就这么坐了一晚上，哭了一晚上，等了一晚上，却没有等来妈妈和叔叔阿姨们。

王芳喝了一口茶，望了大家一眼，说："那时候，咱们已经出发了，往回走了。"

"是啊，是啊，那时候咱们看不到希望了，就开始走了。"德胜补充道。

"唉，那时候咱们再多找一会就好了，把娃一个人扔到戈壁滩上，可怜的。"马晓燕叹息着说。

"那个时候，黄风把人刮得心里乱乱的，怕走不出去。"李长忠接着说。

"是啊，是啊，那时候大家心里都慌慌的，对前面的路没有一点希望，都是抱着走一步算一步的想法啊。你想，当时那路上撂下了多少白骨啊。"王芳又开始讲了，"第二天早上，娃娃从深沟里爬出来到处跑着找咱们，可能是害怕，也可能是娃娃体力好，像个无头苍蝇满戈壁滩跑着。快到中午时，累趴下了，嗓子干得冒火，饿得前胸和后背快粘上了，便坐在了一块石头上。"

"活该这娃娃命硬，在快不行时，碰见了一个找牲口的牧民。牧民的骆驼前天被黄风刮跑了，满世界地找骆驼，没想到骆驼没找到，却捡了一个女娃娃。好心的牧民拿出自己的水让喝了，拿出自己的馕让吃了，等娃缓过来后，才问为啥一个人在这个戈壁滩上。娃把一路走来的情况给牧民讲了。好在这娃记性好，把头天咱们在赛力克大哥家里吃饭的事也讲了。刚好这个牧民认识赛力克大哥，便把她送到了赛力克大哥家里。好心的赛力克大哥收养了她，还给她起了个好听的哈萨克族名字，叫努尔古丽。"

大家都心疼地看了一眼李燕，李燕低下了头，眼睛里积满了眼泪。

"你们都知道，在咱们离开的时候，我把娃她大大概的地方告诉过赛力克大哥。后来赛力克大哥的亲戚到奇台来办事，他就让把娃给带过来了，而且还端端地找到了我们，让我们母女又团聚了。"

王芳讲完了，大家还沉浸在王芳的讲述里，久久回不到现实里。

"这就像老人们讲的故事一样神奇啊！"德胜先回过了神，发出了啧啧的感叹声，"我多少次在想，这娃可能已经在天上吃蟠桃，喝仙水，过好生活哩，没想到，她没上到天上啊！"德胜的话逗得大家发出了爽朗的笑声。

"这娃的命真硬啊，在那种环境下，竟然活了下来。要不是娃就坐在身边，我死活都不会相信的。"马晓燕感慨着。

这时，坐在炕中间的李强强说话了："当时啊，得知丫头丢了，我差点儿跌过去。好在经过王大炮大哥劝说，我也想通了，在那样的条件下，能活一个算一个，不能奢望太多。我也没有为难娃她妈，想着还年轻，不行了再生上几个娃。后来有一天，我浇水回来，看见娃坐在房子里，刚开始还把我吓了一跳。直到看见边上坐着的哈萨克族大哥，听了他的讲述后才相信，我的燕子真的还活着，你们不知道，当时我那个高兴。"说到这里，李强强这个大男人已经是泪流满面，说不出话了。

王芳给李强强递了一张纸。"当时我在屋子里做饭，听见有人叫喊，当看到燕子时，我吓得尖叫了起来，还以为大白天见到鬼了。娃跑过来叫了声妈后，我还不能确定，摸了摸娃的额头，是烫的，才确信我的娃活着，而且找上门来了。"

李强强情绪已经稳定了，接着说："娃回来后，家里有人气了，王芳的心情好了，人像是重生了一次。这时候，她们两个就开始念叨你们了，说你们多好多好，要不是你们帮忙，她们两个也走不到新疆来。

所以啊，这次我们一家三口来就是来感谢你们的。"说着，就从衣服口袋拿出了两个信封，放到桌子上，"这是我们的一点心意，你们两家子可别嫌少。"

王芳看了一眼李强强，声音哽咽着说："刚到奇台后，娃她大虽然原谅了我，但我自己和自己过不去啊，那时候，我天天睡不着，只要眼睛一闭上，眼前头一直晃着燕子的影子，被一群妖怪追着，在灰蒙蒙的沙尘里飞跑，娃哭得撕心裂肺。后来我就病倒了，所以没来看望你们，你们不要生气啊！我在这里给你们赔个不是。"说着站起来拉着李燕给大家深深地鞠了一躬。

这一下，可把在座的人吓了一跳，连忙站起来拉住了母女两个。

德胜叫嚷道："你们这是要干啥哩，咱们都是经过生死的人，这种感情不是简单的亲情，那是老人们说的生死之交啊！姐夫，你们的心意我们领了，至于这钱啊，你赶紧拿回去，现在谁的日子都不好过。"

"是啊，德胜说得对，你这种做法，我很不赞成。其实我和德胜也商量过，要去找你们，但说实在的，我们心里也有愧啊，我们连一个小娃娃都没有管好，丢到戈壁滩上了，我们没脸去找你们，更没办法见姐夫啊！"李长忠的声音哽咽了，眼角闪耀着泪花，"现在好了，燕子又回来了。以后咱们就当亲戚往来，没事了就互相走动走动啊。"

"话说到这里，我有个想法，这也是娃他大的心思，你们要是不弹嫌，以后啊，你们就是娃的舅舅，两个妹子就是娃的舅母。"

"这弹嫌啥，我们又不是皇亲国戚，都是庄稼人，在新疆也没个亲戚，正愁没有一个浪的地方。现在好了，我们还可以去你们那里转转哩。"马晓燕说道。

王芳连忙拉过李燕说:"燕子,叫舅舅,以后你有三个舅舅,两个舅母了,你要把他们当成亲人啊!"

李燕深深鞠了一躬,大声叫道:"长忠舅舅,淑芳舅母,德胜舅舅,晓燕舅母,长善舅舅。"

几个人忙着答应着,赶紧掏见面礼。这时屋子里充满了笑声,笑着笑着就哭了,然后又笑了,接着又哭了。

马晓燕给大家换了茶杯子里的茶叶,又接着喝。这时,大家心里的疑团解开了,情绪也都放松了,不自觉地又开始了下一个话题。

李长忠喝了一口茶,问:"姐夫,姐,你们现在住的地方咋样啊?主要种啥庄稼?"

"我们现在住的地方挺好的,出了木垒县城往西有个三四十公里的路程,也是一个口里人组成的庄子。我们那个地方平展,水多,适合种麦子、苞谷、葵花等农作物。我说句话,你们不要不高兴啊,我们那个地方比你们这要好些。"李强强说完,看了一眼大家,见大家脸上表情自然,没有什么不满,便又接着说,"你们这地方适合养羊,也很不错!"

"姐夫,你就别客气了,我们知道哩,一碗泉比不上你们的三个庄子,但我们现在啊,已经住习惯了,觉得这地方也挺好的,生活着也挺美气的。"李长忠说道。

"姐,当年扔下你和燕子的那些人也和你们在一个地方吗?"坐在炕沿上的张淑芳突然冒出来了一句。

"是啊,这些人啊,良心坏了!在我找到你姐夫之前,他们撒谎说是我怕连累他们,主动离开他们的。后来见到我后,都不好意思地绕着走路哩!现在时间久了,我也忘记那些不开心的事了,尤其是燕子回来后，也就把那些不开心的事忘了。"

"你姐到了后说了路上的事，把我气的，准备去找他们算账，你姐拉着死活不让去，说在那个困难的时候，大家都是想活下来，为了活命，可以理解他们的做法啊。要不然我非要和他们找个事哩。"李强强说完，气得眼睛都瞪大了。

聊天还在进行着，直到东边天空泛白，大家心里挂牵了很久的事有答案了，便横七竖八地躺在炕上睡着了。

第二天，大家都没有下地，陪着王芳一家子。李长忠又把家里的老公鸡宰了，中午又热闹地吃了一顿饭，吃饱后，又开始东拉西扯地聊着天。

李燕张口闭口舅舅舅母，叫得大家心里舒坦，脸上洋溢着幸福的微笑。

王芳一家三口在一碗泉待了两天后回去了。

十四

现在再回过头来说说甘肃老家的情况。

马德胜和马晓燕离开后，家里安静下来了，死气沉沉的，除了奶奶偶尔发出的呻吟外，再也听不到别的响声了。只是马俊德两口子的心没有静下来，每天都在担心着德胜和晓燕。这两位善良的老人不善言谈，也不善于表达，即便是他们天天都在牵挂着，却不会把自己的担忧和情感显露出来，也不会用合适的语言表达出来，最多就是发出几声叹息。刘悦萍悄悄地问："娃他大，德胜和晓燕现在走到哪里了？娃们会不会饿着了？"

"是啊，这两个娃娃不知走到哪里了，他们身上没钱，靠一身蛮劲走新疆，困难多得很啊，早知道就不让他们走了，冒这么大的风险。"

两个老人都后悔了，后悔当时应该再坚决一点，拦挡下两个人，跑那么远的地方干吗啊。

虽然心里担心着，但自己的日子还得过，躺在病床上的老人还得要照顾。

每天早上天麻麻亮，他们简单吃点东西，就下地干活了。其实家里能吃的已经没有多少了，野菜汤和一点苞谷面糊糊就是最好的了，这还是向生产队借的。

天气依旧干燥，大面积的麦子泛着干渴的土黄色，豌豆蔓上趴着几片干巴巴的黄叶，洋芋叶面上浮着一层尘土，谷子、糜子像霜打了一般无精打采。看不到一点儿希望，但他们还是每天坚持按时下地，用自己的辛劳创造着渺茫的希望。

第一场透雨是在六月份下的。那天早上，马俊德两口子起来准备做早饭。这时乌云压得很低，天空变得黑压压的，天边不时有急促而短暂的闪电出现。这是他们很久没看见的情景了，突然感到有点激动，高兴地说："看这架势是要下雨了啊！下点吧，下点吧，快下点吧，不然真没办法活了。"

他们匆匆忙忙地吃完早饭，黑压压的云彩正从西边的坡上翻过来，但还没有打雷。他俩怕这又是一次假象，云彩只是走走过场，给人们一些惊喜罢了。

准备往地里走时，忽然一声巨雷把窗户震得晃了几晃，把他俩吓了一跳，随后是一阵惊喜，两个人连忙跑出家门，只见乌云像家里的锅底那般黑，雨点已经急促地飘落下来了，一阵尘土还没升起来，又被雨点击落。雨点和雷声越来越大，越来越猛烈。窗户玻璃不时被闪电照亮，爆裂的雷声接二连三吼叫着。

德胜奶奶被雷声惊吓得直叫唤着，面部惊恐，露出吓人的表情。马俊德两口子赶紧跑进屋里，安慰着惊恐的老人，内心却无法掩饰这场雨带来的喜悦，核桃皮似的脸上露出了难得的微笑。

外面暴风雨的喧嚣更猛烈了，地面上雨水汇集的小流朝大门口流去。周围人家里传来了久违的欢笑声，孩子们光着屁股在雨里奔跑着，借机洗个澡，去去晦气。

雨时大时小，连续下了两三个小时才停下了。

灰蒙蒙的天空经过雨水的洗刷后，变得瓦蓝瓦蓝的，洁白的云彩悠然自得地飘浮着，太阳从云彩里钻出来，露出红艳艳的笑脸，注视着人们各异的表情。男女老少像风一样跑出家门，跑到地里去看庄稼。经过雨水的滋润，田里的苞米、麦子、洋芋……好像换了新装，碧绿碧绿的，又像吃饱饭喝足水的孩子，露出了满意的微笑。整个山沟里都是欢声笑语，人们沉浸在雨水带来的喜悦里。

上天对生灵实施了残暴之后，又显示出柔肠。这场雨后，又接连下了三场透雨，算是拯救了持续多年的旱情，所有的庄稼都疯狂地生长着，一天一个变化。

乡亲们看到了地里的希望，大家白天黑夜铆足劲除草施肥，像照看自己的娃娃一样精心侍弄着庄稼。

这时，马俊德两口子越发后悔放走德胜和晓燕了，整天唉声叹气，可惜已经晚了，他们的娃们已经跑到新疆了。

奶奶是马德胜和马晓燕走的那年年底，离开了她生活了一辈子的黄土地。这位受了一辈子苦的老人，在她十六岁时就嫁给了马德胜的爷爷马洪武。刚开始生活虽然苦焦，但也幸福，两个人相亲相爱，像千万个黄土高坡上的庄稼人，靠自己的一双手勤劳地过着最简单、最普通的生活。儿子马俊德、女儿马兰英，听话乖巧，围绕在身边，一家人其乐融融，家里每天都充满着欢声笑语。

天有不测风云，人有旦夕祸福。在马俊德十岁的时候，有一天，马洪武到县上去卖余粮，返回时，路上碰到土匪拿枪顶着他的脑袋，让把卖粮的钱交出来孝敬土匪。这个善良的农民拒绝了，最后被土匪活活给打死了。而且土匪临走时，从他缝补在内裤上的一个小口袋里把钱找到拿走了。

从此之后，生活的重担全部压在了奶奶身上，她早出晚归，含辛茹苦把马俊德抚养大，娶了媳妇，又把女儿马兰英嫁给了本队的李德强。本想从此可以过上几年轻松的日子，可是厄运再次降临到这个可怜的女人身上。有一天，她上山去砍柴，背着一捆柴火往回走时，因为长期营养不良，双腿一打晃，掉到山沟里摔伤了。在马俊德要带她去医院看病时，老人断然拒绝了，她不忍心再给贫穷的家里添负担了。原本想着养上一段时间就会好的，但她再也没有站起来，一直躺在床上，反而成了家里最大的负担。

马德胜和马晓燕离开后，马俊德两口子一直瞒着老人，对老人说德胜他们出去干活了，最多个把月就回来了。

此后，奶奶每天嘴里念叨着马德胜和马晓燕的名字，在烟灰熏得发黑的墙上画着竖线，记录着他俩离开的天数，眼睛盯着门外，盼望着他们回来。但是过了一个月又一个月，天气由冷变热，又变冷了，马俊德看隐瞒不住，便将实情告诉了奶奶。

奶奶听完后，流下了眼泪，生气地对马俊德两口子讲："娃还那么小，你们咋狠心放他们出去了！那是咱马家的独苗，要是娃娃有个三长两短，你们咋面对老祖宗啊？你们这是在造孽！"从此以后，奶奶不吃不喝，病情越来越严重，很快就带着遗憾离开了这个带给她苦恼的地方，去找老伴去了。

奶奶走后，要不要告诉马德胜和马晓燕，又成了马俊德两口的颇烦事。

刘悦萍说："娃他大，发个电报，让德胜和晓燕回来一趟吧。奶奶生前最疼爱他们两个了。"

马俊德望了望门外，叹了口气，说："娃们刚到新疆，还没站稳脚跟哩，连个路费也没挣下，让他们咋回来啊，让再走回来吗？"

"那咋办啊，邻居们笑话哩，会骂娃们不孝顺，这对娃们的名声不好。"

"娃们走出去不容易，咱们少打扰，就让他们安下心好好儿过日子，把自己的生活过好比啥都强。嘴长在别人的身上，咱不管它了。"马俊德捋了一下胡子，长长地叹了口气，"生活咋这么难心啊！"

"那听你的，等娃们条件好点了，咱们再告知他们吧。"刘悦萍轻轻擦掉挂在眼角的泪水，也发出了一声长长的叹息。

十五

德胜祖上并不是土生土长的甘肃人，他们的老家在陕西。据德胜的奶奶讲，德胜的爷爷马洪武小的时候，家里穷得揭不开锅了，眼看着一家人忍饥挨饿，马洪武便决定出去谋生路。

马洪武自幼就对功夫很入迷，便慕名来到了西安，给一家武馆当跑腿的。

总教练哈德贵是个武术家，河南人，自幼跟随其姨父心意巨匠杨殿卿习武，是家传的心意功夫。其间，他也跟随过师伯尚学礼学习过武功，还得到了师爷袁凤仪的指点。后来，因为家里的光景不好，便投奔西安的亲戚，靠做糕点维持生活。

那是一个冬天，哈德贵挑着担子外出做糕点生意。因为天气寒冷，哈德贵把担子放在一家叫福临门的餐馆门口叫卖着。

一个穿着讲究的人吃完饭走了出来，看见哈德贵后愣住了，望了半天才问道："你是哈德贵师傅吗？"

"俺就是哈德贵，你咋认识俺啊？俺对你没有啥印象啊。"哈德贵一边问着，一边打量着陌生人，脑海里就是记不起来哪里见过这个人。

陌生人拉着哈德贵的手说："哈师傅啊，你不认识我是对的。我叫吴常青，是一个茶行的老板。我以前啊，看过你表演的武术，对你的武功很是佩服。我还听别人讲，你单手打倒了法国的大力士，为国人长了脸啊！"

"吴老板啊，您过奖了，俺也就会那么几招，不值得您夸赞。"

"我可是实话实说，没有添油加醋啊！"说着拉起哈德贵要去吃饭。

哈德贵望了一眼吴老板，说："俺感谢吴老板的热情，饭俺就不吃了。你看，这糕点还要卖了，一家子人等着吃饭哩。"说完抱歉地笑了笑。

"不行，今天这顿饭你一定要吃。至于你的糕点，我全要了，拿回家给家里人和伙计吃。"

"这咋行啊，你又请俺吃饭，又买俺的糕点。这样吧，你请俺吃饭，这些糕点俺送给你，好吗？"哈德贵说完，望着吴老板，等着吴老板的回答。

"好吧，好吧，就听哈师傅的。"说着拉起哈师傅来到了一家羊肉泡馍餐馆，要了一大碗羊肉泡馍、二斤手抓羊肉。

哈师傅好久没有吃过肉了，说了声"吴老板，俺不客气了啊"，便开始大口吃了起来，发出了吧唧吧唧的响声。

吴老板看着哈师傅的吃相，心里一阵难过。"哈师傅，你武功那么高强，却沦落到卖糕点过日子，不应该啊。我认为你不能再卖糕点了。你要继续发挥你的优势，多培养些武术人才啊。"

哈师傅将嘴里的肉咽下，喝了一口茶，说："吴老板，俺以前也有这个想法，但现在俺没有这个能力啊，不怕你笑话，一家子人的温饱俺都解决不了，哪有精力来培养人才啊。"

"哈师傅，钱的事，我来想办法。我这些年做茶叶生意，挣了些钱。再说，我还可以把周围的朋友张罗起来，一起支持你啊。"

"谢谢啦，谢谢啦。说实在的，俺这人只会武术，不会经商，你看嘛，两担子糕点到现在还没开张哩。"说完俩人哈哈大笑了起来。

第二天中午，吴老板叫了几个朋友在聚贤酒楼吃饭，隆重地把哈师傅介绍给了各位。然后说："现在我们的国家急需哈师傅这样的人才，而他如今却沦落到靠卖糕点生存，实在让人心寒。"吴老板望了大家一眼，表情严肃，"今天叫大家来，我有个想法：咱们开个武术馆，大家出钱，算入股，让哈师傅管理武馆，培养武术人才。"

吴老板说得慷慨激昂，也感染了在座的各位老板，大家纷纷表示，愿意出钱开武馆，让哈师傅当师父，广泛招人。

就这样，在吴老板的带动和大家的支持下，振华武术馆成立了。吴老板任馆长，哈师傅任总教练。

哈师傅因善使单双把，又有"铁扇子哈德贵"之称，在武术行业里名气大，待徒弟热情，很快就聚齐了一帮子年轻徒弟。

马洪武到时，武术馆里已经有了一百多个徒弟了。大家早晚操练，气势宏大，振华武术馆成了有名的武馆。

当马洪武走进武馆要拜哈德贵为师时，哈德贵为难了，按照馆里的规定，徒弟必须有人推荐，年龄要在十五岁以上才行，而马洪武，两个条件都达不到。接收吧，违反武馆的规定；拒绝了吧，一看马洪武是个穷苦人家的孩子，生活困难，于心不忍。最后在和吴老板商量后，以童工的身份先招进来，等到了年龄，再转为学徒。

庄户人家的娃条件不高，当听说以小童的名义先进来时，马洪武还是很高兴，每天早睡早起，尽心尽力干好自己的工作。

哈师傅见马洪武做事勤快，又懂礼貌，很是喜欢，便在他干完活后，安排他跟着大家一起学习功夫。

知道机会难得，马洪武也很珍惜，很用功，每天晚上别人休息了，他还要接着练。这样过了两年后，马洪武岁数到了，便成了正式的学徒。其实这时候，马洪武已经学了很多东西，尤其是太极拳练得出神入化，比很多学徒都要强。转成正式的学徒后更加用功，慢慢地就成了武馆里的佼佼者。

这时候，振华武馆已经是声名远扬，经常有来切磋武功的。哈师傅为人仁慈，切磋武功时很有分寸，经常点到为止，而且还能给切磋的人留情面，所以被大家看作仁义之人。但也有例外，哈师傅对南山的土匪刘三毛就没留情面。

刘三毛从小师从马福图，练得一身好功夫，但这恶棍自从出师后，就像变了个人，欺男霸女，成了一个十足的恶徒。尤其去年占据了牛鼻子山，拉了一帮人，占山为王。平时是烧杀抢掠，无恶不作。老百姓提起他，恨得牙痒痒，但又没有一点办法。

马福图听说自己的徒弟成了祸害一方的恶霸后，心里很愧疚，便亲自上山劝说，让刘三毛洗心革面，好好儿做人，少做祸害百姓的事。

此时的刘三毛，已经听不进去师父的话了。"师父啊，我很感激您老人家教给了我功夫，但人各有志，您啊，继续做您的大善人，我呀，做我的恶棍。为了您的名声，咱俩从今天开始，断绝师徒关系，以后各走各的。您啊，也少管我的事。"

马福图气得当场晕倒了，幸亏一起上山的徒弟张彪懂点医术，及时抢救，才算是保住了一条命。回来后，茶饭不思，很快就带着遗憾离开了人世。

刘三毛的行为激起了民愤，有些人找到哈师傅。"哈师傅，现在啊，只有你有能力收拾这个恶棍。我们请求哈师傅出马惩戒刘三毛，为马福图报仇，也为百姓除恶。"

哈师傅也觉得该出面了，便向刘三毛发出了挑战书，要求刘三毛立即解散土匪，好好儿做人，否则将进行围剿。

刘三毛收到哈师傅的挑战书后，气得大发雷霆，当即撕了书信，还把送信人的一只耳朵割了，带话给哈师傅："我和你本不相识，也无仇恨，现在你却找上门，是自找难堪。既然你姓哈的不给我面子，那我刘三毛只好奉陪到底。比武单挑，还是真刀真枪地干，都行。"

收到信后，哈师傅知道，和刘三毛的比斗是不可避免了。但为了不伤及无辜，哈师傅和吴老板等人商量后，决定还是比武功，这样可以减少无辜人员的伤亡。只要刘三毛认输，改邪从善，既往不咎。

很快又给刘三毛送去了书信，约定八月十八日比武，比武的地点定在牛鼻子山北边的三棵树。赌注是：刘三毛败了，马上解散土匪，回家种地，以后再也不干伤天害理的事，否则将被逐杀；哈师傅败了，断一根手指，从此退出武林。

哈师傅和刘三毛比武的消息一经传开，立即引起了社会上的高度关注，有人为了看得真切，提前一天便住在了三棵树。有些小商贩看到了商机，搭起了锅灶，摆起了摊位，准备借机挣个零花钱。

哈师傅知道，和刘三毛的比武将是一场恶战，刘三毛气死自己的师父，敢接受自己的挑战，是因为自身有一定的实力。刘三毛曾经是马福图最得意的弟子，受过师父的精心调教。但现在，已经没有退路了，只能积极备战。刘三毛虽然很自信，但他也清楚哈师傅早在河南时，就已经声名远扬，还战胜过法国的大力士，自然也不敢怠慢。

比武的时间到了。这天，安静了很久的三棵树人山人海，像闹腾的街市，男的，女的，老的，少的，将比武场地围得水泄不通，各类吆喝声不绝于耳。

哈师傅身着一身白色的土布衣服，刚毅的神色，花白的胡须，显得精神抖擞。而刘三毛身穿黑色的紧身衣，在场地上走来走去，骂骂咧咧，一副志在必得的傲慢样子。

正午时刻，比武开始了。刘三毛挥刀向哈师傅头顶砍来，用了十二分的劲道想要一招制胜。哈师傅不敢怠慢，横举钢刀用力一推，便把刘三毛的刀挡了回去，而后手腕一转，向刘三毛小腹横刀砍去。刘三毛也不是徒有虚名的，轻轻一跃，跳到了哈师傅身后，稳稳落地，就着落地时的缓冲蹲下，挥刀向哈师傅的小腿砍去。哈师傅一转身，持刀由下往上一挑，挑开了刘三毛的刀，刀锋忽地转而向刘三毛脖颈挥去，刘三毛转动手腕，架住哈师傅又快又狠的刀，并不断向后迈步。

刘三毛持刀的虎口被震得发麻，察觉到哈师傅内功深厚。旁人看了只以为是刘三毛在进攻，实际上却连接招都有些手忙脚乱了。

刘三毛眼见自己败局已定，心里一慌，反应慢了点，便被哈师傅一脚踢倒在地，爬不起来了。

这时，一群土匪扑向前，准备将刘三毛扶起来逃走。

哈师傅却没给机会，大叫一声："刘三毛，你还没兑现你的承诺，哪里走啊！"说着便拿刀指着刘三毛。

几个土匪想阻止哈师傅，被哈师傅带来的徒弟们按倒在地上。刘三毛见自己大势已去，没有了翻盘的可能，便只好再次跟着哈师傅走到场地中央，向广大看客承认自己认输了，并承诺回去后立即解散牛鼻子山上的土匪，自己回家种庄稼。

这时周围响起了雷鸣般的掌声，受过刘三毛祸害的人大声叫着，让哈师傅把刘三毛宰了，为他们报仇。听到叫喊声后，平时不可一世的刘三毛吓得瑟瑟发抖，担心被哈师傅砍了脑袋。

哈师傅向大家鞠了一躬，大声说："乡亲们，俺们比赛前有言在先，只比武，不伤害对方，所以啊，不能杀他，这是规矩。我希望刘三毛自此之后，浪子回头，好好儿做人。"这时台下，又爆发了一阵掌声。

这一战，让哈师傅再次声名远扬，但没想到的是，也给自己留下了祸患。

战败的刘三毛明面上看是解散了土匪，实际上这只不过是个障眼法，他依旧是牛鼻子山的土匪头子，只是做事低调了很多。此时的他，对哈师傅恨之入骨，打发人监视着哈师傅的行程，等待机会，伺机报仇。

中秋节快到了，哈师傅给徒弟们放了假，让他们回去和家里人团聚。

马洪武家离得远，不打算回家，留在武馆里帮助哈师傅准备过冬的蔬菜粮油。

其实这时候，哈师傅已经把马洪武既当徒弟又当儿子了。哈师傅虽然威震武林，膝下却只有一个女儿，叫哈惠珍，比马洪武小三岁，而且还有点儿腿瘸，走起路来一瘸一拐的。因为身体上的缺陷，哈惠珍经常遭受别人的讥笑，这让哈师傅很心痛。

马洪武来武馆的时间久，平时又与人为善，所以哈惠珍平时就和马洪武最亲。

这天早上，哈师傅打发马洪武、张凯毅去买冬菜。马洪武赶着马车早早就出发了。因为天气晴朗，再加上好久没有外出了，马洪武和张凯毅心情大好，一路上又说又唱，好不快活。因为路途遥远，他俩晚上赶不回来，便找了一家店住下，计划第二天装好菜再回武术馆。

第二天当他们赶回武馆时，看见周围围满了人，有哭泣的，有低声议论的，有谈笑风生的。

马洪武跳下马车，从人群里挤进去后，被眼前的惨状惊呆了：师父师娘躺在地上，身上盖着白布，已经没有了生命气息。师妹哈惠珍蜷缩在大门口瑟瑟发抖，面无血色。吴老板等人正在帮忙料理后事。

马洪武叫了一声师父，便已泣不成声了。平复心情后，从吴老板的口中得知，昨天夜里刘三毛带着一伙土匪偷袭了武馆，杀死了哈师傅老两口，糟蹋了哈惠珍，留下一封信便跑了。

吴老板说着便将信交给了马洪武。"我看啊，平时你师父对你最亲，这封信就交给你了。"说完摇摇头，走了。

马洪武和赶回来的师兄弟们料理完师父师娘的后事，在给师父师娘报仇的事上产生了分歧。胆小怕事的徒弟们讲，师父师娘已经入土，就没有必要再去寻仇，冤冤相报，何时了；有血性的徒弟们信誓旦旦，发誓要为师父报仇雪恨。双方吵得很凶，差点儿打起来了。

吴老板看到这种情景后，无奈地摇摇头。"大家的心思我看明白了。唉，哈师傅啊，一辈子疾恶如仇，除暴安良，没想到却培养了这么一帮子徒弟，悲哉，悲哉！"

就这样，武馆解散了，师哥师弟们各走各的了。马洪武和吴老板一起安顿好师妹哈惠珍的吃住后，人也失踪了。

第二年开春时，西安传出了一个轰动的消息，刘三毛被人宰了。那天早上，春和堂药铺的店小二起来去撒尿，刚解开裤子准备放水时，看见眼前的电线杆上绑着一个人，走近一看，发现此人浑身血迹，早就死了。

店小二吓得哇哇大叫，跑回了家，恢复理智后赶紧去报了案。经警察验尸，确认死的人是刘三毛。因为找不到线索，便挖了个坑，掩埋了了事。这样，臭名昭著的土匪头子刘三毛死了。

在人们为除去刘三毛拍手称快，也为为民除害的英雄致敬的时候，马洪武突然出现在振华武馆门口。这时候的武馆大门紧闭，人去楼空。看着凄惨的情景，想想对自己恩重如山的师父师娘，马洪武黯然泪下，然后，转过身去找师妹哈惠珍。

见到哈惠珍时，马洪武被惊吓到了。哈惠珍挺着鼓起来的肚子，面色苍白，俨然一位村妇。照看哈惠珍的佣人说，在武馆关门后，吴老板给哈小姐租了一套房子，雇了佣人照看。过了三四个月后，佣人惊奇地发现，哈惠珍的肚子慢慢隆起来了，这才知道她怀孕了，她便去找吴老板，把实情告诉了吴老板。吴老板看完哈惠珍后，建议把孩子打掉，但哈惠珍坚决不同意，说她恨刘三毛，但孩子是无辜的，她现在父母都不在了，要把孩子生下来，相依为命。最后，吴老板也没办法，只能尊重哈惠珍的意愿。

马洪武听后，摇摇头，无奈地笑了笑，然后去找吴老板。

吴老板正在喝午茶，见马洪武进来了，连忙让座，倒了茶，然后小声问："洪武啊，刘三毛是你做掉的吧？"

"吴老板，感谢你这么多年来对我的关照啊，还有对我师妹的照顾。"马洪武双手抱拳，表达着自己的感激之情。

吴老板望着马洪武，两只眼睛像探照灯，把马洪武望得心里虚虚的。"洪武啊，你娃是条汉子，你师父没有白对你好。"

马洪武没说是，也没说不是，只是微笑着说："我想把师妹带走，以后她就是我的女人了，我有吃的，不会让她挨饿，我有穿的，不会让她冻着。"

"好啊，我同意，你这娃有情有义，把哈惠珍交给你我放心，你地下的师父师娘也就安心了。"吴老板从账房里拿出一张银票交给马洪武，"这张银票是你师父这些年挣的，现在我把它交给你，你置办点家业，和哈惠珍踏实过日子吧。以后有困难了随时来找我。"

马洪武带着哈惠珍没有回家，而是径直走进了黄土高原，从此以后隐姓埋名，过起了农村生活。他相信，只有辽阔浑厚的黄土高原，才能隐藏和冲淡哈惠珍心里的阴影和伤害，他也相信，只有生活在黄土高坡上的乡亲们，才能包容他这个身上带着血迹的年轻人。他将自己和哈惠珍的一生留在这片黄土地上，最终变成一粒尘埃，融入黄土地里。

后来，哈惠珍生了一个女娃，马洪武给她起名马兰英，就是马德胜的姑姑。哈惠珍生完娃娃后，便一病不起，身体像麻秆一样瘦弱，风一来都吹得直打晃，随时都有折断的可能。没过多久，便离开了人世。

临咽气的时候，哈惠珍拉着马洪武的手，泪眼婆娑地说："洪武啊，我把丫头留给你了，你要照顾好她。娃是无辜的，也是我来了一趟人间，留下的一点念想了。还有，你一定要保守秘密，千万别把那一段不光彩的事告诉别人啊。"

马洪武送走哈惠珍后，悉心照看着马兰英。乡亲们看马洪武一个男人带着娃可怜，便给他又介绍了一房媳妇，这就是马德胜的奶奶。两人结婚一年后生下了儿子——马俊德。

只是让马洪武没有想到的是，当年他除去了土匪头子刘三毛，维护了一方平安，多年后自己的命又被可恶的土匪要走了。这可能就是命中注定的吧，只是他口风把得很好，没有谁知道，当年是他杀的刘三毛，也没有人知道马兰英是土匪刘三毛的丫头。

十六

由于马俊德两口子的刻意隐瞒，马德胜知道奶奶去世的消息时，奶奶已经病逝八年了。

消息是李德宝回老家探亲时带回来的，同时带回来的还有德胜妈给狗蛋做的小衣服、小布鞋，他大则给他带话，抽时间回趟老家，给奶奶上个坟，和老人道个别。把狗蛋也带回来，爷爷奶奶想孙子了。

奶奶活着的时候，对德胜最亲，去亲戚家串门时会带着他，家里有好吃的，总是先紧着他吃。马俊德两口子经常埋怨她把娃惯坏了，但奶奶依旧惯着他，宠着他，说这是马家的独苗，以后要靠他延续香火。

马德胜心如刀割，怀着愧疚跑到山坡上美美地哭了一鼻子，泪眼中奶奶的影子像放电影一样，一遍又一遍闪过。

马德胜也做了一个决定，要回一趟老家，给奶奶上个坟。他还要把父母接到新疆来一起生活。不能再留下让人后悔的事了。

马德胜的决定马晓燕很支持，只是觉得现在狗蛋还太小，带狗蛋回去，她也必须得回去。而现在家里光阴也刚刚缓过来，还不适合大手大脚花钱。最后两人决定，给狗蛋拍一张照片，再拍一张全家福，拿回去让老人看。马德胜回去上完坟后，把两个老人接到一碗泉来，一起生活。

一个阳光明媚的早上，马德胜怀里揣着马晓燕为他准备的盘缠，手里提着一袋子风干羊肉出发了。

现在马德胜已经有了二十多只羊了，这是他们两口子靠自己的双手一只一只挣来的，也是他们最大的财富。平时，马晓燕和狗蛋想吃肉时，德胜都舍不得宰一只。但这次破例了，他从羊圈里挑选了一只最壮实的羯羊宰了，又请来好朋友赛力克制作成了风干羊肉。这种做法可以让肉储存很久。

如果当初来新疆时，德胜是贫穷的、迷茫的、胆怯的，那么这次回老家，他是带着一种成功的自信和豪迈。他清楚，自信来自羊圈里的那二十几只羊，还有他温馨的家庭。

坐落在黄土高坡上的老家还是原样，低矮、孤寂、朴实，在他离开的这些年里，没有什么大的变化。只是少了奶奶的家里，显得更加安静，有一种死气沉沉的压抑和沉寂。父母已经满头白发，粗糙黑红的脸庞显得愈加沧桑，腰像挂在墙上弃用的弓箭，身上依旧穿着补丁摞着补丁的旧衣服。

两位老人仍然坚持着早出晚归的劳作习惯，靠自己的体力和韧性在这片贫瘠的土地上刨着生活。

两位老人对马德胜的到来没有表现出多大的热情。马德胜知道，他们还在责怪自己当年的任性离开，也可能还有一点，他没带狗蛋回来，老人是想着要抱孙子哩。

"大，我这次回来，一方面是给奶奶上个坟，另一方面是想把家里的事处理一下，咱们一起上新疆吧。新疆的条件比咱们这儿好多了。"

马俊德默默地吃着儿子带回来的风干羊肉，没有给出任何答复。马俊德的话越来越少了，更多的时候，喜欢双手捋着胡子悄悄地坐着，好像一直在思考着什么事情。

刘悦萍抱怨着说："你咋不把狗蛋带上啊，我们天天盼着等着，你却自己一个人回来了。你们一家三口人都应该回来一趟，这都离开家几年了啊，不知道我们也很想晓燕吗？"

他无法回答父母的质问，只能一遍又一遍地解释着，心里像灌满了铅水。

第二天早上，天空中飘着细雨，给干旱的黄土地带来了一丝凉意，也带来了希望。天麻麻亮的时候，马德胜随他大来到了奶奶的坟前。坟就在他家房子对面的一个阳洼坡上，在风雨的侵蚀下，坟堆已经快融入黄土了。

"奶奶走时嘴里一直叫着你的名字，眼睛闭了几次，又睁开了几次。奶奶的眼睛闭得难啊。"说到这里，马俊德哽咽了，枯树皮一样的脸颊布满眼泪。

马德胜已经是泪流满面，他知道奶奶最心疼他了，奶奶是因为放心不下他才难闭上眼睛的。他在坟前向奶奶忏悔着，眼泪和飘洒的雨丝混合在一起，打湿了他的衣服，也淋湿了奶奶孤寂的坟堆。

这时，一只野兔子从对面的坡上蹦蹦跳跳跑了过来，停在他们面前不远处，被雨水淋湿的身子瑟瑟发抖，两只大大的眼睛好奇地望着他们。

尽管马德胜把新疆说得很美好，把自己在新疆的生活说得很幸福，但两位老人还是不为所动，除了对狗蛋感兴趣，问长问短外，对其他的，好像没有一丝兴趣。

马俊德的理由是，这地方是父辈们留下的窝，他们舍不得，离不开。现在他爷和他奶两位老人都已经睡到这里了，就不准备往外跑了。现在这里的生活也好多了，只要好好儿种庄稼，就能吃饱肚子。这些受过苦、挨过饿的老人，对生活的追求很低，只要能满足最基本的吃饭的事，他们就很满足了，他们不喜欢去一个陌生的地方，去寻找幸福生活了，即便那里有儿子的家。

马俊德的态度让德胜像折了腰的糜子，蔫头耷脑地站在地上，不知如何是好。

他来到老屋对面的山梁上，太阳已经偏西，把整个黄土山梁渲染成了橘黄色。周围一片寂静，只有一颗不知所措的心在剧烈跳动着。德胜坐在一块石头上，思绪像浪花飞溅的流水一般活跃：先是当年他不顾一切地离开老人们，奔走新疆的画面；接着是躺在炕上的奶奶，艰难闭不上眼睛的画面；最后耳畔又响起了他和他大的对话，还有他大坚决地拒绝去新疆的画面……

一阵风吹过，吹醒了思绪万千的德胜，他望望天空，一片大大的云朵在他的头顶安逸地飘着。德胜起身向他姐姐家走去。

姐姐马凤琴比他大五岁，结婚后，日子虽然清贫，但姐夫李文怡疼爱姐姐，生活还算幸福。

在德胜的眼里，姐姐是善良的、勤快的，也是贤惠的。他很感激姐姐对这个家做出的贡献。在德胜的记忆里，从懂事起，他大他妈每天都忙着下地干活，姐姐就担负起了照看他的任务。那时候姐姐才七八岁，像书画里画的猴子那样瘦小，脸还没有大人的巴掌大。而那时候的他，就像个跟屁虫，每天跟着姐姐东家进西家出地玩耍着。肚子饿了，是姐姐想办法给他弄吃的。有时候，姐姐会把家里还没熟透的杏子摘下来给他吃，他常被酸得皱眉；有时候，姐姐会把洋芋切成片放到锅里蒸熟了给他吃。再后来，姐姐再大点时，他已经可以自己照顾自己了，每天跟着队里的孩子们去玩，姐姐则跟着父母下地干活了。

姐姐十八岁时，依旧矮矮瘦瘦的，还有点黑，长相只能算一般，但也不是难看得嫁不出去的那一种，况且姐姐身上还有很多优点，比如爱笑，本分，善良，尤其是茶饭做得很好。

有一天，家里走进了一个人，这个人高高大大的，除了皮肤有点黑外，还算英俊。妈妈说，这是别人给姐姐介绍的对象。这时他才发现，姐姐已经长成大姑娘，该出嫁了。

姐姐是姐夫用一头驴驮走的。那是秋后的一天，阳光明媚，太阳像个大玉盘照着大地，偶尔刮过的山风虽然有点凉，但也让人觉得很放松很舒坦。院子里站满了大人小孩，说话声、吆喝声形成了一首乡村宴席曲。

只有他的心里充满了伤感，他知道，从此以后姐姐就成别人家的人了，他要见姐姐，还得跑十里地的路程。也就在那天，他第一次认真端详了一下姐姐，发现经过细心打扮的姐姐是漂亮的。头发高高地盘起来了，还插了几朵塑料花，显得很洋气。瓜子脸上抹了一层粉，很好地掩盖了姐姐皮肤黑的缺点，尤其是一身水红色的衣服，得体合身，使姐姐的身材显得很苗条，还有几分性感。在他的印象中，这是姐姐穿得最体面的一次。他为姐姐高兴，至少在今天，她很好地绽放了一次，给自己的弟弟留下了美好的回忆。

姐姐和姐夫正在忙着做晚饭，饭香味充满了整个房间。外甥女红梅在帮姐姐拉风箱，出落得和姐姐年轻时一样；外甥小强浑身沾满了土，和他小时候一样调皮。

德胜从口袋里掏出两张十元的钞票，给每个孩子塞了一张。

德胜一边端着饭碗吃饭，一边说："姐，姐夫，你们两个人帮我劝劝大和妈，让到新疆浪一趟，哪怕只住一个冬天也行。"德胜用祈求的眼光望着姐姐和姐夫，希望他们能去做做父母的工作，跟他一起上新疆。

"爷爷奶奶都留在这里了，大和妈年岁也大了，是不会离开生活了一辈子的地方的。老人是讲究叶落归根的。"姐姐一边忙着给外甥盛饭，一边望着他说。

"这只是去转转、看看，要是不习惯了，我再把他们平平安安地送回来啊。"

"哎呀，德胜，你又不是不了解咱大咱妈的脾气，他们说不去，就肯定不去，我劝你也别再费劲了。"姐夫李文怡一边给他添茶，一边说道。"大和妈不去的原因，除了你姐说的之外，我觉得还有一条，就是不想给你们添麻烦。大经常说，你们刚在新疆扎下根，生活刚刚起步，还困难得很，要少打扰哩。"

"那照你们两个人的意思，是一点办法都没有了吗？"德胜无奈地低下了头，脸上布满了愁云。

……

最终，马德胜失败了。他带着愧疚离开了他牵挂的土地和亲人。临走时，他忽然记起了一件事。

"大，你得给狗蛋起个官名啊，娃都大了，快上学了。"

"噢，对，对，该给娃起个官名哩。你们两个当父母的，到现在了给娃连个官名都不起，都成大娃娃了，还狗蛋、狗蛋的，太不像话哩。"刘悦萍叫嚷着。

"我们想着还是让我大给起个好，我大见多识广，起的名字好听。"德胜望了一眼他大奉承地说。

谈到狗蛋，尤其是德胜让他给狗蛋起名字时，马俊德突然来了精神。"对啊，是该给娃起个名字了。"马俊德习惯性地捋了捋花白的胡子。"我早就想了一个，叫马兆文，意思是召唤文化，将来让狗蛋做个有文化的人。你看行吗？"马俊德望了一眼德胜，脸上露出一丝微笑。

"我看很好，又好听，还有寓意。好名字，狗蛋一定喜欢。"马德胜满意地说。

"你们要用心供娃上学啊，争取给咱马家供出个大学生。"马俊德语重心长地说，脸上的笑容更加灿烂了。

十七

自从狗蛋在一碗泉这片土地上出生后，德胜又增加了一份责任，也有了新的盘算和考虑。其实这些想法，他已经不知道想过多少遍了。

他是一个农民，没念过一天书，也说不出什么大道理，但生活却教会了他一些思考。他认为，一个人活在世上，生活的环境好改变，人有两条腿，你今天可以生活在甘肃，明天也可以生活在新疆，或北京、天津。没有钱，也不怕，只要肯下苦，就能挣到钱，挣到吃的喝的。但是人一旦混过了上学的年龄，就要当一辈子的文盲了，这才是最可怕的。而且，随着年龄的增长，人生阅历的不断积累，这种认识越来越强烈了。要改变命运，就得上学，就得有文化。

他清楚地记得，当年他们上新疆路过兰州时，连进兰州城转转的勇气都没有，虽然原因是多方面的，但最主要的还是他们几个人没念过书，没有知识。这成了他心里的一块伤疤，时时隐约发疼，让他很痛苦。还有很多事情，都是因为没有知识带来了不方便，你比如说，每次给父母写封信，就难心的呀，非要求人帮忙，有时还会遭到别人的讥笑和讽刺。每遇到一次讥笑和嘲讽，就激起了他要让儿子学知识的决心。

从狗蛋出生后，他就下定决心，不管以后生活再苦再累，哪怕是砸锅卖铁，他也要狠下心，让狗蛋念书，而且最好能当个国家干部，吃皇粮。他觉得庄稼人虽然也能挣钱，也能生活，只要你肯出力，就没有挣不到的钱，但在他的心中，还是觉得坐在办公室里上班好，最好是当个医生，穿着干净的白大褂，那是多么让人羡慕啊。

这天晚上，在和马晓燕温存后，马德胜气喘吁吁地平躺着。炉子里的煤火烧得正旺，发出了轰隆隆的响声，屋子里热腾腾的，让人有一种舒心的放松感。

"儿子长大了，以后干这种事要小心点。让儿子看见了，多不好意思。"马晓燕在他耳边轻轻说着。

"是啊，这小子已经六岁多了，都成了小大人了。我有个想法，想和你商量一下。咱们两个人都没念过书，当了一辈子的瞎头苍蝇，常遭别人白眼。就现在，还有人看不起咱们，所以咱们的后代不能再像咱们了，得想办法让狗蛋上学，将来当个有文化的人啊。"

"我早就有这个想法了，人家都说老家人思想保守，不重视文化，我还担心你不同意哩，现在看来我的担心是多余的。"马晓燕虽然也没读过书，而且早早就跟随父母到甘肃讨生活，但毕竟出生在中原地区，中原浓厚的文化氛围对她的影响还是深远的。

德胜的心情变得轻松了，也没有睡意了，便开始和马晓燕商量怎样供狗蛋上学的事。

炉子里的火烧红了铁皮炉子，不严实的炉圈子里发出的火光照亮了屋子，这个宁静的房间里充满着幸福温馨。

据德胜他大讲，他们祖上曾经出过一个文化人，是个秀才，叫马志鹏，算起来是他的太爷辈了。马志鹏自幼聪明过人，有过目不忘的本事。马志鹏大觉得，这是改变马家人命运的时候了，就安排马志鹏到私塾里跟先生念书。但当时家里穷，没有能力交先生的酬金和饭钱。族里的老人们倡导大家都出点力，便出现了全族人供学的场景，这事还一度成了十里八里的美谈。

马志鹏十六岁时考中秀才。正当族里人再次准备出力，让马志鹏到省里参加考试时，清政府在一阵炮火的轰鸣声中倒下了。马志鹏的求学之路也就这样结束了。后来，马志鹏在乡下靠给别人写契约、书信、诉状等艰辛生活，偶尔也写点文言文之类的文章，抱怨自己生不逢时的悲惨命运。

马俊德没有文化，讲得断断续续，有些话说得未必准确，但在马俊德的心目中，马志鹏就是马家人的骄傲，也是他所知道的文化人了。

秋收完，德胜赶着驴车子拉着晓燕和狗蛋上县城了。车辕辘碾压在干硬沙砾上，发出吱吱的声音形成了一首低沉的花儿，在车辕辘周围回响着。他们的心里充满了秋收后的喜悦，还有一项伟大工程即将实施带来的激动与兴奋。德胜高兴地吼起了花儿。

>……
>春季里嘛就到了这，
>水仙花儿开
>水呀水仙花儿开
>年轻轻的女儿家呀
>踩呀嘛踩青来呀
>小呀哥哥
>小呀哥哥
>小呀哥哥
>小呀哥哥
>……

正午，他们到县城了。县城坐落在天山脚下，是一座山城。老人们说，这里气候湿润，冬暖夏凉，有别的地方没有的蓝天白云，是最适合人居住的地方。

县城虽然比德胜第一次见到时大多了，但也大不到哪里。地势南高北低，主街也是一条斜坡。按照外地来的人夸张的说法：如果你从城南头骑自行车，不捏车闸的话，保证让你一气溜到城外；还有人说，城北头的人想吃馕了，城南头的人把刚出坑的馕顺坡一滚，当城北头人拣起馕时还热乎着哩。这些说法是调侃，但事实也确实差不多。

狗蛋是第一次到县城，马晓燕虽然不是第一次，但也没来过几次。在他们的眼里，县城是陌生的，也是热闹的，是什么都能买到的大地方。一片平房和楼房交织的建筑物高低错落，从半山坡一直延伸到了木垒河坝上。笔直的马路像一条黑色的带子，在太阳的映照下更加黝黑，看不到尽头；自行车、骡马车、毛驴车来来往往，偶尔还有哈萨克族牧民牵着驮着笨重物品的骆驼穿行在人群里。身穿干净整洁衣服的城市人，还有和他们一样穿着崭新的衣服的农牧民一起构成了一幅热闹繁杂的画面。城市上空腾起了很大的一层灰尘。

城市的热闹和繁华还是震惊到了马晓燕和狗蛋，使他们产生了一种热闹的眩晕和胆怯。

德胜把驴车子停到百货门市部门前，把驴拴在一截枯死的树桩上，一家三口人手拉着手走了进去。

百货门市部里汇集了各种各样的物品。布匹一溜摆在进门左手的柜台上，柜员穿着漂亮的衣服，梳着洋气的发型，熟练地丈量着买主选中的布料。中间的柜台上，摆着茶、糖、酒、醋、盐等物品。最右边，摆着农副产品，麻袋、镰刀、铁锹等物品，一应俱全。

他们先到卖布的柜台，给狗蛋扯了一块天蓝色的迪卡布。德胜给马晓燕选了一块紫色的布料，马晓燕不要，最后在德胜的坚持下，还是买了。马晓燕感动得快流下眼泪了，这是她跟了德胜以后，他第二次给她扯布关心她。只是德胜没有关注到马晓燕表情的细微变化，在他的眼里，这一切就像是给她端了一碗饭，倒了一杯茶一样正常。

看着狗蛋盯着糖果流口水，德胜笑笑，又到糖果柜台给狗蛋买了一块钱的水果糖，二斤饼干，然后一家人满意地走出了百货门市部。

接着，他们又来到了全县最热闹的红光食堂。德胜打算请晓燕和儿子吃顿好的，再有三个多月，一年就要结束了，其实对农民来讲，一年的农活基本上结束了。在这一年里，德胜和晓燕，没白天没黑夜地干着，现在粮仓里装满了粮食，菜窖里也装满了冬菜，冬天烧的煤也拉下了，牲口吃的冬草也储备好了，一切都那么顺当。而且他们的狗蛋也长大了，在开春时帮助他们放羊，农忙时帮助他们干活，俨然是个小大人了。尤其让人激动的是，狗蛋马上就要上小学了，马家的希望就寄托在他的身上了。

当想起马兆文这个名字时，德胜有一种莫名的激动和兴奋。虽然他还从来没有叫过儿子马兆文，觉得别扭，但他清楚，再过几天上学后，学校里老师和同学们就开始叫他马兆文了。儿子马上就要上学了，以后就是有文化的人了。

食堂里人声鼎沸，宽敞的大堂上空飘散着诱人的饭香味。穿着干净衣服的服务员热情招呼着每一位进入食堂的客人。他们在门口靠窗户的一张桌子旁坐下。红艳艳的桌布在阳光的映照下发出了鲜艳的光芒，把他们的心情也映照得特别美。

德胜要了三份氽汤，二十个肉包子。狗蛋是第一次在食堂里吃饭，除了感觉到新奇外，也品尝到了与家里不一样的饭香。可能这顿饭将会在他童年的记忆里留下深刻的印象。德胜和晓燕幸福地瞧着他，看他滑稽的吃相，相视一笑。这时候的他们，心里甜美得像喝了蜂蜜水。

九月一日，一碗泉小学开学了。德胜赶着自家的毛驴车拉着晓燕和狗蛋到学校报名。

秋天的一碗泉，空旷而幽静，天空瓦蓝瓦蓝的，几朵云彩像维吾尔族姑娘穿的漂亮的花裙子，静静飘着。山坡上的草枯黄了，远远望去像铺着一层金色的毯子，羊群走在上面勾勒出了一幅美丽的画卷。

学校在东头的山坡上，是以前的库房改造而成的，虽然有点破旧，但还是有一种高高在上的优越感。老师有县教育局派来的公费老师姚时臣和民办老师史新生。姚时臣五十岁出头，粗胳膊粗腿，苍黑的脸上已经留下岁月刻出的纹路。他平时言语不多，一副愁眉苦脸的苦相。姚时臣既是老师又是校长。史新生是去年毕业的高中生，身上还有很浓的学生气。

全队的孩子都在这里读小学，然后到公社读初中，再到县上读高中，最后考上大学到外地上大学。一碗泉到现在还没有走出过一个大学生。很多外队的人一谈起来，就讥笑一碗泉不重视教育，没有培养出自己的大学生。这似乎成了乡亲们心上的伤疤。

马兆文虽然上学了，但没有完全脱离劳动。每天早上天麻麻亮，马兆文起床先赶着羊去放。马晓燕做完早饭，吃过后，带一份去换马兆文。马兆文大多时候是一边吃着早饭，一边往学校跑。

自从马兆文上学后，德胜和晓燕突然觉得身边没有个孩子围绕和使唤是件无聊的事。以前家里的琐碎小事都是马兆文干，叫个人，砸筐煤，取个东西，早起放羊……不需要他们操心，只要给马兆文说一声，马上办得妥妥的，而且还很快。马兆文基本上是连跑带跳地去完成。这时他俩商量着想再要个孩子，最好是个女孩儿，儿女双全才是人生的最大幸福。

他们从母羊打羔开始造人，历经母羊产羔，再到打羔，再到产羔，羊都产了几次羔了，马晓燕的肚子却依旧没有一点鼓起来的迹象。而且马晓燕还经常月经不规律，有时还伴有腰酸背痛等各种不舒服。刚开始，他们没当一回事没到医院里去检查治疗。可是现在他们要孩子心切，尤其是马晓燕的失眠、困乏和腰酸背痛让德胜感到了一丝担心，最后强拉着晓燕去县医院看病去了。

医生问了症状，做了检查后，确诊为子宫肌瘤。他俩不懂，但听医生说，要想生孩子，必须做手术，如果不及早做手术，别说要孩子，连子宫都不一定能保得住。让他们欣慰的是，医生讲手术两年后可以怀孕生孩子。医生让他们考虑，同意了就做手术。

马晓燕非常害怕，长这么大生过最大的病就是头疼脑热，而且她还从来没把头疼脑热当过病，得上了，多喝点水，蒙着被子睡一觉，出出汗就好了。没想到这次竟然要做手术了，就是听见"做手术"三个字，都让她有一种毛骨悚然的恐惧。但这个问题，她现在必须得面对了，经过各方面的打听和考虑，最后还是决定做手术。

手术很顺利，当然这不是什么大手术。在德胜精心的照顾下，晓燕安心休养了一冬天，第二年开春时，开始下地干活了。马晓燕的肚子再也没有鼓起来过，随着年龄的增大，也只好放弃了再要孩子的想法，把一门心思全放在了马兆文的身上。

十八

时间大踏步地迈进了一九八〇年，二十世纪八十年代的第一个春天。

包产到户的政策像春雷惊醒了祖国大地，也吹到了祖国西北边的一碗泉。多年来覆盖在马德胜和马晓燕心上的灰尘，被包产到户的春风吹得一干二净，他们像打了鸡血一样每天都活在兴奋和激动里，美好幸福的生活在向他们招手。

分土地、分财产，是一件事关老百姓的大事，公社很重视，安排公社副主任李德军早早到队里来指导工作。李德军是本地人，父母现在还在隔壁李庄生活，是一个敢作敢为、有魄力的领导。之前参加过县上的专门培训，也参与过其他庄子上包产到户工作，经验十分丰富。

李德军来到一碗泉后，先后组织召开了两次会议，并根据外面一些地方的成熟经验，把土地按照水地、旱山，远、近分类分级；牛、羊、驴、马，以等次作价；耙、犁、鞍、铁锨、铡刀、木锨、木杈、连枷、簸箕及架子车、柴油机等，也统统按好坏折成了钱；土地按人口分；牲畜作价后按人劳比例平分，差价互相找补；房屋继续作为集体财产保留。另外，生产队几个领导都给多分了六到十亩土地，以后开会和其他公务误工就一律不再给付报酬了……经过近半个月的忙活，一碗泉的责任制终于搞完了。

当马德胜赶着队里分的一头黑白花公牛、五只羊回到家时，他感到从未有过的踏实和兴奋。圈里的牛和羊，让他看到了发展的希望，尤其是国家鼓励加快发展的倡导像一阵热风，把他的心吹得滚烫滚烫的。他知道，多年来未实现的愿望就要实现了，可以大胆地按自己思谋的路子去干了。

他每天干完活回来吃过晚饭后，都会蹲在圈里端详会子牛羊。尤其是看着黑白花公牛静静地扯着脖子倒沫，粗大的食管不断有吞下去的草料返上来，倒沫的声音很响，像千万只脚在乡村土路上奔跑时踩出来的声音，更像夏季突然卷起的暴风。马德胜觉得那声音令人鼓舞，令人神往。

在马德胜还在陶醉时，乡亲们已经发了疯似的起早贪黑在庄稼地里劳作着。把水浇地比往年多耕了一遍，还把集体荒芜了多年的地畔地塄，全部拿镢头挖过了，将肥土刮在地里。麦田整得像棉花一般松软，边畔刮得比狗舔得还干净。

往日吵吵闹闹的一碗泉，现在一整天鸦雀无声，再也看不见什么闲散人了，甚至连女人和娃娃都到地里劳作去了。

这时候，矛盾也出现了，以前关系很好的邻居亲戚们，为了多争取点水浇地，这家把那家的地埂子挖了，那家又把这家的水渠挖断了，接着就发生了吵架，甚至是斗殴。

马德胜感慨道："'鸟为食亡，人为财死'，包产到户把人们的贪欲彻底暴露出来了啊。"

这些还不够，乡亲们又把眼光瞄准了戈壁滩上的荒地，驾着马、牛拉犁，开始大面积开荒，周边的戈壁滩上又多出来了很多伤疤，美丽的戈壁滩被糟蹋成了个大花脸。

有一天，突然接到了乡上的通知：开荒是违法的。这使乡亲们想不通了，闲着的土地怎么突然就不让种了呢？这样白白地放着，不是浪费吗？广大的庄稼人是勤劳的，也是听话的，虽然他们用自己浅薄的知识无法理解这些政策，但只要是政府要求了，他们都会无条件服从。

现在他们又及时转变了发展的路子，赶集上会做生意，养羊养牛成了大家发家致富的好路数。尤其是几个胆大的，已经干出了让人刮目相看的成绩。

第一个让乡亲惊掉下巴的消息是能人张斌跑广州了，这个消息无疑把没见过世面的乡亲们惊吓了一跳。在乡亲们的眼里，广州，那只是在广播、在城市人口里听到的地方，远得没个边际。听说那里到处都是工厂，到处都是稀奇古怪的东西。现在张能人竟然自己跑去了，说是还要做生意，这怎么能不让男人们嫉妒，女人们羡慕呢？这一段时间，张斌成了村里的名人，连张斌的媳妇也与往常不一样了，穿的衣服新了，往日浓厚的河南腔也一下子变淡了，更像普通话了，这让一些年轻人羡慕得不行。

  一个月后，张斌回来了，彻底变了个样子，上身的衣服和女人穿的一样花哨，腿上穿着喇叭裤，还带着一副黑颜色的眼镜，甚至说话都带着一些广州话味道。尤其是张斌从县城雇了一辆车，拉了一车大包小包的东西，都是乡亲们没有见过的，小娃娃穿的小衣服啊，大人戴的墨镜啊，女人穿的花花绿绿的衣服啊，等等。

  男女老少像潮水一样朝张斌家涌去。张斌拉回来的东西堆了一院子。有一个录音机，喇叭里放着优美的歌曲，大人小孩围着这个新鲜物件，怎么也想不明白，这么个铁皮匣匣子，竟然能唱出让人迷醉的歌曲，比马德胜唱的花儿好听多了。

  张斌一边招呼着乡亲们，一边给大家讲外面的世界。"哎呀，俺日他个先人，外面的世界真好啊！人家那生活美得很啊！看看人家，咱们过得太孽障了！"

  "张斌，你倒是给咱们讲讲啊，外面怎么个好法！"马宝大声叫嚷着。

  "哎呀，怎么说呢。人家都穿的是从台湾、香港进过来的衣服，还有的是从国外进来的，样式超前。吃饭，都是西餐，什么牛排啊，咖啡啊，咱们没见过的东西，而且吃饭不用筷子，都是刀叉。"张斌一边讲着，一边擦着嘴角流出来的口水。

  "张斌，你吃过西餐吗？味道怎么样啊？有咱们的羊肉好吃吗？"

李长善大声问，眼睛里闪现出一丝的不信任。

"咋没吃过哩，你小子是看不起俺啊。告诉你，在广州时，俺同学天天请俺吃西餐。那味道吃一遍，就上瘾了。咱们的羊肉有那么香吗？"人群里发出了一阵哄笑。

"张斌，你连学也没有上过，哪来的同学啊！你在吹牛吧？"李长善追问。

"俺上过啊，在老家上过私塾，学过四书五经。李长善，你小子是隔着门缝瞧人，别把人看扁了！"人群里又是一阵哄笑。

"张斌，广州的男人都穿着这样花花绿绿的婆姨们穿的衣服吗？这不羞人吗？"马英大声问。

"这羞啥呀，人家广州的男人都这么穿。你们呀，是头发长，见识短，是井底的癞蛤蟆。"

这时，有人叫嚷道："张斌，你的这些东西卖吗？"

"当然卖啊，俺拿回来就是为了卖。"说着打开了袋子，把花花绿绿的东西摆开，让乡亲们挑选。

看着这么多以前没见过的东西，大家似乎相信了张斌说的话，争相挑选着自己喜欢的东西。

张斌的"门市部"成了最热闹的地方了，早上中午晚上，都有人在选在买。村子里也出现了一些穿着花花绿绿衣服的人，还有人穿上了喇叭裤。一碗泉，一下子变得有颜色了，也花哨了。乡亲们手里攒下的一些零花钱很快就花完了。张斌的"门市部"才逐渐安静下来。这时，张斌又骑着自行车到别的村子里去卖了。

张斌的广州行，彻底扰乱了一碗泉，也扰乱了一些有想法的年轻人的心，大家围着张斌，缠着让张斌带着一起去，哪怕是去给张斌帮忙拎东西也行。

张斌的头却摇得像他卖的拨浪鼓，一个也没答应。

这时，有人开始骂了："张斌这家伙是想吃独食，怕把其他人带上抢他的饭碗，这家伙太小气了。"

张斌听后，只是微微一笑，也不解释，也不生气，依然做着自己的买卖。

很快，张斌又做出了一件让村里的人惊叹不已的事。有一天下午，一支建筑队走进了张斌的家，张斌要翻修房子了。很多人还在为吃饱饭犯愁的时候，这张能人竟然开始投大钱修房子，一茬子人的眼睛发绿光了，很多人家开始张罗着找媒人，考虑要把自己家的丫头介绍给张斌还没有长大的儿子。

张斌的房子在乡亲们羡慕的眼光里，一天比一天高，最后霸气地矗立在村子的正中间。后墙是拓的土块垒的，前墙是用鲜红的砖瓦砌的一廊出水，廊檐向外延伸一米多，整个房屋属于砖木框架式结构，梁、檩、椽、柱之间榫卯相嵌，屋檐都装有廊檐板，上面雕刻有廊花，多是花草、飞禽走兽、辟邪象征物，等等，廊下五根大小均匀的柱子威武地支撑着房檐的横梁。

乡亲们像欣赏张斌从广州带来的东西一样，欣赏着张斌的房子，大家纳闷修这么个房子要花多少钱，张斌这家伙究竟挣了多少钱啊！这房子是什么结构啊，以前可没有见过这样的房子。

在房子修好搬了家后，张斌又做了一件让乡亲们吃惊的事。他要请乡亲们吃一顿饭，这在以前是没有过的事。

张斌做了充分的准备，请马哈飞宰了两只羊，又把马晓燕、马英几个饭做得好的人叫上让帮忙炒菜做饭。

晚宴是热闹的，乡亲们再次认真参观了张斌的新房子。不解地问道："张斌，你这修的是啥房子啊？我们都没见过呀。"

张斌笑笑说："俺也不太懂啊，今天俺专门把匠人李海山留下了，让匠人给大家讲讲吧。"

李海山微笑着给大家打了个招呼，然后讲："这房子啊，叫拔廊房，清末、民国，在奇台一带很流行。木垒县的平顶山、水磨沟一带也有很多。当年啊，一些从山西、甘肃、陕西迁来的人，主要集中在上山区平顶山、水磨沟这些乡村。因为这一带属于丘陵地带，雨水多，原来的土房子土墙容易受到雨水冲刷，墙上的木门和窗棂也朽得快。为了保护门窗，一些能工巧匠建房时便把陕甘一带的传统民居构造中的廊檐创造性地向外延伸一米多，起名叫拔廊房，成为独具特色的传统民居式样，一直沿用至今。"

张斌补充道："年初啊，俺到水磨沟村去卖东西，看这房子有特色，很喜欢，便从奇台请了李师傅来修了房子。"

"张斌，你这房子比普通的房子花费要高不少吧？"马德胜问。

张斌点点头，微笑着说："的确，花得多些，单就这廊就费了很多材料。"

"张斌，看来你这家伙挣了不少啊，给我们透露一下，你到底挣了多少钱啊？"大家起哄说。

张斌笑笑，没有回答，却对大家说："各位乡亲，饭好了，咱们去吃饭吧，边吃边喧。"

大家说笑着朝屋子里走去，屋子白净齐整，让人有耳目一新的舒适感。四张桌子上摆满了手抓肉、油香，还有各种菜。

张斌让着大家坐下后，说："各位乡亲，今天俺备了一些饭菜，招呼一下大家。大家放开吃啊,不要客气。"他喝了一口茶,润了润嗓子,接着说,"今天啊,还有一件事想给大家解释一下。前一段时间,有乡亲们找俺,让俺带着去广州做生意。俺拒绝了,俺也听到有人在骂俺,说俺不讲乡亲情分,还有人骂俺说挣了几个钱,一天打扮得花里胡哨的,男不男,女不女的。听到这些话,俺的心里也很难受。俺不带乡亲们去做生意,是因为风险太大了,外面骗子多,想尽一切办法骗人,尤其是俺们这些泥腿子没见过世面,很容易上当。俺们手头上没有几个钱,如果俺把你们带出去,让人骗了,俺咋给你们家里人交代啊!俺总不能说:'你娃你男人,经验不足,被骗了吧。'那样俺就成了罪人了。说实话,俺现在也差不多是在刀尖上跳舞,一不小心啊,就被刀子划破脚丫子。"

张斌喝了一口茶。这时大家都停止了吃饭,专注地望着张斌,用心听着。张斌接着讲:"至于俺穿得花花绿绿的,俺媳妇都骂了好多次了,说俺现在不男不女的。其实啊,俺这么穿也是为了促销,俺这是用个人的身子做模特,让大家看到穿俺衣服的效果。可能还有一点吧,俺这个人爱热闹,喜欢喜庆一点,这也一下子没办法改啊。老话不是说了嘛,秉性难改啊。"

大家发出了一阵大笑,氛围一下子热烈起来了,乡亲们纷纷热聊起来了,房子里充满了欢声笑语。

"张斌请大家吃饭这件事做得漂亮。"这是马建华说的。最起码达到了三个目的。其一,显得张斌有情有义,自己发财后,不忘乡亲们,请大家吃顿饭,分享了他的成果。其二,明白地告诉骂他的人,不是他不带大家去做生意,而是社会太险恶,做买卖风险太大,怕你们被骗了,导致家破人亡,这个责任,他张斌承担不起。其三,很好地向大家展示了自己的实力，他张能人现在是家大业大，不但修了漂亮的拔廊房，还大方地请全村人吃了饭，封住了一部分到处说闲话人的嘴。"拿人家的手短，吃人家的嘴短"，你们吃人家的了，就该管住自己的嘴，不能再胡说了。从这一年多张斌的表现来看，张能人的确有过人之处，所以大多数人开始用一种平和的心态看待张能人的暴发了，说闲话、倒是非的人明显少多了。

十九

张斌挣了大钱请乡亲们吃了饭，可以说做得很到位。但还是有人不服，这个人就是马宝。

在张斌家里吃了饭没过几天，马宝就回老家了，对乡亲们说改革开放了，家里条件好了，要带他妈回老家看看去。

马宝的这一决定，自然也让很多人对马宝另眼相看。马宝不管人品有多差，但能带他妈回老家探亲，这事做得漂亮，是乡亲们茶余饭后聊天的话题。

马宝出发前，马建华、张斌、马德胜两口子还到马宝家里去给他们送行了。这让马宝激动不已，宰了一只鸡招待了大家一顿。

开春后，在老家待了一冬天的马宝一个人回来了，说他妈还想在老家多待一段时间。大家也理解，人人都有叶落归根的情结，马宝妈在老家多待一阵，很正常。

其实马宝这次回老家有两个目。一方面，的确是带他妈回老家转转，这也是老人家的心愿，说上新疆这么久了，也总得回去看看。还骂马宝不孝顺，自己的老先人躺在老家，也不去上个坟，白养了儿子。

马宝听了，觉得他妈说的有道理，也该回去给他大上个坟了。另外啊，还有个目的，他也要干件惊天动地的大事，让乡亲们对他马宝有个新的认识。马宝觉得，人啊，总是那么现实，那么势利眼，从张斌发财后，全村的人对张斌都是点头哈腰的，包括一些年轻的小媳妇，一说起张能人，满眼的佩服。这让马宝很看不惯，也很不舒服，在心里暗暗发誓，一定要做一件大事，而且比张能人做得更大，让人们也像对张能人一样尊重自己，甚至是崇拜。

这天吃早饭时，家里只剩下马宝和他妈，还有丫头马晓红。马丽娜做好早饭后放羊去了，儿子马胜利上学去了。

马宝一边端饭，一边问他妈："妈，咱们亲戚里有没有做生意的呀，咱们要加快发展哩，你看人家张能人现在日子过得风风火火的，和咱们比，简直是天上地下。"

"娃，现在的日子都这么好了，不愁吃，穿的虽然旧点，但也能穿暖，咱不和别人比了。"

"我的妈啊，你看全村有谁能看得起咱啊！以前老家时，别人欺负咱们，现在一碗泉屁大的点地方，又有几个人能看得起咱呀！这还不是咱们穷？"马宝说到动情处，声音有点哽咽了。

房子里一阵安静，只有马宝前几天买来的座钟在嘀嗒嘀嗒响着。

马宝妈看了一眼儿子，似乎受到了影响，眼圈红了。她抬头向窗户望去，看见一只麻雀正站在门口的树上叽叽喳喳叫着，而地上站着一只羽毛刚长全，还不会飞的小麻雀。马宝妈心里一动，知道麻雀的妈妈是在教自己的孩子怎么飞。老人感动了，眼角充满了泪水，在阳光的照耀下，发出了亮晶晶的光。

"我前段时间听老家来的人讲,你二姨家的儿子,也就是你表哥马力在跑买卖,挣了不少钱哩,家里的房子修得像皇宫一样漂亮。"

"是吗?我还有这么厉害的表哥啊!"马宝赶紧给他妈续了茶,然后说,"妈呀,咱有这么有钱的亲戚,你咋不早说啊。咱们完全可以找他们帮帮咱啊。"马宝眼里射出了亮光,心快要从嘴里跑出来了。

"娃,我听说啊,他们做的不是啥正当买卖,我怕告诉你,会带坏你哩。我就你这么一个儿子,你要是有个三长两短,我还能活吗?我死了咋去见你老子啊!"

"妈,我表哥他做的是啥买卖,你说清楚点啊!"

"那我倒不清楚,别人也没有给我讲清楚,只说做的是祸害人的生意。"

屋子里再次安静了下来。大家都在思考着。过了一会儿,马宝给他妈又续了茶,说:"妈,害人的事咱不能做啊,但咱们可以向他借点钱,有钱了我就可以做生意啊。"马宝憧憬在美好的生活里。

在马宝的再三劝说下,他妈还是同意了,要带他回老家借钱去。

老家的变化完全出乎马宝的想象,以前吃不起饭的人们大多都住着新房子,尤其是他表哥马力家,修了一栋三层楼,红墙绿瓦,铁门铁窗,在阳光的映照下闪闪发光。马力也就三十多岁,梳着大背头,穿着崭新的西装,手上戴着一枚大戒指,整个人就像是个香港过来的大老板。

马力热情地接待了这个没有见过面的表弟,当天下午就领着马宝到一家服装店里买了一套新衣服,配了一双新皮鞋,又把他领上到一家理发店里理了个时尚的发型。然后又去县城最豪华的酒店吃晚饭。

马宝和表哥马力走进包厢时,已经有几个朋友在等他们。

大家见马力带着马宝走进来，连忙起来让座。马力拉马宝坐到自己的身边，然后介绍："这是我表弟，马宝，刚从新疆过来看我妈来了，今后大家要多多照顾啊！"

马力又给马宝介绍："这些都是我的生意上的好朋友。"马力指着坐在他右手的一个大胡子男人介绍，"这个光头叫赵三，他看起来凶得很，成熟得很，实际上啊，岁数还没你大哩。这个兄弟心思缜密，办事认真。以后啊，你就随我叫他赵三。"

接着，又指着赵三旁边一个穿着漂亮衣服，烫着头发的女孩子介绍："这丫头叫赵萍，是赵三的亲妹妹，你以后就叫她萍萍或赵萍吧。"

赵萍站起来，轻轻鞠了一躬，微笑着说："马哥，以后多关照，多关照啊！我是马力哥的小妹。"

马力又指着坐在马宝身旁的一个女孩子介绍："这个美女叫娇娇，你就叫她娇娇吧！"

娇娇站起来，娇滴滴地说："欢迎马哥到我们县来玩，有什么事了，你就吱一声，娇娇随叫随到，尽力服务马哥啊。"

娇娇说完刚要坐下时，赵三叫道："娇娇，你要用行动欢迎马哥，光说空话有个屁用啊！"赵三的声音像羊圈里的老种公羊发出的声音一样厚实。

娇娇笑笑说："人家马哥是个老实人，可别把人家吓住了。"说完瞪了赵三一眼嗲声嗲气的，让马宝后背发凉。

"你没试，怎么知道马哥老实啊？我看啊，你个毛丫头心不诚啊。"赵三继续逗着娇娇。

这时候的马宝脸红得像喝了酒的醉汉，额头上有了一层密密的汗珠子。这个在一碗泉胆大得出名的人，现在头低得快挨着桌子面了，一点也看不到往日的霸道。

"你咋不让你妹欢迎一下啊,就知道欺负我这个弱女子!坏蛋!"大家发出了一阵哄笑。

马力摆摆手,说:"你们两个行了啊,再这样闹腾下去,马宝饭都不敢吃了。"然后扭过头看了一眼马宝,说:"表弟啊,你可别听这几个胡说,嘴里没个正形。"

这时菜端上来了,都是马宝没见过的美食,精美果盘、清水手抓肉、芦荟美人羹、菠萝紫米饭、山珍煲清汤、牛肉白灼时蔬、西芹百合、鸡汁娃娃菜、炝拌野生菌、黄心焖黑山羊、风味厚干巴、清蒸多宝鱼、秘制烧鹅。马宝看到这么丰盛的菜肴,有了一种无从下手的困惑。

马力看了一眼马宝,说:"表弟啊,这是我们这里最有名的饭菜了,你多吃点,看不合口味了,你再点。"说完,给马宝夹了一块肉,"兄弟放开了吃啊,可别客气。"

到现在,马宝也慢慢适应了,开始大口大口吃了起来。

服务员用托盘送上来了酒水,马力望了一眼马宝:"兄弟,来点酒吗?"

"哥,我不喝酒,没学会,你们喝,我喝茶,我喝茶。"

服务员给其他人倒上了酒,除了赵萍喝红酒外,马力、赵三和娇娇都倒了白酒。马宝没见过喝酒的架势,好奇地望着他们。

马力站起来举杯说道:"今天我表弟马宝来了,略备了薄酒,表示欢迎啊!大家都干了!干不完的,说明不欢迎我表弟啊!"马力这话一出,大家都一口喝干了杯子里的酒。马宝也把杯子里的茶喝了。

饭吃得很热闹,赵三、赵萍、娇娇轮流给马宝敬酒,说着欢迎的话。

马宝虽然没喝酒,但到了后面,好像也喝醉了,在一碗泉的霸道劲又回来了，大声谈论着，互敬着，场子一度分不清谁是客人，谁是主人。

吃饱喝好后，马力一伙又带着马宝去唱歌，直到很晚才回到宾馆里。

后面的几天里，马力又带着马宝到处去转了转，可以说，白天在旅游景点，晚上花天酒地。如果说当初看到张能人拿着花花绿绿的广州货满村子叫卖，挣了一些钱，让他心里不舒服，有嫉妒心的话，那么这几天与马力的接触，让他看到了自己活着的卑微，觉得自己的前半段生活简直是可怜，像个叫花子，无聊死了。他也庆幸这次来对了，这次出来后，更加激发了他挣钱的欲望，有了要过上表哥这种生活的强烈欲望。

只是马力一直没有给他讲，他们做的是什么生意，也没有把他带到办公室里让看看。他问赵三、赵萍，还有娇娇，他们都是一笑而过，含糊其词。这让他搞不懂，想不明白。

马宝来表哥家快半个月了，这时，他突然有点想一碗泉了，那个荒凉的小山村，还有他贫困的家。

这天下午，他鼓足勇气对马力说："哥，我来这里半个月了，好吃的吃了，好喝的喝了，但这都不是我来找你的目的，我想挣钱，改变一下我的生活。家里你弟媳妇，还有你侄子侄女，都过着可怜的生活哩。"

"表弟，我明白你的意思，我妈也给我讲过了你们来的目的。但兄弟啊，我们干的这一行，不适合你。我给你准备了些钱，你浪够了就拿着钱回新疆去，买些牛羊，安安稳稳过日子吧。"

"哥，虽然咱们是表兄弟，但无功不受禄啊。我咋能拿你的钱呢，你还是给我指条发财的路吧，我靠自己挣钱。"

"难得你这么有骨气！我给你说实话吧，我们走的这条道，你不适合干。姨姨就你这么一个儿子，她还指望你养老送终哩。"

"哥，你们到底干的是啥买卖啊，咋就不能带上我一起干呢？难道我和你的关系还没有赵三、赵萍、娇娇亲吗？"

"我的兄弟，你误解了，我们这营生不适合你干，你也别问我们在干啥，这是秘密。"

马宝觉得不好再问了，也不好再纠缠了，便说道："哥，你不说，肯定有你的道理，我理解你的难处。我计划过几天回新疆。毕竟那里有我的家哩。"

"好啊，这几天我再带你转转。姨姨就让多住一段时间，陪陪我妈。我妈现在啥也不缺，就是孤单得很，经常骂我让她过的是监狱一样的生活。等哪天她想回去时，我送她到新疆去。"

过了几天，马宝怀里揣着马力给的五千元现金回新疆了。

这时候，他的心里很复杂，既有见过世面的自豪，也有怀里揣的五千元带来的踏实，更有表哥没有带他做生意，挣大钱的失落。

回到一碗泉后，马宝的穿着打扮，让见过他的人都觉得他肯定挣了不少钱。夜夜都有一些好事的人到马宝家里谝传子，探听消息。马宝也感受到了和张能人一样的待遇，有了一种自豪感，添油加醋地给乡亲们讲述着自己的所见所闻。

乡亲们听说后，提出了疑问："你表哥到底是干啥的啊？那钱好像不是在挣，而是在捞，这个世界上，还有那么容易挣钱的营生？"他无法回答，只是用各种借口搪塞过去。

随着时间的推移，来马宝家的人越来越少了，这让他的虚荣心受到了打击。他又开始胡思乱想了，是不是要以接母亲的理由再回一次老家了，他觉得一个人只有经常不断地长见识，挣大钱，才能受到别人的重视和羡慕。仅一次一两个月的出行，造成的影响是有限的。

就在这时，他接到了表哥发来的电报："我到乌鲁木齐做生意，顺带姨姨回新疆。"

这份电报对马宝来说，是一剂兴奋剂。家里热闹了，夫妻俩开始打扫卫生，做着接待表哥的准备。但怎么收拾，他都觉得自卑，表哥接待他是在大酒店，吃的是山珍海味，还有花儿一样漂亮的女孩陪着。他能做到吗？不会的，即便是把他自己卖了，也做不到。想到这样的结果，他反而淡定了，人比人，气死人。

最后，他决定宰只羊，煮锅肉，再炒几个菜，接待一下就行了，反正他就这条件了。

表哥来了，是坐着飞机到乌鲁木齐的，然后借朋友的车拉着他妈来的。当车停到他破烂的家门口时，引起了乡亲们的关注。一群老人娃娃们围着轿车议论着，像是在欣赏一个稀罕物一样。这让马宝再次感受到了被重视的感觉。

让乡亲们想不通的是，马宝的表哥竟然没有吃马宝煮好的羊肉，而是拉着马宝直接去乌鲁木齐玩去了。大家议论纷纷，说什么的都有，但更多的是羡慕马宝有一个这么有钱的表哥。马宝再次成了人们的话题，而且，这次风头远远盖过了张能人。

过了一个月，马宝又被豪车送回来了。乡亲们发现，这次回来的马宝变得低调了，比上次从老家回来时，沉稳了很多。这时，有人又说了，马宝能变沉稳，是受到他表哥的指点了，做大事的人都比较低调，像马宝的表哥，虽然坐着豪车，但见到人，不管是老的少的，男的女的，都会露出亲切的笑容，一点都不轻狂和自大。

马宝还是按照以往的活法活着，只是他家里的生活明显比以前好多了，路过他家时，经常能闻到肉香味，这是别的人家还做不到的，包括张能人家，马建华家，也无法做到顿顿有肉。

开春了，一碗泉的沟沟壑壑的缓坡上刚出地皮的青草芽子和枯草夹杂在一起，黄黄绿绿，显出了一派盎然生机。榆树枝条如同少女的秀发在春风中摇曳。燕子还不见踪影，它们此时大概还在北返的路上，过一两天就能飞回来。泉水早已解除了坚冰的禁锢，欢腾地唱着歌流向远方。

乡亲们也开始在地里忙活了，早出晚归，男女老少都出动了。

这天，马宝的家被几辆警车给包围了，马宝被戴上手铐塞进警车带走了。马宝妈和马宝媳妇娃娃哭着瘫倒在地上，作为一个庄稼人，他们是受不了这样的打击的，也不知道该怎样去救马宝，只能用最原始的方式来表达她们的悔恨，还有无奈。

村子里又热闹了，大家开始议论了，马宝这是干了什么违法的事了啊？会判刑吗？也有人骂马宝，说他被金钱迷惑住了眼睛，分辨不出好坏，走上了违法的路子。在马宝被带走后，张能人一句话也没说，假装不知道，照样做他的买卖。其实，他早就知道了，马宝的表哥干的不是正当的营生，马宝是被自己表哥引上邪道的。但当时他不敢说，怕马宝骂他是嫉妒。

马宝被抓的事还得从上次他表哥把他拉到乌鲁木齐说起。那天，马力带他住进了豪华的大酒店，顿顿大鱼大肉，吃饱喝好了，逛商场，进娱乐场所，享受着他以前只有在梦里才能见到的东西。

这天晚饭后，马力喝了不少酒，拉着马宝的手说："兄弟，看到你现在过的生活，当哥的心里很不好受啊，我想不明白，到现在了你的生活咋还这么难心哩。"说完，看了一眼马宝，好像对他的不争气很有意见，很不满意。接着又说，"现在改革开放了，人们都在发疯挣钱，你却还满足在老婆孩子热炕头的生活里。你想过没，就靠你种的那几亩薄地，啥时候才能过上个好日子啊？你自己吧，也就这样了，但你得给娃娃们谋个好点的生活环境啊。"

马宝的头低得像长熟的谷穗，连声说："哥啊，你说得对，那你说咋办哩，你给兄弟指条道吧！"

"道倒有一条，就看你敢不敢干了。现在的社会啊，都是涨死胆大的，饿死胆小的，能不能挣上钱，就看你胆子大不大了。"

"哥，你就直说吧，要我干啥哩。"

"我看你也是个有胆识的儿子娃娃，我想让你和我们一起做一笔大买卖，保管你挣上大钱。"

"哥，你做的是啥买卖，这么挣钱啊？"

"偷东西！我们现在缺人手，想请你入伙。"

马宝还是被惊吓到了，他知道偷东西是犯法的，会被判刑的。"哥，偷东西是犯法的啊，警察会抓的呀。"

"我前头给你说了啊，现在的社会，只有胆大才能挣到大钱，胆小怕事是永远都不会挣到钱的。我不逼你，你再考虑一下，不想干了，我也不会勉强你，就当我啥都没说，但你一定要替我保密啊。"

马宝陷入了矛盾里，在酒店的席梦思床上躺了半天，也想了半天。最终他还是答应了，他觉得表哥说得对，与其窝窝囊囊的，还不如大胆搞他一次，就一次，等有钱了，就洗手不干了。

见马宝答应了，马力又给他介绍了一个叫赵武的朋友。只说他是赵三的哥，其他的，就没再说。

赵武望了一眼马宝，凶狠狠地说："兄弟，你答应干了就是自己人了，我先把利害关系给你讲一遍。干这事啊，来钱快，但出了事就是大事，这一辈子基本上就完了。我们这次人手不够，不然是不会轻易让一个生人加入进来的。"赵武又给他详细讲了偷东西时要注意什么，怎么干。

三天后的一个午夜，一辆黑色的大众轿车行驶在大街上，车牌照用塑料盖住了，车子在拐进一条巷道后停下了。

"兄弟，我和赵武进去了，你就坐在车里观看有没有人过来，有人过来了，你就学一声狗叫，然后把车打着火，在车里等我们。"马力说完又给他教了一遍怎么打着车。

两个黑影子迅速朝一家百货商场走去，他们拿工具撬开大门进去了，动作熟练而轻盈。

马宝慌张得不行了，心快从嗓眼里钻出来了，两条腿筛糠似的颤着，突然他想撒尿，而且他隐隐感到自己的内裤已经湿了。就在这时，他看见两个黑影朝他这边走来了。悬着的心一下子落下来了，原本稍显焦虑的眉，慢慢展开了。

他看见马力和赵武若无其事，就像是出去上了一次厕所一样轻松自在。

接下来的一段时间里，他们白天踩点，晚上行动，又接连干了几个大单。

在做完最后一单后，马力甩给马宝一个布袋子，然后叮嘱他要管住嘴，祸从口出。

马宝打开一看，吓了一跳，足足有十万元之多。

这时候，他开始盘算了，用这笔钱干些啥哩，房子得修吧，最好比张能人家的好点，总不能一直让张能人耍威风吧。另外，再买一辆幸福250摩托车，美美地在村子里跑几圈，让大家见识一下我马宝的能耐。

想到这里，他决定当即就去买辆摩托车骑着回去，他似乎已经看到了村里人看见他骑着摩托回去后表现出来的吃惊和佩服的样子。

可当他走到买摩托车的店铺时，犹豫了，他觉得这样太张扬了不好，还是等开春了再买摩托、修房子。

还没等到买摩托车、修房子，他的表哥先出事了，被警察抓了现行。马力在新疆得手后，胆子越来越大，偷的数额也越来越大，最终被公安局抓了。为了减轻自己的罪行，他又供出了马宝。

二十

地里的庄稼已经收拾得差不多了，接着就会有大把的闲空时间了。看到乡亲们用各自的门道在改革开放的春风里施展手脚，日子过得红红火火，德胜两口子越发感到迷茫和焦躁。这天晚上，德胜和马晓燕躺在被窝里又开始盘算了。

"我看啊，这种地戳牛屁股只能维持吃饱饭穿暖衣，过个温饱的日子，不会带来大的改变。咱们村的那一股泉水已经是小马拉大车，显得越来越力不从心了，没有办法满足乡亲们过上好日子的愿望。咱们得走新路子了。"

"那你觉得走啥路子好啊？"马晓燕歪着头问他，一脸的茫然。

近几年，村子里各种各样的致富路子都出现了，像张能人的跑广州，马宝的偷盗，都赚钱了。马德胜也羡慕过，但他清楚，自己不是做那种生意的料，犯法的事坚决不干，还得靠自己的双手来致富。

"做买卖咱们没有经验，也没有本钱，还风险大。我看养羊不错，咱们这儿地广人稀，而且戈壁滩上的草属于盐碱草，羊吃了上膘快，肉质还好，没有膻味。现在上面不让开荒地，但没说不让养羊，我觉得咱们养一群羊吧。"

马德胜天生喜欢羊。在他五岁的时候，他大从市场上买回来了一只羊，准备在他爷的忌日上用。马德胜把这只小公羊当成了自己的朋友，也当成了自己的玩伴，每天天麻麻亮，就一蹦子跳起来，牵着羊出去放，中午回来后，又把羊拉到自己搭的草棚下，刮风下雨从不间断。有时候，他还会拉着羊去泉水边给羊洗澡。宰羊头一天，他把奶奶偷偷省给自己的饼干喂给了羊，还把羊拉去给洗了个澡，打扮得漂漂亮亮的。宰羊的时候，他却跑了，他说他没办法看着自己的伙伴挨刀子流血。

"咱们哪有钱买羊啊？"马晓燕疑惑地问道。

"是啊，就愁没有本钱。唉——"德胜发出了无奈的叹息。

这时候，马德胜突然想起了赛买提。"不行了，我继续给赛买提放羊去吧，一冬天五只羊，也不错啊。"

"我看也可以，最好咱俩都去，去了你放羊，我做饭。你一个人去放羊我孤单的。"马晓燕微笑着看德胜，像是开玩笑，又像是认真的。

"那家里的牲口和鸡狗谁来管啊？你还是安心地给咱们守好家，照看好狗蛋。这可是咱大咱妈给的任务。"他是不会让马晓燕上山放羊的，那年经历的可怕的狼，吓死人的暴风雪，至今仍在他眼前晃动着，他可不愿意让自己的妻儿一起去受那罪。

马德胜决定去放羊了，这次他是正大光明地去找赛买提。从上次放羊回来后，他和赛买提成了好朋友。每年开春，赛买提都会骑着他的黑走马来到他家，还带来了葡萄干、瓜干，说是自己家种的，让他们尝尝。马晓燕见这么好的葡萄干和瓜干，舍不得吃，全部寄回老家了。

马德胜很感动，他来新疆后，又多了一个关心他、照顾他的人了，而且还是个维吾尔族老大哥。

赛买提的羊圈在泉的南边的一个山沟里，两间砖木结构的房子，是用来住人装东西的，占地一亩左右的石头垒成的圈子，用来圈羊。

据老人们讲，一碗泉属于鄯善县的草场，这个协议是谁签署的，没有人知道。但每年都有很多鄯善的羊到一碗泉来放牧，一碗泉的人也认了这个事实。世间的事物都有两面性，羊把式在一碗泉的地盘上放羊，也带来了些好处，单每年的羊粪就可以养肥全村的土地。另外，鄯善的羊把式来了，也给一碗泉增加了人气，逐渐有了开商店的，这无形中也给大家增加了一份额外的收入。只是包产到户后，一碗泉的牛羊日益增多了，争草场争水源的问题也就暴露出来了，乡亲们和羊把式间发生了多次冲突，后来是县上出面才解决了。

马德胜站在五百米外就开始叫了。赛买提家两只壮实的黑狗看见陌生人张牙舞爪地狂叫。

赛买提从房子里走出来，大声呵斥住狗。狗安静下来了，对着赛买提摇头摆尾，像个做错了事的孩子。赛买提领着德胜走进房子。房子里很简单，一面土炕，几个驮水桶，还有简单的锅碗瓢盆。

赛买提微笑着问："我的朋友，你怎么来了，有事吗？"

"肯定有事啊。"马德胜微笑着回答，"现在包产到户了，政府鼓励发展经济。我做生意没有本钱，就想着冬天了还去山上放羊。你这里需要人吗？"

"噢，我今年不需要，我的二儿子玉素普长大了，像牛娃子样壮实，他嘛，不好好儿学习，我就把他叫过来放羊了。"赛买提思索了一下，接着说，"我问问买合木提，听说他在找人。"

"好吧，那你帮我打听一下，有消息了嘛，通知一下我。"德胜拉着赛买提手认真地说，"现在包产到户了，抓紧挣点钱。老家还有老人，都需要钱。"

"没问题，我问好了嘛给你讲。"赛买提说着进到隔壁房子拿了一个羊腿出来，"我现在嘛煮肉，中午我们两个人吃肉啊。"

"不吃了，房子还有事哩。"德胜微笑着说，眼睛里流露出了感激的神情。

"没事啊，快得很。我也要吃中午饭。我的这个羊肉嘛，是没有结过婚的羊娃子的肉，好吃得很。"赛买提开玩笑地说。

"不吃了，改天嘛吃。今天家里有事。"马德胜站起来，往回走了。其实德胜什么事也没有，他只是不想麻烦大哥，他知道大男人都怕做饭。

过了两天，赛买提带着一个五十多岁的人来找马德胜。赛买提介绍说："这是我的朋友买合木提，他需要一个放羊的人。"买合木提一米八五的个头，络腮胡子，看起来给人一种自带的威严感。

马德胜一边倒茶一边说："谢谢赛买提老哥，又给你添麻烦了啊。待遇的事你给买合木提老哥讲了吗？"

"说好了，还是和以前一样，一个冬天五只羊，但这次嘛，是大羊。买合木提老哥比我大方。"赛买提笑着说。

"好，好，上山了我一定好好儿放羊。"大家笑了起来。

"小马，赛买提大哥给我讲你是个劳动踏实的好小伙子。你早点做好准备，我们嘛，计划十月十五号左右搬房子到冬窝子。"

羊群如期上山了。马德胜骑着买合木提俊美的黑走马出发了，一路上边走边唱他最拿手的花儿。

第二年开春时，马德胜赶着羊回来了。这时，他的羊圈里已经有了五十多只活蹦乱跳的羊了。刚产的几只冬羔子，已经快一个月了，在羊圈里蹦蹦跳跳的，像孙猴子一样。看着这些，他很满足。

马晓燕用拿手的饭菜慰劳着这位家里的功臣；用女人的温柔，温暖着这位经受了一个冬天煎熬的男人。一家人其乐融融，笑呵呵的，家庭的温暖让他掉下了几滴幸福的眼泪。

可是过了几天，一个消息传到了马晓燕的耳朵，她不愿相信这是真的，但传消息的人讲得有鼻子有眼睛，不像是无中生有，搬弄是非。这天下午吃过晚饭后，马晓燕打发狗蛋去张斌家玩去了，她把德胜叫过来严肃地说："交代吧。"

"交代啥呀？"马德胜有点丈二和尚摸不着头脑。

"你在山上干的风流事，你都干了，还不知道啊。"

"噢，你说的是那事啊，我交代，如实向老婆交代。"

买合木提媳妇只给他生了三个长得如花似玉的姑娘，却少了一个能替他去放羊干重活的儿子。这一直是买合木提的一块心病。在农村，像放羊啊，扶犁种地啊，赶马打场啊，这样的活是女孩子们无法完成的。所以，家里这一群羊，还得由他自己去管理，去放牧。近几年，岁数大了，精力已经跟不上了，打算雇人去放。只是有点本事的年轻人都跑出去做生意，或进城打工去了，没有人愿意上山放羊。毕竟放羊是一个单调孤寂的活，没本事的吧，又放心不下把这么一群羊交给去放。

去年，他找自己的外甥去放羊。一方面，是自家人，图个放心。另一方面，他姐姐家经济困难，姐夫又是个酒鬼，天天酒瓶子不离手，让外甥去放羊，可以多给点工资，也算是帮帮姐姐家。但让他没想到的是，这小子也遗传了他老子好喝酒的毛病。今天去这家羊把式的房子里喝酒，明天到那家喝酒，每次都是不醉不罢休，而且喝醉了还喜欢耍酒疯，有时候干脆躺在炕上不起来，把放羊的事忘得一干二净，多只羊被狼吃了。最后，他只好打发让回家去了，自己带着媳妇、女儿一家人在山上放了一个冬天。

天山沟深坡陡，野兽、暴风雪经常会出现，让媳妇和女儿放羊不适合，他也不放心，所以决定找一个老实可靠的人来放羊。前一段时间，赛买提给他介绍了马德胜，说德胜人多么多么好，干活多么多么认真，所以才雇了德胜。他一看到德胜，就知道这个年轻人不错，是个信得过的人。但德胜毕竟是外人，把这么一群羊完全交给他，买合木提还是不放心，便陪着德胜一起去放牧。

德胜很感激买合木提对自己的认可，其实穷苦家庭里出生的娃，最大的心愿是能被别人认可，能被平等对待，他们不怕苦，怕的是那一声声不平等的称呼，不尊重人的待遇。德胜现在还比较弱势，在他身上还时不时显露出因出生在农村，从小受苦带来的自卑感。

放羊期间，买合木提像一个慈祥的父亲，给予了德胜生活上的关照。这让他很感动，也激发了他发自内心的感恩之情。他每天认真放好羊，干好自己该干的活，然后又用儿子对父亲一样的情感，照顾好这个物质很富裕但内心深处有遗憾的老人。尽管山上孤单寂寞，冰天雪地，但他们的毡房里始终是温暖的，是和谐的，有时他甚至觉得，这个小小的屋子里有家的味道，有家的温馨。

第一场大雪后，雄伟壮观的天山被厚厚的积雪覆盖住了，变成了一个美丽朦胧的神话世界，德胜和他的羊群就是故事里的天使。积雪、白云、阳光、蓝天，构筑了一个明晃晃的神话般的意境。德胜感叹在这样的环境里生活的只有神仙了，他现在也快成神仙了啊！感叹完后，他精心堆了一个雪人，胳膊是用松树枝做的，然后又找了一块花布给披在身上。这样,一个美丽的女人出现在了他的眼前。他认真一看,发现自己精心堆的雪人竟然是马晓燕。这时他的心里一酸,两滴眼泪滚落了下来,好巧砸在了雪人的身上,打出了两个小洞。

他知道,自己是想家了,想马晓燕,想狗蛋了。他扯开嗓子,尽情地唱了一段花儿。

放羊的生活是惬意的,也是平静的,孤寂的。有时一只鸟飞过来,都能引起他的关注,一声狼的吼叫也像一曲优美的花儿,让寂寞的心激起一阵波澜。现在的他已经不怕狼了,再厉害的动物也是怕人的,这是买合木提给他讲的。记得有一天,他去放羊,远远看见一只狼在羊群周边跑来跑去,偷偷窥探着羊群。他知道,这只狼准备要干坏事了,便骑上马,拿着皮鞭,大喊着向狼追去。刚开始,心里还是紧张的,慢慢地就放松了,最后他感到了兴奋、愉悦,血液沸腾了,突然有了一种要战胜的欲望,仿佛面对的是一群敌人,而自己是将军,骑着高头大马,指挥着千军万马冲向了敌人。在他还沉浸在要战胜的亢奋中时,狼胆怯了,撒腿向深山跑去,像吃了败仗的逃兵。从那以后,他再也不怕狼了,他甚至在想,就是遇到一只老虎,他也有勇气发起进攻,而且终将会把老虎打趴下。

这天吃过早饭,他赶着羊群上山了。他已经适应了放羊的生活,每一个细节都会考虑得很周全,而且还做得很完美,经常得到买合木提的认可和表扬。买合木提也乐意让德胜按照自己的方式去放羊,有时候,还会用一种父亲看儿子的眼神去端详这个帅气又能吃苦的小伙子,心里千百次地对自己说:"我要是有这么个儿子该多好啊。"但他知道这是无法实现的,最后只能遗憾地摇摇头,叹声气拿着满满一大盆狗食去喂狗。

狗是他们的守门神，每天都要精心地喂养着。这是两条凶猛的大狗，远远看上去，像天神一样，让人有一种发自内心的胆怯。那天，由于大意，买合木提踩在了拴狗的铁链子上，狗看到主人来喂食，往前一跑，拴狗绳把买合木提拉了个仰面跟头，狠狠地摔在了冻得硬邦邦的冰地上，摔断了两根肋骨。买合木提只好回鄯善家里养病去了。家里再没有可以上山放羊的人了，只好打发自己的媳妇茹仙古丽和大女儿帕丽丹来替换他放羊。

这天傍晚，太阳快落山的时候，夕阳像个神奇的染匠，将天山绘制成五颜六色的画卷，洁白的雪地好像穿上了维吾尔族姑娘们穿的艾德莱斯绸裙，显得洁净、美丽。德胜赶着羊群回到羊圈，当他走进毡房时，眼前的情景震惊到了他，买合木提的媳妇茹仙古丽和大女儿帕丽丹正在毡房里做饭收拾房子。

茹仙古丽虽然年近五十，但看上去与实际年龄有很大的出入，白净的皮肤像山坡上的积雪，黑瀑布一样的头发直直垂在身后，高挑的身材像山顶笔直的青松。德胜第一眼看到后马上想到，茹仙古丽是站在教室里讲课的老师或者是医院里的医生。帕丽丹二十岁出头，一米六几的个头，像河边的垂柳亭亭玉立。高高的鼻梁，清澈明亮的瞳孔，弯弯的柳眉，长长的睫毛微微地颤动着，白皙无瑕的皮肤透出淡淡红粉，薄薄的双唇如玫瑰花瓣，娇嫩欲滴。

毡房里突然出现了这么两个漂亮的女人，德胜既紧张又好奇。尽管买合木提走时给他讲了，茹仙古丽和帕丽丹要来放羊，当她俩真正出现在面前时，他还是蒙住了，不知道该干什么，该怎么和她们相处了。

毡房里已经焕然一新了，茹仙古丽在靠近门的地方又安放了一个简易的木床。把原来马德胜和买合木提睡的床合在了一起，用一个布帘子围了起来，这样毡房里形成了两个空间。

这天晚上，他吃到了和往日不一样的拉条子。饭是帕丽丹做的，面细得像家乡的牛肉面，菜是毛芹菜炒肉和青辣子炒肉，色香味都有了。尽管他紧张得说话结结巴巴，眼睛也不敢东张西望，但还是美美地咥了两大碗，他觉得自己从来没吃过这么合口的饭菜。

现在，德胜的任务更重了，两个女人除了做饭喂狗外，其余的活都不会，也不方便去干，都得由马德胜来完成了。马德胜不怕吃苦，每天一如既往地早出晚归，兢兢业业干好自己的活。

空旷的大山带给人的是平静，也是寂寞。这时的德胜渴望着能突然跑出来几只狼，或者是一只虎，和他较量一番，他将会用自己强壮的身体，过人的勇气打败它们，那将是多么刺激，多么令人兴奋啊。德胜也会经常想起马晓燕和狗蛋来，有时候他还会拿马晓燕和茹仙古丽比，和帕丽丹比。他不知道自己为什么会有这样奇奇怪怪的想法，但就是控制不住自己的思绪，好像有一种他抗拒不了的魔力，拽着他的思绪往这边靠。

称的天平始终倾向马晓燕。马晓燕虽然没有她们漂亮，但他觉得马晓燕更适合自己。马晓燕做的饭菜虽然简单，但精细合口，马晓燕对父母孝顺体贴，温暖着他的心，特别是马晓燕的善良勤快，让他感到踏实。而且马晓燕还给他生了一个活蹦乱跳的儿子，延续了马家的血脉。

德胜也经常唱花儿消磨孤寂，打发时间。

德胜和茹仙古丽、帕丽丹渐渐熟悉了。有一天下午放羊回来，帕丽丹好奇地问："德胜哥，你在山上放羊时唱的是啥歌啊，我咋没听过呢？"

"这是花儿,我们老家人喜欢唱的歌儿,在我们老家很流行。你觉得怎么样啊?"

"好听,德胜哥,你再给我唱一首啊!"帕丽丹歪着脑袋央求着,两只大眼睛忽闪忽闪,明亮而有神。

"花儿嘛,要在山上唱才有感觉,才有味道哩。房子里唱嘛,就像骑马不搭鞍子,吃肉不放皮牙子一样,缺点味道。所以花儿又叫山歌。"德胜回答道。其实他是不好意思当着她们母女的面唱,尽管他们已经熟悉了,但德胜紧张的心绪还没有完全放开。

"那好吧,以后你上山放羊时多给我唱几首,好吗?"帕丽丹盯着他,像一个可爱的小女孩,也像个小学生,让他实在无法拒绝。

"行,没问题。"马德胜爽快地答应了。但随后又感到了一丝后悔,觉得自己太轻率了,怎么这么轻易就答应一个女孩子了呢。

第二天早上吃过早饭后,马德胜骑着马赶着羊群上山了。天气晴朗,太阳像个大圆盘,照得到处都明晃晃的。羊群行走在山坡上,像滚动的雪球,也像天空飘浮的云彩。

这时,德胜想起了昨天晚上答应帕丽丹的事,便放开歌喉大声唱起了《阿哥的白牡丹》。嘹亮的歌声在空荡荡的沟壑里回荡,在蓝天白云间穿梭,像是在诉说着一个远古的爱情故事,让人浮想联翩,心动不已。

德胜刚唱完,准备歇歇嗓子再唱一首时,山的另一头飘过来了一阵歌声,是用维吾尔语唱的。德胜听不出唱的是什么意思,但这声音像从天空倾泻而下的激流,又像燕子的呢喃,也像岩浆的涌动,在空旷的沟壑间飘荡着,时而冲向云霄,与飘浮的白云交织在一起,时而坠落山间,与洁白的积雪碰撞产生了空旷的回响,让他感受到了从内心深处涌出的陶醉和忧伤。

他陶醉了。他没想到帕丽丹的歌声会如此优美，便一屁股坐在雪地上静静地聆听着。他原本的一些自信，现在已经被帕丽丹的歌声给击碎了，他为自己刚才带有卖弄味道的表演感到羞愧，觉得自己就像个小丑，不知道天高地厚地瞎卖弄了一次。

这时，山的那一边，传来了帕丽丹的声音："德胜哥，你唱得真好听，再来一首啊。"

他愣住了，不知道该怎么回答。现在的他就像是在老家对唱花儿时，唱输的那一方，没有了一点自信。他翻身骑上马去追羊群去了，耳边却一直回荡着帕丽丹优美的歌声，让他既兴奋，又有压力。

晚上回家吃过饭后，帕丽丹像个调皮的小姑娘，问："德胜哥，你今天怎么只唱了一首歌就不唱了啊，我还没听够，你唱得真好听，我妈妈都在表扬你呢。"

这时，茹仙古丽也歪着头问："小马，你今天唱的是啥歌啊，我以前没有听过，很有特色，也很好听。"

能得到茹仙古丽的表扬，德胜似乎又找到了一些自信。"阿姨，我唱的是花儿，是我们老家一带的一种民歌。我今天唱的歌曲名字叫《阿哥的白牡丹》，是我们老家很流行的一首花儿。"

"好听，你以后教我唱花儿啊，我要拜你为师。"帕丽丹说完又扭过头来，调皮地问茹仙古丽："行不行啊，妈妈？"一缕阳光正好照在了她那俊美的脸上，就像盛开的牡丹花，瞬间惊艳了整个房间。

"行，行，行，这有啥不行呢。"茹仙古丽微笑着答道，然后望着德胜，好像在用眼光督促德胜要收下自己的女儿当徒弟。

德胜的兴致也被调动起来了，问："那你今天唱的是啥歌曲呀，太好听了。你一唱我就不敢唱了,我认输了,我在你面前就像小巫见大巫。"

"我唱的是新疆民歌,叫《牡丹汗》。这首歌旋律很优美,感情很真挚,背后还有一个感人的故事呢。"帕丽丹好像陷入了歌曲的旋律里了,慢慢讲道:

很早的时候,伊犁有一户富贵人家,有着上万亩的草场和数不清的马、牛、羊。可富贵人家最受宠的女儿牡丹汗偏偏爱上了一位流浪歌手艾尔肯·艾则孜,这自然受到了牡丹汗家族的强烈反对。他们赶走了流浪歌手,并威胁说要是再敢踏入他们家的领地,就会打断歌手的双手和双腿。

流浪歌手被赶走了,牡丹汗姑娘的心儿也被带走了。她一次一次寻觅着歌手的踪迹。一次,在她偷偷去和歌手约会的途中,被追上来的怒不可遏的父亲活活打死,埋在了她要和流浪歌手约会的地方。当流浪歌手如约来到约会地点时,见到埋葬着牡丹汗姑娘的那座新坟,伤心欲绝。流浪歌手流着泪从坟上捧起一抔黄土贴在脸颊上,在悲伤地唱完"你是我生命的力量……"后,拔出腰间的匕首割破自己的颈动脉。善良的牧民们将歌手与姑娘合葬在了一起……

帕丽丹讲完故事后,两只明亮的大眼睛扑闪扑闪的,长长的睫毛上似乎闪动着晶莹的泪珠。她已经陷入这个凄美的故事里了,好像她就是牡丹汗,她是在讲述自己的爱情故事。

"二十岁的姑娘的感情就是丰富啊!"德胜嘴里唠叨着,但他自己的内心深处好像也被触动了一下,也沉浸在了故事的情节里。这时,耳边又响起了帕丽丹悠扬的歌声,就像一束亮光,刺得他的心里慌慌的。

过了一会儿,茹仙古丽说:"这首歌背后的故事有多个版本。这是一首爱情歌曲，也是一首新疆多民族生活的组合曲，所以在新疆流传度很广，很多人都喜欢唱。"茹仙古丽发挥了她见多识广、博学多才的一面。

"我妈妈唱歌才好听呢，像百灵鸟。"帕丽丹自豪地说，"我妈妈年轻时，是当地有名的歌手，还在县上获过奖呢。我唱的《牡丹汗》就是她教的。"

"噢！"德胜似乎又被惊吓到了，转头向茹仙古丽投去了敬佩的目光。"阿姨，你给我们唱一首啊。"德胜祈求着说，像一个孩子对自己的母亲提出请求一样。

"我妈可不随便唱，只有在特殊的场合才唱呢。"帕丽丹微笑着解释。她已经从爱情故事里恢复过来了，又回到了往日的活泼好动状态。

"噢，这样啊。"德胜尴尬地笑了笑，被太阳晒得黑红的脸瞬间变得更红了。

"我们维吾尔族是个能歌善舞的民族，到合适的时候了，我会给你唱上一首的，但前提条件是你每天都要给我们唱歌啊。"茹仙古丽微笑着说。

"好，好，好，只要你们喜欢，我就天天给你们唱。反正我放羊时也着急得很，这样还一举两得哩。"

从此以后，德胜越唱越欢实，山顶上唱，山沟里唱，阴天唱，晴天也唱。只是，他每唱一首，帕丽丹就会对应着唱一首。在这空旷的空间里，花儿和维吾尔族民歌，完美结合在了一起，形成了别样的歌声，回荡在沟沟壑壑里。

有时候，帕丽丹也会跟着德胜去放羊，在空旷的神话般的环境里，她美得像一只七彩蝴蝶，点缀和修饰了孤寂的天山山脉。然而，德胜越来越发现，她似乎开始依恋自己了。刚开始时，他想在这大山里就这么几个人，大家关系亲密点是正常的，他骂自己多想了。可是有一天，帕丽丹在唱完《牡丹汗》后，向他投来了一束异样的目光，像火一样炙热，像月光一样轻柔，虽然只是很短的一瞬间，但作为一个男人，他清楚那眼神蕴含着什么。他又不是没年轻过。他的心紧了一下，一种异样的感觉传遍了全身，他感到浑身麻酥酥的，似乎是被一种奇妙的感觉撞击了一下，然后陶醉了。可是当这个眼神触及他心灵深处时，他被刺疼了，惊醒了。他想起了马晓燕，也想起了狗蛋。刚才的想法马上消失得无影无踪，他狠狠地抽了自己一个耳刮子，心里骂道："你是人吗，咋会有这种想法呢？你有这种想法能对得起马晓燕吗？"

从那以后，马德胜再也不敢唱花儿了。每当帕丽丹缠着让他唱的时候，马晓燕的影子就在他眼前晃动着，嗓子瞬间变得像干涸的黄土地，发不出温润的声音。

这天早上德胜吃过早饭后，赶着羊群上山了。太阳照耀着大地，雪地里闪耀着绿色、蓝色和红色的光带。此时，帕丽丹动听的歌声，还有她抛来的那能把人心烧焦的眼神，扰得德胜心里乱哄哄的，他不知道该怎么办。他突然感到有点怕，只想把羊群赶到深山里，找一个帕丽丹看不见，也找不到的地方，一个人安心待一会。

帕丽丹的歌声又响起来了，是从他身后的山顶飘过来的。那个山头成了帕丽丹的舞台，她每天会按时爬上去，然后尽情地唱歌。

德胜吆喝着羊群，匆匆向后山走着。歌声越来越远，越来越小，直到最后听不到了。

这时,他和他的羊群已经到了一个他心中理想的地方。他停下脚步，找了一个能避风的地方坐下来,呆呆地看着远处的群山,还有天空中飘过的云彩。

太阳越来越高了,已经快升到了正上方了。这时候,他的心已经平静下来了,还有了一丝的困意。在他迷迷糊糊即将进入梦乡的时候,听见了几声急促的喊叫声,是帕丽丹。他一骨碌爬起来,连忙向山顶跑去。他看见帕丽丹一边跌跌撞撞地行走,一边大声喊叫着他的名字,显得紧张、慌乱、恐惧。当看见他的时候,连哭带喊地向他跑了过来,然后一把紧紧抱住他,像个受了委屈的小女孩,脸上挂满了泪珠。

瞬间,帕丽丹身上散发出来的气息强烈地感染着他,他觉得自己的血涌到了头上,浑身迅猛膨胀,洪水般涌起的骚动在胸腔里猛烈冲撞,尤其是她那温热丰满的双胸贴着他的腰,他醉了。

帕丽丹抱了一会儿,恢复平静后,用不满的语调说:"德胜哥,你今天咋跑这么远的地方来放羊啊,我看你翻山了,便追了过来找你,却找不到你,快吓死我了。"

德胜望着帕丽丹那双明眸,不知道该怎么解释,最终他还是撒了个谎:"咱们住的附近没有草了,羊吃不饱肚子了,所以我才赶到这里来了。"

"刚才我差点迷路了,还不小心摔倒,掉到一个深沟里,手也划破了。"说着举起了右手让德胜看。

德胜看见帕丽丹小巧的手上划破了几道细密的血口子。血迹已经干了,结成了血块。

德胜心疼地望了一眼。"走,我送你回去吧,赶紧把受伤的手包扎一下。"

帕丽丹点点头,然后和德胜一起往回走。此刻,德胜的心情更加复杂了,既为身边这个漂亮的小妹妹的单纯善良感动,也为他俩之间的关系纠结矛盾。他真的担心再这样下去,他们之间可能会发生一些可怕的事情。

这几天晚上,德胜在床上翻来覆去,难以入眠,只要闭上眼睛,就会看到帕丽丹身穿美丽的艾德莱斯绸裙从山顶向他跑过来,像神话里的仙女,优美动听的《牡丹汗》响彻整个沟沟壑壑。这样的情景风吹似的在他眼前一遍又一遍地闪过。

他开始活在紧张的情绪里,话越来越少,更是不敢看帕丽丹。他觉得帕丽丹就是一团火,也是太阳,发出的光照得他睁不开眼睛。他饱受着煎熬,吃不好饭,睡不好觉,人憔悴了很多。日子漫长得像看不到头的天山。

这天,德胜把羊群赶到一个空旷的地方,去找赛买提了。赛买提的羊圈离得不远,翻过三座大山就到了。

赛买提看见他,远远地迎了过来了。"我的朋友,没想到你能过来看我,你还好吗?"

"好,好。"他微笑着说,"见到你嘛,很高兴,赛买提老哥。

赛买提把他让进石头房子,然后拿出羊肉要给他煮肉吃。

他挡住了,说:"我在放羊,没时间吃。我过来是想问问你,你能不能联系到买合木提,我天天一个人放羊,受不了了,两个女人嘛,只能做做饭,喂喂狗,很多事情都没办法干,而且很多时候还不方便。"他按照在路上想好的话,给赛买提讲着。他不能讲真正的原因,不能讲帕丽丹给他唱《牡丹汗》的事,更不能讲帕丽丹向他投来的那一束异样的目光。

"小马,是不是两个美女欺负你了啊?我的朋友,我们两个维吾尔族的美女陪着你放羊，还不行吗？"

德胜打了赛力克一拳头，说："不方便啊，我嘛，还是喜欢和买合木提一起放羊。"

"知道了，我给买合木提带个话。我想他的伤也应该好得差不多了。"赛买提认真地说，"买合木提是个可怜的人，自己生病了嘛，还得老婆和丫头接替他。但是他没有办法，只能这样做。我们可怜的买合木提啊，我给他几次讲了，把羊卖掉，干点别的事情，他可能也在考虑吧。"

过了几天，买合木提回来了，他的腿上还缠着厚厚的白纱布。帕丽丹跟着她的妈妈回鄯善县了。在她离开往回走的时候，又唱起了《牡丹汗》。德胜清楚，她是在为谁唱。

茹仙古丽的歌留到了开春。这时候，山上的积雪开始融化了，露出铺满枯草的土地，在薄暮中颜色很黑。凉风阵阵拂过，给山坳里的积雪、袅袅的炊烟和整个牧场都涂上了一份纯净的青色。茹仙古丽和她的侄子来了。茹仙古丽煮了一大锅肉，还炒了几道拿手菜。大家围着桌子吃饭时，买合木提用都塔尔伴奏，茹仙古丽唱了《牡丹汗》。茹仙古丽的歌声比帕丽丹的更专业，更浑厚，听着听着就走入了心里……

"报告老婆，我汇报完了。"德胜俏皮地看向晓燕。

马晓燕好像也陷入了《牡丹汗》优美的旋律里，眼睛里闪动着泪花，过了一会儿才说："我给你个任务，改天有机会了，你请帕丽丹给我唱一遍《牡丹汗》，但也给你定条规矩，从今往后，再也不许上山放羊了，哪怕咱们家里揭不开锅，没饭吃了。"马晓燕说得很认真。

二十一

马宝被抓走后，家里所有的重活轻活只能靠马丽娜一个人撑着。马宝妈年岁大了，平日里只能生个炉子，烧个水，给娃娃们做个饭，其他的体力活早就干不动了。马宝虽然脾气暴躁，对老妈却是很孝顺，从来不说硬话，家里有好吃的先紧着老人，所以，马丽娜平时也不让老人干活。

自从马宝被抓走后，这个年近七十没见过世面的老人因为紧张害怕，彻底病倒在炕上，不吃不喝，几天后就下不了炕了，整天唉声叹气的。见到人便开始诉说自己干下的糟心事。"哎呀，我真是老糊涂了，把我的马宝带回老家干啥啊，现在你看把娃娃整进监狱了。是我害了马宝啊！那一帮子害人的东西咋就那么缺德啊！我天天盼着把灾难降给这一伙害人的家伙，让他们活在痛苦里。"老人刚开始还能说清楚，说着说着就开始大声哭了。一看老人哭了，孙子孙女也跟着哭，最后马丽娜也开始跟着哭，一家人基本上生活在泪水和悲痛里。

这天下午，马建华在修补羊圈的围墙，听见有人叫，扭头一看，是学校的姚校长，便连忙走了出来，微笑着打招呼。

"姚校长啊，是啥风把你吹来了？"马建华和姚校长岁数差不多，因为经常商量解决学校里的一些事，两个人很熟。

"我是无事不登三宝殿啊。"姚校长和马建华握了手，然后坐到一块大石头上，说，"马宝的儿子马胜利退学了，你知道吗？说是家里没人干活，他妈把他抽回来让放羊哩。马主任，这和政策不符啊，所以我来找你，赶紧得让娃娃回学校上课。"

"噢，这可咋办哩，马宝媳妇现在的确困难比较多，一个人拉着一个家，顾了这头顾不了那一头啊。"

"这一点我们也了解了，但娃娃上学是大事啊，错过了年龄，就没有机会了。这会耽误娃娃一辈子的。"

"就是，就是，咋整也不能让娃娃退学啊！"

"我看啊，你们村委会要研究一下这件事，得拿出个解决的办法。"

"姚校长，这样吧，这不是一天两天，一个月半个月的事。下来后，我们商量一下，拿出一个解决的办法。你给我两天的时间，我保证让娃上学去。"

"有你这句话，我就放心了。你不知道，这娃娃学习还不错，咱们可不能看着把娃娃给耽搁了。"

这时，张文国挑水过来了，看见姚校长在，便走了过来打招呼。

"老张啊，我还正准备去找你，你却自己先来了！"接着马建华便把马胜利的事给张文国讲了一遍，然后问，"你说这事咋办哩？"

张文国放下挑水的担子，说："这还真是个颇烦事，但千万不能把娃娃的学耽搁了，那样啊，你和我就成罪人了。"

"就是，无论如何，都要让娃娃赶紧上学去。"

"把马宝家里放羊的事解决了，这娃娃就可以上学去了。我想啊，咱们问问有没有人愿意帮助马宝家放羊哩。"张文国一边卷着莫合烟，一边说道。

"好，我问问吧。看谁家愿意帮忙哩。唉，这事你还不能强求，人家只有自愿才行哩。"

"老马，羊你找村里的谁去帮忙放啊？大家都忙得鬼吹火似的，索性安顿给哈萨克族的羊把式，到时候村里给出点钱，这事就彻底解决了。他的困难嘛，下次开会时在会上提一下，号召大家没事了多去帮助马丽娜一下。你看咋样？"张文国抽了一口烟，浓烈的烟味呛得他一阵咳嗽。

"我看也就这样了。这都是马宝干下的颇烦事，现在一家人跟着受罪。哎呀，这人啊，再穷再困难，都不能干犯罪的事！你看，马宝他妈多可怜，娃们多可怜！"马建华惋惜地说着。

乡亲们虽然平时讨厌马宝的飞扬跋扈，但当马宝真遇到困难时，大家还是放下了成见，有空了都会去帮助马丽娜干活。这就是善良的乡亲们啊，有时他们可能会为了某些利益而吵架，甚至是出手揍对方一顿，但当真正遇到困难时，马上又会放下仇恨，亲热得像兄弟姐妹一样，去关心，去帮助。

其实马宝进入监狱后，也很后悔，尤其想到老妈和娃娃们时，常常落泪，积极地改造自己。最终因为表现出色，只在监狱里待了两年半，就被放了出来。

二十二

秋天庄稼收完了，庄稼人都闲下来，大多数在自己家院子里挖土豆、拔萝卜，储备着过冬的菜蔬。

马晓燕嚷着嘴馋了，想吃羊肉。德胜想想，一个夏天全家人忙忙碌碌的，也没吃上几顿好吃的，亏了妻儿了，便把圈里的一只羯羊宰了，犒劳一下家人。

德胜正拿着刀子忙着剥羊皮，马晓燕在厨房里炸油香、馓子，这时买合木提领着帕丽丹来了。

在看到帕丽丹时，德胜的心里一紧，一阵慌张。自从德胜上次跟着买合木提放羊后，两个人的关系越来越好，很多乡亲们开玩笑说，德胜上一次山，就多一个亲戚。德胜才不理这些，没事了和买合木提相互走动，一起聊天吃饭。但这次不一样的是，他带着帕丽丹来了。这时，上次马晓燕给他说的话又在耳边响起。算算从山上分开后，他们已经三年多没见了。现在的帕丽丹成熟了，腼腆了，也更加漂亮了，仿佛一朵盛开的牡丹花。

见到德胜后，帕丽丹也显得有点儿拘谨，脸红得像院子里熟透的苹果。

马晓燕已经闻声走了出来，看见买合木提连忙打招呼，再看看帕丽丹，问："这个漂亮的女娃是谁啊，咋长这么俊啊！"

"这就是我给你讲过的帕丽丹，买合木提大哥的丫头。"德胜抢先介绍着。

"长得真俊啊！"马晓燕拉住帕丽丹的手说，"走，赶紧进屋子，听德胜讲你唱歌很好听啊！"说完，望了一眼德胜。

德胜假装没看见，继续和买合木提说着话。

马晓燕麻利地把刚炸好的油香、馓子端上来。德胜倒了茶，连声让着多吃点。

买合木提一边喝着茶，一边说："德胜，晓燕，我今天来嘛，是和你们道个别。我的羊卖掉了，我以后啊，再不来一碗泉放羊了。谢谢你们对我的帮助！我会记着你们两个人的，我也希望你们有时间了到鄯善玩去。"买合木提断断续续地说着。自从上次被拴狗绳绊倒后，买合木提的身体越来越差，受过伤的部位，遇到阴天就隐隐作痛。所以，把羊全卖了。

帕丽丹是三天前到的，是来帮忙买合木提收拾着搬家的。这几天，已经把七七八八的东西收拾得差不多了，今天硬缠着买合木提来和德胜道个别。人啊，一旦记住了一个人，是不会轻易忘掉的，尤其是像帕丽丹木这样一个初涉世，对感情还充满幻想的姑娘，更是难以忘记。

"你们再不来了吗？"德胜感到有一丝失望，然后扭头望了一眼帕丽丹，正好帕丽丹也在望着他，在双目对撞的瞬间，两个人的脸都红了。

这一切，被端菜进来的马晓燕正好看到了。她没说什么，只是让着吃东西。

下午，肉也煮熟了，德胜捞了一大盘子，大家又开始了第二波的吃喝。

忙完了的马晓燕走到帕丽丹身边，拉着她的手说："妹子，我听德胜说你的歌唱得好，我天天盼着能听到你的歌声。今天你就给我们唱首歌添个乐子吧。"

"好啊！"帕丽丹还是那样直率，满口答应了，"但我也有个条件，德胜哥也必须唱首花儿。"帕丽丹转动着明亮的大眼睛望了一眼德胜后调皮地说。

"没问题，你唱完了，他就唱。"马晓燕没等德胜答应，先答应了。

德胜望了一眼马晓燕，微笑着说："你都替我做主了，我不唱也不行了啊！"

帕丽丹站起来润了润嗓子，开始唱那首她最爱唱的《牡丹汗》。帕丽丹的声音越来越像她母亲的声音了，比以前更加浑厚，唱腔也更加稳定了。优美的歌声在房间里回荡着，也穿过窗户、房门，飘向外面。

全村的人都听到了,男人们放下干活的工具,女人们忘了炒菜,连狗都停了狂叫,安静地趴在了地上。

马晓燕坐在凳子上认真听着,虽然她是第一次近距离听维吾尔族歌曲,也不懂音乐,但这首歌还是把她带进了一种无以言表的伤心和感动里,她的心跳得厉害,两股眼泪在眼眶里转动着,然后掉下来了。

马晓燕转过头悄悄擦去了眼泪,然后望着德胜,用略带哽咽的声音说:"现在该你了,马德胜同志。"

德胜回望了一眼马晓燕,喝了一口茶,润了一下嗓子,开始唱了。

白牡丹你就白来着耀呀人哩

阿哥的白牡丹呀

红牡丹你就红呀了着

想我的花儿嘛火呀哩

……

德胜虽然很用心地唱了,但听惯他歌声的马晓燕还是一下子听出来,他的歌声干巴巴的,少了平日里的空灵和柔情。

唱完后,德胜连忙解释:"哎呀,好久不唱了,唱不出味道了。"的确,自从上次在天山顶上唱过以后,德胜再也没有唱过花儿。

太阳已经偏西了,买合木提和帕丽丹走了,只是那首优美的《牡丹汗》还在一碗泉的上空回荡着,马晓燕的心也随着歌声回荡着,久久无法平静下来。

二十三

1995年是木垒县历史上重要的一年。昌吉州党委、州人民政府召开了第一次扶持木垒县脱贫致富的工作会议,要举全州之力扶持木垒县加快发展,尽快脱贫致富。特别是确定了昌吉州五县二市、州直各部门共78个单位帮扶木垒的12个乡镇,37个村。

自从包产到户后,一碗泉村的乡亲们在改革的春风里挖着自己的光阴,吃不饱穿不暖的光景一去不复返了。这个小村庄每年甚至每月都在发生着变化。村子越来越大,人口越来越多,各种样式的新房子雨后春笋般展现在乡亲们的面前,很多人家已经买上了摩托车、拖拉机。乡亲们每天都在乐呵呵地享受着改革开放带来的幸福生活。

德胜的生活也发生了巨大的变化。他已经是一名共产党员了。羊圈里红的白的黑的花的各色羊只挤满了,有两百多只。房子也翻新了,窗明几净,宽敞明亮。儿子狗蛋长大了,在努力地学习。随着光阴的厚实,德胜敢说话了,也会说话了,再也不像以前见了陌生人就变成哑巴了。在大多数乡亲的眼里,他已经成了同龄人中的佼佼者了。

这天,小雨淅淅沥沥,到太阳偏西时才放晴。雨后的太阳红艳艳的,给云彩披上了金色的纱巾,微风带着湿润的空气吹来,像母亲的手抚摸一样让人陶醉。

马晓燕赶着羊到戈壁滩上放去了,德胜拉来一小四轮拖拉机砖头,准备翻修一下羊圈墙。

这时,马建华走了过来。包产到户后,马建华的身份已经从生产队队长变成了村委会党总支书记、村委会主任,其实干的工作是一样的,还是操心全村杂七杂八的事情，带领全村人民奔向幸福生活。

德胜从来到一碗泉，马建华就一直把他当自己的孩子一样照看着。一方面，是德胜忠厚实诚，心地善良，而且一直思谋着把日子过好；另一方面，他们两个人是老乡，亲不亲家乡人。德胜对他也有一种崇拜和亲近，像自己的父母一样尊敬着他。

"走，队长，屋子里喝茶走。"虽然生产队早就改成村了，但德胜一直称马建华为队长，叫顺口了，一时改不过来了。

马建华跟着德胜走进了屋里，德胜赶紧倒上了盖碗茶，拿出油香让着吃。

马建华喝了一口茶后说："我今天来是有件事和你商量一下，咱们木垒县啊，虽说包产到户后发展很快，但因为各方面条件的限制，发展还是落在了全州的后面。最近你也听说了，州党委、政府要举全州的力量来对口帮扶木垒县发展哩。咱们一碗泉虽不是重点帮扶的村子，但这也是个机会啊。乡党委、政府要求各村要抓住机会，借助帮扶的顺风车，加快发展，彻底改变贫穷落后的面貌哩。"马建华喝了一口茶润润嗓子，接着说，"我现在老了，干不动村里的事了。我已经给乡上打报告了。乡上让我物色一个人，我推荐了你。可能这几天乡上的领导要来找你谈话哩，你做个思想准备吧。"

"没有吧，队长？"马德胜被马建华的话给惊吓了一跳，头上冒出了一层细密的汗珠子，声音也有点颤抖。他连忙喝了一口茶，稳定了一下情绪，解释道，"队长，我这人啊，干点苦活累活还行哩，没干过领导，也没有文化，没有办法干啊。而且这是大家的事，队长你还是推荐别人吧。咱们村里能人多着哩。"德胜嘴上这样说着，心却开始不由自主地跳起来了。

"推荐村干部，这是全村的大事啊。我推荐你，也是经过认真思考的，不是脑子一热决定的。咱们村上的人啊，我拨拉了一圈，没有比你更合适的了。有些人啊，你看着聪明，但私心重，想把全村的好处都拿走；还有些人，没有干劲，疲疲沓沓的。你虽然没有文化，但不自私，还肯干。你就不要再推辞了，赶紧准备一下吧。"

"准备啥呀，队长？"

"也不需要准备啥，乡上的领导可能要让你谈谈对咱们村的发展有什么想法，还可能要到村民家里去走访。你就考虑一下，咱们一碗泉下一步该咋发展就行了。"

"好，好，我知道了。"德胜连连点着头，但心里依旧紧张得要命。

马建华说完，喝了一杯茶走了。

德胜让自己的情绪平复了一下，开始考虑一碗泉怎么发展的事。以前他考虑的只是自家怎么发展，而且是和马晓燕一起努力，家里的光阴才走到了全村的前面。这次换成全村后，他确实很茫然，想不出一点思路来。

马晓燕回来看他心神不宁的样子，便问："你这是在考虑啥重要事情呀，看把自己整得焦头烂额的。"

德胜好像看到救星来了，连忙把马建华找他谈话的事告诉了马晓燕，然后紧盯着马晓燕问："你说我该咋办啊？"

马晓燕高兴地说："好事啊，马德胜同志这是要当干部了啊！"

"好啥呀，我思谋了一下午，连个头绪也没理清楚，把人都快急死了。"

"'当官不为民办事，不如回家卖红薯。'我觉得呀，你就想上几件乡亲们渴望办的事就行了。你比如，周围十里八里就咱们村上还不通电，乡亲们还生活在黑暗里；咱们村的涝坝包产到户前就开始修了，到现在还没有修好；乡亲们到现在还在挑水吃，没有拉上自来水。我想你把这几件事办好了，村里的乡亲、乡上的领导，肯定都会很满意的。"马晓燕一口气说出了自己觉得应该解决的事，好像她早就谋划好了一样。

"哎呀，还是你厉害啊！你这一讲，我的大脑也开窍了，脑子清楚了，就谈解决这几件事。"德胜手舞足蹈地说着，随即他又回过头问马晓燕，"只是这几件事不好办啊，老队长任内都没解决好，我能解决得了吗？"

"我看能，你想啊，现在州上在帮助咱们县，肯定会有很多好政策的。就说咱们县吧，你扳着指头算算，还有几个村子没通电。只有可数的几个，轮也该轮上咱们村了。现在就看有没有人狠下心跑了。涝坝也闲置这么多少年了，县上也会研究解决的；自来水，更好办，这花不了多少钱，以前村上的领导没有重视，村里出点钱，乡亲们自己掏点，就解决了。"

"你说的有道理，分析得很好。"德胜投来了钦佩的目光。

第三天上午，张德彪乡长在马建华的陪同下来到了马德胜家里。张乡长是个退伍军人，一米八几的个头，乌黑的头发像钢针一样倔强地竖立着，说话像打雷。

张乡长开门见山："马德胜，马建华主任可能已经给你讲过了，咱们就直奔主题，谈谈你对村里今后发展的想法吧。"

马德胜看了一眼乡长，凭他吃了四十多年饭的经验，他料定张乡长是当兵出身的，喜欢直来直去，便大声把马晓燕分析的给张乡长一行说了一遍。

张乡长听后，黑青的脸上露出了淡淡的笑容："你说话咋和我一样干脆利索啊！你当过兵吗？"

"我没有嘛，乡长。"

"别人都说我说话嗓门大，我这是当兵时喊口号喊的，你呢？"

"乡长，我这是放羊喊羊喊的。"德胜彻底放松了，像和老朋友聊天一样。

张乡长一行哈哈大笑起来了，气氛活跃了。张乡长站起来说："我就喜欢你这种性格，干脆利索。我们走了，还要到乡亲家里走访一下哩。"

马建华领着张乡长一行走访群众去了。德胜松了一口气，虽然有点忐忑，但他感觉张乡长对自己今天的表现是满意的。他有点后悔，今天不应该让马晓燕去放羊，她在场就好了，可能还能帮助分析一下成功的概率哩。马晓燕现在俨然成了他的军师了。

晚上，他估摸着张乡长一行走了，便悄悄来到马建华家里探听消息。

"大家对你的评价都不错。张乡长还夸奖你务实呢，应该问题不大。主要是这次牵扯到村委会主任、副主任的选举，需要全民投票哩，明天乡上派人来对提名的候选人进行投票，你就安心等着吧。"

德胜一颗悬着的心好像落地了，但又觉得没有落地，觉得只有开了会，任命完了，才能算真正落地。

第二天，乡上派李林虎副乡长来开展选举。乡亲们忙着抓光阴，对谁当选似乎没有多少兴趣，候选人基本上都全票通过了。

等待的日子总是漫长的，就像睡意没有了熬天明，种了庄稼等秋收一样，终归还是来了。

这天下午，马建华通知开会。德胜知道自己等的这一天终于到了。马晓燕从衣柜里拿出年初给他做的新衣服和新布鞋。

马德胜拦住说:"今天穿新衣裳不妥啊,越是这时候,越要稳重,不然别人会骂你在显摆哩。"

"看来你还没有被幸福冲昏头脑,还有点理智哩。"马晓燕说着又从柜子里拿了一件洗干净的旧衣服让德胜穿上,又拿梳子帮忙给梳理了一下头发。一个帅气成熟稳重的男人站在了她面前。马晓燕满意地说:"就这样吧,我看挺好的。走吧,开会走。"

会议室里已经挤满了人,大家七嘴八舌地闲聊着。汗臭味、莫合烟味,交织在一起,形成了浓烈的让人想呕吐的气味。拐角处几个女人的叽叽喳喳的喧荒声像麻雀发出的声音,给拥挤的会议室增添了许多嘈杂。德胜不抽烟,也不喜欢不分场合随意冒着烟的人,更不喜欢一些女人不分场合说闲话倒是非。但今天他心情好,觉得不嘈杂,而是一曲美妙的花儿大合唱。

张德彪乡长和李林虎副乡长已经到了,坐在几张桌子拼凑的主席台上。马建华正在陪着他们聊天,见德胜进来了,连忙把他拉过来,也让坐在了主席台上。

这时,人已经到得差不多了,马建华要求大家安静,开始开会。

德胜虽然期待这一刻,但当坐在心心念念的主席台上时,还是紧张得不行,像刚娶进门的新媳妇,不知道眼睛该望向哪里,手该放到哪里。

会议由张乡长主持:"今天召集大家开会只有一件事,就是宣布一碗泉村新领导班子成员。下面由副乡长李林虎宣读。"

李林虎大声宣读了文件,马德胜同志担任村党总支书记、村委会主任;张卫东、王海泉两位同志任村党总支委员、村委会副主任;马英同志任村党总支委员、妇女主任。

接着，张乡长做了简短的讲话，对上一届领导班子做出的贡献表示感谢，对新一届领导班子提出了要求。

张乡长的讲话干净利索，铿锵有力。德胜听得心潮澎湃，感到浑身充满力量。

送走张乡长一行后，德胜没有回家，也没有待在村委会，而是一个人悄悄来到了泉上。他现在已经养成了习惯，在他快乐的时候、不快乐的时候，都喜欢到泉边坐坐。在他的眼里，泉水是坚强的，豁达的，也是乐观的，它会聆听你的倾诉，也能理解你的快乐和痛苦，总会给你带来心底的宁静。

清澈的泉水潺潺流动着，发出了悦耳动听的声音，像一首优美的花儿在天空飘荡。一只灰色兔子从他面前嗖地跑了过去，像一道闪电，一眨眼已经穿出了一百多米，然后回过头来望着他。他笑了笑，向兔子慢慢靠近。兔子敏锐地注视着他，在他快走近时，一晃身跑上了南边的山坡。

德胜还处在亢奋里，他想哭，也想笑。当今天坐在主席台上，面对着乡亲们时，他第一次感到自己再也不是那个背着简单的行囊，靠两只脚讨生活来到这里的外来者了，而是一个有作为的人，成了乡亲们寄托希望的人了。他想大叫一声，这声音最好传得远远的，让老家的父母和埋在地下的奶奶都能听得到，他们的孩子已经当村干部了。突然，他脑海里又冒出了一个奇异的想法，他也想让帕丽丹听到这声音，他要告诉她，自己已经不是羊把式了，他即将带领全村的人谋发展了，他要抬起头，挺起胸膛，理直气壮地生活了。这想法虽然只是一闪而过，但还是让他心里一颤，自己咋会突然有这样一个怪异的想法。其实他和帕丽丹的关系可能就是一首歌，《牡丹汗》或是《阿哥的白牡丹》，假如还有的话，那就是建立在两首歌之上偶尔的一丝异样的想法，仅此而已，而且就像美丽的彩虹，只留存了一会儿。

就在这时，他的脑海里响起了一个声音，像是马晓燕的，也像是他大的。"你要稳重点，你现在已经是村里的领头人了，要学会控制自己的情绪。有些事，连想也不能想啊。"

他轻叹了一口气，双手抱头轻轻地躺在草滩上，望着天上慢慢飘过的白云，想让自己的情绪平复下来。瓦蓝的天空飞过一群排着长队的大雁，发出了洪亮的声音，他感觉它们是在祝贺自己，包括刚才的那只兔子，也可能是在向他表示祝贺。生活多么美好啊，天上飘着的云彩、南飞的大雁、奔跑的兔子，一切都是那么让人赏心悦目，激动不已！

天快黑时，他回到家。马晓燕做了最拿手的辣子鸡。可以看出，马晓燕也同样沉浸在喜悦里，见他进来，笑呵呵地说："为了庆祝马德胜同志当领导，我们把家里的老母鸡宰了，做了辣子鸡。"

德胜紧紧地搂住马晓燕的腰，轻声说："这军功章啊，也有你的一半哩。没有你，这军功章啊，说不定就是别人的！"

他很感激自己的媳妇，这个聪慧的女人总是在关键时候能给予他"支点"般的关键作用。这次选举，要不是马晓燕帮他出思路，他可能也会不切实际地空想、空谈。张乡长会喜欢那样的村委会主任吗？不会的。虽然他和张乡长近距离接触也只有两三次，但发现他很务实。他把这个已经融入他生命里的女人抱得更紧了。

狗蛋放羊回来，似乎感觉到今晚家里的氛围与往日不一样，好奇地问："妈，家里来客人了吗？"在孩子的认知里，只有家里来客人了才会宰鸡，才会炒辣子鸡。

"今天啊，咱们吃辣子鸡是庆祝你爸当领导了，你爸以后可是咱们村里的领导了，是领头人了。你要好好儿学习啊，长大了也像你爸一样，争取当个领导，多为乡亲们办些好事。"

这天晚上，这个家里充满了欢声笑语，充满着和以往不一样的欢乐。

下午太阳快落山时，德胜拎着二斤冰糖、二斤茶叶来到了马建华家里。这位和他大年龄差不多大的老人，像关心自己家的孩子一样关照着他。从当初落户，到他拉煤驴车子掉进煤坑里，到修涝坝，再到这次推荐他，一直默默关心着他，支持着他，才使他渡过了一道又一道的坎，到今天当了村委会主任。

马建华见他进来了，连忙让座，并对媳妇马莉说："娃他妈，炒两个菜，咱们庆祝一下德胜当上村主任了。"

德胜连忙说："姨，不炒了，不炒了，我刚吃过了，就是过来看看你们，感谢一下你们对我的帮助。"

"你吃的是你们家的饭，没吃我们家的。娃他妈，赶紧炒吧，等会把晓燕和狗蛋也叫过来。"

"好的，好的。"马莉应承了一声，开始忙去了。

马建华在村子里算是个人物，看起来风光得很，村上老的小的见了他都会点头打招呼。但他也有他的难场。马莉给他生了三个孩子，老大马丽梅，老二马丽红，都已经出嫁了。老三是个儿子，叫马海涛。三个孩子的日子过得都不美气，尤其是儿子马海涛因为打人现在还在监狱里，成了马建华两口子最大的心病。

饭菜上桌了，德胜最怕的事还是发生了，看到德胜和晓燕后，马莉又想起了自己的儿女们，开始诉起苦了，说着说着，泪流满面，泣不成声了。

最后，一场庆祝晚宴，变成了诉苦晚宴了。

二十四

德胜当村主任已经快一个月了。其间，他的心情一直很好。每天都有乡亲到他家里来祝贺，或者是有事来找他协调解决。他很享受这种被人尊重的感觉，有了一种鱼跃龙门的幸福感和自豪感。

德胜的三位助手也都很出色。张卫东和德胜同岁，老家是河南的，比德胜早来三年，瘦瘦的，高个子，说话有点结巴，干活认真负责，人缘很好。媳妇谢娜是张斌的小姨子，当年跟着张斌和谢艳一起来到一碗泉，性格活泼，能吃苦，小日子过得有滋有味。王海泉，二十多岁，是村里为数不多的高中生。因为没有考上大学，便回家务农了。这次调整班子时，张乡长点名让他当副主任。张乡长的想法是要大胆地用年轻人，用有文化的人，王海泉这两样都占了，自然就选上了。马英是老妇女主任了，从包产到户前，一直干到现在，工作认真负责，很受乡亲们的喜欢。

随着时间的推移，德胜感觉到了压力，而且这压力就像秋天的谷穗，越来越沉。关于发展的打算，到现在还只是停留在他的脑海里，怎么推进，先推进哪一项，他一点思路都没有。

这时候的他已经是领导了，大男子主义让他不好意思再向马晓燕索讨主意了。尤其是最近几天，他听到村里有些人在背地里议论他。有人说，马德胜在乡长跟前吹牛行哩，当初给大家承诺的三件事，可能连一件都办不成，只是嘴上的本事；也有人说，德胜没有文化，能有多大的能力办成那么大的三件事啊；还有人说，德胜也就吹吹牛了，连老队长都没有办成的事，他能办成，鬼才信呢。他有点恨马晓燕了，当初出的什么馊主意啊，这不是给他挖坑吗？但这些想法，他只是自己偷偷想想，可没有胆量去给马晓燕讲。那样马晓燕会笑话他的，骂他无能。作为一个大男人，他可以忍受别人的风言风语，但绝对不能承受最亲的人的挖苦讥讽。

这天下午，德胜把村委会成员召集到一起开会。会议室里阴暗潮湿，上次开会搬得乱七八糟的桌椅板凳依旧乱七八糟地摆着，没有人打扫摆置。先到的张卫东斜坐着抽烟，王海泉和马英在聊着什么，没有一点开会的正式和庄重。他看了看，没说什么，拿起扫把开始扫地，摆置桌椅板凳。其他人看见一把手打扫卫生了，都过来帮忙。

王海泉面带歉意地说："最近太忙了，还想等一会会议结束后，再收拾哩。"

德胜望了一眼，只是笑了笑，没有说什么。

说实在的，德胜到现在对怎么开好会，仍然没有一点思路，甚至自己还有点紧张，不知道该怎么坐，怎么开场。打扫卫生的过程，也正好让他放松一下自己，理理思路。

他学着老队长的样子，开始主持会议了："乡亲们选咱们当村干部已经快一个月了,那咱们要干些啥？咋干？大家在选举前都有想法，现在就请大家谈谈自己的想法，看怎么开展工作吧。"他用颤抖的语调来了个开场白，心跳像学校里上课前敲的鼓点子。"咱们不能稀里糊涂地当村干部啊，乡亲们选咱们，是对咱们的一份信任，这对咱们来讲也是最大的财富啊，咱们可以在婆姨娃娃面前炫耀在乡亲们心中的地位，那是一种骄傲和自豪，咱们要珍惜好，可不能把这份信任日蹋掉，要实实在在地给乡亲们办些事，不然啊就成了聋子的耳朵、瞎子的眼睛了。我就是这样想的，也希望大家要这样想，别混日子，聊大话来混日子了。"他没想到自己会说出这么一段能让自己感动的话。他的心逐渐恢复了平静，自信和领导力在慢慢填充着他的大脑，他说得越来越流畅，思路也越来越清晰，至少这次会议怎么开好，他想得很明白了。

张卫东先开口了，说："咱们是农民，在农村啊，说来说去，文章还得在土地上做。种庄稼当然是老本行，关键要在农田基础建设方面下些功夫。咱们修了一半的水库，闲放了好多年了，都快被羊群踏垮了，我想得尽快修起来。"张卫东说完了，但德胜觉得张卫东没有说出关键的问题——钱从哪里来。修了半截子的涝坝，谁都能看得见，已经快踏成平地了，这还需要你来说吗？他不满地看了一眼张卫东。

王海泉接着说了。德胜很期待王海泉能说出些让他感兴趣的话题，他虽然年纪轻，但是他们四个人中，文化水平最高的。"我觉得啊，咱们村地广人稀，最有利的条件是发展畜牧业，我们要积极向乡政府申请无息贷款，多购买些奶牛分给乡亲们增收。同时要加快牛羊的品种改良，把咱们村的土牛呀，改良成北京花牛或荷斯坦牛，这样就能带动农业发展，可以增加乡亲们的收入。"他又感到了一点失望，觉得王海泉也是说了一通空话。这些话村里哪个人不清楚啊，至于怎么解决，却没有说出一句具体的措施。

马英细声细语地说："现在各个村都在组织人们出去搞建筑做生意，咱们村离县城近，是不是可以考虑在这一方面下点功夫啊。"

德胜还是感到失望，他觉得村里的这几个能人还赶不上马晓燕！这时他才觉得马晓燕不简单，她看问题始终会站在老百姓的角度去看，能抓住问题的关键点,而且还会有解决问题的办法和措施。他心里升起了一丝不快,心想:这些人明知道我承诺的事,为啥不围绕这几件事来谈呢?是我的思路不对吗?那为什么张乡长都支持呢?但是今天是第一次开会,不能打击大家的积极性,便说:"大家说得都很好,会后你们根据自己说的,拿个简单的方案,交到王海泉手里。王海泉整理一下,咱们改天再讨论一下。大家还有好的想法,也可以一并交给王海泉,咱们以后继续商量。"

第一次会议就这样结束了。德胜的心里空荡荡的,尤其是他给乡长承诺的三件大事,没有得到一点有用的建议和信息。他感觉到了艰难和压力,甚至开始怀疑自己的能力。他不住地问自己:"既然他们三个人没有好办法,那你自己想啊,你是一把手,应该考虑得比他们深远,现在连你也没有一点办法,他们会有吗?"他被自己问住了,不知道该怎么回答。

马德胜径直向老队长家走去,他把希望寄托到了老队长身上。马建华两口子正在菜地里拔草。马建华是个认真讲究的人,菜地规划得四方四正的,远远看去,像小时候玩的"方",辣子、茄子、西红柿、豆角、红萝卜,错落有致,各种蔬菜长得水灵灵的。突然,他的脑海里闪过了帕丽丹那张美丽还略带羞涩的脸,他感到纳闷,自己为什么又会想到帕丽丹呢?难道这些蔬菜,长得像帕丽丹吗?

老队长看他面带愁容,便笑着说:"我们的村主任遇到啥难事了,满面愁容啊。"

"唉,老队长!提不成啊。你这次把我硬生生推到了村主任的位置,我自个儿啊怯得慌慌的,白天里吃不香,黑夜里睡不着,我生就的雀儿头,现在给戴上了王冠,折腾人啊。"接着便把刚才开会的事给老队长讲了一遍。"给张乡长承诺下的三件事，一点思路也没有，怎么办啊，愁死人了。"

马建华微笑着说："别愁，这次你提出来的修涝坝和拉电的事，其实我之前一直在跑，而且还有一些眉目。只是后来，我家里出了这么些事，就没心情跑了，给搁置下了。"老队长放下锄草的铲子，拍了拍身上的土接着说："这事也不难，咱们县上原来的一个副县长，叫别克，现在在州民宗局当局长，我以前见过他，也把咱们村上的困难给他讲过了。他说像咱们村这种特殊情况，民宗局有这一块扶持资金哩。最近全州不是要支援木垒吗，这是很好的机会啊，你这几天跑乡上一趟，请他们写个报告，拿到县民宗局换个文头，然后拿着文件去找别克局长，可能有希望解决这两件事。"

马德胜突然眼前一亮，真是"山重水复疑无路，柳暗花明又一村"。他感到一阵轻松，困扰他已久的问题现在有了解决的思路了。他微笑着说："乡上我去可以，但去县上和州上，你得带着我们去，把路给我们引一下啊。"

"我都退下来了，再去不合适啊，你们应该把乡上的领导叫上，和你们一起去。"

"我明天就去乡上和张乡长商量一下，然后再决定吧。你也要做好准备啊。"

"还有，你得赶紧给班子成员分工，这样才好开展工作啊。"老队长交代着。

"对，对，你说得太对了，我马上就分工。"德胜感觉自己头顶上压了很久的乌云被一阵风全吹走了，露出了瓦蓝瓦蓝的天空，还有几朵云彩在自由飘着，像老队长家的蔬菜开出的花儿一样漂亮。

第二天吃过早饭后,德胜和王海泉骑着自行车去了乡政府。乡政府在望泉村南边的山坳里,一溜马脊梁房子,红色的外墙,黄色的门窗,远远看上去显得质朴而庄重。

张乡长正在办公室里和别人说事,看见他们连忙招手:"德胜啊,快进来,快进来!啥事让你俩这么早赶过来的啊?"张乡长一边热情地让着他们,一边起来给他们倒茶。

"张乡长,不倒了,不倒了,刚在家里吃过饭喝过茶了,还不渴。"德胜客气地说。接着便一五一十地将他和马建华商量着要去州民宗局要钱的事,给张乡长详细讲了一遍,然后歪着脑袋看着张乡长,等待张乡长的答复。

"德胜啊,你能去找老队长商量,这态度很好啊,我很高兴。老队长经验丰富,人脉很广,要不是他家里出了那么多的事,我们是不会让他退下来的。"张乡长一边说着,一边给德胜和王海泉续了茶,"人家家里有困难,咱们也不能太难为人。今后啊,你要多去找他沟通。我们现在有些年轻人,一当上领导,就像是和前任有仇,尽说些前任的不是,关系紧张得跟敌人一样,为此啊,也失去了很多的资源。你这一点做得很好,值得表扬。"张乡长停顿了一下,点了一支烟,狠狠吸了一口,整理了一下自己的思绪。"其实我这几天就在等你的消息,看你怎么解决当初给老百姓给出的承诺。现在我们有些村干部选举时天南地北地胡说,乱许承诺,最后一件事没办成,也失去了民心。至于出报告的事,你们不用操心了,我安顿给上次去你们村的李副乡长,让他和县民宗局对接,写好后给你们送过去。另外啊,我建议你们把老队长拽上一起去,他的这些资源很重要,你也正好学习一下,把他的资源抓到手里。乡上就不派人了,最近忙得很。"

"好，好，我知道了。今后我一定多向老队长请教学习，也多向您汇报工作。有你们这些老领导带路，指点工作，我们会尽快进入角色，多为乡亲们做出些事情。这一点请张乡长放心。"德胜连自己也没想明白，竟然会说出这么一段话。他觉得每和张乡长交谈一次，都能使他的思路多开一扇窗户，更活跃了。

张乡长拉着他的手微笑着说："德胜，也不是啥事都要向我汇报，你们毕竟是一级组织嘛，要大胆地开展工作。有困难了，我们会支持你们的，做你们的后盾，为你们撑腰。"

走出张乡长办公室后，王海泉笑着说："主任，你今天这话说得有水平，好像有人给你打过草稿一样，你看张乡长对你的态度，那是哑巴讨老婆——叫一个满意啊。"

马德胜笑笑说："哪有人给我写啊，我是昨晚上琢磨了一晚上，又和你嫂子沟通了很久，才决定说那几句话的。唉，我们这些没文化的人真难啊，尤其是怕见领导，怕说错话。"德胜摇摇头，望了一眼瓦蓝瓦蓝的天空，"我这辈子就是砸锅卖铁，也要把狗蛋供成个大学生。"

马德胜和王海泉第一次汇报工作，就得到了乡长的认可，心里美滋滋的。两个人又骑着自行车在乡政府周围转了一圈。虽然乡政府离一碗泉只有二十几公里路，但是丘陵地带的景色和戈壁上的还是有很大的差别。就拿天空来说，虽然天空都很蓝，但只要仔细一看，两边的蓝还是有区别的，一碗泉的蓝让人觉得有点干巴，少点灵气，而乡政府的天空在高山和杨树的映衬下，能让人感觉到水灵、有生机；另外，就气温吧，乡政府也明显比一碗泉凉快了许多。

王海泉一边骑着自行车走，一边给德胜讲解乡政府的七站八所和其他的情况。一圈转下来,马德胜对乡政府有了基本的了解,然后才骑着自行车回村了。

他们没有回家,而是直接去了老队长的家里,把张乡长的话一字不落地给老队长讲述了一遍。

老队长听后,笑着摇摇头:"你们这些年轻人把我一个老家伙放不过啊。"老队长一边说着,一边给他俩交代准备些什么东西,等李副乡长把报告弄好后就去昌吉。

在走昌吉前,德胜召开了第二次会议。这次他表现得自然多了,尤其是上次张乡长、老队长给他指点后,他好像豁然开朗了,明白了怎么干,该干哪些,而且对每一项工作都有自己的盘算了。

他又让三个副手说了一遍工作思路。他这样做就是让副手们知道,他安排的事,安排了就得有结果,千万不能像柳树只开花,不结果。这时他耳边响起了老队长的话:"副手们能给你提出啥好建议哩,你还是要自己动脑子,想好了直接安排给他们抓好落实就行了。"想到这,他便开始安顿了:"咱们先做个简单的分工,张卫东务农时间久,种庄稼经验丰富,就负责农村建设这一块吧;王海泉年轻,有文化,就负责村委会党建和其他杂七杂八的事吧;马英就负责妇女儿童和计划生育。大家看有没有意见?没有就这样干吧。"

"另外,还有几件事要抓好。这都到啥年代了,我们的乡亲们还像放羊的牧民一样挑水吃,有些老人啊,吃个水难心呀。我看这也花不了多少钱,咱们村委会出点钱买些管道材料,把泉水引到各家各户家里,让乡亲们一拧开关就能喝到泉水。"德胜说完望了望大家,看了看大家的反应,然后接着说,"但也得让乡亲们干点活,就让他们负责把各自进家的管沟挖好算了。需要技术员的话，卫东你就去找乡上水管站的帮忙。上次我和海泉去给张乡长汇报工作时，张乡长说有困难了就找乡上，乡上就是咱们干事的后台。"马德胜的这一决定得到了大家的一致认可，都觉得这事早就该干了，在德胜说完后，大家鼓起了掌。

德胜做这个决定，是当初对张乡长许下的承诺，但让他下定决心马上干是前几天的事了。

那天中午，他从地里回来，发现家里连泡茶的水都没有了，无奈地拿起扁担去挑水。

走到泉上，看见泉的周围全是牲口，泉被踢踏得不像样。近几年来，随着乡亲们养的牛羊的增多，尤其是鄯善县羊群已经扩大到几百只上千只了，每到中午，泉水周围被牛羊骆驼踩踏成一锅糊糊，牛粪羊粪骆驼粪在泉眼的周围叠加着，臭烘烘的，让人有一种想吐又吐不出来的尴尬。尤其是这些牲口还都喜欢站在主泉眼里喝水，大有一种要和乡亲们争水源的挑衅。尤其骆驼，最直接了，在小孩子老人们挑水时，嘴里吐着白沫子，摇头晃脑的，有一种针锋相对、寸步不让的霸道。当时他就决定，要把拉自来水作为给乡亲们办的第一件事，而且马上动工，不能再让乡亲们为喝水犯难了。

德胜接着说："马英，你在村里做个摸底，看咱们村里有没有愿意出去打工的，最好是挨家挨户走一遍，做做思想工作。有了，就统计出来，报到乡就业所。"接着，他又把他们怎么样去找乡长，乡长安排的怎么去昌吉跑项目的事，给大家讲了一遍。

会议用了一个小时就结束了。这点，他学习了张乡长的作风，干脆利索，不拖泥带水。

当天下午，李副乡长就把报告送来了。这次共有两份报告，一份是关于修涝坝的报告，另一份是关于拉电的报告。

德胜和老队长商量后，觉得这件事要快，明天就出发去昌吉。德胜和王海泉陪着老队长去，张卫东留守在家，负责抓好自来水进户的事。

二十五

东边灰蒙蒙的天空逐渐泛白了，还看不到绚丽多彩的朝霞。拖拉机在坑坑洼洼的沙石路上颠簸着。此时德胜的心跳得狂乱、激烈。他清楚，这是他人生中又一次重要的出行，就像当年他来新疆时，披星戴月赶路一样。但这次他是为村里的乡亲们去争取项目的。他还不知道这次能不能成，但不管怎么样，还是迈出了他人生重要的一步，这在他的眼里，也算是一种成功。

他又想起当年他们路过兰州时，没有勇气走进城里的情景。他心里念叨着："那时我们身上没有一分钱，内心脆弱得像开春的雪，禁不起太阳的一晒。脆弱不是怕太阳晒，而是对身份的自卑，对大城市的恐惧啊！"想到这里，他的鼻腔一酸，两行眼泪掉了下来。他赶紧用手背擦去了。与此同时，一丝骄傲在心底升腾起来了，这次他是理直气壮地进城了，虽然说昌吉比不上兰州大，也比不了兰州出名，但也是城市啊，而且他们还要去见领导，去为乡亲们争取幸福生活，这些都是让他兴奋的事。

其实这次和德胜一样激动的，还有马晓燕。在听说德胜要和老队长、王海泉到州上争取拉电、修水库的项目资金时，马晓燕激动得也睡不着觉，好像要去的是自己一样。她为自己的男人感到骄傲。她发现自从德胜当了村主任后，一下子成熟了，处事更加低调，更加严谨，也更加谦虚了，这是她最高兴的。她觉得一个优秀的人，在成功时，要懂得虚心，懂得尊重别人，懂得为乡亲们做些事情；失败时，不要像个斗败的老公鸡，整天垂头丧气的。这些话是她这个没有文化的农村女人说不出来的，她是在收音机上收听到的，觉得很有道理便记住了，现在正好用在了德胜的身上。她觉得德胜就是一个优秀的人，他当上村主任后不是张家出，李家进地显摆、吹牛皮，而是先去拜访了老队长，虚心向老队长学习，这是一个人的人品，不是能装得出来的。尤其这次又把老队长拽上去了，她觉得这就做对了，年轻人要懂得尊重老人，更要虚心地向老年人学习。老年人是宝，是宝就要爱护关心。

怎么把德胜拾掇打扮一下，体面地去昌吉，成了她最关心的事。现在德胜的身份变了，而且他们是去见大领导的，总不能穿老布鞋和那件还算新着，但已经过时的衣服了吧。这样的话，村里的那几个是非的人会笑话她这个当媳妇的，尤其谢艳，那还不糟蹋她几个月啊。

昨天上午，她坐着张斌的拖拉机进了一趟县城，给德胜买了一双黑皮鞋，这是她第一次给德胜买皮鞋，平时她是舍不得花一百多块钱去买一双鞋。再者，她觉得德胜穿上她做的布鞋，既舒服又节省钱，是多好的事啊。她又买了一件白衬衣，一套藏蓝色的西装，虽然都不是最贵的，也不是质量最好的，但穿到德胜那魁梧健硕的身上时，还是达到了很好的效果。男人的穿着打扮就是女人的门面。这是她婆婆经常给她唠叨的话，她也是这么做的。

她在戈壁滩上放羊，看着越来越大的羊群，想想正前往昌吉的德胜，满意地笑了。她不求大富大贵，觉得这样就是最好的了。每天和自己爱的人在一起，彼此牵挂着，关心着，一起把日子过好，就是最幸福的事了。

马德胜一行走进车站时，离班车发车还有十五分钟时间。他打发王海泉去买了三张车票。

这次他带上王海泉，是想让年轻人多跑跑，长长见识，这也是老队长提醒他的。从上次开完第一次会后，他从刚开始的生气到后来的理解，也想明白了一些事情：这些人啊，一年出不了几趟远门，也没经历过啥大事，每天就生活在自己的小圈子里，哪里能有好的想法哩！要想让他们有想法，那就要多带出去见见世面。读万卷书，行万里路。他想今后要多带村委会班子人员出去转转，让大家多看看，长点本事。王海泉有文化，带出去能帮助他完成他自己做不了的事，比如写个东西啊，找找人啊，这方面王海泉比他强多了。他最愁的是自己没文化，写个东西还得去求别人，这种难场只有他自己清楚。

班车出站了，车里没坐几个人，稀稀落落地分散在宽敞的车厢里。太阳升起来了，像个大火炉，把周围的云彩渲染得美丽生动，也把空荡荡的车厢照得明晃晃的。初升的太阳，是那么光艳。他似乎预感到，他们这次行动会有一个好的结果。这不是迷信，是美好的预感，是从红艳艳的太阳身上看到的希望。

下午四点，他们到了昌吉。德胜瞪大两只眼睛，左看一下，右望一下。这个最近经常听到的城市真真切切在他的眼前了：笔直的柏油马路四通八达，各种颜色和造型的车飞快地溜来溜去，刚还在眼前，一转眼就看不见了；高高低低的楼房密密麻麻的，看不到尽头，高大得让人有一种坍塌的担心；来往的人们，穿着花花绿绿的衣服，扭着屁股洋气地走着。他眼前闪过两个上身穿着两片树叶大小的衣服，下身穿着还没有农村男人大裤头长的小裙裙的姑娘。他脸上发烫,心里骂道:"这些娃不害羞吗?他大他妈也不管啊,丢他先人的。我要是有这样的丫头,非抽打她一顿皮鞭不可。"

车进站了,肚子早就咕咕叫了,他们在车站旁边找了个饭馆,一人要了一份拌面,低头吃了起来。

吃饱肚子就开始行动。路上,马德胜和老队长就商量好了,他俩先去州民宗局找别克局长,王海泉在饭馆里看东西等他们。

老队长看来是经常来这里,熟门熟道的,直接领着他到了州民宗局的门口。值班室的老大爷拦住了他们:"同志,你们要找谁啊?"

老队长僵硬的脸瞬间笑得像煮熟裂口子的洋芋,连声说:"叔,您好,我们找别克局长,约好的,约好的。"德胜知道后一句话是老队长编的。仅从这一点就可以看出,老队长应付这些看门的老爷子还是有一套自己的办法的。他默默地记下了。

"哎呀,我好像看见别克局长刚才出去了,你们稍等一下,我和办公室的小马核实一下啊。"老人的态度一下子好多了,拿起值班电话打了一个电话。

一会儿,出来了一个小伙子,板寸头发,一身整洁的中山装显得很干练。"你们找局长有什么事吗?"

老队长走过去,望着小伙子说:"小马,你不认识我了吗?我是一碗泉的马建华啊,上次咱们在别克局长的办公室见过面哩。"

"噢,记起来了,叔,你好。"小马搓着头不好意思地说,"别克局长下午身体不舒服,刚才回家休息去了。"

"噢,知道了,谢谢你啊,我们去他家里找他。"老队长说完就转头往回走了。"德胜啊,你要记住了,以后你会经常到州上找人办事,现在的干部大部分都好说话，把咱老百姓当人看，但也有些干部很官僚，看不起咱们老百姓，嫌咱们土，不会说话，不会办事，这也包括一些看门的老头儿老太太，牛得很！所以啊，你说话的时候要想好了再说。"

"知道了，知道了。老队长，你这一招很高明啊。"说完两个人哈哈大笑起来了。

他们走回刚吃饭的地方，拿上东西，就近找了一家宾馆住下了。

老队长看看表说："咱们休息一个小时，然后到别克局长家里去找他。"

太阳快落山了，三个背着行囊的人行走在整洁的人行道上。他们虽然都穿着新衣服，也经过了精心的打扮，但明眼人一眼，还是能看出他们的农民身份。

他们顺着楼梯走了上去，敲开了301的房门。

"哎呀，老马，你好，好久不见了啊。"从简单的问候里，德胜看出来这两个人关系不一般。"快进来，快进来。"开门人一边往房子里让着，一边朝房子里边喊着："老婆子，木垒的老乡来了，赶紧烧奶茶。"他的声音洪亮，在整个房间里回响着。

房子里的装修很有特色，墙壁上挂满了哈萨克族刺绣，地上也铺着刺绣，显得雍容华贵。尤其是客厅背墙上挂着一个叫不上名字的动物头骨，两个黑青色的角侧弯着形成了一个环形，两只干巴巴的眼睛很不友好地看着他们。这与别克局长的热情，形成了鲜明的对比。

坐下后，老队长介绍道："别克局长，这是我们村新选的支书、村主任马德胜，这个小伙子叫王海泉，是副主任。我现在退了。"说完望了一眼别克局长，"这次来嘛，就是介绍你们相互认识一下，以后啊，就由他们来给您汇报工作了。"接着指着别克说："这就是别克局长，是从咱们木垒走出来的好领导，你们要认好了啊。"

"没事，有困难了来找我嘛，我们是党的干部，就要给老百姓办事。最近全州都在帮助木垒，我们民宗局也有任务哩。"别克局长用很官僚的客气话对两个新人讲。德胜清楚，别克局长还没把他俩当成实心的朋友，只是场面上的一种应付。

一个穿着哈萨克族服装，身材胖胖的女人走了出来，微笑着给老队长打招呼："老马同志，好久不见了，你还好吗？家里的人还好吗？"

"好！好！好！"老队长微笑着应答，然后给德胜和王海泉介绍："这是嫂子阿依古力，月亮一样的女人！你们可认好了，不然进不了这房子的门。"大家一阵哄笑。老队长又给阿依古力介绍了德胜和王海泉。

在大家一边喝茶，一边闲聊的时候，老队长说了此行的目的，把报告递给了别克局长。

别克局长进入了工作状态，一脸严肃地说："你们村上的这两件事啊，都应该解决了，这都到啥时候了，我们的老乡还生活在这样的环境里。而且我们民宗局有这笔帮扶资金。我看这样吧，明天我拿着报告去找分管领导，给他汇报一下，他同意了，我们就好办了。你们明天下午六点钟嘛，到我的办公室。那时候应该就有结果了。"

"好，好，给您添麻烦了。谢谢局长，谢谢局长。"老队长点着头说。"我们村子的情况你都知道，剩下的事拜托您了，那我们先回宾馆休息。"

阿依古力听说他们要走，从厨房里走出来说："老马，我要煮肉了，你们吃完了再回去休息啊。"

"嫂子，下次再吃吧，今天坐了一天的车，累了。唉，现在老了，体力不行了，早点回去休息了。"说着大家穿鞋往外走了。

别克局长看老队长态度坚决，便不再挽留，送三个人下了楼。

走出院子到了人行道上，马德胜和王海泉长长松了一口气，感觉像跑完马拉松一样轻松。

马德胜笑着说："老队长，我看这拜访领导啊，比在地里干活还累呀，你看我都出了一身汗。"三个人哈哈大笑了起来。

"老队长，你觉得咱们的事有戏吗？"王海泉插嘴问道。

"我看问题不大。"老队长自信地答道。

三个人如释重负，尤其是德胜，长长出了一口气，眼前晃动着拉电修水库的热闹情景。

第二天吃过早饭，德胜缠着老队长带他俩去牛马市场转转。老队长也正好想去转转，三个人打了一辆摩的出发了。

牛马市场在城西，市场以牛马市、菜市、杂货市和熟食摊为主，形成了四个基本中心。牛马市场里，黑色的、白色的、红色的牛羊马站满了，上空弥漫着粪臭味夹杂着庄稼人的烟草味和汗臭味。

德胜很喜欢这种感觉，他发现老队长也喜欢。他们这些人啊，从小就喜欢和牲口打交道，看见牛羊马就像看到了自己的家人，有一种无以言表的亲近。只有王海泉不感兴趣，带着不耐烦的表情，陪着他们转悠着。

德胜逗笑着说："海泉，上次开会时，你建议要加快品种改良。今天就是个学习的好机会，你看看人家现在是啥品种，我们的差距在哪里。"

王海泉点了点头，脸上泛起了一丝红潮，重新调整了状态。德胜接着说:"老队长,这不看不知道,一看吓一跳啊,咱们和人家的差距,那不是一点半点。我们得下点功夫。"

下午六点,他们准时赶到了州民宗局。这次看门老头态度好多了,见了他们便说:"别克局长交代了,说要来三个人,让我请你们进去哩。"

别克局长已经听到他们的说话声音了,早早迎了出来,把他们让进办公室里坐下。这时,昨天见过面的小马过来给他们倒了茶。

别克局长微笑着说:"老马啊,你们的事办妥了,分管领导听说了你们的情况,当场就同意了,已经在你们的报告上签字了。你们就安心地回去吧,我们会按程序把钱拨到木垒的财政。"别克局长又转过头,说:"小马、小王,你们运气好啊,刚当上村里的领导,就争取到这么多钱,村上的乡亲们一定会感激你们的,会夸赞你们能干,但你们两个人要清楚,前期老马同志做了很多工作,你们回去后,可不要忘了老同志的贡献。不然嘛,就不好看了啊。"

德胜没想到别克局长会说这一番话,从心底里对别克局长又多了一份敬佩,认真地说:"老队长就和我的父亲一样,我啊,一定会尊重他,多向他学习哩。同时嘛,我们也热情地邀请别克局长到我们村上指导工作。"这是他学老队长说的一句官场味十足的话,说完他自己都觉得脸上有点烫。

"德胜这一点做得很好,请局长放心。以后啊,我可能来得少了,德胜他们会经常来给您汇报工作,希望局长像对我一样对待啊。"老队长接过话茬说道。

"没问题的,我们就是为老百姓服务的。"别克局长一边说着,一边爽朗地笑起来了,声音传遍了整个楼层。

太阳快落山时，他们离开了别克局长的办公室。这时已经没有了回木垒的班车了，只好等到明天早上再回。

心情大好的德胜非要拉着老队长到民宗局门口的一个酒店吃饭，庆祝一下。

"德胜，你请客嘛，是应该的，今天你们两个人旗开得胜，是该庆祝一下，再说你新主任请我老主任吃饭，也是应该的。但咱们不去大酒店了。大酒店看起来华丽得很，但饭菜并不一定符合咱们的口味。我看啊，咱们住的宾馆门口有一家东乡手抓，就去尝尝老家的味道吧，你看怎么样啊？"

"好，好，好，就听老队长的。"三人笑着径直向老队长说的地方走去。

德胜要了二斤手抓，三碗浆水面，怕王海泉吃不惯浆水面，又点了两道热菜。老家的味道让他们食欲大开，吃得满头大汗，直嚷嚷着好吃，好吃。饭后就早早休息了。

第二天太阳快落下山时，他们回到了村里。村里已经开始挖自来水管沟了，看上去乱七八糟的。

张卫东见德胜回来了，赶紧到他家里来说自来水进户的事。"你们走后啊，我就到乡上水管所去找所长了，没想到所长是我的同学。所长讲，咱们这水是本村的泉水，不需要审批，活也不是多难干的，先在村子中间安一条主管线，这好比树干，然后乡亲们再挖各自入户的管道，然后把管子一埋就行了。等咱们把管沟挖好后，他会安排技术人员到村子里来指导接线。我回来把乡亲们召集起来一说，大家很高兴，几个老人更是高兴。我就找人先把主管线画出来了，乡亲们积极性很高啊，已经开始挖进户的管线了。"

"这事你办得利索。我觉得啊,在拉自来水的过程中,你要把握好两件事:挖主管线的活就让叶福强和马三去干吧,这两个家伙,穷得连吃油的钱都没有,让挣点零花钱吧;另外,千万不要把贫困户和老年人给落下了,实在没有钱的,我想村委会给补助一点也行嘛。"德胜说完又把这次去昌吉争取项目的事,给张卫东讲了一遍。张卫东听后,高兴地干活去了。

马德胜回来,心情大好。一方面,他最头疼的两件事都解决了,相当于搬走了压在他头上的两座大山,也堵住了个别爱说风凉话的人的嘴;另一方面,通过这次外出争取项目,他学到了很多东西,对做好今后的工作,充满了信心。现在,他一边忙着处理村里杂七杂八的琐事,一边也在思考着一些问题。这次去昌吉,看到沿线村子的发展,一碗泉和人家的差距,那不是差一点的事。牛马市场上,人家的那牛像山,而一碗泉的牛,开春了,赶到山上就算完事了,牛什么时候怀犊子,怀了什么品种的犊子,没人管,只要是产了,就满足了。还有,老队长一路上的表现,在他的眼里就是现场教学,自己还要加油学习啊。

他又想起了另外一件事,自己来新疆已经二十几年了,父母还一次也没来过,他每年给老家寄点钱就算完事了。据她姐姐来信说,两位老人身体已经很不好了,尤其是他大,患有严重的肺气肿,走起路来喘得上气接不上下气,再不行动,恐怕没机会了。他感到了一丝愧疚,觉得自己没有尽到儿子应尽的孝。

晚饭后,他告诉马晓燕想叫父母上来新疆转一转。"你早该叫了,千万别做你想孝顺的时候,老人们不在了的事。你要记着,你在老人身上做的,你的儿子在看着哩,你想老了让儿子孝顺你,就赶紧行动吧。"

马德胜感激地看了一眼马晓燕,打发狗蛋去叫王海泉,不一会儿就来了。

德胜一边倒茶,一边说:"吃过饭了吗?没吃的话让你嫂子做点吃的。"

"吃过了,我妈做的臊子面。主任,你说吧,找我有啥事哩。"

"想让你帮忙写封信。去你家吧,怕给老人添麻烦,觉得还是把你叫来方便些。最关键的是,我怕说不好,在家里,你嫂子还能把把关哩。"

"你就笑话我吧,你现在是领导了,还不知道说啥吗?我就羡慕你们两口子,啥时候都相互帮忙,相互补台。"

"你就看到了我们好的时候,吵架时的情景你没看到,再说你媳妇小谢也很好啊,那么温柔。"马晓燕接着王海泉的话说,突然意识到小谢是城里人,又补充道,"人家是城里人,温柔就对了。哪像我们,一直和土地打交道,和牲口打交道,能温柔吗?"

王海泉娶的是自己的同学谢海英,谢海英的父母在县城做生意,算是有钱人家。

王海泉笑笑说:"都是一样的农民。写些啥内容啊?"

"我们上新疆都二十九年了,老人们还没来过,现在条件好了,想叫上来浪一趟,最好是今后留在新疆和我们一起生活。就这么个情况,你看着写吧。"

"好,我知道了。我先写,写完不行了,你们说我再修改。"王海泉很快就写完了,读了一遍。德胜说不错,马晓燕却说不行,还缺点内容。

"缺啥内容啊?"王海泉问。

"我大我妈啊,现在最关心的是狗蛋,他才不关心德胜当不当村主任，所以要用好狗蛋这张牌。"

"对，对，你嫂子说得对，就按你嫂子说的再改改，现在我们两口子的分量加起来还不如狗蛋的一半。"

王海泉又做了修改。第二天，张卫东要到县上去买塑料管子，德胜把信带给了张卫东，让帮忙发了。

二十六

在遥远的老家，马俊德两口子的心里不平静了。他们一遍又一遍回味着儿子来信的内容，也盘算着怎么去新疆。

马俊德说："咱们得去一趟了，再不去，我怕没机会了啊，你看，咱俩的身子骨一天不如一天了。"

"我最想的是我的孙子，狗蛋现在都上学了，还说学习好得很，看来咱马家要出个大学生哩。唉，当年咱们穷，没供德胜上学，要是德胜上了学，肯定会干出一番事业的。你看，他现在都当上村主任了。"

"是啊，是啊，是我没本事，把娃耽搁了。"老伴的一句话勾起了马俊德藏在心底的愧疚。从娘的肚子落地，到现在六十多岁了，没过几天好日子，在他的眼里，这些都不重要，他就是一个老老实实的庄稼人，来到这个世间就是受苦的。让他痛心的是，他没有把家里人照顾好。当年老娘瘫在床上十多年，他没钱给老人看病，也没让吃上几顿好吃的，最后老人是在饥饿和痛苦中走完了自己的一生。对自己的老伴，他用一头驴驮进这个家门后，没有给买过一件像样的衣服，也没有让她过上几天舒心的日子，现在腰都弯成弓了，还在没白天没黑夜地下苦。儿子德胜是个听话的好娃，聪明，能干，还懂事，就是因为家里穷，没让上学。后来还因为饥饿去了新疆。每每想起这些，他都很愧疚。所以他和老伴商量，既然没给德胜多少关心，那就少去打扰，让娃们过好自己的光阴。现在，德胜的日子好过了，他们就应该去看看了，要不然德胜会背负上不肖子孙的骂名。他可不希望自己的独苗被别人弹嫌议论。想到这里时，两行老泪从他干巴巴的眼角里滚落下来，掉进了山羊尾巴一样的胡子里，然后看不见了。

"也不怪你，那个年代上学的有几个啊？没几个。"老伴为马俊德开脱着，"现在，政策这么好，上学都是免费的。让德胜好好儿供狗蛋上学吧。"

"是啊，是啊，德胜必须供狗蛋上学，不然我不答应他们的。"

两个老人你一句，我一句，聊了一晚上，聊了很多心里话，也做了决定：秋天庄稼收完后上新疆去。

第二天，马俊德找村里的会计写了一封信，把头天晚上商量的事情写进信里寄走了。

两位老人虽然年纪还没有到走不动路，干不了活的地步，但由于长年劳累和缺少营养，身子被生活压得弯成了弓。马俊德头发胡子全白了，粗糙的脸上布满了树皮一样的皱纹，最近几年患上肺气肿，干不动重活了，走快点就喘得厉害。老伴虽然身体好点，但也是浑身的病，他知道这是被生活累的。家里的重活都得靠女儿和女婿。都说一个女婿半个儿，但在他们家来讲，女婿发挥的作用比儿子大多了。当年儿子一意孤行上新疆后，女儿女婿便承担起了家里的重活累活。女婿话少，但为人善良，对他们两口子很关照着。女儿就更不用说了，一有时间就过来帮助她妈拆拆洗洗，有时候还偷偷给点钱。他们两口子很满足。

不过现在日子好过多了，再也不会饿着肚子去干活了。上次德胜寄来钱后，他们找人把房子翻修了，盖了三间瓦房，白墙青瓦，落地式窗户，亮堂堂的。

住得舒服了，吃得好了，就会经常想起自己的父母，尤其是老妈，那时候太穷了，没给老人家做一顿好吃的，也没让到大医院看一次病，就那样带着病痛走了。想着想着，已经满脸是泪。

二十七

收到家里的回信，德胜像走路捡到了宝，整天傻呵呵地笑着。多年来，他一直叫父母来新疆浪一趟，两位老人以各种理由拒绝，这一直是他的心病，这次总算答应要来了。

迎接老人的准备工作从收到信就开始了。马晓燕开始拆洗被褥，给老人腾住的地方，买招待的食材。

德胜笑着说："大和妈秋后庄稼收完了才来哩，你着急啥啊！"

马晓燕瞪了他一眼。"你少管。你把你的村主任当好就行，这些事就别操心了。"

德胜笑了笑，说："好，好，我不管了，一切交给你。"

一碗泉村的自来水工程结束了。轻轻一拧水龙头，洁净的泉水便自己流淌出来，还唱着哗哗的歌，让人听着舒坦。村里挑了几十年水的扁担、水桶都闲置了，挑水的小伙子们歇了一口气，兄弟姊妹们再也不会因为今天该谁挑水而吵架了。全村人向德胜他们竖起了大拇指，村东头的孤寡老人吴斌见人就说："以前我们老两口吃个水难心呀，求这个人帮忙挑一担子，找那个人帮忙挑一次。虽然身边泉水哗哗淌着，但我们老两口拿水当油用，怕吃完了挑不上来。现在一拧开关，吃水难的问题就解决了，这事办得好啊。"

德胜对张卫东这次的表现很满意，发现这个人平时话少，但干起工作来认真负责，一点都不含糊，关键是没有私心，是个扑下身子给乡亲们操心办事的人。

现在他开始焦急地等着州民宗局的消息，他最大的愿望是在父母到来之前，把电拉上，让老人们在亮堂堂的屋子里享几天福。

这天吃过早饭后，他准备去地里浇水，还没走出家门，就看见李副乡长推着自行车走了进来。

德胜连忙让进家里，一边倒茶，一边问："李乡长，早饭吃了吗？没吃的话我让马晓燕给你做。"李林虎是副乡长，但大家习惯把"副"字省了，直接叫李乡长。

"哎呀，真还没吃哩。早上起床后，连脸都没来得及洗就被张乡长打发过来找你了。"

德胜连忙叫住准备去放羊的马晓燕，让她赶紧给李乡长做早饭。

李乡长一边洗脸，一边讲道："你们村上拉电、修水库的钱到县财政的账上了，张乡长让我早早过来找你，就是想让你们赶紧动起来，最好在今年天冷之前，把电通进来，让老百姓用上电，享受一下现代生活。水库也要年底蓄水，明年浇庄稼。"李乡长又补充着说，"本来啊，张乡长要亲自来给你们安顿一下，但县上临时有个重要会议，就打发我过来了。张乡长对你们近期的工作还是满意的。"

德胜听得心花怒放。老百姓刚吃上自来水，马上又要用上电了。水库修好后，村南边沟槽子的地浇水有保障了，老百姓的收入又将提升一个台阶。他越想越美气，竟然忘了给李乡长续茶，马晓燕喊了一声，他才反应过来，"那我们现在还需要做些啥啊？"

"拉电的事简单，财政上把钱直接划拨给县电业局，他们会派人来拉，你们村委会啊，只负责给找个空房子，让他们做食堂用就行了，剩下的事就是他们的了。到时候主线拉完，可能乡亲们要掏点钱买进自己家的线和插座、灯泡之类的，你们要给乡亲们早早讲清楚。有些乡亲手头紧，让早早筹钱，别影响了整个工程的进度。涝坝是续建工程，继续由你们村委会负责安排人来修。张乡长说了，乡上只出技术指导，其他的事由你们自己负责。"李副乡长喝了一口茶，继续说，"我吃完饭了，咱俩先到县电业局走一趟，去对接一下，再听听他们的意见。"

"好，好，我这就准备一下。"德胜走进卧室去换衣服了。马德胜在马晓燕的督促下，越来越注意自己的形象了，干活有干活的衣服，吃饭有吃饭的衣服，见领导有见领导的衣服。这时他想起了一件事，对李乡长说："李乡长，你慢慢吃，我出去办件事，马上就回来，不会耽搁事的。"

马德胜出了家门，一个蹦子跑到了老队长的家里。老队长和老伴正在吃早饭，见德胜进来了，连忙让座。

马德胜笑呵呵地说："不坐了，没时间了。老队长，我来就是告诉你，咱们村拉电的钱和修水库的钱下来了，李乡长就在我家里，过会儿我们要去县电业局对接拉电的事。我这是过来给你报喜的。"德胜一脸的兴奋，两只眼睛泛出喜悦的光芒，说话都有点结巴。说完扭头就走了。

老队长还想问什么，一看德胜已经走远了，便笑着说："这个急性子，比我还急啊。"

在村民们刚享受到自来水的好处时，又要拉电，又要修水库的消息，像早上的东风已经吹遍了全村的角角落落。乡亲们兴奋着，议论着，也期盼着通电后明晃晃的生活。

这时李乡长和德胜已经对接完了工作，回来了。

马晓燕正在忙着做午饭，看见李乡长也来了，便多加了两个菜。其实马晓燕也激动着，兴奋着，她甚至开始盘算着家里要买哪些电器了。得买一台电视机吧，秋天公公婆婆来了，得让老人有事干啊，总不能一家人坐在一起，大眼瞪小眼吧。还得买一台洗衣机，人多了要洗衣服。现在的德胜就像是家里的客人，有时出去开会，几天不着家，她要忙着放羊喂羊，要种菜收庄稼，哪里能顾得过来啊。至于电灯泡啊，电线啊，那是德胜考虑的，她才不管呢。她又想到了买电器的钱，家里存了几千块钱，就是不知道够不够，不够了就借点。现在家里有一圈羊，她心里踏实，拉点账也不用担心，而且她坚信，今后的日子只会越来越好，那为什么不早点消费呢！她又担心德胜不同意，不管他了，反正钱自己拿着，实在不行就来个先斩后奏。

这时，她又想起了一件事，便把德胜拉进里屋，悄悄说："你现在是村里的名人了啊，全村男女老少都在夸你哩，说你能干，为乡亲们接连办了几件好事了。"

"是吗？"马德胜笑呵呵地反问道。

"这还会有假吗？都是我听到的，就在你们刚进来之前，屋子里还坐了一屋子的人，是来向你打听消息的，看你不在才走了，可能过一会儿又来了。"

"不会来了，很多人看见我和李乡长一起进来的，有李乡长在，他们就不会来了。"

"我叫你过来啊，不是要表扬你，而是要提醒一下你。乡亲们在表扬你们的时候，就在骂上一届班子。你想过老队长的感受了吗？你可别被喜悦冲昏了头，犯糊涂啊。你要始终记得，是谁提携了你，是谁带着你去争取的项目。"

马德胜被马晓燕的话惊吓了一跳，早上他只是把喜悦告诉了老队长，没考虑到老百姓的反应。

吃过午饭后，他给李乡长提出建议："咱们先开个村委会班子会议，商量一下方案，然后再开个村民大会吧。"

"开个班子会议就行了，村民大会就不开了吧。"

"李乡长，这个会议很重要，你准备好到时候给村民们讲几句，其余的我来安排，行吗？"

"我下午还有事，我只参加班子会议，村民会嘛，你们自己开吧。"李乡长微笑着说。

马德胜把王海泉叫来，安顿道："下午四点开村委会班子会议，晚上八点开村民大会。你去准备一下吧。"

在村委会班子会议上，李乡长给大家通报了项目到位和上午到电业局对接的情况。然后说："这两件事都是关系乡亲们的大事。张乡长一再强调，要发挥你们班子的作用，保质保量地干好，千万不能出意外，既要让上级领导满意，也要让乡亲们满意。"德胜发现，李副乡长也受张乡长的影响，说话干脆利索，没有一点拖泥带水。

讲完话，李乡长骑着自行车顶着太阳走了。

马德胜准备走进会场继续开会时，看见乡政府水管站的张伟带着两个人走了过来。德胜觉得奇怪，自己和张伟没有什么交情啊，最多只能算是认识，便问："张伟，你找我有啥事啊？"

"马书记，这两个人是我的同学，专门干水利工程的。听说一碗泉要修涝坝，过来看看，有没有合作的地方。"

一个老板连忙拿了一支烟让德胜抽。老板食指上戴着一枚硕大的金戒指，在阳光下闪闪发光，有点刺眼。

"噢，张伟你知道哩，我们村子穷，我们正在开会研究，思谋着要自己干，让乡亲们挣点零花钱好过冬。到时候啊，需要合作的地方，联系你们，好吗？"说完便转身走进会议室，继续开会。"刚才李乡长讲了这两个项目的重要性，我就不再细说了，咱们都是这个村子里的人，这事干不好了，乡亲们会骂娘老子哩，所以啊，咱们大意不得啊。下面我就这两个项目分个工，卫东参加过早期涝坝的修建，熟悉情况，涝坝的项目就由你负责；海泉负责对接拉电项目，把村委会最东头的那一间房子抓紧腾出来，让电业局来拉电的工人们当厨房。"德胜望了大家一眼，继续说，"我嘛，就做个监工的，只负责给你们找麻烦，谁干不好了，我就打谁的板子。"会议室里响起了一阵爽朗的笑声。

"另外，还有两件事我再说一下。刚才，张伟找我是啥事，你们知道吗？已经有老板盯上咱们的项目了，想承包涝坝项目哩。我说了，我们要自己干，给老百姓增加些收入。可能今后啊，还有老板会来找我或找你们，大家要把好这一关，你们不好拒绝了，就打发到我这里来，我当坏人，不让你们为难。还有一件事，现在有些乡亲们在表扬咱们，说能办事，刚上任就给大家办好事了。但同时，又在骂老队长他们，说没干过啥事。我们大家都清楚，其实这次要钱的主角是老队长，我和王海泉只是陪了陪，主要的功劳在老队长。所以啊，我想把老队长聘上当顾问，指导咱们开展工作，你们两个人没事了多去汇报一下，多听听老队长的意见。大家看这样做行吗？"

"假如老队长不同意，不干了咋办啊？"张卫东问。

"我们把人尊重到，他不干了我们再说吧。"德胜回答道。其实这也是德胜担心的。

"下午的社员会我觉得有这么三项内容。卫东,你赶紧拿个简单的方案,把修涝坝的事给大家说一下,让乡亲们早早做准备。另外,你把上次拉自来水的账目也一并给大家汇报一下,我们要做明白人,让乡亲们对我们放心。海泉,你负责把上次咱们去昌吉跑项目的事给大家汇报一下,再把这次拉电需要乡亲们承担哪些活、掏哪些钱也给大家讲清楚。对拿不出钱的贫困户,你和电业局的人沟通一下,看他们能不能给帮忙解决一下。多说些好话,事可能就办成了。实在办不成了,我想啊,村委会再想点办法,但原则是拉电也不能落下一户人家,要让全村的乡亲们一起进入光明的时代。"

就在这时,马晓燕气喘吁吁地走了进来,对马德胜说:"家里来了三个陌生人,还带着一些东西,说是和你见过面了。"

"那些人现在在哪里啊?"

"还在家里等着你呢。"

"你回家打发他们走,东西也让带走,就说我忙,回不去,心意领了。而且以后来这样的人,你做主直接打发走,不用和我商量。"

晚上的会议空前热闹,会议室里再次沸腾了,大家除了热议电什么时候开始拉,涝坝用什么方式修外,还有些心急的媳妇们和马晓燕一样,已经开始盘算着家里买什么电器了。

当马德胜他们走进会议室时,大家自发地鼓起了掌。这是以前没有过的。

当说要聘请老队长当顾问时,老队长坚决反对。"我帮你们跑项目,是因为这些项目我前期已经对接过,就想和你们一起把这事办好。我可没有精力再去当啥顾问了,希望你们理解一下。"老队长说完就走了,会议室里再次响起了热烈的掌声。"这是乡亲们对老队长的欢送和感激啊。"德胜在心里默默地念叨着,心里一阵温暖。

会议按照前面的安排进行着,最后德胜说:"近期啊,我听见村里有些人在夸奖我们,也有人在说上一届没干好,听了这个消息后,把我着实惊吓了一跳。所以,我安顿王海泉把要钱的事给大家讲一下,大家就知道了,这次我们能拉电、修涝坝,都是老队长他们打下的基础,我们只是在老队长的带领下跑了一趟。所以啊,我希望大家要把感激之情记到上一届领导身上,再不要乱说话了。"

这时会议室里有人大声叫喊:"以后谁再胡说八道,我们抽他的嘴。"引起了一阵欢笑。

在收完庄稼后,拉电和修涝坝两个项目在一碗泉这个小村子里同时开工了。挖坑埋电线杆、架梯子拉电线、入户安电灯泡、拉石料填坝、推土平整、安装输水管道交叉进行着,拖拉机发出的轰鸣声、老人娃娃们的喊叫声、技术人员的指挥声、男女之间的说笑声混合在一起,响成了一片,震得孤寂的小山村晃了晃。乡亲们处在幸福和激动中,每个人的脸上都洋溢着满足的笑容。

拉电项目先完工了。通电的这天晚上,全村人都早早待在家里,等待激动人心的一刻。随着电工拉下电闸,这个偏僻的小村庄瞬间变得亮起来了,有些人家还在家门口放起了鞭炮,整个村子沸腾了。大家用不同的方式告别了煤油灯生活,同时也在迎接着光明的到来。

德胜家里挤满了人,一方面,大家想聚到一起,热热闹闹地见证通电的美好时刻;另一方面,马晓燕买回来了电视机,大家是想凑凑热闹,看看电视机是怎么播放的,因为很多人还没见过电视机。

马晓燕提出买电视机和洗衣机的想法,德胜没有反对,笑着说:"你是家里的一把手，你说了就算。"他觉得马晓燕买电视和洗衣机是给老人准备的，那他还有什么理由拒绝呢？而且近几年，家里的光景一天比一天好，就应该享受一下生活，别说买这些，就是再多买些，他都会同意。他对今后的生活充满了信心。

"你这么大方了吗？"这个结果好像出乎马晓燕的意料，又好像在意料之中。从结婚以来，家里购买东西基本上是马晓燕说了算数，德胜很少掺和。但那时购买的都是小物件，几十上百就够了，这次好像要几千块。"那好，我买了，只是我怕钱不够，咋办啊？"

"你看谁家能借上，你就去借吧，我只负责还账。借不上了我可不管。"

"没问题，我现在是村主任夫人，还愁借不上钱吗？"

"村里还有谁要买电视啊，你问问一起去买。最好是去找找王海泉，他外父在县上，说不定还能便宜点哩。"

"听说现在村里要买电视机的有老队长家、张斌家、李德宝家，我明天再去问问王海泉，看他准备啥时候买。"

"好的，钱不够了，你就向王海泉借点吧，他们家条件好。顺便问问老队长家钱够不够，不够了你一并借上。老同志不好意思开口向别人借钱。"

"好的，我知道了。"德胜最喜欢马晓燕看问题开朗，不斤斤计较，德胜让她去办的事，基本上都会照做的，而且从来没有问过为什么。

最终王海泉开着自己的拖拉机拉回来了五台电视机和四台洗衣机。一碗泉有了电视机，有了洗衣机，晚上再也不会寂寞了。

德胜看房间里人越来越多了，心里很是高兴，便到谢德宝的商店里称了几斤水果糖、花生和瓜子，装到大盘子里让大家吃。大家说说笑笑，直到电视节目全部放完，扔下了一地的皮皮子、壳壳子才各自回家了。

涝坝快修好的时候，张乡长和李副乡长来了。张乡长看完工程后，露出了满意的笑容，并说了一件重要的事情：听县民宗局的阿贝宝局长讲，过一段时间啊，别克局长要来木垒检查验收项目，点名要到一碗泉看项目。其实他最主要的目的是来看望老队长。"你们要抓紧办好两件事：一是按时完成涝坝项目，要准备好汇报材料；二是和老队长商量一下，看咋做好别克局长的接待。别克局长是个有情有义的人啊，一般的领导是不会去看望一个离了职的村主任的。"张乡长念叨着，"所以接待工作一定要做好啊。"

"知道了，乡长，你放心吧，我们一定做好接待工作。"德胜信誓旦旦地说。

张乡长一行说完就走了。

马德胜马不停蹄地赶到老队长家里，把张乡长的话给重复了一遍。问老队长怎么做接待。

"没事的，他经常来我家做客。这人随和，没架子，好接待。他来之前你通知我一声，我宰一只羊，到时候让马晓燕过来帮一下忙就行了。"

"羊、清油你不管了，我来准备。菜，你家菜地里就有，我听说大领导们都喜欢吃咱自己种的菜。到时候不够了，我打发王海泉去县上买一些。"

"不用了，煮个手抓肉，炸些油香，做一锅抓饭，再炒上几个热菜就行了。别克局长节俭，不喜欢铺张浪费。"

"好，我知道了。"德胜喝了一会儿茶，和老队长聊了一会儿天，就回家了。

第一场雪的第二天，李副乡长来了，说别克局长明天下午六点钟左右到一碗泉来，让他们抓紧准备。

马德胜没有急着去通知老队长，而是把自家羊圈里最大的一只冬羔子宰了，叫来张斌帮忙收拾好，又把王海泉和张卫东叫过来，拎着收拾好的羊肉和一桶子清油往老队长家走去。

"老队长，别克局长明天下午六点钟左右来，这是我们准备的食材，你就让嫂子辛苦一下吧。"马德胜放下东西就向村委会走去。

这时身后传来了老队长的声音："人家局长是来看望我的，不是说的我宰羊嘛，你咋宰了啊，你这个娃娃啊。"

马德胜把接待别克局长的工作做了一个分工："张卫东负责涝坝工程的介绍，王海泉负责介绍拉电项目的介绍，王海泉年轻，负责倒茶端饭。我甘肃口音太重，就少说点话，只负责吃。王海泉通知马英，到老队长家去帮忙做饭。"

第二天下午五点，他们就早早地来到了涝坝上。雪后的涝坝墙比刚建时显得更加雄伟，仿佛一条巨龙横跨在两座山的中间，在晚霞的映照下，闪闪发光。水库等验收完了才开始蓄水。

别克局长一行在张乡长、阿贝宝局长的陪同下，准时到了。张卫东详细介绍了施工情况，陪同来检查的技术人员介绍了技术数据，和别克局长一同来的专家们问了些问题，他们都一一作答了。

别克局长最后做了评价："一碗泉村的两个项目进行得很好，没有简单的对外承包，而是在保证质量的前提下，让村里的乡亲们参与，工程也完工了，老乡们也挣到钱了，一举两得啊。拉电的过程中，我听说对于没钱买电线的困难户，村里给掏了钱，一户也没落下，做得很人性化啊。我对工程很满意。"大家鼓起了掌。

晚饭准备好了,张乡长带领大家去老队长家吃饭,大家心情好,晚饭自然也吃得很开心。

这样,两个项目算是按时圆满完成了,德胜歇了一口气。

二十八

项目完工后,德胜安心地等着父母的到来。马晓燕已经做了充分的准备,除了买电视机和洗衣机外,她还把老人住的房子收拾得干干净净的,又购买了新床单被套等物品。

可是没想到,却等来了一封信,打乱了一切阵脚。信是他大发来的。

德胜,你们好吗?我那可爱的孙子还听话吧?说好的庄稼收完了要到新疆去看望你们了却个心愿。奶奶在的时候,就督促我去新疆找你们,她老人家怕你们吃不好,饿着哩,让我把你们找回来。其实,我和你妈也一直想去新疆转转,看看你们生活在啥样的一个地方。刚开始是家里穷,没能力去,也怕给你们添负担,现在大家的条件都好了,每时每刻都想去,尤其是想我的孙子啊。从你们给我发来的照片看,娃已经长大了,还很壮实,虎头虎脑的,太招人喜欢了。德胜,咱们家以前穷,没供你上学,这一直是我的一块心病。现在条件好了,你都当村主任了,无论如何都要供狗蛋上学啊。

晓燕还好吧,她是个好女子,好儿媳妇,也是个不幸的人。你要对她好点。你们离开家乡时,我和你妈千叮咛万嘱咐,要你照顾好晓燕，你也答应我们了，你可千万要兑现你的承诺啊。

唠叨了半天，忘了主题，我和你妈都已经做好了去新疆的准备，还买了很多家乡的土特产，都是你和晓燕爱吃的，还计划让你姐夫陪着我们去新疆。只是啊，前段时间突然感冒了，又引起了老毛病肺气肿，现在连路都走不动了。看来这个秋天是去不了了，你们要谅解我啊。

气又上不来了，好了，就写到这里了。

马俊德口述，村会计代笔

读完信后，德胜有点喘不过气来。盼了这么久的希望又落空了，他的眼前曾经出现过千百次的温馨画面，只是在眼前闪了闪，就匆匆划过去了。他唉声叹气地走出了家门。他想安静一下。

德胜又来到了泉边的小山坡上。这里的一草一木他都熟悉得不能再熟悉了。只是自从通了自来水后就不挑水了，来的次数也少多了。阳光静静照耀着，像父母温柔的目光。积雪已经厚厚地盖住了泉子，看不清泉眼了。泉水依旧欢快地唱着歌，像一条明亮的带子奔向刚修建好的涝坝里。

他慢慢走着，渐渐地好像走进了一个由父母目光交织而成的银白色的世界里，每一处都泛动着父母的影子，忽远忽近，忽年轻忽沧桑，忽健康忽病态。而泉水的欢唱声则变成了父母千万次的嘱托和叮咛，叩击着大地的胸膛，冲撞着低巡的流云，后面的一句追赶着前面的一句，回荡在这片洁白的世界里。

他想着心事，其实也不知道在想些什么，每次想起来的都是些闹心的沉重的事。自从离开老家后，父母是他最大的牵挂，他多次写信叫他们上新疆，和自己一起生活。但他们始终以这样那样的理由拒绝着，他知道老人是怕给他们增添负担。每个父母都希望自己的子女把日子过好，这是他们的最大心愿，他们会克服各种困难，在自己帮不了什么的时候，不去打扰，让子女们轻轻松松地过好自己的生活。这次，要不是说狗蛋，他们也是不会来的。老人啊，始终在为子女考虑着，而且有着那么强大的隐忍性，他们会把自己对子孙的思念硬生生装在那不大的胸腔里，让它发酵，最后无声地消除，然后再装满，再消除，周而复始，最后他们自己变得沧桑了，枯萎了。

马晓燕也像秋霜打过的茄子，蔫头耷脑。她虽然是儿媳妇，但公公婆婆对她比自己的女儿还好。那时候家里穷，有吃的穿的先紧着她来，理由是她是女娃娃，要穿得体面点，不然会被别人笑话哩。她也曾经千百次地想象着公公婆婆来时的画面。一家人围坐在炕桌旁，吃着香喷喷的饭菜，聊着一些家长里短的事情，说的人很认真，听的人很仔细，然后开始激烈地讨论，最后婆婆说："好了，饭菜都堵不住你们的嘴啊，赶紧吃饭，电视剧马上开始了。"这时候，大家齐刷刷地放下碗筷，坐在电视机前聚精会神地看电视。狗蛋紧紧依偎在爷爷奶奶身边，爷爷摸着他的头，奶奶拉着他的手……那该是多么温馨、多么幸福的画面啊！可是这件事情又要推后了，她甚至担心这一推后又要等很久呢。她自己的心里没底，德胜的心里其实也没底。

在德胜和马晓燕商量着要不要回老家看看去的时候，又收到了一封信，是姐姐马凤琴写来的。

德胜，你们还好吧？家里一切都安好吧？给你写信就是想

说一下咱大的病。咱大的病已经很重了，瘦得只剩下皮包骨头了。昨天送到县人民医院住院了。医生讲，大的病是肺气肿后期，如果还不治疗，可能会出现头痛、神志恍惚、心悸、浮肿等症状，甚至会昏迷。咱大平时舍不得吃好吃的，身体虚弱，他能不能去新疆，我看危险。大不让我告诉你们他生病的事，但每天嘴里都喊叫着你们一家三口人的名字，我知道，他是想你们了。我想啊，你是不是回来一趟，咱们也商量一下给大看病的事。你姐夫的意思是送到兰州大医院去看看，我想还是等你回来后，商量一下，再决定吧。

马凤琴

德胜的心一下子沉了下来，他感到恐慌、紧张、后悔，眼泪不争气地在那冷峻的脸上滚落下来，又好像流入了心里，不断地流淌着，每一滴都像一柄剑，刺得他心疼。

"明天走能来得及吗？"马晓燕轻声问。她已经开始给德胜准备东西了。

"后天吧。还有很多事明天要解决哩。"

这一夜，这个屋子里很安静，只有炉子里的火苗在炉膛里跳跃着，还有煤炭燃烧时偶尔发出的响动。

天麻麻亮时，德胜起床了。他先去王海泉家借钱。他知道，这次要花一大笔钱。他家里的存钱已经买了电视机和洗衣机了。然后又马不停蹄地赶到了乡政府，向张乡长请假。

张乡长爽快地答应了，并从自己的口袋里掏出了一百元钱。"德胜啊，这是我的一点心意，回去给老人买点吃的。"他和张乡长之间，已经有了一种默契，是无法用语言表达的真挚情感，这可能是彼此间相互认可而产生的无法解释但鲜明存在的一种情感。他又找到老队长，让他帮忙把家里的一只羊宰了，让马晓燕用老办法腌制好装在袋子里。

四天后的下午，德胜出现在了夏河县人民医院。

马俊德在床上斜躺着，瘦巴巴的身子弯曲着，像一只煮熟的青虾，干树皮一样枯燥的手上几条血管像蚯蚓一样。看到这些，德胜的眼泪不自觉地流了下来。

"你咋来了啊？"看到儿子突然出现在眼前，马俊德吃惊地问道。看来姐姐是背着老人给他写的信，德胜在心里想。

"你都病成这样了，我能不来吗？现在交通这么方便。"德胜故作轻松地说，"我妈没来吗？"

这时德胜姐夫进来了。"你啥时候来的呀，我刚去买了些药。妈和你姐刚回家。老太太这几天累了，我打发让回去休息一下。"

马德胜感激地看着姐夫。这些本来由他这个儿子操心的事，现在全由这个站在眼前的人操心了，他有一种深深的负罪感，同时也从心底里升起了一种感激之情。"姐夫，你辛苦了。你也回家休息一下吧，这里我照看着。"

"你回去睡一会儿吧，坐了几天的车，也累了。"

"我不累，在火车上也能睡觉。"说着把从新疆带来的羊肉和马晓燕带的一些零碎的东西交给了姐夫，打发让回去休息。老人也似乎同意了，催促着女婿回家休息一下。

在送姐夫出门后，德胜就去找主治医生，一个四十多岁的姓吴的男医生，戴一副黑边眼镜，看起来精神而充满文化人的睿智。

"吴医生您好，我是马俊德的儿子，我刚从新疆赶回来。我想问问我大的病情。"

"老人的病是老病了，因为平日里吃得不好，营养跟不上，造成体弱。最近，随着天气变冷，肺气肿严重了。现在需要静养，要加强营养。我看啊，再住上几天就可以出院了。"

"我想带我大去兰州的大医院检查一下，你看有必要吗？"

"我觉得没有必要。你大的病症状明显，就是肺气肿，现在最主要是营养要跟上，平时注意保暖，但你们家属想去，我们也没意见。"

"噢，我知道了，我和家里人商量一下再说吧。谢谢你啊，医生。"

马德胜坐在了走廊里的椅子上，想让自己的情绪平复一下。刚才医生的话像钢针，扎得他心疼。老人是因为吃不好饭，没有做好保暖才犯的病啊！一种深深的自责和负罪感，占满了他的脑袋，他责问自己："大都成了这样了，你作为儿子心里好受了吧？你尽到一个儿子的义务了吗？你当年撇下老人义无反顾地走新疆，你现在好了，长大了，吃胖了，可老人却因为营养不良和没有做好保暖生病了。这就是你的功劳啊。你忏悔吧，你自责吧。"

"德胜。"他听见他大在叫他，连忙擦去眼角的眼泪，稳了稳情绪，走了进去。"大，我在呢。"

"我要上厕所去，你把东西照看一下。"

马俊德弓着腰，慢慢向走廊东头的厕所走去，枯瘦的背影像风中摇摆的小榆树，不停摇晃着，好像一不小心就会跌倒。望着马俊德的背影，马德胜又开始责问自己了："这还是留在脑海里的那个身板笔直健壮，走路一阵风，无所不能的大吗？你连自己的大这些年经历了啥都不知道，你还是个人吗！"

马俊德回来了，德胜赶忙走过去搀扶着，让慢慢躺下，然后说：

"大，明天我带你到兰州大医院去看看吧？"

"不用了，吴医生说了，我这是老毛病，住几天医院就好了。"

"大，我觉得还是要去看看。大医院看了，我们做子女的就放心了啊。"

"这事就不谈了。你快说说狗蛋的情况啊。"马俊德突然来了兴趣，好像打了一剂兴奋剂，精神也好多了。

"大，狗蛋能吃能喝，心疼得很。"说起儿子，马德胜也来精神了，他对自己的儿子是满意的，尤其看到村里个别娃娃不好好儿上学，整天偷鸡摸狗的时候，他就觉得儿子已经很优秀了。

"学习怎么样啊？"

"大，你还别说，狗蛋还真是个学习的料子，现在是班长、尖子生，经常受到老师的表扬哩。"

"那就好，看来咱们马家要出个大学生哩。"马俊德突然咳嗽了起来，心脏好像要从胸腔里挣脱出来。德胜连忙倒了一杯水，让喝了几口。马俊德回过气来用虚弱的声音继续说道，"德胜，我告诉你，你就是砸锅卖铁也要供狗蛋上学。你小的时候家里穷，没供你上学，是我这辈子最后悔的事。现在政策好了，日子也好了，而且国家还出台了很多好政策，鼓励娃娃们上学，你一定要供他上学哩。"

"大，你放心，我就是砸锅卖铁，也一定把他供成个大学生，最好当个干部。"德胜兴奋地说着，"这是我和晓燕商量的，晓燕也很支持让狗蛋上学。"

"这就好，这就好。你再说说村主任干得咋样啊。"马俊德继续问道。老人的精神状态忽然间好多了，干巴巴的脸上有了微笑。

"挺好的。"他把当村主任以来干的事给他大讲了一遍。

"这样做就对了！你要对得起老百姓啊，要对得起张乡长，尤其是要经常到老队长家去走走，关心一下老人家的生活。"

"大，你放心吧，我知道哩。"

"德胜啊，咱们家在你爷爷的手里光阴还是很不错的，你爷爷还是个武功高手哩。可是后来却惨遭土匪的残害，从那时起，家境就开始败落了。"马俊德换了个坐姿，叹息了一声，接着说，"咱马家人啥时候都以善为先。你现在是村里的带头人，要照顾好穷人、老人和残疾人，可不要把当官看成是发财的机会。你要是那样做，我可不答应啊。"马俊德盯着德胜的眼睛说，表情严肃，像会场上讲话的领导。

"大，我知道哩，你放心吧，我会好好儿干的。"德胜应承着，更像是郑重地表态。他整了整被子，把他大的胳膊放在被子外面。

"还有啊，这些年你们在新疆生活，我看日子越来越好了，我想等我和你妈不在了，咱们家的这些破破烂烂就留给你姐吧，他们日子过得挺吃力的，你没意见吧？"

"大，我没意见，就按你说的办吧。"德胜的心头突然产生了一种不好的预感，觉得老人是在安顿后事，心里一阵难过。"大，你还在生病哩，这些事等你病好了再说吧。一切都听你和我妈的。"

"晓燕会不会有意见啊？"

"大，你放心，你儿媳妇是个大气的女人，她看问题比我都远哩，她是不会生气的。再说这么多年来，都是我姐和我姐夫在照顾你们，也应该留给他们。"

"你这样说我就放心了。"马俊德深深出了一口气，心情舒畅了很多。

"大，现在最要紧的是咱们明天早上去兰州检查身体啊，你说的事我都答应了，你也要答应我啊。"

"不去了，你看我现在都好多了。你去问问医生，咱们明天能出院吗？我想出院了，住在这里人不舒服，憋闷得很。"

"大，还不能出院啊，你的身体还没有好全哩。再住几天，咱们把病彻底治好了再出院吧。"

"明天再说吧。"马俊德好像累了，闭上眼睛不说话了。

"大，你出院了咱们上新疆吧，晓燕听说你们要来，都买了电视机、洗衣机，在等你们呢。"

"噢，你看这娃，买那些东西干啥呀，白花钱嘛。"

"那是怕你和我妈着急，你儿媳妇孝顺着哩。"

"好娃娃啊，好娃娃。"马俊德好像累了，慢慢睡着了。

太阳快落山了，黑影子包围了四周。德胜正在思谋着怎么样才能让他大去兰州大医院看病时，他妈、他姐、他姐夫进来了，手里提着一个饭盒。

"妈，你还好吧？你看你们两个人都苍老成啥样了啊。"

"我们好着哩，好着哩，有吃的，有喝的，你姐和你姐夫照看得很好。"德胜妈微笑着说，眼睛盯着自己的儿子，温柔的眼光在德胜的身上看了一遍又一遍，脸上露出了欣慰的笑容。在她的眼里，儿子现在长得高大魁梧，还当上了村主任，成了一个真正的男子汉了，这就是她最大的欣慰啊。

马凤英叫醒了他大。"大，你尝尝，这是你儿子从新疆给你们带来的羊肉。你吃点吧，很香的！"

马俊德爬了起来，开始大口吃肉，嘴里还发出响亮的吧唧吧唧的声音。吃完饭后又躺下了，很快又进入了梦乡。

马德胜把他妈和他姐、姐夫叫到门口没人的地方，说道："我刚给我大说了，明天早上带他去兰州检查身体，他死活不同意。你们帮忙再劝劝吧。"

"不去了，不去了，这里看得好好儿的，瞎折腾干啥哩。我看啊，再住上一两天就可以接回家，让慢慢缓着。吃几天五谷杂粮就好了。"德胜没想到，他妈态度也这么坚决，好像老两口事先已经商量过了一样。

"妈，赶紧让看好了我带你们上新疆，不能一直这样熬着啊。"

"我看啊，你大现在的身体去不了新疆了。听说那边天气太冷，还是等到明年天热了再去吧。"

德胜不知道该说什么了，静静地站着，两只手紧紧握着他妈的双手。这是一双什么样的手啊，干枯得像鸡爪子。他清楚，是这双手把他和姐姐抚养大，又时时处处给他们挖着光阴。

姐夫李文怡开口了："德胜，我觉得妈说的对着哩，大现在的身体上不了新疆了，还是等到明年天气热了再去吧。"

"那咱们抓紧给大看病啊。"德胜焦急地嚷道，"大的病不到大医院去看，光在这样一个医院看，啥时候才能好透彻啊？"

"医生说了，你大这是老病，得慢慢养着，一下子看不好的。"刘悦萍解释道。

马德胜站在那里，虽然大脑里装满了话，却不知道该说什么。他转身望向窗外，太阳已经下山了，远处的灯也亮起来了，发出淡淡的橘黄色的亮光。一只麻雀飞过来站在窗台上，好奇地向里面张望着，然后又突然地飞起来，很快消失在了灰蒙蒙的天空里。

晚上德胜留下来陪护，其他人都回家了。

第二天早上，天麻麻亮，德胜还在睡觉。马俊德坐起来开始穿衣服了，响声惊动了德胜，他揉揉眼睛问："大，你这是干啥哩？天还没亮，你再多睡一会儿啊。"

"德胜，咱们回家吧，我想好了。你去找医生办出院手续。"马俊德坚定地给德胜安顿着。

"大，我昨天问医生了，说让再住几天，你别着急，咱把病彻底养好了再出院，行吗？"

"我一天都不住了，这地方太遭罪了，还不如把看病的钱拿去买些煤炭，把房子烧热点，就没有问题了。"

德胜赶紧跑出去找医生，想让医生再给他大做一下工作，让再多住几天。

吴医生望着德胜说："病人现在最重要的是心情要好。既然他想出院就让出吧，我给开些药拿回家吃。回家后你们要注意房子里的温度，让多吃点有营养的食物。"吴医生这么一说，德胜愣在了那里。

德胜只好办了出院手续，雇了一辆小面包出租车拉着他大回家了。在路上，他意识到这次来一切都是那么不顺，没有一件事按他的心意进行。到家后，他和姐夫又到县城拉了一车煤，买了家里所需的油盐酱醋，还给他大他妈买了几床厚被褥。忙活了一天，太阳快落山时才回来。

晚饭是他姐做的，羊肉膳子面，还煮了他从新疆带来的羊肉，一家人围着灶台开心吃着。这顿饭看似很普通，实际上是一次家庭会议。主持人是马俊德，老人虽然身体还没有恢复，但依然有绝对的权威。他靠着被子端坐着，两只小眼睛炯炯有神，一点也不像刚从医院里回来的病人。他开始说话了："我身体好了，也出院了，你们看现在不是好好儿的吗？德胜从新疆赶回来了，我觉得你回来是没必要的，我只是老毛病犯了一下，你就从那么远的地方赶回来了，那我一年住上几次院，你每次都要回来吗？你的家还要不要了啊？狗蛋的学还供不供了？你虽然现在当了村主任，也养了一群羊，但作为庄稼人的后代，你依旧单薄得很，没有多少力量啊。我和你妈身体很好，我们啥苦没吃过，啥难没遇过，就这点病能把我俩打倒？不可能。"马俊德喝了一口茶，润了润嗓子，接着说，"我和你妈商量好了，今年就不去新疆了，明年天热了我们再去。家里你该买的都买了，其他的事你就别操心了，有你姐和你姐夫哩，他们对我们很孝顺。你就放心地赶紧回去吧，别影响了村里的工作，别耽搁了狗蛋上学。再说还养了那么一群羊，晓燕一个人能顾得过来吗？"马俊德好像突然身体好了，长篇大论说了很多，不喘不咳，面容红润，精神抖擞。

"大，妈，家里的事我安顿好了，帮晓燕喂羊的人也找好了，李长忠两口子会帮忙的。冬天新疆人都闲着哩，你们不用操心。"德胜歇了一下，在脑海里思索了一下，想着怎么样一招制胜。他接着说，"我这次回来啊，一是给你看病，二是接你们走新疆，你们的儿媳妇、孙子，天天盼星星盼月亮地盼着你们，现在你们却说又要等到明年。你们说，他们听说你们不去了，那该多失望，多伤心啊！还以为是我们哪里做得不对呢。再说村里的人也会说闲话哩，你让我咋做人啊！不行了，你们上去就住一个冬天，明年开春天气暖和了，我把你们平平安安送回来。"德胜哀求着，辩解着，声音已经哽咽了，眼泪也在眼睛里打着转转。

"你回去吧，你大的病经不起折腾呀，不要到了新疆，人回不来了。你们的孝心我们看到了，别人的嘴咱们挡不住，爱说就让说去吧。"

他妈说得更坚决。

德胜愣住了，找不到反驳的借口。他觉得这两个老人好犟啊，他想起了曾经的自己，当年自己就是这样不顾父母的反对，一意孤行地走了新疆。"唉，难道这是对我的惩罚吗？"他突然想到了这样一句话，把他自己都吓了一跳。"不会，怎么会呢，哪有父母惩罚自己儿子的呢？"

德胜看自己已经无能为力了，便寻求姐姐姐夫帮忙。吃过晚饭后，他借故来到了姐姐家里。姐姐姐夫为了照顾老人，在附近买了房子，离父母的房子不远。天已经黑了，各家各户窗户里透出煤油灯的亮光。

"姐，姐夫，你俩得帮我再做做工作啊，咱大咱妈辛苦了一辈子了，就让他们到新疆去浪一趟吧。"

"德胜，你应该清楚大的脾气。大刚生病时很严重，气都喘不过来了，脸都憋紫了，把我和你姐都吓了一跳。我俩商量后，赶紧给你发了电报，想给转个医院彻底检查一下。但大知道我们给你发电报后，大发脾气，把我和你姐骂了一顿，还差一点儿赶出医院。大的想法我清楚，你刚当了村主任，怕叫你回来影响村里的工作。在大的心里，你干好工作比他的身体重要十倍百倍。大这一辈子啊，辛苦了一辈子，窝囊了一辈子，现在看到你当村主任了，高兴得很，经常给我和你姐讲，德胜现在忙得很，咱们不要打扰，让他像天上的雄鹰那样飞去吧。我觉得啊，最大的孝顺就是顺着老人的意愿，做让老人高兴的事。你就安心回去吧，把你的工作干好。"李文怡缓了一口气，接着说，"还有就是，让狗蛋好好儿上学，争取考大学，这才是咱大咱妈最高兴的事。"

李文怡这个在德胜眼里平时沉默寡言的人，今天夸夸其谈，而且把父母的想法分析得那么到位，这让他有点感动。他清楚，这些年姐姐姐夫为父母操了很多心，真正理解父母的所思所想，而他这个儿子，只是想当然地逼迫着父母干不喜欢的事，他感到惭愧。

"你姐夫说得对，你就安心回去，干好自己的事。现在我的公公婆婆都不在了，身边就这么两个老人，我和你姐夫会照看的。"

"姐，姐夫，我知道了，我知道了。"他像个孩子一样应承着，眼泪又不自觉地掉了下来，模糊了双眼。

第二天早上，马德胜来到了奶奶的坟上。奶奶的坟已经快成平地了，各类不知名的杂草长满了坟堆。他想和奶奶说说话，但说了什么，自己也不记得了，只记得他待了很久，到中午吃饭时才回的家。

到了第五天，在父母的催促下，他又返回新疆了。只是他没想到，这次的离别竟然是与他大的诀别。

二十九

马兆文勤奋地读书学习。在小学的五年里，他的学习成绩一直在班级前列，老师把他推选为班长，这更加激起了他争第一的欲望。

到中学后，马兆文的学习成绩还是排在全班第一，是老师眼中的好学生，家里各类奖状贴满了墙。初一第二学期，还加入了共青团。

在认真学习的同时，马兆文还喜欢到乡政府和七站八所的院子转悠，用一双好奇的眼睛窥探着外面的世界。他也时时放飞自己的思绪，畅想着未来的生活。他觉得自己有这个资本去畅想，因为他是一个品学兼优的好学生，学习成绩就是他的资本。

乡政府在一片山丘中间一块比较平坦的空地上，一条公路东西穿过，公路的北边是乡政府及各站所，还有部分住户人家；南边是一座河坝，据老人们讲，以前河坝里水很大，春季时还经常出现洪涝。后来在上游修了水库，河坝便基本上没水。

约莫二百米长的破烂街道上，唯一像样的建筑物就是乡政府的办公室，清一色的马脊梁砖混房子，在庄稼人眼里，就是一个大地方。中学也在公路的北边，离乡政府有五六百米的距离。五栋砖混结构的平房，就是教室了。教室的周围长满了像北方汉子一样高大粗壮的老榆树、老杨树，虽然经历了风吹日晒，但依旧郁郁葱葱，像大雨伞，为这些学子遮阳挡雨。教室的对面是一个小土操场，有一副破烂的篮球架，是同学们除了学习之外，最喜欢去的地方。马兆文也喜欢去，而且还是班里的篮球队长，经常活跃在球场上。但他更喜欢到学校北面的山坡上去转悠。不但可以看看周围的景色，吹吹山上的微风，让辛苦了一天的大脑放松一下，而且在这安静空旷的山坡上，他可以放飞自己的思绪，大胆盘算和谋划自己的人生和今后的生活。他已经是个大小伙子了，他对自己未来的生活有着和父母不一样的认知和设想。

下午没有课，大部分同学都到操场上去打球了。兆文没有躺在宿舍的床上睡觉，而是悄悄地来到了山坡上。昨天下了一场透雨，空气清新，温度合适。他头枕手掌仰面躺下，望着高远的蓝天和慢悠悠飘飞的白云。山里寂静无声，他甚至能听见自己心跳的声音。脑海里莫名地浮现出很多的想法。他首先想到了自己的家庭，想到了他大他妈，尤其是他们讲述的上新疆经历如《西游记》里唐僧师徒四人取经一样艰辛。他知道他大他妈不容易，受了很多委屈，吃了很多苦，虽然年纪轻轻，但已经明显显现出与实际年龄不一致的苍老。有时候，看着他大他妈早出晚归劳作，他的心里产生过强烈的痛苦和不忍。他决定中考时，报考中专，最好是师范学校，将来当一名光荣的人民教师。

他知道，他大也是渴望他将来能成为老师或者医生。有时候他的脑海里还会有一些更大胆的想法，这些想法有时还会吓到他本人。那就是他想做一番事业，比如当个秘书，或者是副乡长、乡长、书记。他喜欢挑战，老感觉远方有一种东西在召唤他。他在不间断地做着远行的梦。他也清楚，这一切都将无比艰难。

班主任张红梅老师已经开始关注和操心他的下一步的志向了，这让他既高兴又有压力。高兴的是，老师们像父母一样关注他，关心他。他的父母没文化，老师的关心正好弥补了这份空缺。但同时，老师们还是不能很好地理解和体会他内心的所思所想，他们只是看到了他的学习，却忽略了他的家庭，还有他那一颗已经显现的孝心，他不愿意将自己的理想大厦建立在父母的汗珠子上。

上个周四下午放学，班主任把他叫到了办公室。

张老师疼爱地望着他，关切地问："马兆文，你想好了没有，准备报考中专还是高中？"

"张老师，我和我大商量了，我计划报考师范学校，早一点参加工作，减轻父母的负担。"

"以你的学习成绩，考师范学校是没问题的，你刚说的早点走上工作岗位，减轻家里的负担，我也能理解。但我还是觉得，你应该读高中，将来上个好大学。你的成绩很好，不上高中可惜了啊。你这周末回家再和你父母商量一下吧。"张老师说完摸了摸马兆文的头。马兆文脸红了。

"好的，老师，我回家后和我大我妈再商量一下，然后给您回话。"

这天中午，天气热得像下了火。村子里一片安静，院子里的树被晒得无精打采，各家各户的屋顶上慢慢升起的炊烟懒洋洋地向上飘着，最后消失在蔚蓝的天空。

德胜正在菜园子里拔草，马晓燕忙着做午饭。一个清脆的声音在德胜的脑后响起。德胜扭头一看，是张红梅老师推着自行车进来了。张老师四十多岁，个头不高，齐肩发，上身穿白色短袖衬衣，下身穿深蓝色的裤子，浑身散发着知识女性的魅力。由于大热天骑自行车，张老师的脸上布满了密密的汗珠，在阳光的映照下，发出了亮晶晶的光芒。

德胜连忙往房子里让。说实在的，德胜对老师有一种本能的尊敬，同时，面对老师，他还有一种自卑感，这可能是多年来没有文化给他造成的心理阴影。虽然现在他已经是村里的当家人了，但这种阴影依然存在，而且还十分强烈。

马晓燕做好了饭，炒茄子拌拉条子，是没有肉的甜饭，但马晓燕做饭讲究，虽然以茄子为主，但又搭配了辣子、西红柿、葱、蒜等配料，看起来很有食欲。

看见张老师进来了，马晓燕也和德胜一样，显露出了一点难为情。在他们的眼里，老师是有文化、高尚的人，内心深处有着一份敬重和敬佩。

"张老师，您来了也不提前说一声，我们也好准备一下。您看今天的饭菜这么简单。"马晓燕一边让着张老师坐下，一边在嘴里抱怨着，"马兆文这娃呀，也不提前说一声。"马晓燕罕见地用"您"称呼张老师。在德胜和马晓燕的眼里，老师就是儿子的引路人。

"是啊，张老师，您要来了先说一声，我们也好准备一下，给您做点好吃的。这几年来，您那么照顾我家马兆文，我们一直想找机会请您吃顿饭哩。"德胜一边倒茶，一边顺着马晓燕的话茬说道，他的手有点颤抖，可能是紧张的。但他也学着马晓燕，用"您"来称呼张老师。

"你们可别埋怨马兆文，我是下午没课，自己偷偷跑来的，连校长都不知道哩。我今天来啊，是想和你们说说马兆文中考报考的事。听马兆文讲，他要报考师范学校。我觉得呀，虽然师范学校很不错，学费全免，还有生活补助，一毕业了就能上班，是很多农村孩子的第一选择。但我认为，兆文这个孩子啊，聪明伶俐，学习好，有想法，是个难得的人才。"张老师喝了口茶，停顿了一下继续说，"我个人觉得，他应该上高中，将来考大学，对他今后的发展很有帮助，可能比师范走得更好，更远。所以啊，你们要慎重选择，在关键的时候，一旦选择错了，那将会影响他一辈子哩。"

德胜两口子听得云里雾里的。对他们来讲，只知道上学，却不知道什么是师范学校，什么是高中，什么是大学。刚才张老师的一席话，让他们感到了一丝尴尬，一时不知道怎么回答张老师。

还是马晓燕反应快，一边给张老师端饭，一边笑着说："张老师，您先吃点饭。您看您冒着这么烈的日头来说马兆文的事，我和他大都不知道咋说了。我觉得您说的对着哩，现在娃处在最关键的时候，要慎重。我和他大下来后再商量一下。最关键是要听听娃的意见哩。"

"是啊，是啊，现在的这些娃有主见得很，总觉得我们这些娘老子没有文化，不懂上学的事。这也让我们头疼得很啊。我们一家三口人再商量一下。"

"对，对，多和孩子沟通，孩子已经长大了，有自己的主见了。我们家长和老师只是给出合理的建议，让他参考。"张老师一边吃饭，一边微笑着说。

张老师吃了一碗拉条子后，又冒着炎热的太阳骑着自行车走了。

周末晚上，德胜召开了一个家庭会议，专门商量狗蛋上哪个学校的事。王海泉也被邀请来了。

马晓燕做了红烧牛排，香气飘得满屋子都是。儿子是她的骄傲，从出生就很懂事，五岁起就开始帮她放羊，虽然那时候兆文还是个孩子，但每天早上只要她叫一声狗蛋，便一蹦子爬起来，揉着沾满眼角屎的双眼，快快穿好补着补丁的旧衣服、旧鞋子，拿上一块干馍馍赶着羊群到山上去放了，从来没有一句抱怨。有时候，她都觉得他们两口子太过残忍。看着他弱小的身子，赶着一群羊消失在黑压压的戈壁滩上时，她忍不住心疼，眼泪在眼睛里打转转。上学后，兆文的任务更重了，每天依旧天麻麻亮就赶着羊去放，等她做好早饭，安顿德胜吃完后，再带一份替换兆文。就是这样，学习也没落下，每次考试都是第一名。在初中即将毕业的时候，又主动提出要上师范学校，说是要早早走上工作岗位，给家里减轻负担。这样的孩子，有哪个父母不骄傲呢？

马兆文双手拿着一块牛骨头大口啃着，嘴角上粘了一片鲜红的辣椒片，在灯光下发出鲜艳的光泽。他边啃边说："我知道张老师是对我好，还跑了那么远的路程，来和你们商量我的中考志愿。张老师的话也很有道理，但我觉得呀，还是报考师范学校，早早地走上工作，以后再读大专、本科，机会很多。据我了解，上大学需要很多钱，而且要多读四年书哩。我们的家庭并没有多富有，我也没有必要为了自己，不顾你们的艰辛，那样即便我读了大学，心里也会不安的。"兆文说到后面时，停止了啃骨头，声音有了一些哽咽。

屋子里安静了，只有大家吃肉发出的吧唧的声音，而且这声音明显比刚开始小多了。大家似乎都在思考着要说些什么。

"我和你妈还年轻，还能干动活，能供你上学哩，你不用操心了。而且你也看到了，现在咱们的日子过得越来越好了，学费你不用发愁的。"德胜左手端着茶杯，右手拿着筷子，嘴里含着嚼了一半的骨头，望着兆文说，几滴有牛肉香味的唾沫星子喷到了兆文的脸上。他不知道自己表达清楚了没有。有时候他很鄙视自己，觉得自己就是炉子上的一只茶壶，看起来发出了巨大的响声，却始终不清楚讲了些啥，讲得对不对。这方面，马晓燕比他强多了，马晓燕平时看着话不多，但是在关键的时候，都能说到点子上。

马晓燕瞪了德胜一眼。"你慢点说话，看把唾沫星子都喷到儿子的脸上了。"说着拿起一张纸，擦去了兆文脸上的唾沫星子。"娃，没想到你这么小就能替我们考虑，你的想法让我们很感动。但我觉得呀，人家张老师说得对，你大也说得对，你是个上学的料子，就应该好好儿上学，到大地方去读书，多见见世面，以后做大事。至于你的学费的事，我和你大保证给你按时交上。"

"大，妈，我知道你们会竭尽全力挣钱供我上学，我也知道你们能供得起我上学。但作为儿子，我还是不愿看到你们太辛苦，你们就按我的想法做吧。我以后会上大专的，还会上本科的，但我想用自己挣的工资去读，而不是拿着你们的血汗钱。"

德胜将目光转向了王海泉，这个村里最有文化的人。似乎在说，该你说话了。

王海泉将筷子放到桌子上，用手背擦了擦嘴角。"看到这样一个场面，着实让人很感动，你们生了个好儿子。我觉得呀，你们三个人说的都有道理，包括张老师说的话，都是大实话，只是角度不一样，但我还是选择支持兆文的决定，尤其是他那份替父母考虑的孝心，让我很感动。我觉得啊,应该支持和尊重孩子的这份孝心,学可以慢慢上,老祖宗都讲了,活到老,学到老嘛。"

屋子里再次安静了,只有炉子上的茶壶发出的咕嘟咕嘟的声音,充满了整个房间。

三十

开春了,一碗泉就像一个休息好了的精干的年轻人,处处显示出饱满的活力。聚满了水的涝坝,宛如镶嵌在戈壁滩上的一块碧玉,在阳光的映照下,发出蓝莹莹的光芒。村委会把涝坝北面的一块旱地按人均一亩分给了乡亲们,这样,一碗泉的庄户人家人均就有三亩水浇地了,这在他们的眼里,已经不少了,他们对增收充满了信心。每天天不亮,新分的土地上就热闹起来了,有拖拉机的人家,一股烟后,土地就由灰白色变成了湿漉漉的黑褐色,散发着泥土的香味;没有拖拉机的人家,则由媳妇娃娃牵着牛马,男人扶着犁铧把子,时而伏身往下压犁辕,时而两肘提犁辕,时而拿鞭子驱赶牛马,时而铲去沾在铁犁铧上的泥土。剩余的劳力拿着铁锨或榔头,把犁出来的因杂草盘结在一起的土疙瘩一块一块敲碎,再把草根在镢头上摔摔打打抖掉泥土,扔到地埂子上,只需一天,就可以晒得填到灶下当柴烧了。庄稼人就是这样,扛着古老的工具在广袤的土地里播撒着绿色的希望。

张能人把目光又盯在水库上了。张能人不愧是能人,看问题,发现商机,始终比村里的其他人要高一些。当他看到涝坝里装满蓝莹莹的泉水后,脑海里就开始盘算了,最终他确定要借助这水,再发一次财。

改革开放后,他率先跑到广州,把便宜衣服和其他货品拿回来,赚了不少钱,修了房子,买了四轮拖拉机和摩托车。但随着改革开放的深入推进,他发现这种买卖越来越难做了。一方面,自己的本钱少,文化底子薄,越来越不适应跑大城市和关内的大老板们做生意了。另一方面,跑广州上海的人越来越多了,县城的市场里摆满了花里胡哨的衣服和物品,而且价格越来越低,挣不了多少钱。他在跑广州时,看见很多村子在挖池子养鱼,挣得盆满钵满的。一碗泉的涝坝,是个现成的养鱼塘,投资又不大,只买点鱼苗子就成了。盘算好后,他悄悄在家里挖了个池子,买了些鱼苗,试着养了一段时间,发现这些鱼活蹦乱跳的,活得很好。这下他更加坚定了养鱼的决心,而且还很快。他发现,自从改革开放后,人们都变得很聪明,只要看见一点点可以发财的门道,便不顾一切地去争取,生怕被别人抢跑了。

这天下午,干完活回来的德胜又钻进了羊圈里。虽然四月底了,圈里几只刚产完羊娃子的老母羊还要单独加些料。看着圈里出生四五天的羊娃子蹦蹦跳跳地耍欢子,德胜的心情瞬间变得很好,一天的疲劳瞬间不见了。他背来苞谷草,均匀地撒到羊槽里,又在上面撒了一层苞谷糁子,羊就像饿狼一样把头挤到槽里,狼吞虎咽地吃起来了,还发出了沙沙的响声。

这时,他听见有人叫,抬头一看是张斌,便连忙往房子里让,然后倒了茶。两个人有一句没一句地闲聊着,眼看吃晚饭的时间到了,张斌还是没有要走的意思。

德胜便问道:"你今天来是有啥事吗?"

"是,有事的,俺想把涝坝承包了养鱼。你看行吗?"

"你放着那么好的生意不做,咋突然想起来要养鱼了啊?"

"唉,俺告诉你实话吧,现在的买卖不好做啊。到处是骗子,俺去年就被人骗走了两千元钱。俺不好意思对外讲。"

"关键是咱这水库养鱼行不行啊?你有把握能养活,能挣钱吗?"

"俺以前做买卖跑南方时,见过当地人养鱼。俺想再买几本书学习一下,应该没问题的。"张斌没有给马德胜讲他已经偷偷做过实验的事。不过,最近张斌还真买了几本养鱼的小册子,夫妻俩已经在灯下头挨着头看了很久了。

一碗泉的乡亲们大多数来自黄土高原,就是几家河南人,也是早早就来了,生活习惯已经被改变了,大多数没有吃鱼的习惯——别说吃了,许多人连这玩意儿见也没见过。当听说张能人要养鱼,一碗泉村的人再次被震惊。

"哎呀,这小子好好儿的买卖不做,瞎折腾哩!鱼?谁吃那东西!"

"是啊,咱这地方自古就只有养羊的,养牛的,从来没有养过鱼,这能人比老先人们还能了啊!"

其实,见过世面的张能人是有远见的。正因为这里的人不爱吃鱼,所以本地很少有人养鱼,但不是没人吃鱼。逢年过节时,张能人曾目睹过县上市民排着长队在门市部争买外地进来的那点冻鱼。是的,他不指望在农村销售鱼,而是准备卖给城里的人。现在这社会,四面八方门户大开,木垒城里天南海北的人都来,吃鱼的人有的是!张能人已经在县城打探过,好几个饭馆都提出只要他有鱼,有多少尽管往那儿拿!

张能人和德胜关系好,而且从承包开始,村里每年还能有所收入,可以弥补一下紧张的办公经费。因此张能人很顺利地征得村委会的同意，以每年二百块钱的代价承包了水库。

这天下午，一辆拉着鱼苗的汽车开到了涝坝边上，这是张能人从乌鲁木齐拉来的鲤鱼苗，足有两万多尾。村里的那些手头紧巴，没见过世面的庄稼人，无限感慨地立在汽车边上，观看技术人员怎么把鱼苗倒进涝坝里。当看到鱼苗扭着屁股在水里畅游时，他们羡慕有能力折腾的人——一些见多识广的人议论这些鱼将是一把又一把的人民币！他们自己只有眼红的份，他们折腾不起，一来手头没有本钱，二来也没魄力到公家门上去贷款。再说，就是有钱有魄力，大字不识一个，哪来的技能，弄不好还得赔钱。看来他们只能在土地上戳牛屁股了！可是他们委实穷得心慌啊，在羡慕的同时，也会嫉妒，会用自己的手段来制造麻烦。

张能人投完鱼苗没多久，就起了风波。张能人的隔墙邻居张寡妇说最近傍晚，涝坝的坝顶上有一男一女两个人骑着白色的高头大马，浑身上下一身白，白头发，白胡子，白衣服，可能张能人投放的鱼苗里有一对鱼精。这鱼精很可能要在村里殃害人和牲畜，而且以后还要在外地去作怪哩！张寡妇的话，迅速在村子里传播，一些迷信的村民开始诅咒张能人了，有的人甚至扬言要给涝坝里撒毒药！

乡亲们愿意听张寡妇的话，最主要的原因是大多数人嫉妒张能人，觉得张能人这几年出尽了风头，做的都是村子里其他人不敢做的事，自然会惹得很多人眼红。此外，是有人相信张寡妇的话。张寡妇名字叫张兰花，年轻时长得漂亮，对自己另一半的要求自然就会高一些。只是他爹张明山把她当成了摇钱树，用十只羊作彩礼把她嫁给了隔壁村子魏德强的儿子魏中华。张寡妇虽心有不甘，但也只能认命了。

后来发生了一件事。

这天下午，张寡妇赶着自家的羊到戈壁滩上放去了，碰上了鄯善县来放羊的赵四。赵四年轻帅气，看见张寡妇后，魂就被勾走了。死缠烂打地围绕在张寡妇的身边，用一切手段献着殷勤。

张寡妇看着年轻帅气的赵四，藏在心底的不满情绪又发酵了，而且来势像狂风暴雨。两个人干柴遇到了烈火，发生了不该发生的事。天下没有不透风的墙，张寡妇和赵四见不得人的事自然也传到了魏中华的耳朵里。这天早上，魏中华谎称要去县上买种子，到晚上了才能回来。实际上，他是要捉奸。当看见张寡妇走进赵四的房子后，躲在暗处的魏中华手提一根榆木棍追了进去一顿猛打。张寡妇的头上重重地挨了一棍，当时就昏死过去了。魏中华还以为打死人了，扔下棍子就跑了，再也没有回来。

其实，张寡妇并没有死，过了一会儿就醒来了，但从此以后，人变得疯疯癫癫，头发像鸡窝，胸前衣服上的垢痂有一铜钱厚。见人就说当天她被打晕后，到阎王爷处走了一趟。阎王爷看见她说她还太年轻，阳间的缘分还没有断，先不收了，封她为"黑狐灵官"，谁要死，她先替着审查一下。领旨以后，一个小鬼还领她在阴界转了一圈，然后一把把她推出了很远，她依稀记得阎王爷最后给她说了一句话："到了阳间后，帮助人们掐掐算算，解决人间的烦恼事。"

从那以后，一到晚上，张寡妇就会对着赵四的羊圈说："那房子里有鬼，赵四就是恶鬼变的，会到村子里闹腾，大人们把自家的孩子管好。"在那个年代里，张寡妇说得多了，就有人信了。

世间的有些事就是那么巧合。在张寡妇到处传看见鱼精的事的时候，村子里发生了一件事，一碗泉的平静被打破了。

这天下午，天气炎热，村里的一群娃娃相约着来到涝坝里泡澡。

这群娃娃大多数不会游泳，只会用狗刨式在浅水处游来游去，个别胆子大的会到深水区里比画几下。

他们从石崖上纵身跳了下去，身体在空中划了一条弧线，就扑通一声钻入了碧绿的水中。游个差不多，他们用泥巴当肥皂，洗一遍身子，然后回到石崖上面，躺在石头上休息打闹一会儿。河道离得很近，但水声听起来很远，潺潺的，像小提琴拉出来的声音一般好听。就在这时，他们发现一起来的张寡妇的小儿子尕球子不见了。几个娃娃害怕了，在涝坝周围奔跑着，呼叫着，可是叫唤了半天，仍没有一点儿声音。

马宝的儿子马胜利岁数大点，安顿一个娃娃快去叫大人。叫人的娃娃像兔子一样跑了，其他的人继续在周围寻找。

听说水库里淹死了人的消息后，全村的男女老少像赶集一样，齐刷刷地聚在了涝坝的四周，平时安静的水库一下子乱成了一片，水库里的鱼也好像受到了惊吓，跳上跳下。

张斌两口子也气喘吁吁地赶了过来，大声叫嚷着："哎呀，我们经常挡着不让娃娃下水玩，这些碎怂就是不听话，现在好了，淹死人了吧。"

"张斌，都是你养的鱼变成了鱼精，害死了我的尕球子，你给我儿子偿命来。"张寡妇鼻涕一把泪一把，叫嚷着向张斌扑了过来，一只手抓住张斌的衣服领子，另一只手抓向张斌的脸和脖子。瞬间，几道血印子留在了张斌的脸和脖子上。

张斌媳妇谢娜一看自己的男人被张寡妇打了，冲过来抓住了张寡妇的头发，两个女人厮打在一起，一会儿头发散了，脸上脖子上留下了一道道血痕。

毕竟张寡妇年岁大，一会儿就处在了下风。这时她的丫头冲过来帮助厮打谢娜。谢艳一看，两个人打自己姐姐一个人，便也骂骂咧咧地加入打架的行列，紧接着双方的族人和亲戚朋友也都加入了撕扯和打骂当中。大家都忘记了救掉进涝坝里的孩子。

这时村里围观的人为难了，也不敢去劝架，生怕一不小心，被当成对方的人打，所以大多数人站在外围，嘴上喊着不要打了，实际上在看热闹。

马德胜来了。"都给我住手。这帮丢先人脸的东西，娃还没有找到，你们却在这里打锤，你们没脑子吗？"马德胜的声音像一声惊雷，镇住了打架的人。大家也发现跑偏了，连忙停住了手。

马德胜把先前一起玩水的几个娃娃叫了过来，问："你们真的看见尕球子掉进水里没有出来吗？"

几个娃娃被刚才的场景吓住了，低着头不敢说话。这时，岁数大点的马胜利说："尕球子是和我们一起来耍水的，后来就不见了，我们担心是掉进涝坝里了，所以才去叫大人的。"

"你看见他下水了吗？"

"好像没有吧。我只记得是他叫我们来耍水的。"

这时候，马德胜又问其他娃娃看见尕球子下水了吗。大家都说记不清楚了。

马德胜转过头对刚才打架的人说："你们听见了没有啊，现在还搞不清楚，尕球子下没下水，你们一群人却先打起来了，有你们这样做大人的吗？遇事一点也不沉稳，也不动脑子想想。这样吧，咱们现在分成两拨，一拨人在周围找，水性好的下涝坝里找找。"

大家按照马德胜的分工分头行动了。正当大家忙活的时候，有人大声叫嚷:"那山坡上站着的不是尕球子吗?"

人群里很多人尴尬地说:"今天的这仗打得没有一点意义啊。"

只有张寡妇拉住尕球子的手问道:"儿子啊,你是人是鬼啊?你可别吓唬你妈啊!"

尕球子莫名其妙地看着张寡妇,不知道他妈问的是什么意思。其实啊,尕球子走到涝坝顶上时,看见自家的牛在马宝的地里啃麦子,怕马胜利看见骂他,便悄悄跑过去追牛。这是一头刚满三岁的花母牛,一看见人来追,便扭头往北跑了。尕球子和牛上演了你追我跑,你停我吃的游戏,牛停停走走,尕球子追了一路,还是没追上。最后只好回来叫大人帮忙去追牛。

大家听完尕球子的解释后,哄堂大笑,有人开玩笑说:"张寡妇,你算算你家的牛现在跑哪里去了啊,是不是被鱼精牵跑了啊!"

"是啊,张半仙,你赶紧算算,牵走你家牛的是公鬼还是母鬼啊!"

张寡妇牵着尕球子的手,头也不回地找牛去了。

晚上马德胜失眠了。"这都是啥时候了,我们的乡亲们还能做出这么愚昧的事,真让人感到不理解啊。"

三十一

从老家回到新疆后,马德胜又开始计划着干些什么了。一碗泉村的当家人现在已经四十多岁了,是一个成熟稳重,有头脑的人了。每天把自己打扮得干净利索,一张红扑扑的脸上两只眼睛炯炯有神,笔直的身板魁梧、健硕,浑身散发着成熟男人的魅力。他大在老家给他讲的话像警钟时时提醒着他,让他不敢有一丝的懈怠。

他想到了牛羊的品种改良。一碗泉虽然名义上是农村，实际上是半农半牧。因为草场广，家家户户都在养羊和养牛，主要经济来源也是靠牛羊，种地只能填饱肚子。但目前的羊和牛基本上都是土种的，生长期长，长不大，产肉量又少。另外，乡亲们思想保守，都留恋自己的几亩地，几只羊几头牛。早在年初，他计划组织年轻人外出打工，让马英统计人数，最后竟然没有一个人报名，这个说走了地没人种，那个说走了牛羊没人放，还有人说家里老人身体不好，得照顾。他气得在心里骂道："一群懒怂，你们待在家里喝西北风去吧。"但骂归骂，心还得操。一条路行不通了，换条路再走。上次去昌吉牛马市场后，他就暗暗下了决心，一定要把改良牛羊作为乡亲们的致富渠道。回来后，他就交代王海泉拿个方案，但忙着没顾上研究，放下了。

马德胜召集村委会班子成员研究王海泉拿的方案，大家觉得可行。其实这件事也很简单，就是先买一些优质的种羊和种牛，和村里的母畜交配，慢慢推行品种改良。

这天，他和王海泉又到乡上找张德彪乡长。这时候，张德彪已经升为乡党委书记，原来的副乡长李林虎升为乡长。德胜还是习惯叫张德彪"张乡长"，而且两个人已经成了无话不谈的好朋友了。工作中，他小心地维持着良好的上下级关系，知道什么时候该说什么话，什么时候不该做什么事。

张德彪书记这些年来也一直在关注着马德胜。记得当初老队长推荐马德胜时说的话："现在聪明的人很多，会干工作的人也多，但真正能为乡亲们考虑和操心的人不多啊。好多人是奔着发财的目的去当官的。德胜耿直，有上进心，关键是有一颗善良的心，把一碗泉交给他我放心。不过这人也有缺点，就是没文化，没见过世面，说白了吧，他还是一个青苹果，需要经历秋风秋霜的洗礼才会变成又红又甜的大苹果。"

张德彪书记说："只要人品好，能力强，时时处处能想着老百姓就行了，我和你就当他的秋风秋霜，尽快把他变成又红又甜的大苹果吧。"通过这几年的观察，他发现，自己选对人了。

其实上次乡水管所的张伟是他打发去的，就是想考验一下马德胜。当马德胜把张伟拒绝了，把拿去的礼品原封不动退了回来时，他就放心了。一个能经受得住诱惑的人是让人放心的。最让他感到欣慰的是，德胜没有将工程简单地对外一包了之，而是发动乡亲们自己干。最后工程完成得很好，乡亲们也挣到钱了。还有拉电，拉自来水时，没丢下一家贫困户，这就是一个心系乡亲们的好村干部啊。

"你们这么早来找我，有啥事啊？"

"张乡长，我们一碗泉养的牛羊不少，但收入并不高，啥原因呢？是因为牛羊的品种不好，全是一些近亲繁殖的土牛土羊。别人家的一头牛卖几千元，我们的还过不了千，是典型的出力不得好啊！"德胜咽了口口水，接着说，"我们村委会开会商量，看您能不能借着对口帮扶的机会，给申请些种牛、种羊，改良一下牛羊的品种。我们算了个账，只要品种改良完了，我们村上这一项就能增收几十万元呢。"德胜给张德彪算着账。

王海泉站在一边，小心地提醒着："你叫错了，不是张乡长，是张书记。"

"对不起啊，张书记，我这人嘴笨，记性不好。"

"没事，那只是一个称呼，不碍事的。关于你们说的品种改良的事，前两天县政府刚开完会，说是要大力推进这项工作哩。可能还要从国外引进一批种牛、种羊。到时候，我积极申请，争取给你们要上些，但肯定不会多的。你们也可以发动乡亲们自己购买上些啊。"

张德彪书记还告诉他们一个好消息，县上为了支持发展畜牧业，申请了一笔无息贷款。

张德彪书记的这个消息，让乡亲们很振奋，又看到了一条致富路。乡亲们都清楚靠山吃山，靠水吃水的道理。一碗泉这么好的草场，最适合发展养羊养牛了，只是大部分人的手里没有钱。现在，可以贷无息贷款了。大家纷纷行动起来了，有买羊的，有买牛的，还有买骆驼的，一碗泉又沸腾起来了。

然而，在大家热火朝天地买羊买牛的时候，一场灾难却悄悄地降临了，口蹄疫在村子里蔓延了。虽然乡亲们看不见，也不知道口蹄疫到底是个什么样的疾病，但带给大家的却是如同洪水和猛兽一样的恐惧，乡亲们的心在这场灾难里颤抖，刚刚激发起来的养羊养牛发家致富的热情遭受了狠狠的打击。

第一例病羊是在李德宝的羊圈发现的。这次，李德宝贷了两万元的无息贷款，准备买一些羊，让小儿子李宝河去放。因为最近买羊的人多，周围的牛羊价格涨得很高。以前，一只母羊五百元左右，现在疯涨到了八九百元；以前一头当年产的牛娃子一千多元，现在涨到了两千多元，而且涨势还在继续。精明的李德宝便给老家的亲戚打了个电话，当听说老家的牲口价格比木垒的低很多时，便和张斌一起买回来了四十多只羊。这次发病的羊，就是从他老家买来的。

那天早上，李德宝早早起来去放羊。羊圈在房子的后面，是一个用土块垒起来的土墙圈子，圈墙的边缘被羊蹭得溜光。贴墙的几棵老杨树也让调皮的山羊啃光了皮和叶子，干巴巴地站立着，像一个孤独的老人。羊是乡亲们的宝，大家看得比命都重要，每天早上，人不吃饭可以，但羊必须按时按点去放。

李德宝走进羊圈，发现一只大母羊蔫头耷脑地站在墙边。走近仔细一看，发现羊的嘴里、蹄子、奶头上长满了水泡和烂斑。李德宝以前没见过，还以为只是普通的疾病，没当一回事。可是到了山坡上，别的羊争着抢着吃草，唯独这只大母羊低着头不吃草，远远落在羊群的后面。

中午回来后，李德宝到邻居家找了些药给喂了，还是不见好转，而且这只健壮的大母羊暴瘦成了皮包骨头，抖得站立不稳。当天晚上，这只羊就死了。而且圈里另外两只羊也出现了同样的症状，这才引起了他的警觉，连忙骑着自行车到乡兽医站，找兽医询问病情，计划买些治疗的药。

当兽医听了他的描述后，惊讶地说："哎呀，老李啊，你的羊很可能得的是口蹄疫。这是一种很厉害的传染病，得了这病就没法救了，只能让牲口等死了。"兽医说完，沉思了一会儿，接着说，"你赶紧回家，先找些生石灰消杀一下羊圈，羊也先别让出圈了。我马上去给乡上的领导汇报，然后就去你们村里。"兽医的话让李德宝有了一种如临大敌的紧张和恐惧，心跳加快，手抖得握不住自行车的把。

村子里一下子热闹了。乡上的、县上的领导都来了，专家也来了。大家带着药物各家各户跑着，帮乡亲们把死羊当作活羊医着。同时，该消杀的消杀，该隔离的隔离。只是这次疫情太猛了，刚抓住一只羊正要给喂药，羊咚一声倒地，说死就死了。回头再一看，身后的羊又倒了几只，蹬腿儿的，抽搐的，跳起了诡异的霹雳舞。大家惊慌失措，生命瞬间变得脆弱，像煤油灯发出的火焰，经不起风的轻轻一吹。

张德彪书记带着专家来了，在村委会召开了防疫会议。形成了两条管控措施：一是全村子的牛羊暂时不要出圈，各自在家喂养，减少交叉感染；二是对已经出现症状的立即进行扑杀，然后挖坑焚烧掩埋。

措施执行起来却难了。马德胜和村委会的几个人分头行动，一家一户地做思想工作，让把生病的扑杀掩埋了。张卫东带着几个身强力壮的人去挖坑了。乡亲们听说要掩埋患病的牛羊，不答应了，哭天喊地的，悲伤的气氛瞬间弥漫了整个村子。一碗泉像生了重病，死气沉沉的，让人感到压抑。

德胜看这样下去不行，就去找张德彪书记商量。"张书记，我看这样下去不行啊！这些牛羊都是乡亲们日积月累积攒的一点光阴，是一家子人的希望，现在让把他们的希望扑杀了，那是在要他们的命啊，他们肯定不答应。乡亲们就是看着牛羊在自己眼前死去，也不会让你去填埋的。"

"那你说咋办哩？乡亲们的苦楚，我理解，但这事必须得这么做啊，不然啊，全村的羊都可能要传染要死的，还有可能外延，殃及别的村子的牛羊哩。"张德彪书记露出为难的神色，两只眼睛里充满了忧郁，定定地望着他。

"我想能不能给乡亲们争取点补助，这些牲口都是贷款买的，扑杀了牛羊，乡亲们就相当于直接掉进账眼里了，乡亲们也难啊。"德胜极力争取着，脸色铁青。

房间里一阵沉默。大家都在思索着，颇烦着，没有一点好办法。

"你统计了吗，现在全村死了的和有症状的牛羊有多少？"张德彪书记问道。

"羊五十多只，牛五头。光李德宝一家，就死了二十只羊了。由于每家每户都养得不多，发现后基本上在家里养着，避免了大面积的传染，所以量不是很大。"

"那还行啊，不是太多。我现在就去县上，找县领导反映一下，看能不能给补助一点。你们在村里继续做乡亲们的思想工作吧，要采取些办法，晓之以理，动之以情啊。"张书记说完就坐上车往县上去了。

太阳快要落山的时候，张德彪书记回来了，高兴地告诉大家："县上决定对扑杀的牛每头补助五百元，羊每只补助二百元。"张书记看着大家不满意的表情，又说道，"虽然少了点，但至少是补偿了一部分，也给乡亲们挽回来了些损失，大家尽快扑杀吧，这事不能再犹豫了。"

乡亲们看到县上给的补助，虽然和心中想的有差距，但还是认了，开始不情愿地扑杀了。村子笼罩在悲痛里，没有了以前的说笑声，连爱凑热闹的娃娃们也安静下来了。

德胜忙了一天，没顾上吃一顿饭，眼睛里布满了血丝，平时齐整的头发乱蓬蓬地耷拉在额头，村子的角角落落里都有他嘶哑声音。看着扑杀工作开始了，便拐回家让马晓燕给做点拉条子吃。自己则走进里房里，一头钻进被窝就睡过去了，发出了震天的呼噜声。

没一会儿,张卫东慌慌张张跑了进来,连拉带喊地把德胜拽了起来。"李德宝在给肉贩子打电话，说是要把病死了的牛羊卖掉哩。"

"这咋能行呢，这是病死的牛羊，人吃了会传染的，不能卖啊。"俩人连忙向李德宝家跑去。

李德宝家在村子东头，是去年新修的房子，在夕阳的映照下，一溜砖混结构的房子很是气派。只是这时候，这个气派的家里充满伤感和悲戚。李德宝两口子站在院子里，愁容满面，就像刚从战场上败阵下来的战士，为无可挽回的残局悲痛着。

"德宝叔，你是不是要把病死的羊卖给肉贩子哩？你不知道那是咋死的吗？"德胜质问着，其实德胜的声音里更多的是无奈，他既为长辈遭遇的不幸同情，又为他不理性的做法感到生气。

"德胜，我们卖得远，不怕。"李德宝媳妇说，"死那么多牲口，总得让我们挽回一点损失啊！"

"德胜，我看你是站着说话不腰疼。"李德宝跺着脚，大为光火。"虽然上面给了些补助，但那够啥哩，我们银行的贷款靠啥还呀！政府是说过每头病牛补偿五百，羊补助二百，可是他们派人一来，那些专家说这只要死，那只也有病，也不管三七二十一，提着枪就打死了一大片。那些羊要是活着，个个都值六七百，治都不给治，总不至于都该死吧！这样扑杀划不来！"

李德宝这么精明的一个人，难道他不清楚病死的牛羊肉不能卖吗？他清楚得很，而且他比村子里谁都清楚，只是作为一个地道的庄稼人，考虑问题往往从实际出发，他现在更多的是从怎样降低自己的损失来考虑的。

"德宝叔，这是天灾人祸，你们在大灾面前还想着利益啊。专家这么做是有根据的，因为病畜和潜伏期动物是最危险的传染源。一只病羊，可以传染给整群羊，而且发病急，传播快，这种病带来的恐怕不是你们想的治病那么简单。你们也看到了，有很多羊已经腐烂了，你把这样的肉卖出去，吃了人得了病咋办啊，你担负得起吗？那是要判刑的啊。"德胜并不懂相关的知识，他只是靠着这几天听专家说的，给李德宝讲着道理，但有一条他很清楚，病死的牛羊不能卖，不能吃，而且坚决不能出一碗泉，否则他这个村主任就严重失职了。

李德宝两口子呜呜地哭了。"德胜，这些道理我们都懂，可我们就是不忍心把这些肉埋了，那是我们家的贷款，是我们发展的希望啊。"李德宝两口子面色寡白，嘴唇上开满了血口子，无力地靠着墙根站着。过了一会儿，李德宝无奈地说："我们知道了，我们不卖了。你放心吧。"对于一个普通的庄稼人来讲，要在大时代的变革浪潮里奋然跃起，成为一个有钱人，那是极其不容易的。像李德宝这样一个胆子大，有思想，敢于拼搏的人，是值得让人尊重、敬佩的，但他也是很脆弱的，一个偶然的诱因就可能使他们处于破败的境地。而那种使他们破败的偶然性也是惯常的现象，因为他们是在一条铺满荆棘的新路上摸索着前进，碰得鼻青脸肿几乎不可避免。

由于一碗泉村小，居住分散，发现早，防治到位，这场来得快，去得也快的口蹄疫在冬天到来后就终止了。专家们撤走了，撒生石灰消杀的工作也结束了。口蹄疫带来的严重后果，还需要很长时间来消化。乡亲们因此也背上了账债，李德宝损失最多，以前的趾高气扬也没有了，每天早出晚归，在地里苦干着。他是在挣还贷款的钱啊。

三十二

口蹄疫过后，一碗泉该种地的种地，该放羊的放羊，该生娃的生娃，一切又都恢复了平静。

冬天的一碗泉十分安静，攒了一冬天的积雪像一床厚厚的大被子，将村庄裹得严严实实的。天上的太阳也好像变懒散了，几朵云彩好像多情的少女，围绕在太阳边上献着殷勤。村子里的乡亲们没有兴趣去欣赏这些，他们见得多了。他们三个一群五个一伙，要么打扑克、下象棋，要么聚到一起打平伙，要么带着狗去追兔子，要么就为一个与自己无关的话题争论得脸红脖子粗，甚至争成了仇人。

因为闲了，有时间了，有些人就闲不住了，除了前面讲的打扑克、打平伙、追兔子外，他们还会说张家的媳妇漂亮，李家的媳妇和婆婆关系不好，朱家的娃娃聪明、学习好等话题。总之，大家不会闲着，总会找些事来消遣和打发漫长无聊的冬季。

最近有一个消息在村里传开了。李德宝的大儿子李宝山和张能人的丫头张芳芳谈恋爱了。张寡妇更是玄乎，说经常看见两个人偷偷跑到后山搂搂抱抱，已经是生米煮成熟饭了，张芳芳已经打了一个孩子了，连时间和地点都说得有鼻子有眼的。

这消息自然也传到马德胜的耳朵里了。给他传话的是他的儿子马兆文。那天早上吃完早饭后，马德胜和儿子去喂牲口。看着一圈欢蹦乱跳的羊，他心里很踏实，这是他们家的农业银行啊，每一只羊都是一沓子钱啊。

马兆文一边给羊喂草，一边随口对马德胜讲："大，听张寡妇讲，李宝山和张芳芳谈对象了。"

马德胜瞪了儿子一眼，训斥道："你一天到晚胡说啥，一个年轻小伙子咋学会嚼舌头了啊。"他最讨厌捕风捉影，把没有的事说得像模像样的，但稍后又疑惑地问自己："难道是真的？无风不起浪啊！寡妇的眼睛贼得很。"

晚饭后，马兆文出去找朋友玩了，家里只剩下马德胜和马晓燕两个人。马德胜到库房里盛了半簸箕葵花籽，放到炉火上炒熟，又给自己和马晓燕泡上茶，慢条斯理地嗑瓜子喝茶聊天。这也是他们冬天晚上消磨时间的法子。他这个年龄，已经不适合出去打牌，也不合适和年轻人拌嘴了。有时张斌会来家里，两个人会天南海北地谝闲传子。

快九点时，家里的狗叫起来了，马德胜知道，是张斌来了。他穿好衣服走出家门，果然是张斌。他俩不见外，张斌直接上炕嗑起了瓜子。

马晓燕给张斌泡了茶。马德胜发现张斌脸色不对，一脸的愁容。不像平日里，人还没进门，笑声早已经进来了。

张斌一个劲地嗑瓜子喝茶，不说话。马德胜猜到了张斌为什么拉着脸的原因了，但他不好说什么，只是陪着嗑瓜子喝茶，等着张斌先说话。

张斌终究沉不住气了。"老马，你最近听说了吗，别人都在传俺姑娘芳芳和李宝山谈对象的事？"张斌仰着脖子，因为说话用力太猛，一股子唾沫星子溅到了马德胜的脸上。

马德胜把溅到自己脸上的唾沫星子抹掉，假装惊讶地说："有吗？我咋没有听说啊。"

"俺也不知道是真是假，但大家都在传。唉，气死俺了，这死丫头。"张能人越说越生气，两道眉毛紧皱，脸色铁青。

"谈就谈去啊，李宝山这娃不错，都是咱们看着长大的，知根知底的，有啥不妥啊。"马晓燕望了一眼张能人，插话说道。

"那咋行呢，两个民族生活习惯不同。"张斌大声叫嚷着，情绪破败，像一头发疯的老犍牛。

马晓燕还想说什么，马德胜赶紧使眼色，让不要说了。

屋子里安静了下来，只有炉子上烧滚的水，发出扑腾扑腾的响声。

过了一会儿，张能人气呼呼地回家了。张斌现在依然是一碗泉里把日子过得最红火的人，所以也爱面子。此刻，他把丫头张芳芳恨得牙痒痒："死丫头，你做下这等没脸事，叫老子在村子里咋见人。"

看着张斌走了，马晓燕便问："你咋不让我说话哩？"

"你没看张斌正在气头上吗？再一则，虽然这俩娃都很优秀，但的确存在民族不同的问题。这事急不得，得小火炖，慢慢来。"

"噢，还是你想得周全。"马晓燕向马德胜投来了赞许的目光。

此时，马德胜在心里盘算着，这事该怎么办呢。他坚信，明天李德宝和张斌肯定都会来找自己。只是这会儿，他还没有一点儿主意，等找来了再说吧。

张斌口里说的李宝山，是李德宝的儿子。当初马德胜他们刚来时，李德宝给予了很多的帮助。李德宝在村子里是个认真的人，什么活都做得有模有样的，这和马德胜的急性子性格有很大的差别，所以，俩人在一起干活时合不到一块。马德胜要快，讲效率。李德宝要认真，讲质量，但自从包产到户后，各干各的，也就没有什么矛盾了。大家没事的时候，聚到一起喝喝茶，聊聊天，关系也还算融洽。

李德宝媳妇生了四个孩子。前两个是女儿，已经出嫁到外县了，老三是李宝山，老四也是个儿子，叫李宝河。李德宝两口子干活不偷懒，尤其是李德宝更是能吃苦，一头栽到地里经常忘了回家吃饭。所以，乡亲们送他个外号"李不要命"。李德宝听后也不生气，反而沾沾自喜。自己是靠勤劳发家致富，至少比那些懒怂好吧。因为能吃苦，平时生活又比较节俭，虽然他家经历过了口蹄疫，但家底依旧比较殷实，在村子里，也算是有钱人。

第二天晚上，马德胜依旧炒了一盘葵花籽，依旧倒了盖碗茶，依旧慢悠悠地喝着，静等来访的人。

八点半时，狗叫起来了，马德胜知道第一拨人到了。他慢腾腾地穿好外套走了出去。不一会儿，带着李德宝和李宝山走进了房子。李宝山手里提着约莫三斤冰糖，二斤茶叶。在一碗泉，委托媒人时，都拿这样的礼信，明眼人一看就知道是什么意思了。

马德胜自然也清楚，但假装好奇地问："来就来了嘛，咋还带礼信啊。"

"大哥，我们今儿是有事求你来了，我和我大托你当个媒。我和张芳芳谈对象了，他们家里不同意，你和他大关系好，你说了他会同意的。"李宝山一口气说完了来意，然后静静地站着，等着马德胜的答复。

李宝山一米八五的个头，比他大还高出了一截，一身运动衣，蓬松个性的发型，一双大眼睛炯炯有神，两道横眉骄傲地高挑着，帅气而充满活力。还上了高中，因为长年上学，身上的泥土味冲洗得差不多了，身上有了村里其他人没有的知识分子的清高。此时的他显得有点焦虑，不过这反而增加了一种忧郁的男性美。

"赶紧上炕喝茶，喝茶。"马晓燕一边倒茶，一边让着。

"唉，这两个娃啊，尽干的颇烦事，给人出难题，你说这事该咋办啊？"李德宝也面带愁容，花白的胡子随着说话一动一动的。

马德胜凝视着李宝山的眼睛，许久后，认真地问："你俩是认真的，还是胡闹着玩哩？"

"大哥，是认真的，这辈子我非张芳芳不娶。张芳芳也说了，她非我不嫁。"李宝山信誓旦旦地说着，一脸的严肃。

李德宝瞪了一眼李宝山。"你看，你看，现在的这些娃娃没羞没臊，这说的啥话啊。"

马德胜一边让着喝茶、嗑瓜子，一边说："这事咱们急不得，得慢慢来。现在张斌一时还想不明白，得给他一点时间。"

这时狗又叫起来了。马德胜说："张斌来了。你俩先走，事情我记住了。宝山，你随时关注着张芳芳的情况，有事及时来告诉我啊。"

马德胜安顿李德宝和李宝山从后门出去了，又让马晓燕把李宝山拿来的茶叶和冰糖装进了箱子里，怕被张斌看见。马德胜看收拾利索了，便出去接人去了。

张斌的情绪比昨天还激动。一进门就嚷开了："气死俺了，气死俺了，这死丫头，她娘的不是个东西。"

马德胜心里明白张斌为什么在生气，却装着问："咋了啊？谁惹你生气了？有话慢慢说。"

"昨天俺就问你了，俺闺女芳芳和李宝山谈恋爱的事，俺搞清楚了，是真的。气死俺了，气死俺了。"

"啊，是真的吗？那咋办啊？"

"能咋办，俺坚决不同意。俺把姑娘锁在家里了，再也不让他俩见面了，要阻断他俩。"张斌气急败坏地说。

马德胜不说话了。

张斌见马德胜不说话，也没有要给出主意的意思，便穿好鞋子走了。

看着张斌走了，马晓燕问："你咋不说啊？李宝山他大托你当媒哩，你却一句话也没说。"

马德胜瞪了一眼。"你知道啥啊，时间还不到。"

第二天，马德胜坐在家里静等消息。傍晚时，李宝山慌慌张张地来了。"大哥，张芳芳被他大关到房子里了。张芳芳开始绝食了。"李宝山一脸的慌张，声音都有点颤抖。

"知道了，你去吧，有消息了继续来告诉我。"

晚上，张斌没来。这在马德胜的预料中，他又好像有点失落。

全村传开了，张斌把姑娘锁到家里了，张芳芳已经绝食两天了。这里面，李宝山和他的家人也起到了推波助澜的作用。

傍晚的时候，李宝山来了。"大哥，张芳芳已经两天没吃饭了，他大还是不松口啊。"

"知道了，你去忙吧。"

晚上，马德胜炒好了瓜子，泡好了茶。张斌还是没来。这时，马德胜的心里开始有点慌了。

第四天，马德胜的心里不平静了，吃过早饭后借着喂羊的空隙，偷偷朝张斌家看了几眼。张斌家很平静，除了鸡狗发出几声叫声外，好像什么事也没发生。这出乎了马德胜的预料，让他的心更加不平静了。

傍晚时分，李宝山又慌慌张张地来了。"大哥，张芳芳已经四天没吃饭了，再这样下去要出人命哩。"

马德胜掩饰着心里的烦躁和不安。"知道了，你去吧。"

李宝山垂头丧气地走了，走到门口时，又折了回来。"大哥，不行了我放弃，不能让张芳芳再挨饿了，要出人命的。"

马德胜看出来了，李宝山对张芳芳的感情不是装出来的。

马德胜坐在炕上，耐心等着。已经十点了，狗叫了起来。马德胜飞快地跑了出去，他等这一时刻已经很久了。

可是领进屋的不是张斌，是张斌的媳妇谢娜。谢娜还没进屋就开始号啕大哭，一把鼻子一把眼泪的。"张斌心太狠了，俺闺女已经四天没吃饭了，再这样就要出人命。老马，你说咋办啊？我和他吵了闹了，他就是不松口，俺闺女已经快不行了。老马啊，你赶紧想想办法，去劝劝老张吧，他只听你的。"

马德胜也紧张了，在想这张斌是怎么了啊，他的心是铁打的吗？这时，他突然觉得，自己对事态的研判可能错了，自己思谋的策略要失败了。这几天他一直相信张斌会来找他商量李宝山和张芳芳的事。现在他才发现，自己太过自信了，他对张斌的了解还是不够。

他穿好衣服，向张斌家走去，还没出院门，就看见张斌站在大门口，在朦胧的月光下仿佛一尊泥雕塑，一动不动。见到马德胜后一下子哭了。"老马啊，这姑娘的心比俺的还硬，我认了，俺听孩子的。"

李宝山和张芳芳是同学，两人一起在一碗泉小学读了小学，在杨河乡中学读了初中，然后又一起到县一中读高中。那个年代，家长对孩子的学习抓得不紧，觉得把孩子交给学校就完事了。家长的不重视，也造成学生们的放松。大多数学生认为，读三年高中就算是完成任务了，回家帮助家里放羊、种地，说不定还能当个村里的代课老师，挣钱娶媳妇。正是这种认识，认真学习的很少，调皮捣蛋的不少。大部分时候都会以村为单位结成帮派，今天找找他的茬，明天一起逃逃课，后天再欺负一下这个女生或那个男生。一碗泉人口少，上高中的学生只有李宝山和张芳芳，是经常受欺负的对象。李宝山虽然在小学、初中经常欺负张芳芳，但高中时经常像保护自家妹妹一样保护着张芳芳，有时还和欺负张芳芳的同学打架。尽管时常因此而挨打，但正义感激发着他的勇气，每一次都能勇敢地挡在张芳芳的面前，而且一挡就是三年。后来他发现张芳芳看他的眼神里除了感激之外，还似乎有不一样的味道，这使他很感动，也很兴奋，油然而生了被认可后的自豪和幸福。

高中三年很快结束了，李宝山、张芳芳和大部分学生一样，与大学无缘，人生的学校生活就这样结束了，他们成了有一定知识的新一代农民，加入农村建设的队伍里。毕业生相互送毕业礼物，是多年来延续和保留下来的。尽管农村孩子穷，没有钱去买什么值钱贵重的东西，他们的父母们也不会给他们这部分钱。但这些小青年们早早就开始攒钱准备了。他们把同学按关系亲密程度分成三六九等，然后再送不同的礼物。

张芳芳送给李宝山一个笔记本，上面写着："感谢你三年里的照顾，我将会永远记在脑海里。愿你今后的生活幸福快乐。"收到礼物后，李宝山悄悄跑到学校后面的小山坡上，读了一遍又一遍，刚开始觉得礼物和留言很普通，只是同学间的祝福，渐渐又觉得不一样，"我将会永远记在脑海里"又似乎在暗示着什么。他反反复复读着、体会着，一种眩晕的幸福感涌上了心头。

李宝山送给张芳芳一个笔记本，外加一支英雄牌钢笔。他也写了一句话："愿我们珍惜友谊，做你一辈子的朋友。"他是在下午下课后悄悄放进张芳芳书包里的。第二天上早读课时，他在自己的书包里发现了张芳芳写的纸条："谢谢，我会的。"还有张芳芳刻意投来的温柔目光，让他陶醉在了五彩缤纷的朝阳里。

高中生活在一次简单的聚餐后结束了。各村的学子们拿着铺盖卷各自回家了。这时的李宝山和张芳芳已经长大了，虽然学校的饭食简单，但他们还是长高长壮了，成年人的特征全部显现出来了。近二十年岁月的沉淀，使他们对生活有了自己的想法，开始有自己的秘密了。回家后，整天与父母兄弟姐妹相处，这让李宝山和张芳芳都有点不适应。他俩都没能当上村里的代课老师，也没有荣幸地被招到城市去工作，每天只是下地干活和放羊，他们还有大量的时间，不知道干什么，一遍又一遍翻看彼此留下的那些话，感到了孤单和寂寞。

李宝山对张芳芳的感情产生了某些微妙的变化，他经常会不由自主地想起张芳芳，难道是自己喜欢上张芳芳了吗？李宝山问自己。不行，不行，绝对不行。李宝山上小学时被张芳芳的哥哥收拾过，心里留下了阴影，每每想起张芳芳那三个高大勇猛的哥哥，他头皮发麻，胆战心惊。糟糕的是还有一道坎摆在面前，他们两个民族不同。他上初中时，二爸的女儿李小娟喜欢上了邻村的汉族小伙子王勇，二爸坚决不同意，不顾一切地匆匆把李小娟出嫁到了外地。他的父母和亲戚怕是不会同意他和张芳芳来往，更别说结婚。但感情这东西，不是你不想就不想了。就像抽烟，父母、老师一再嘱咐，不能吸烟，不要吸烟，但还是有人偷偷吸；嘱咐少喝酒，喝酒对身体不好，但还是有人喝得酩酊大醉。现在的李宝山被感情折磨着，心神不宁。他拼命地干活劳动，想借此忘记张芳芳，但这一切都是徒劳，就像决了堤的洪水，堵不了，挡不住。

晚上，李宝山来到了泉上。夜间的泉周边安静而神秘，除了泉水的流淌声和个别虫子的聒噪声。他一边抽着从他大衣兜里偷拿的烟，一边没有目标地在泉水边溜达着。朦胧的月光使他更加孤单，也更加怀念上学时的生活了。想起他一次次保护张芳芳的情景，他浑身充满力量，觉得那是他在上学期间做的最值得骄傲的事情，那时候的自己才是男子汉。在村子里，虽然他经常能见到张芳芳，但每次都是急急忙忙地看上几眼，最多也就简单打声招呼便匆匆离开，生怕被别人看见。他很佩服城市里少男少女的交往，像兄弟姊妹一样，到了他这里，咋这么难场！

夜已经深了，牛羊和鸡鸭都进圈进窝了，狗也早早地睡了，圆月高高悬挂在村子的上空。李宝山却无法入眠，他思念着近在咫尺，却又像远在千里之外的姑娘。他不知该干什么，思念折磨着他。

李宝山终于耐不住了，在这个月光如水的夜晚，他做出了关乎他一生的举动。他拿起笔，给张芳芳写了一封信，把自己的思念写进信里，把自己的孤单也写进了信里。

明亮的月光，安静的夜晚，只不过是催化剂。他觉得，要是不把这份感情表达出来，自己今后一定会后悔的。他对张芳芳的感情那么热烈，像火山，也像海啸，已经控制不住了。控制不住，就索性按照所思所想做吧，即便是被碰得头破血流他也认了。

信怎么送出去呢？这又是一道难题，总不能自己拿着去送给张芳芳吧。最后他打发李宝河去送信。成本是一元钱的跑腿费。

张芳芳在收到信之前，也生活在煎熬和痛苦中。她也在默默想念着李宝山。小学和初中时，她最讨厌李宝山，恨他经常欺负自己。但自上了高中后，李宝山保护她，不让别人欺负，还为了她，被别的学生打，她感动了，对李宝山的看法也变了。她经常会偷偷看一眼李宝山，这时她的脸就会红。毕业回到家后，她以为他们之间的一切都结束了。可是却莫名会天天想起他，而且越来越强烈。她确定自己喜欢上李宝山了。在她这样的年龄，一旦内心产生了爱情的骚动，平静的内心世界和有规律的生活就一去不复返了。很快，她无论是走路、吃饭、干活，面前总是站着个李宝山，她开始一幕一幕地回忆他们共同经历的一切。这回忆有时使她发笑，有时使她扑在床上痛哭流涕……唉，晚上再也不会躺下看两页书就睡着了。可是她也有和李宝山同样的担心，他们两个民族不一样，父母不会同意他们往来的。另外，她还悄悄问自己："李宝山会喜欢我吗？喜欢了他为什么不来找我呢？坏蛋，讨厌鬼。"他在骂李宝山，但自己已经羞红了脸。

在接到李宝山的信后，她哭了。这封信像一道电流，使她全身麻酥酥的，她的内心像烧开的水一样翻腾着，她读了一遍又一遍，哭了一次又一次。泪水像断了线的珠子在那张小脸上滚淌，在信上留下了很多小玫瑰花。一个在她心头高悬了很久的疑问总算有了想要的结果，期盼了那么久的爱情终于来了。这种感觉像一阵温暖的春风，轻轻在她的心头刮过，是那么让人陶醉。现在，她浑身充满力量，为了自己的爱情和幸福，她要做最勇敢的斗争。

她思考着，该给李宝山回点什么话呢。她找来纸和笔，写下了："明天晚上八点，在泉南边的山坡上见，面谈。"写完后，又觉得不妥，八点太早了，容易被放羊回来的人发现，就改成了十点。这个被爱情陶醉的姑娘做出了让自己都紧张的决定，她要去见自己喜欢的人了，而且就在明天。她是个直爽的女孩，不会拐弯抹角，既然自己的爱情来了，就应该大胆地面对。

李宝山早早地等在了约定好的地方。他躺在一块从家里带来的草席子上，幸福而忐忑地等着他的爱情。

张芳芳来了。张芳芳看起来根本不像个农村姑娘。高高的个头，凹凸有致的身材显露出青春的活力，从头到脚所有的曲线都是完美的。

李宝山坐起来。张芳芳稍犹豫了一下后，坚决地靠着他坐下了。

李宝山侧身抱住她的肩头，把脸紧贴在她头上。此刻他觉得这个紧挨着他的人是他最亲的人！

张芳芳头伏在李宝山胸前，闪着泪光的眼睛委屈地望着他，哭着问："咱俩毕业这么久了，你咋才来找我啊？坏蛋。"

李宝山用手轻轻抚摸着她的头发，不知道该怎么回答这个问题。此时的他是幸福的，也是紧张的。长这么大，还是第一次和心爱的女孩坐在一起。

张芳芳已经放松了，轻轻依偎着李宝山，脸紧紧贴在他的胸脯上。他们默默地偎在一起，像牵牛花绕着向日葵。

星星如同亮闪闪的珍珠一般，缀满了暗蓝色的天空。泉水在不远处潺潺流淌，像二胡拉出来的旋律一般好听。一阵轻风吹过来，树叶沙沙作响。风停了，一切便又寂静下来。

没人知道这两个恋爱中的年轻人聊了些什么，这是他俩的秘密。但从此刻起，两个年轻人的心靠得更近了，当然他们面临的麻烦也就来了。全村人谁也没想到，这个弱女子竟然会用绝食的方式，最终逼迫父母同意了他俩的感情。

房间里温暖而祥和。火炉子里的火烧得旺旺的，炉子上的茶壶发出扑哧扑哧的响声。三个男人慢腾腾地喝着茶，嗑着瓜子，商量着怎么样解决好两个孩子的婚事。但心里想的不一样。张斌想的是怎么样把丫头体面地出嫁了，他虽然刚开始不同意，就是现在，心里也还有一丝丝的不舒坦，但张芳芳是他唯一的丫头，怎么也得体面一些，要大大方方、热热闹闹地把女儿的婚事办了。李德宝心里自然很高兴，儿子能娶到这么俊俏能干的丫头，这娃给老李家挣了面子，尤其是相对那些找不上媳妇的小伙子，他觉得儿子很了不起。他想着怎么样风风光光把儿媳妇娶回家，早早给李家传宗接代。马德胜作为村主任，自然站得比张斌高，也比李德宝高。他在想，这俩孩子走到这一步不容易，张芳芳还差点儿把命搭进去，要借两个孩子的婚事来一次团结教育活动。所以，这事村委会得出面，好好儿办一下。

一碗泉团结工作一直做得不错。马德胜记得当年他们刚到一碗泉时，先到的张斌等乡亲给了很多的帮助，又是安排住的地方，又是送粮食送水，让离开家乡的落难人感受到了温暖。就是包产到户的头几年，全村的乡亲们相互帮忙，每年秋收时候，全村分成几个打麦场，李德宝和张斌的拖拉机免费给村里人打场，主家不好意思了，就宰上一只羊，在场边支口锅，放两张桌子，把打场的人叫到一起吃顿饭，像过节一样热闹。马德胜想起这些，心里一阵温暖，他渴望这种温暖。但是近几年，随着外出做买卖的人增多，人们变得越来越自私，一些不团结的声音时时传进他的耳朵里。在张斌同意李宝山和张芳芳两人的婚事之前，他就听到了一些不同的声音。第一个声音来自李宝山的姑姑。她不同意李宝山娶张芳芳，说民族不一样，生活习惯也不一样，吃不到一起，到老丈人家里连口水都喝不成。女婿吃不了丈母娘的饭，这叫啥啊，还是一家子人吗？第二个声音来自张芳芳的姑姑。理由差不多。村里还有其他的一些团结方面的问题也摆在了他的面前，马武和马六虽然是亲兄弟，但处得像敌人。他经常在想，什么事情能把亲兄弟整成这样，见了面像没看见，孩子们见面了也像陌生人。还有马彪媳妇和刘武媳妇，为了一点地埂子，吵得没白天没黑夜，搅得整个村子不太平。这些事看似是小事，但是小事吗？就这么几家人闹成这样，是他这个村主任当得不称职啊，他自责着。他觉得，这次李宝山和张芳芳的事是个好机会，乘机搞个活动，让大家坐到一起聊个家常，拉近一下关系。他是这么想的，也这么盘算了很久。

他喝了一口茶，说："你们两个人现在成亲家了，是一家人了，真替两个娃高兴，也替你们两个人高兴。两个娃能走到今天不容易啊，这是啥原因，是我们的想法太狭隘了，想的反面的多，正面的却不多啊，社会面的顾虑太多，替娃们考虑得太少。还有部分人唯恐天下不乱，到处添油加醋，把正常的小事搞复杂了，这些都是咱们村的麻达事。我觉得两个娃的婚事既是李家和张家的事，更是咱们村子的事，我思谋着以村子的名义给娃们办婚礼。"

马德胜的这一番话，惊呆了李德宝和张斌。李德宝没想到，张斌也没想到，德胜会把两个孩子的婚事让村里来办。他们有点摸不清马德胜的心思，目不转睛地望着他，寻求一个解释。马德胜不慌不忙地喝了口茶，把刚才自己在心里想的给两位说了一遍。

二位连连点头。李德宝说："好是好，但这是私人的事，咋能搅和成公家的事呢，这不好操作吧？"

张斌也说："这的确不好操作，会不会别人说话，给你造成不好的影响？"

"的确会有人说闲话，也会有人捣乱，但就因为他们说闲话捣蛋，我们就不干活了吗？"马德胜说得理直气壮。

张斌说："那你说咋操办？"

李德宝也随声附和着说："你说咋办啊？"

"我想啊，马上元旦到了，婚事放在村委会办，在村里支个锅灶，把村里的男女老少聚起来吃顿团圆饭，最好再请个唱花儿的，也请个张斌的河南老乡唱一段河南豫剧，大家热闹热闹。至于你们各自的亲戚，你们可以再选时间操办。你们看如何？"

"挺好，要是在俺家办喜事，有些乡亲不愿来，这是俺最头疼的，这样办就解决了这个难题。"

"只要张斌同意，我咋都行。"李德宝现在心情十分好，怎么都可以。

"这事啊，也是咱们村的一件大事，得慎重点。你们两个回去后和家里人商量一下，听听他们的意见。不能让我们三个老倘擅自做主了。"张斌和李德宝点着头离开了。

马德胜一夜难眠，想了一晚上怎么办好这件事。他感觉很难，有点后悔自己多事了，但想想村里不和谐的声音，他又觉得很有必要这样做。

第二天，三个人又聚到了一起。张斌见了面就说："俺家里没意见，大家都同意村主任说的。"

李德宝也说："我们家里也没意见，按你说的办吧。"

马德胜找来村里的支教老师王元鹏，把自己的想法说了一遍。

王元鹏领到任务后，连夜拿出了一个方案。地点就定在村委会，李德宝出两只羊，张斌出两只羊，村委会出两只羊。结婚当天，做三大锅抓饭，每个桌子上荤素搭配再上六道菜。村委会出面请几名民间艺人来做个文艺演出，让大家在吃饱喝好的基础上再欣赏节目。节目完了，年轻人可以到新房里去闹洞房。

马德胜觉得这个方案简单可操作，而且还很有意义，便连忙召开会议研究安排活动。的确如张斌所料，张卫东就提出了反对意见，认为把私人的事让村委会安排不合适。这时，马德胜发挥了他一贯的硬气，从团结的角度对班子成员做了解释说明，最终以不可再商量的语调定了此事。大家看马德胜态度坚决，便不再说什么了。马德胜牵头负总责，王海泉人缘广，负责请民间艺人，要有花儿也有河南豫剧。张卫东负责盘锅灶找大师傅做饭。王元鹏年轻，有文化，负责文艺活动的主持。妇女主任马英负责布置会场。马英又把村里的年轻媳妇们召集起来，排练了一个秧歌。

就在人们忙着给李宝山和张芳芳筹备婚礼的时候，准新郎官李宝山却被张斌的三个儿子给打了。

张斌的三个儿子长得高高大大的，而且都逞强好胜，喜欢打架，偶尔还会欺负一下过往的路人。

最初他们从他老子嘴里听到李宝山和张芳芳谈恋爱时，就通过李宝河给李宝山带过话，让李宝山不要再骚情张芳芳了。但此时的李宝山完全陷入爱情中无法自拔了。刚接到警告时，他胆怯过，他知道张家三兄弟的实力。但这时，张芳芳已经开始绝食了，现在就是有人把刀子架在脖子上，他也不会退却了，他坚决要和张芳芳站在一起。

张家三兄弟看警告没起作用，更加生气，认为李宝山没把张家三兄弟当回事。这时候，又听到李宝山家里人到处散播张斌把张芳芳关起来了，张芳芳已经绝食了的消息。这三个愣头青再也无法忍受了，他们每天都在寻找机会。可是李宝山好像躲起来了一样，他们没有下手的机会。

张斌在丫头张芳芳绝食的威逼下，同意了张芳芳和李宝山的婚事，并积极筹备婚事。这让张家三兄弟觉得很没面子，加上他姑姑的火上浇油，使这三个年轻人的眼睛里充满了仇恨，他们在等待着机会。

李宝山觉得事成了，也就放松了警惕。这天，他想请张芳芳到他家吃饭，顺带商量给她买结婚衣服的事。

深秋的村庄安静而祥和，圆盘似的月亮高高地悬挂在村子上空，一阵阵夜风吹来，凉飕飕的，让人倍感精神。李宝山站在张斌家院子门口，大声叫着张芳芳。张斌家的狗和三个儿子都冲了出来。李宝山还没反应过来，就被老大张新一脚踹翻在地，接着弟兄三人对他拳打脚踢，发泄着积攒了很久的仇恨。

打骂声和狗叫声，惊动了张斌两口子和张芳芳，也惊动了马德胜一家子。张斌闷雷一样的呵斥声，张芳芳和她妈撕心裂肺的哭叫声，在村子的上空回荡着。

马德胜站在自家门口，没有去劝架，也没有前去观战。他有他的思量。他自责把事情考虑得不够周全,没考虑到会出这么一档子事。现在人已经打了,张斌会解决好的,他相信张斌的能力。他最担心的是,个别别有用心的人会借题发挥,让打人事件发酵,搅黄李宝山和张芳芳来之不易的爱情。他安顿马兆文,先去叫李德宝两口子到家里来,等张斌制止了打架后,把张斌两口子和李宝山也叫过来。还一再吩咐,千万不能让李德宝两口子到打人现场去,也不能哭叫和骂人。交代完后,马德胜回到了屋子,烧开水泡上茶,静等儿子去叫的人。

李德宝两口子进来了,脸色铁青,表情复杂,像雨天的云彩。李德宝媳妇一进屋就叫嚷着:"张斌家为啥要打我儿子,没有王法了吗?我们要去公安局告他们。这娃呀,找谁家的姑娘不好,非要找张家的,现在挨打了,好了吧。"说完呜呜地哭了起来。

马德胜示意他们上炕,然后说:"别哭了,别发牢骚了,我叫你们来是解决问题的。宝山不会有事的,张斌两口子在,张芳芳在,他受不了多大的伤害,最多是些皮外伤。"见他们不动,又补充道,"两个娃走到今天不容易,你们别再节外生枝,等会张斌来了,我让他赔个不是,就当这事没发生。"

这时李宝山来了,虽然浑身上下都是血和土,却面带微笑,没有出现他大他妈担心的挨打后的沮丧和痛苦。李德宝两口子看儿子没受多严重的伤,也就放心了,赶紧帮着清洗血迹。

张斌也来了,带着媳妇和三个儿子。一进门,就连连给李德宝两口子赔不是,并且当着他们的面训斥了三个儿子。

屋子里挤满了人,站着的,坐着的,哭丧着脸的,唉声叹气的,哭泣的,显得拥挤而繁杂。

李德宝连忙说:"小误会,小误会,没事了,以后是一家人,这么件小事不算啥。"

"发生今天这件事,也怪咱们啊,没把工作做好做细,总想着在大人层面把事解决好就行了,没想到这帮小子还会找麻烦。"马德胜望了一眼站在门口的三个小伙子接着说,"你们三个人心里想不通,我能理解,但你们看看,芳芳走到今天容易吗?拿自己的生命争取来的这份感情,这说明他俩的感情是真的,要不是真感情,我才懒得管。现在,你们把人也打了,而且打的是你们将来的妹夫,芳芳不难受吗?别人不会看你们张家的笑话吗?"

三个孩子经常来马德胜家玩,对马德胜很尊重,现在听到马德胜的说教后,好像都知道错了,连连点头认错。

马德胜接着说:"你们人也打了,总得给李宝山和他的家人说声对不起吧?"

三个愣头青轻声地说了声对不起后,出去了。

看着孩子们走了,马德胜说:"现在这件事过去了,我希望咱们别再纠缠这件事,抓紧把两个孩子的婚事办了,这才是当前最要紧的事。"

李德宝点头说:"对,对,抓紧把事办了。"

张斌也点头:"赶紧办正事。"

然后三个人又坐在炕上开始喝茶,更加详细地商量着婚事,怕哪个细节考虑不周到再引起这样的突然事件。

李宝山挨打的事,马德胜及时采取办法,将影响降到了最小的圈子里,但依然引起了一阵风浪。先是李宝山的姑姑跑到李宝山家里,连哭带嚷,不依不饶,质问李德宝:"李家人死光了吗?被张家欺负成这样。走,把亲戚朋友们叫上,到张家算账走,实在不行了,还有政府，到乡上县上告他们去。"

这吵闹声惊动了全村，也惊动了张斌家的亲戚。一直反对的张斌的妹妹不答应了，站在张斌家门口大声吵着："让来，谁怕谁，他们有人我们没人吗？张家人是吃干饭的吗？"

两个女人遥相呼应，平静的村子又热闹了，也有跑到村子高处看热闹的，还有人站在屋顶上东看看西瞧瞧的，唯恐天下不乱。

好在头天晚上马德胜把关键人的思想做通了，今天的这些意外，只不过是大海里跳动的一些浪花，形不成大的海啸，很快就平静了。

这件事也给马德胜提了个醒，农村的事啊，哪个细节考虑不周全都不行，随便来一阵风，都会掀起浪花的。以后工作要做得像磨坊里的面，细又细啊。他叹息着摇头，对自己这个村领导的工作提出了质疑。

农村人生活比较单一，没有文娱活动。现在村委会要给李宝山和张芳芳举办婚礼，而且还有文艺演出，这让全村的人沸腾了，有高兴的，在积极帮忙；有妒忌说风凉话的，躲在墙根看笑话；还有骂马德胜胡作非为，公私不分的。

新年的钟声敲响了，大家盼望了很久的李宝山和张芳芳结婚的日子到了。家家户户房顶上升起的烟盘旋着升上天空，留下了一道道朦胧的白烟。公鸡打鸣声，羊圈里寻食的羊娃子的叫喊声，牛圈里牛倒沫喘气的声音交织在一起，形成了一曲美妙的小山村的生活曲。

早起的媳妇娃娃，喂完牲口的男人，陆续向村委会走去，大家像过节一样，穿上了见人的新衣裳，很多人头天晚上洗了澡，头发梳得光溜溜的，都努力把自己打扮漂亮一点。

村委会是三年前新建的，砖混构造，白墙红瓦，看上去很气派。平时，这里除了开会外，成了大伙聊天、打听消息的地方。今天，这里将举行一场轰轰烈烈的活动。院子里一溜摆着三口大锅,蒸熟的抓饭飘出的香味弥漫了整个上空。这次的抓饭,请的是邻村的卡德做的。抓饭锅旁边盘了两个土炉子,炉子里火烧得旺旺的,大师傅马虎和赵栋正在忙着炸丸子、切肉、备菜,一片热闹的景象。办公室里,马英召集了一帮年轻姑娘把会场收拾得漂漂亮亮,悬挂的彩纸、气球,还有录音机里播放的流行歌曲,把一间不大的房子折腾得热热闹闹的。这时候,对活动持支持态度的、反对态度的,都已经被热闹的氛围感染了,全部面带笑容。村里的狗、猫也随着主人们聚到了一起,有友好的,也有因为一根骨头厮打在一起的。据老人讲,这是一碗泉好多年来没有过的热闹场景。

十二点,文艺节目开始了。按照马德胜的意思,新郎官和新娘子坐到了第一排最中间。村委会成员和新郎、新娘的父母也被让到了第一排。

王元鹏穿着租来的燕尾服,手拿麦克风做了开场白:"各位乡亲们,今天我们欢聚一堂庆祝新年,同时也为两位新人举行婚礼,首先恭祝乡亲们新年快乐,事事顺心,万事大吉;祝愿两位新人新婚快乐,百年好合,早生贵子。"王元鹏声音洪亮,普通话标准,在说完祝贺词后,房间里响起了热烈的掌声。

活动很热烈,掌声、笑声一浪高过一浪。有马有福唱的花儿《阿哥的白牡丹》、张红梅唱的《绿韭菜》、张老汉唱的《憨墩墩》,朱成德唱的河南豫剧《穆桂英挂帅》《包公审鬼选段》。马英排练的秧歌,将氛围推向了高潮。这些平时围着灶台转的农村妇女们,今天换上租来的演出服后大放异彩,把自家的男人们都惊呆了,不住地鼓掌,不停地相互吹捧着自己媳妇表现好。

这时候，村里的刺头张泉德大声叫唤着，让新郎李宝山、新娘张芳芳"亲一个！"众人立刻起哄。

李宝山拉着张芳芳的手慢慢站了起来。两位新人还处在兴奋紧张激动状态中。今天全村人都送来了祝福，尽管他们清楚，这祝福里有真诚祝福的，也有妒忌的，可能还有因为妒忌而生恨的，但这一切都不重要，重要的是，这么多人见证了他们的婚礼。两位新人眼含泪花，深深地向大家鞠了一躬。看看今天热闹的场景，想想他们俩经历的挫折，他们已经说不出话了。

李宝山和张芳芳的婚事落幕了，两个新人通过自己的不懈努力，最终赢得了父母的祝福，建立了幸福家庭，和全村大多数人一样，继续着村子里人的生活。

一天早上，一辆轿车开进了马德胜家。马上，一条消息传遍了村里，县纪检委来调查马德胜了，有人到县上告状说马德胜拿村委会的钱给李宝山和张芳芳办婚事，是典型的公私不分。

这是一碗泉以前从来没有过的事，成了一碗泉最大的新闻，远远压过了李宝山和张芳芳谈恋爱时的新鲜感。农闲的庄户人又放飞了自己丰富的想象力，想着这回县上会怎么处理马德胜。

有人说："马德胜会判刑，不然县上不会这么重视，开着轿车来村里调查。"那时，对村子里的人来讲，轿车是一种威严，一种重视，预示着这件事的严重性。

有人说："马德胜是在为民族团结做工作，引导大家做好团结的事，这有啥错？"

有人说："马德胜在这件事上太霸道，很多人都不同意这样办，但他还是办了，大家能没有意见吗？"

还有人说:"马德胜这么操办,是和张斌关系好,要是别人家的孩子,他才不会这么大张旗鼓地操办。"

村民的讨论和李宝山张芳芳的婚礼一样热闹。

善良封闭的乡亲们总是觉得生活太单调,把多少心思和精力都投入这种毫无意义的损耗上。他们希望村里每天都有故事发生,不管是喜事还是其他事,只要和自己没有关系,他们都会很兴奋,喂奶的媳妇们可以放下吃奶的娃娃,喂牲口的男人可以放下牲口,老年人可以放下正在喝着的茶,全身心地投入议论和猜测中。他们有时也会用自私的小农意识,幸灾乐祸地看笑话。

调查组的人从马德胜家出来后,又去了张斌家,去了李德宝家,还有部分乡亲家。在太阳落山之前走了。

看着轿车走了,村民们便三三两两地走进马德胜家打听消息。

马德胜说:"的确有人告我了,说我拿公家的钱给李宝山和张芳芳办喜事,是典型的公私不分。"

张斌开始大声骂了:"这是哪个没良心的去告的啊,这人一定要查,要在村上严肃处理。"李德宝也附和着猜测是谁告的状,将来不得好死。

马德胜打断说:"算了,没必要,而且这次也只是调查了解。"

乡亲们看问不到多少感兴趣的消息,便失望地回家了,也有的人怀疑马德胜没说真话,大家又开始议论纷纷。

过了两天,乡上的纪委书记朱鑫走进了一碗泉,组织召开了村民大会。会上宣读了县纪检委对马德胜的调查意见。马德胜在这次活动中,的确存在做法不合理的问题,但动机是好的,是为了促进民族团结,值得肯定。至于搞活动村委会出的羊,马德胜已经答应由他自己承担了,将会作价上缴村委会。同时,朱鑫也给乡亲们讲了民族团结的重要性,要求大家积极为做好民族团结贡献力量。

过了几个月,当春风把树叶吹绿的时候,当村里的乡亲们早出晚归,在地里忙活的时候,马德胜被乡上的轿车接走了,这次是去县上开会领奖去了,马德胜被评选为了全县的民族团结先进个人。

三十三

马德胜已经成长为一名成熟的村委会领导了,每天都有很多事需要他这个当家的去协调,去处理,尤其是他促成李宝山和张芳芳的婚事后,得到了大多数乡亲们的好评。现在,他的生活是丰富的,充实的,只是他一直放心不下远在千里之外的父母。

这天下午,德胜准备去地里干活时,接到了她姐发来的电报:"大病危,请速回。"

德胜的心里咯噔一下,身体像被电击了一下,软软地瘫坐在了地上。两行眼泪不由自主地流了下来。他知道,他大的情况不好了,便到老队长家里借了些钱,给狗蛋请了假,把圈里的牛羊托给了李长忠。当天下午,一家三口人就出发了。

还是晚了,德胜一家三口人赶到老家时,马俊德已经走了。马俊德是早上六点走的,走的时候,家里只有德胜他妈、他姐、他姐夫和他舅,少了老人最疼爱的儿子、儿媳妇和孙子。

其实,上次德胜走后,马俊德的病并没有好转,而且越来越严重,整天缩成一团钻在被子里。渐渐地,不吃不喝了,人瘦得只剩下皮包骨头。可是,在他日益消瘦和脆弱的表情下,也似乎藏匿着一份牵挂,有时他会莫名地问:"最近德胜来信了吗?他们还好吗?狗蛋学习咋样啊？"接着一阵猛烈的咳嗽，好像要把肺脏咳出来，缓一会儿，接着又说，"你们别打扰德胜他们了，让娃们过自己的生活。我们经常叫他回来，影响他的工作，也会影响狗蛋的学习的。我这一辈子啊，没给德胜他们留下啥，亏了娃们了，我们就尽量不打扰他们啊。"嘴上这样讲着，但是一双无神的眼睛却不时地向门外张望着。大家清楚，他在望着什么，他在等着什么。

李文怡两口子要拉着到医院去看病，马俊德坚决不去。他身上固有的农村人的忍一忍就好了的思想，又作祟了。"刚住院回来，又去干啥哩？这不是自己折腾自己嘛，我才没有那闲心情。"

刘悦萍也不同意去，说："生老病死是命里定的，要是吃药打针都能治好，那好多人咋都死了啊，他们没去找医生看吗？而且都去的是大医院，找的是好医生。"

两位老人坚持着自己的倔强，而且是那么不可理喻，没有一点商量的余地。

马凤英说："要不把德胜叫回来吧？"

马俊德发火了："你们叫德胜回来干啥，他回来能减轻我身上的疼痛吗？只不过是浪费些路费，浪费些时间。现在德胜那么忙，不要轻易打扰。你们谁要是再像上次一样，偷偷发电报，那你们也回去吧，我和你妈两个人待着。"这一顿劈头盖脸的冰雹，使马凤英像折了腰的麋子，蔫头耷脑地站在地上，不知如何是好。但心里清楚，他大是认真的，他说到做到。

马俊德的这一些话因为体弱，说了很长时间，而且是断断续续的，但这话硬气得竟然吓住了家里的人，谁也不敢再给德胜写信发电报了。直到一个星期前，德胜舅舅骑着毛驴来看望姐夫。在观察了马俊德半天后，对刘悦萍讲："姐，我看我姐夫的病情不对啊，你们还是给德胜发份电报，让赶紧回来吧。我怕再磨蹭就跟不上了。"这样，在他妈的授权下，马凤英才赶紧发了电报。

德胜怀着忐忑不安的心情，走进了停放尸体的屋子里。他妈他姐和先到的亲戚们默默地或站着，或走着，或坐在墙脚的杂物堆上，没有交流，没有问候，仿佛处在一个完全陌生的世界里。他大静静地平躺在屋子中间的板床上，屋里出奇安静，只有为尸体吹凉风的电风扇，不知疲倦地旋转着，发出嗡嗡声。

德胜慢慢地坐在了他大旁边的沙发上，鼓起勇气，再去看看老人的容颜。老人家表情安详，就像以前千百次躺在炕上睡着了的样子。只是他双眼紧闭，再也不会睁开了，再也不会温柔地注视他，问长问短了。德胜的心里突然一阵伤感和失落，在心里念叨着："大走了，从此以后，我是个没有大的娃了，再也听不到大喊我的声音了。"一串一串的泪水顺着他刚毅的脸颊滚落下来，掉到地上。

德胜轻轻地盖好盖在老人身上的布。突然，他觉得这块布好大好沉重啊，硬生生把他们父子隔离开了，把他大与这世界隔离开了，也把他大一生中遇到的、经历过的开心的、不开心的事，喜欢的、不喜欢的人，隔离开了。人其实好渺小，再厉害的人，再长寿的人，最终也只是这人世间的过客。他大是一个少言寡语的庄稼人，没有什么学问，没有做出过能让乡亲们记得住的事。他好难过，大的这一生是受罪的一生，也是操心的一生，他把自己的一生毫不吝啬地给了自己的妻子和孩子，为了他们，他没白没黑地拼命干活，拼命挖光阴，今天走时，他的一生却装不满一块布啊……

葬礼如期举行，简单而顺畅。他大只是个普通的庄稼人，没有人会给他开追悼会，所以也就没有哪个人会总结一下他的一生，包括好的坏的，对的错的，这让德胜感到一丝的遗憾。他觉得，即便他大很平凡，很普通，像家乡的山，家乡的水，家乡的黄土，也应该有个人来总结一下，给他的一生画上个句号。而现在，这个句号却没有人来画上，这是多么不美气，多么让人伤心的事啊。

马俊德现在安静地躺在了家北边的山坡的坟地里，睡在了自己父母的坟边上。作为一个普通的庄稼人，他的离去，除了给儿女和亲属心底里留下悲痛外，对别人的影响是很小，很小的，只不过是村里少了一个人，在黄土山坡上多了一个土堆。可能过一段时间，下几场雨，刮几场风，坟堆上的土变旧后，很多人都不知道，这个坟堆里躺的是谁了。看着逐渐离去的送葬的人，德胜从心底里感激他们。他们中间，可能有很多人还不认识他大，也不认识他，包括他妈、他姐、他姐夫，但大家在百忙之中抽出时间来送他大一程，给了这位普通的庄稼人最后的一点尊严，也给了他们这些子女们一些体面。

送走他大后，德胜陷入了痛苦中。马晓燕和狗蛋过完头七后就回新疆了。家里的一群羊没人放，总不能天天找人帮忙吧，况且农村的每一个人都有自己的事。狗蛋也要上学，可不能落下孩子的学习，这是他大他妈最不愿看到。现在，只留下他一个人善后。

这天傍晚，他又漫无目的地来到了家对面的坡顶上。小时候，这里是他和晓燕经常拾野菜的地方，也是他给晓燕唱花儿的地方，虽然是一块干巴巴的土坡，但这里承载着他们饥饿单调的童年，他对这里仍有一种熟悉的亲近。

将要落山的太阳，给山坡披上了一层橘黄，使光秃秃的山坡反而有了一种朦胧的大气。

他大的突然离去，再次刺痛了他的心，产生于内心深处的愧疚感在猛烈撞击着他的脑袋。一个质问的声音在耳朵边又开始来回回荡："你这半辈子做的是啥事啊，家里最困难忍饥挨饿的时候，你决绝地离开了家人，去拼自己的生活去了。奶奶是带着遗憾和挂念离开的，你连最后一面都没见上。大在生病的时候，你在新疆过你的好日子，当你的村干部，每天像鸡群里的大公鸡那样威风，脖子抬得高高的，没有陪护一天，没倒过一杯茶，没端过一碗饭，没有洗过一次身子。大走时，你又没有见上最后一面，让他带着和奶奶一样的遗憾离开，这就是你的做人之道吗？你连最基本的尽孝都没有做到，你还算是个人吗？"

这时，一个画面在他眼前晃了晃。那天，当他们一家三口走进家门的那一刻，他明显感觉到亲戚和乡亲们用蔑视和不屑的眼神看着他，那眼神像一把把明晃晃的刀子，刺得他的心里慌慌的，似乎那是对他灵魂的拷问，更是一种质疑。葬礼上，他姐和他姐夫跑前跑后的，他反倒成了一个闲人，一个被亲戚和乡亲们忽视了的——儿子。所以，在整个葬礼中，他没有一点底气，像做错事的娃娃，始终低着头。

德胜颓废地坐在了一块光滑的石板上。这块石头是他们小时候玩耍时用来当梁山好汉头把金交椅的，村里的孩子谁最能打，就是梁山好汉，是替天行道的英雄，大家拥护着坐在这块石头上。每每太阳快落山，他大就会扯直了嗓子喊他回家吃饭，时间一长，他就可以通过他大声音的高低和粗细，猜出家里做的是什么饭。现在，这些已经是过去的事了，他大再也不会喊他吃饭了，他再也听不到他大嘶哑而富有磁性的声音了。

德胜静静坐着，他觉得大自然的胸怀是无比宽广的，能容得下人世间的所有痛苦。他也想借着大自然的博大平复一下自己复杂的心情，认真思考一些事情了。

记得当年他在走新疆之前，也是坐在这块石头上想了很久，才决定走新疆的。只是当时他的心并没有平静下来，饥饿让他的心像泉里的水，咕咚咕咚跳个不停。他要认真思考一个大问题了，其实这个思考是从接到他姐的电报后，就已经开始了——他计划要搬回来，给他妈养老送终。

这个问题让他很矛盾，也很纠结，选择是艰难的，也是痛苦的，但现在到了必须做出选择的时候了。他大他妈热爱家乡的生活，最关键的是，叶落归根的思想在他们的脑海里根深蒂固。要陪护亡故的先人们，成了他们心底的信念，坚固得无法改变一丝一毫。从他离开老家走新疆时，就想着在新疆落好脚了，把老人们接过去一起生活。但是他大他妈一次又一次地拒绝，而且明明白白告诉他，要在家乡的这块土地上陪亡故的先人，将来还要和自己的老先人们一起躺在这片土地上。他努力了，叫了一次又一次，还发动媳妇儿子和姐姐姐夫，但最终还是失败了。他大始终也没去新疆，也没看他生活的地方一眼。他相信，他妈和他大一样倔强，有一样根深蒂固的乡土情感认知，明讲了不会去新疆的。老人们的这种固守，把他置于一个尴尬的处境，让他生活在痛苦里。那么，既然改变不了老人们，只有改变自己了。

说实在的，他已经喜欢上新疆了，而且他还有长远的盘算。将来要把儿子培养成大学生，培养成一个国家干部，光耀他们马家。儿子狗蛋，已经是个新疆野娃娃了，不适应老家的生活。在来送葬的这些时日里，虽然每天人在这里，但内心里却想着一碗泉，经常悄悄地问他啥时候回新疆。马晓燕虽然没有像儿子一样直白，但他心里清楚，马晓燕也已经喜欢上新疆了,也有扎根新疆的强烈愿望。可是比起给老人尽孝,那都是小事了。他相信,马晓燕会支持他的,狗蛋长大后,也能理解他的决定的。

李文怡叫喊他了,一样的男中音,但比起他大的声音,姐夫的声音少一点磁性,少一点威严。德胜起身拍拍屁股上的尘土,慢慢往回走,脚踩着黄土扬起了一股尘土,像飞机飞过后留下的尾烟,一会儿消失不见了。他步伐轻盈,似乎有了一种决策后的轻松。但他知道,肯定又会上演一场"较量",就在今天晚上。

屋子里,他妈、他姐姐姐夫和他舅舅。他妈斜靠在炕上码起的被子上,两眼红肿,一脸的疲惫。看他进来后没有搭话。

饭已经端上来了,浆水面,饭香味充满了整个房间,是他姐和姐夫做的。要放到平日里,他肯定会夸赞几句。夸赞别人是一项投入最小,收益却很大的投资。这是他大教给他的。

吃完饭后,他抱着最后试一试的态度,再次问:"妈,我大已经走了,我想过了四十天后,咱们上新疆吧,你也正好去散散心。你去了以后,要是觉得在新疆生活习惯的话,就在新疆和我们一起过吧。"

"我就不去新疆了。你大,你爷爷、奶奶都睡在了咱们这片土地上了,将来我也要和他们睡在一起。我的身体一天不如一天,新疆那么远,我怕去了回不来。你也早点回去吧,没必要等到四十天,家里有你姐、姐夫,还有你舅哩。"

即便他用了最委婉的口气,还是得到了一个他不愿听到但又在预料中的答复。他缓了缓,接着说:"妈,我和晓燕商量好了,我们要搬回来生活哩,新疆也不好混,日子过得也难心。"他说得轻描淡写,好像做出这样的决定是生活所迫的。

"我看啊，你们还是好好儿在新疆过日子，别回来了。这是我和你大的想法。"刘悦萍态度坚决。房间里的气氛似乎凝固了，安静得能听见每个人的心跳。

这时，舅舅说话了："德胜，你回来就是为了照顾你妈，大家心里都明白。你的孝心大家也看见了，但你大在临走之前，一再交代，让你们在新疆生活，要把日子过在人的前面。最关键的是，要供狗蛋上大学，这是你大最关心的事。你妈有你姐姐姐夫照顾，你就放心，没啥问题的。"舅舅喝了一口茶，润了润嗓子接着说，"最大的孝顺是顺着老人的心意，你大你妈最大的愿望就是你们在新疆奔个好光阴，把狗蛋供着上大学。老一代人有他们自己的活法和想法，你就不要违背他们的意愿了，按老人的想法去做吧。"

"舅舅说得对，大家都明白你的想法，但咱们不要违背老人的意愿了，你就是把妈接到新疆或你搬回来，咱妈也不会高兴的。你就放心地回新疆吧，我和你姐夫会照顾好妈的。"马凤琴接着舅舅的话说道。

他妈转过头，望了他一眼，说："德胜，你舅舅和你姐说得对，孝顺就是你们把自己的日子过好，把狗蛋的学供下，让我们在亲戚和乡亲们面前有面子，别人说起马俊德的儿子时竖大拇指，这就是最大的孝顺。我和你大是吃过苦的人，苦日子过惯了，对现在的生活很满意，你就放心回去吧。"

他无语了。他知道自己再坚持下去，就会惹他妈不高兴了。现在，他只能接受现实了，只能老老实实按照家里人的意思去生活了。

刘悦萍没让马德胜待满四十天，在不断的催促下，他只好离开了。

从第一次离家远走新疆以来，这已经是第四次离开了。他觉得，离别一次比一次让他心情复杂，难以抉择。想想第一次时，他被饥饿逼迫着离开了，没有多少复杂的情绪；第二次，是回来给奶奶上坟，那一次虽然他也难过过，但觉得他大他妈还在，他只是外出讨生活，假如有一天在外面立不住脚了，还能回来，这里依旧是他的家；第三次离开时，担心他大的病，但当时他大答应他第二年会去新疆看望他们，心里还是充满着希望；这一次离开，他清楚，老人是永远去不了新疆了，他妈也不会去的，而且他怕他大突然去世他没见上最后一面的情景，还会发生在他妈的身上，那样的话，亲戚乡亲们怎么看他呢？他没办法回答自己，一滴又一滴的泪水顺着他干枯的脸颊滑落。

三十四

马兆文是以全县第三名的成绩完成了中考，被一所师范学校录取了。通知书是在一个午后送到的。当时飘着细雨，头顶的云压得很低，阴沉沉地翻着跟头，一路向东或者向东北方向奔跑。屋檐上滴滴答答落着屋檐水。

马兆文刚睡醒来，揉着慵懒的眼睛，穿好雨衣，准备赶着羊群去放。因为早上起得早，平时都会在吃过午饭后睡一会儿的。

从中考考完，马兆文就成了专门的羊把式了。虽然放羊不是很辛苦，但很孤独。茫茫戈壁滩上，只有羊群，看不见人影。偶尔见到的，也都是放羊的，大家都有任务，也不好多交流。

马兆文刚准备走出家门时，听见有人敲门。马兆文一看是邮局的人，就知道自己的录取通知书到了。他从邮递员的手里接过录取通知书时，说话的声音将德胜和马晓燕吵醒了。不识字的马德胜和马晓燕，把这张心爱的小纸片捧在手里，不知看了多少遍。这张小小的录取通知书，给这个家庭带来了莫大的喜悦，一家三口人都乐得合不拢嘴巴。

这个消息，随着午后飘洒的细雨很快传遍了村里，大家争相告知着，分享着马兆文的喜悦。

晚上老队长来了。老队长还没进门，就向德胜道喜了。德胜一边忙着倒茶，一边笑着说："老队长，狗蛋这小子可以啊，这就考上大学了啊，听说将来毕业以后要吃皇粮哩。"其实到现在，马德胜还没搞清楚什么是师范学校。但他听张老师讲了，只要能上师范学校，将来就会分配到学校当老师，这也是他一直以来的梦想，现在竟然要实现了。

马晓燕正忙着煮羊肉。听见马德胜的话，瞪了一眼："你就在老队长的面前吹牛吧，这还只是接到了录取通知书，学还没上哩，你就夸口说吃上皇粮了。"马晓燕说完，嘴角露出了一丝笑容。这是母亲看见自己的孩子取得成绩后，特有的笑容，无比阳光，无比灿烂。

"德胜说得对啊，这是有政策的。兆文这小子可以啊，给咱村子争气长脸了啊。"

"是啊，老队长。到现在，我要是眼里看不见录取通知书，都在怀疑这是不是真的哩。你想想，咱们从甘肃跑出来是为了吃饱肚子，现在不但吃饱了，还培养出了自己的大学生，这是多么大的变化啊。"马德胜说到后面时，声音已经哽咽了。

"给老家打电话了吗？这也是咱老人们期盼的，要早早地给老家的人通知到啊。"老队长喝了一口茶，捋了一下花白的胡子，提醒德胜说道。

"早就打电话了，德胜拿到录取通知书后，就骑着摩托车冒雨到县上给老家打电话去了。他呀，急得像猴爪挠心一样。"马晓燕抢着回答。

"这就对了啊,老家的亲人们也在盼着这份录取通知书哩。"

"唉,我大是看不到了啊,他要是能看到那该多好啊。"德胜的眼睛又噙满了泪水,在灯光的照耀下发出了亮晶晶的光。"老队长,你知道吗?我大为了让我们供狗蛋上学,不让我们给他们寄钱,也不让我们回老家,就是他自己病重的时候,也不让我姐给我们发电报,说是怕花钱,怕影响狗蛋的学习。现在,我妈不来新疆,嘴上说的是离不开老家,先人们埋在了老家,要守老人的坟,实际上啊,也是怕给我们添麻烦。唉,老人啊,总是在替儿女们考虑。我昨天打过去电话后,我妈半天都没说话了。一阵子后说的第一句话是'你大要是在,听到这个消息那该多好啊',后面就没声音了。我姐告诉我,我妈哭了。"这时眼泪已经冲出了德胜的眼角,顺着脸颊掉到了喝茶的杯子里,溅起了一朵小小的浪花。

"是啊,父母的心在儿女身上,儿女的心在石头上。我们这一辈子啊,最对不起的就是父母了。"老队长叹了一口气,"不过,我们把生活过好,也是老人们最希望的。"

"对啊,老人们就希望自己的娃们过上想要过的生活,不要挨饿,不要受欺负。当时我和德胜走新疆时,家里穷得揭不开锅了,但我的公公婆婆还出去借了五十块钱,非让我们拿上路上用。你说这些老人们……"马晓燕也流泪了,声音哽咽着说不出话来。

"好了,好了,再不说这些让人伤感的话了。"老队长微笑着说,"兆文考上学了,你们也不准备庆祝一下吗?"

"庆祝啥呀,还是低调一些好。"马晓燕煮的肉出锅了,盛了满满一大盘子,房间里瞬间充满了香味。

"我和晓燕商量了,不庆祝了。兆文也不想让搞庆祝,说自己只是考了一所普通的学校，没必要搞。"

"这不对啊。这么大的好事，不庆祝一下咋能行哩。你们要是没钱搞了，我来搞。我请大家吃一顿饭，让大家也高兴一下。"老队长夹了一块肉塞进嘴里。"到现在了，咱们村里啊，还是不重视教育。孩子能走动路了，就打发着去放羊，能拿动铁锨把子了，就领上去干活，没有几个真正供学生的人。咱们要利用兆文考上学的事，教育一下不供学生的家长。"

德胜笑笑说："老队长，你这是在将我们的军，逼着我们搞庆祝活动啊。"

平静了很久的小山村热闹了。入伏的太阳像个大火炉照着一碗泉，白纱一样的云彩慢悠悠飘着。家家户户屋顶上的炊烟慢腾腾打着圈儿升上天空。

马德胜从自家羊圈里拉出来了一只大羯羊。这是圈里最壮实的一只羊，足有一米高，那一双弯曲的羊角更增添了几分威武。老队长也开着拖拉机拉来了一只羊，虽没有马德胜家的羯羊大，但也差不了多少。

德胜好奇地问："老队长，你这又闹的是哪一出啊？"

老队长从拖拉机上跳下来，动作轻盈，像展翅从墙上飞下来的公鸡。人还没落地，就叫嚷着："上次我不是给你讲了吗，你们不搞了我来搞。现在啊，咱们两个合到一起搞吧。"

宰完收拾好羊后，马德胜到村委会用大喇叭向全村的男女老少发出了邀请，还安顿兆文把村里一些走不动路，没人照顾的孤寡老人，用拖拉机一个一个接来了。

下午，肉煮好了，油香炸好了，村里能来的都到了。老头老太太们拄着拐杖，媳妇们抱着吃奶的娃娃，放学的学生娃们背着书包，熙熙攘攘，兴高采烈，德胜家热闹成了一锅粥。

在大家坐停当后，老队长说话了："大家都知道了，兆文考上师范学校了，这是咱们村啊，走出去的第一个大学生。这份荣誉，不单是德胜一家子的，也是全村的。让我们热烈鼓掌，祝贺兆文考上了大学，以后就是吃皇粮的人了。"话还没有说完，掌声就雷动了。"德胜本来不想搞这次活动，怕别人说话。但我觉得呀，应该搞一下，咱们村里现在供学生的人不多啊，很多人就看见眼前的一些利益，早早把娃娃们拉下来干活，但看看，也没挣到啥钱啊。所以，我们要向德胜两口子学习，自己多吃点苦，要供娃娃上学。"

屋子里安静了下来，有人在思考，也有人不以为意地说："娃娃不是上学的料，供也是白供。"

"全村能有几个娃娃像兆文这么听话，这么聪明啊！"

"德胜是村主任，才会这么用力地供学生，我们是老百姓，自己没上过学，娃娃也不是学习的料。龙生龙，凤生凤，老鼠的儿子会打洞嘛。"

"老队长把自己的娃娃都没有教育好，还进过监狱里哩，现在又转过身来教育别人了啊。"

"这只是个师范学校，又不是什么正宗的大学，老队长自己也没搞清楚，在这里瞎胡说哩。"

……

这不和谐的一幕，让德胜心里很不愉快，但又不好发作，只好强压住火气，微笑着说："哎呀，我们做得不到的地方，请大家见谅一下啊。大家吃好喝好，吃好喝好。"

听到德胜的话后，乡亲们也觉得跑偏了话题，连忙向德胜祝贺，也有人给兆文送上祝贺的礼物。

虽然出现了短暂不愉快的场景，但都是乡亲，一会儿谈起另一个话题后，不愉快的事很快就过去了。大家开心地吃着，直到星星满天时，才打着饱嗝心满意足地回家了。

三十五

在马兆文拿到入学通知书，全村人为他庆祝的时候，远在奇台的王芳家里却发生了一件让人痛心的事。

自从上次王芳带着李强强和李燕来一碗泉感谢恩人，让李燕认马德胜和李长忠、李长善当舅舅后，几家子人相互往来亲密。想想，都是远离家乡的人，而且他们之间还有过一段刻骨铭心的经历，这生死交情怎么能不亲呢。

王芳一家子也在新疆这片广阔的土地上挖着光阴，生活慢慢好起来了，修了房子，养了牛羊。后来王芳又生了一个儿子，叫李硕，李强强就像长熟的玉米棒子——整天合不拢嘴。

时间过得飞快啊！那个曾经飞上天，后来又回到人间的小燕子，已经长大了，苗条的身材，端正秀气的五官，尤其是那双眼睛，像清晨留在草叶上的露珠，能净化人的心灵，看到她的第一眼，便能强烈地感到她身上散发出的灵性和淳朴。遗憾的是，李燕没念下书，这多多少少让人感到有点不美气。

二十世纪九十年代是我们这个大时代巨变的关键十年。那个时候，最流行的口号是"东西南北中，发财到广东"。李燕和千百个农村怀有梦想的年轻人一样，被改革的春风吹得心里痒痒的。

有一天，她也走出了家门，到广州打工去了。一个没有文化，没有多少见识的女娃，打工的日子是艰辛的、单调的，但也充满着诱惑和好奇。她渴望着，在这个繁华的城市里能发生奇迹，自己一夜暴富，或者是能遇到自己的白马王子，过上心心念念的城市人的生活，住在高楼里，穿上漂亮的衣服，坐在干干净净的办公室里上班。而且刚去的一段时间，她对这样的生活是充满信心的，这源于她姣好的容颜。只是，过了一月又一月，一年又一年，她心目中的白马王子始终没有出现，倒是一个普通的小伙子走进了她的生活。小伙子叫吴帅，也和她一样，是怀揣着暴富梦来打工的。他不富有，甚至是贫穷的；他不帅气，一米七出头的个头，黑黑瘦瘦的。两个远在异乡，老家又离得不远的同龄人，自然有很多相同的话题，很快就恋爱了，在厂子外面租了房子，像小夫妻一样住在了一起。

两个人的小屋虽然简单，但是温馨甜蜜。过了一段时间后，李燕感到身体不舒服，到医院一检查，是怀孕了。俩人束手无策，不知道该怎么办才好。李燕怕他大的暴脾气，只好把这件事隐瞒起来，不敢让家里知道。吴帅给家里打了电话。吴帅大和妈倒是乐坏了，嘱咐儿子把李燕带回家，一定要让李燕把娃生下来。

在征求李燕同意后，他们回到了吴帅家。过年的时候，李燕给他大打了电话，说过年工资高，不回去了。李燕在吴帅家待了几个月，直到剖腹生下了一个可爱的丫头，起名吴新月，一家人乐呵呵的，都拿这娃当宝贝。

小新月刚满月，忐忑不安的李燕就催着吴帅又去了南方。开春后，李强强再次打电话，让李燕回家，说是给李燕寻了一个好婆家，让她赶紧回家和男孩见面。李燕找了很多理由，推迟回家。最终，还是在他大的一再要求下，无奈地回去了。临走的时候，对吴帅说："我必须得回去了,回去后正好把咱俩的事告诉家里,你安心等着,有了消息就告诉你。"

李燕回到家后,吞吞吐吐地将自己和吴帅的事说了,家里闹了个底朝天。李强强砸了堂屋里的桌子椅子,王芳也哭天喊,寻死觅活。两个人想不明白,一向懂事的姑娘现在竟然在外面偷偷给人家生了娃,这要是传出去,脸往哪儿搁哩。李强强蹲在院子的树下,抽了半盒烟后,走进屋里对李燕说:"燕子,事已经发生了,大、妈也不再逼你。我们拉扯你也不容易,你给小伙子打个电话,让他家里拿十万彩礼,派媒人来提亲。"李强强让步了。

李燕皱皱眉头,没有敢吭声。她的心里矛盾着,她清楚吴帅家里穷得就像狗舔过的盆子,什么也没有。到了晚上,她鼓起勇气,给吴帅打了电话,告诉了他大的想法。

吴帅接到电话后,沉默了,然后悄悄挂了电话。

第二天早上,吴帅的电话来了,这个电话没给李燕带来什么好消息,而是将她带入到了更深的深渊。她的心情坏到了极点。吴帅是个实在的小伙子,他对李燕的感情是真挚的,吴帅大和妈却很精明,他们虽然经济上有困难,但是也有自己的小九九:"这孩子都生了,还要十万块彩礼?哼,这彩礼我偏就不出,你家倒贴钱也得乖乖地把闺女给送过来。"

得知吴帅的意思后,李强强火了。"你们不出这个钱,我还真的不会把自己家闺女嫁过去!"

李强强逼着李燕去见了隔壁村一个叫赵亮的男孩。赵亮的父母也是从甘肃来到奇台的,是老实巴交的庄稼人。赵亮其貌不扬,人精瘦,但家里就赵亮一个娃,家境很不错,也愿意出十万彩礼。

李燕直接拒绝了。她的心里只有吴帅，还有一个牵挂——自己的女儿吴新月。

李强强又把厨房砸了个遍，家里闹了一场。最后，李燕只得含泪同意了。

李强强怕夜长梦多，在定亲之后，就开始筹办婚礼。这时的李强强已经有了一定的家底，婚礼办得很排场。马德胜、马晓燕和李长忠、张淑芳这些当舅舅舅妈的也都到了。李燕看见她的这些舅舅舅妈时，脸上露出了久违的微笑，拉着他们的手问长问短，有说不完的话。可她的微笑背后的忧愁，谁也没有发现。

马晓燕和张淑芳给李燕梳了头，化了妆，把李燕打扮成了漂亮的新娘。

李燕含着眼泪走进了赵亮家门。新婚夜里，李燕五味杂陈，望着赵亮说："亮子啊，我对不起你们，我在广州打工时，有过男朋友，还有过孩子。"李燕掀起外衣，让赵亮看她腹部的伤疤。

赵亮愣住了。过了一会儿才说："燕子，我看你是个好女子，只要你一心和我过日子，我不嫌弃，也不会让我大我妈知道。我会用心疼你的。"

李燕看了一眼赵亮，痛苦而无奈地闭上了眼睛，两滴眼泪从紧闭的眼缝里流了出来。

赵亮一家对李燕就像亲闺女一样，什么活也不让干，衣服一换下来，赵亮就抱起来去洗了，地里的活，赵亮爷俩干了，地边都不让进。李燕大多时间就在新房里待着，闲了就会想起远方的吴帅，还有那个可爱的女儿，泪水无声地滑落在腮边……

没多久，李燕感觉身体不舒服，她隐隐约约感到自己又怀孕了。

她清楚，这孩子还是吴帅的，心里感到一阵紧张和后怕。

李燕借着赶集的机会，偷偷跑到乡卫生院做了检查，孩子已经快四个月了。回家的路上，李燕的腿像灌了铅，赵亮一家子对他的好，像电影一样在他的眼前一遍一遍闪过。

回家的路不长，李燕却走了很久，泪水也流了一路。

临进家门时，李燕擦干眼泪，调整了自己的情绪。赵亮接过李燕手里的手提袋，递过来一块沙瓤西瓜。李燕吃了两口，说了句不舒服，就进屋了。

一家子人乱了阵脚，赵亮的大和妈催促赵亮带李燕去医院，看看是不是病了。李燕走出来说，自己没事，只是累了，睡一会儿就好了。李燕一脸泪水地躺在床上，满心都是自责和愧疚，让她犯难的是她不知道下一步该怎么办。

在赵亮和他大他妈外出干活的时候，李燕又给吴帅打了电话，问了问女儿的情况。吴帅说："家里又张罗着给他说媒哩。"

李燕挂了电话，心如刀绞，眼泪又流下来了。

李燕又偷偷去了一趟医院，想把这个孩子做掉。医生说，李燕的身体太虚弱，做了可能以后再也生不了孩子了。无论李燕怎么求，医生也不敢做这个手术。

时间在李燕的烦恼里过得飞快，李燕的肚子已经隆起来了，赵亮他大他妈每天变着花样给李燕做好吃的，每个人的脸上都洋溢着开心的笑容。

只是，一家人对李燕越好，李燕心里就越是难受。她又一次给吴帅打了电话，将自己怀孕的情况告诉了他，希望吴帅说服他的父母，能还上赵亮家的十万彩礼钱，把她接走，以后和俩孩子一起生活。

吴帅清楚，自己的父母很难答应，也很难面对这样一个结果，便挂了电话。

李燕坐在窗户前，树上的绿叶在阳光的映照下斑斑驳驳，在地面上形成一幅杂乱的画面。

一个深夜，李燕把睡在沙发上的赵亮叫起来，流着眼泪说："亮子，虽然你我也有过夫妻的事，但是，我肚子里的孩子到今天已经六个月了，你应该明白，这孩子肯定不是你的。你让我走吧，我不忍心再伤害你们了。以后，我会想办法把彩礼钱还给你们的！"

赵亮还是惊呆了，以前他有过怀疑，只是他对李燕的爱太深，他大他妈也都把李燕当成宝贝疙瘩了，他怕打破这种平静，打破这份见不得太阳的温馨。赵亮咬着嘴唇，哭了，从不抽烟的他，从抽屉里翻出一包烟撕开点燃了根，辛辣的烟味里，他抽泣着。爹娘的期盼，积攒了大半辈子的十万块钱，李燕的泪水和无奈，这些都交织在他的心里……天快亮的时候，赵亮推开了卧室的门。

一个晚上，赵亮似乎苍老了好多，愈发显得黑瘦。赵亮握着李燕的手说："燕子，把孩子生下来吧，我不告诉大和妈……"

李燕紧紧抱住这个像土疙瘩一样老实的丈夫，泪水浸湿了赵亮的肩膀。

从此以后，赵亮常常发呆，坐在卧室里一支接一支地吸烟。李燕知道，赵亮心里苦，可她却一点办法也没有，慢慢地，她病倒了。

这一天，李燕起床后认真梳妆打扮了一番。对赵亮说，她想上街上转转，买身衣服。看到李燕的变化，一家子都松了口气。李燕在街上给公婆各买了一身衣服，给赵亮买了一双皮鞋，大包小包地提着回来。公公婆婆接过衣服后，激动得手都在抖，赵亮妈一边摩挲着衣服，一边擦着湿润的眼睛，嘴里埋怨着李燕乱花钱。可是，他们不知道的是，在包的最下面还藏着一瓶农药。

到了晚上，李燕心情很好，用自己怀孕的身体给了赵亮最后一次温柔，然后让赵亮去沙发上睡。赵亮已经连着熬了几个晚上了，躺下不一会儿，就传来了轻微的鼾声。

第二天，赵亮起来时，李燕走了。痛苦中她用被子压住自己，将头埋进枕头下，只留下绝望的目光正对着窗户。

窗外下雨了，和雨一起飘落的，还有李燕他大她妈的眼泪。李强强跪倒在雨水里，双手撕扯着自己的头发，像公牛一样发出了让人心碎的嘶吼。他的李燕已经听不到了，她再次飞走了。

三十六

兆文在大家羡慕的目光中，坐着班车到师范学校上学去了。他的人生将开始一个新的历程了。

他学的专业就是普师，将来到基层学校或教育机构从事教学工作，是未来的教师。

师范学校虽然不是大学，但也是人生的一个分水岭。青春岁月是人生中的黄金年华，连空气都如美酒一般醇香醉人。

时间过得真快。马兆文在师范学校已经快上完一个学年了。这时的他，一身朴素大方的着装，精神的板寸，一根一根像拔穗后的麦子，直直竖立着；身材魁梧而健壮，散发着青春的活力。

他学习用功，每门课程都排在了全班的前列。他继续保持着打篮球的习惯，每当他在篮球上潇洒地抢球、运球、投篮时，便成了女生目光的聚焦点,掌声、喊叫声响彻篮球场,甚至有些女生直接叫着他的名字为他加油,这让他在自豪和骄傲的同时,也感到了一丝难堪。

这个年龄段的孩子,恋爱现象也还是有的。有学生在第一学年就开始了,以后当然会如火如荼地展开。因为是中专师范,学校是不提倡的,还安排学生会严查早恋现象,毕竟他们大多才十五六岁。但是,这么一群优秀的少男少女聚到一起,让他们安分守己,那简直是徒劳的。花园里、操场上、附近的饭馆,一对对小青年,借着夜色的掩饰,享受着早恋带给他们的激情和喜悦。

马兆文的白月光出现在第二学年的下半学期。像他这样优秀出众的小伙子,自然是众多女学生青睐和追求的对象。体音美专业的女生则更加直接,有给他写情书的,有在路上拦住请吃饭的。他对这些都是一笑而过,因为他对爱情、对女朋友有自己的标准。他喜欢的人,不在这些向他示好的人群里。不过,他还是十分感激这些女生,所以对每一位向他示好的,不会直接拒绝,或鄙视看轻,他总会给一个合适的委婉的理由,让每一个人的脸上都能过得去。同时,追求者给予他的那一份纯真的情感,也更加激发了他的自信。他知道自己之所以能吸引这些女生的青睐,不仅是因为他高大、阳光、帅气,也因为没有文化的父母用自身的做法给他树立了榜样,做人要厚道、善良、诚实。在校期间,他也是这么做的。还有最重要的一点是,自己在学习上是佼佼者,在体育、写作方面也是佼佼者。这样的认识更加激发了他要做一名优秀学生的愿望。

俘虏马兆文心的是一个和他同级、学音乐的女生——古丽。她高挑的个头,从头到脚所有的线条都是完美的。一头乌黑柔软的头发,她总是梳着许多根又细又长的小辫子。她的皮肤,像透明的葡萄一样晶莹剔透。细长的眉毛下，闪动着一双乌黑发亮的眼睛，流露出聪颖的光芒。她平时爱穿红黄相间的长条衬衫，配上浅绿色的紧身裤，宛如一位从天而降的仙女。

尽管兆文在老师和同学眼里是一名优秀的学生，但青春期的荷尔蒙还是让他萌发了恋爱的冲动。古丽特有的气质，还有她的聪明、大方和不俗气，引起了兆文的注意。只是兆文农民家庭的出身，让他还是产生了自卑感。他不敢接近古丽，只能有意无意在远处端详着、欣赏着，也做着自己的美梦。后来一个朋友指着古丽说，她不但长得漂亮，他爸爸还是某县的副县长，属于典型的白富美。从那以后，兆文就把她当成了一件艺术品，是他买不起，收藏不了的珍贵的艺术品，只能远远欣赏着。

痛苦的是，当看到一些胆大的同学整天围在古丽身边，露出狼一样贪婪的神情时，他的心是痛的，像在滚烫的油里煎着一样难受。他是不会把这些表现出来的，每天泡在书堆里，在知识的海洋里遨游。门门考试得优，拿全额奖学金，继续潇洒地在篮球场上奔跑，如初长成的雄鹰，在天空中自由飞翔，继续写作，散文、诗歌、小说都写。不过这时候，他的文章里已经有了古丽的影子。

是金子总会发光的。兆文通过自己的努力，在学校发出了闪闪金光，而且已经吸引到了古丽。

那是一个星期六的早上，阳光明媚，柔和的微风轻柔地吹着，让人陶醉。校园里没有几个人，本市区的都回家了。住校的大多数都在睡懒觉。

兆文起床后，拿着篮球在操场上尽情奔跑、投篮。

一个漂亮的身影出现在了篮球场上，像一只美丽的蝴蝶，也像开屏的孔雀。

"马兆文——马兆文——马兆文。"她的声音像家乡泉水发出的声音，悦耳动听。

兆文转过头去，看见美丽的古丽就站在篮球场的边上，两只明亮的眼睛正望着他。

见他停下了投球，古丽便走了过来。"你能帮我个忙吗？我们系里要搞五四晚会，让我主持。可我不会写主持词，我听别人说你很能写，你能帮我写写吗？"古丽的两只手轻轻地揉搓着，似乎在掩饰着内心的不平静。"写好了，我请你吃饭。"古丽用祈求的眼神望着他，两只眼睛像明亮的电灯泡，令他不敢直视。一股少女特有的清香，让他感到眩晕和陶醉。

血像决堤的洪水冲上了兆文的头。他没想到，自己日思夜想的女生现在就在眼前，温柔地叫着自己的名字，还要自己帮助她。这幸福来得有点突然，他又惊喜又紧张，还有一丝精神上的压迫。他赶紧平复了情绪，然后装成很自然的样子。"好的，好的！只是我水平有限，怕写的稿子不能让你不满意。"兆文的两只眼睛躲闪着，不敢正眼看古丽，声音因为紧张变得嘶哑而颤抖。"至于吃饭嘛，就算了，小事，不值得感谢。"

"那好，你吃完早饭到我们教室来。我和你一起写。"古丽像一只快乐的百灵鸟轻盈地飞走了，身后留下了兆文一双痴情的眼睛，还有一颗剧烈跳动的心。

兆文匆匆吃了早饭，换了一身新衣服，洗了头发，认真梳理了发型后满意地向古丽的教室里走去，心好像要从嘴里跳出来了。

古丽已经在教室里等着，见他过来了，连忙让座，却不小心撞上了对面的桌子，桌子上的一摞子书全掉在了地上，发出了刺耳的声音。古丽望着他笑了笑，连忙跑过去捡书。

他们用了一个上午的时间写好了主持词。古丽读了几遍，满意地笑了，然后对兆文说："晚上一起吃饭啊。"

兆文多么渴望和古丽一起吃饭，哪怕是一碗牛肉面，或者一份炒面、拌面，但内心的自卑还是让他违心地说："不用了，小事，不值得答谢。"然后便匆忙离开了古丽，往宿舍走去。身后传来了古丽的声音，只是他没听清楚一句话，但他能猜到，无非是再次感谢，或是要请他吃饭。

睡过午觉后，兆文和同学们相约去图书馆看书。兆文从小养成了读书的习惯，进入师范后，又养成了每天看报的习惯。一旦进到图书馆里，他便会全身心地沉浸在书的海洋里，灵魂开始在一个大世界中游荡，他可以用比较广阔的视野看待自己和周边的事，对生活增加了一些审视的能力，并且能从各种角度来观察某些情况和现象了。当然，从表面上看，他和以前没有什么不同，但实际上他已经不是原来的他了，他在竭尽全力挣脱和超越他出身的阶层。

兆文从报架上把《人民日报》《光明日报》《中国青年报》《参考消息》取了一堆，然后坐在椅子上看了起来。周末的图书馆，人不多，宽敞的房间里只能听到哗啦哗啦的翻书声。

在热闹的校园里，这平静的一隅，显得难能可贵。

他先把各种报纸翻着浏览了一遍，然后找了一篇长一点的文章过瘾。他身子蜷曲在长椅子里，看起了外交部部长在联合国国际会议上的发言。

他把几种大报的重要内容看完以后，浑身感到一种十分熨帖舒服的疲倦。当他准备站起来伸伸懒腰，继续读一会儿的时候，却发现古丽站在他的身边，用会说话的大眼睛望着他微笑，然后说："马先生，请吧。"

古丽优雅霸气的动作惊动了周围的学生，大家好奇地望着他们，有羡慕的，有妒忌的，还有一个调皮捣蛋的竟然轻声打了一声口哨。

马兆文的脸瞬间变成了秋天的红苹果。为了不引起更大的动静，他只好乖乖跟着古丽走出了图书馆。

走出图书馆门后，古丽娇嗔地抱怨道："我不是说了吗，请你吃晚饭，你怎么躲藏到图书馆了啊，让我好找，我有那么可怕吗？"说完瞪了他一眼。这一眼虽有不满的情绪，但更多的是让人陶醉的柔情，马兆文心跳加快，脸上渗出了密密的汗珠子，像个做错事的孩子，抠抠头，解释道："就帮了那么一点忙，值得请客吗？你的心意我领了，吃饭就不去了。"

"不行，我说了就要做到。你可不能因为你的自私，让我做个言而无信的人啊。我已经定好地方了，你要是没有什么事，咱们现在就走。"古丽霸气地说。

马兆文被古丽的气势压住了，往日威风的他，现在却毫无招架之力。"没事了，没事了。"

出了校门，古丽打了辆出租车，带兆文来到了一家西餐厅。兆文是第一次进入这么高档的餐厅，好奇地望来望去：豪华的装修，柔和的灯光，优美的钢琴曲，穿着讲究的服务员，一切都像电影里演的，是那么高雅美好。

古丽显然是老顾客，和老板热情地打了招呼，坐在了一个靠窗户的条桌旁，温柔地望着兆文说："这是我表姐开的，你随便点，随便吃，我表姐是不会要钱的。"说完调皮地一笑，露出了两颗可爱的虎牙。此时的古丽，已经变成了一只小绵羊，温柔，可爱，还略带羞涩，两只眼睛如一碗泉的泉水般清澈。

兆文已经慢慢适应了环境，望着正在点菜的古丽说："少点点，别浪费了。"其实他清楚，古丽是不会听自己的建议的，但为了打破尴尬的局面，他还是习惯性地说了一句。

古丽给两人倒了柠檬水，然后拿起杯子说："你的文采很好，谢谢你的帮助！干杯！"

兆文赶紧也拿起杯子和古丽碰杯，水晶玻璃杯发出清脆的碰撞声。

这时候，牛排上来了。兆文不知道该怎么动手，尴尬地望着古丽。

"你是第一次吃西餐吧？"古丽微笑着问。

兆文不好意思地点了点头。俊美的脸，再次成了秋后熟透的红苹果。

"来，我教你，其实很简单的。左手拿叉，右手拿刀，然后跟我学。"古丽说着拿起刀叉给他做示范，一边示范，一边给他讲吃西餐的要领，也讲了中西餐的差别。

兆文认真听着，偶尔点点头，像个小学生。

这顿饭吃得既紧张又幸福。兆文渐渐放松了，他那夸夸其谈的口才逐渐占了上风。古丽倒像个学生了，认真听着他的高谈阔论。

他们谈学习，谈人生，谈家人，也谈未来，场面十分热烈，一度影响到了周围人的用餐。

吃完饭后，古丽的表姐开着车送他俩回学校了。

让兆文没想到的是，古丽到图书馆叫他，然后两个人打车去吃饭的消息，已经成了学校的大新闻，迅速传遍了校园。当兆文走进宿舍时，舍友们全围了上来，像一群麻雀，叽叽喳喳地问这问那。

"兆文，古丽真请你吃饭了啊？"

"兆文，你牛啊，校花请你吃饭。你不知道有多少帅哥请她吃饭，都失败了。"

"兆文，你可给咱们宿舍长面子了。"

"兆文，下次她请你吃饭了，把我也带上啊，我还没吃过西餐呢。"

……

晚上，兆文失眠了。今天发生的一幕幕像演电影一样在他的眼前闪过。古丽甜美的笑容，自带的体香，教他吃牛排的样子……一切都是那么美好，让他怀疑真实性。一股暖流在胸腔里汹涌澎湃，让他感到天旋地转。

也有很多问题撞击着他的大脑，让他开始胡思乱想。古丽今天请吃饭只是为了感谢替她写主持词吗？那她的眼神为什么那么温柔呢？自己要不要也要回请一下她呢？要礼尚往来啊。古丽今后还会来找我帮忙吗？可能会，接下来学校肯定还要搞活动，主持人肯定有古丽，她肯定还会来找自己写主持词，也可能不会了，要是会，那她为什么非要请客。请客，就是为了把所欠的人情还了，两不欠。古丽会嫌弃自己出生在农村吗？可能会的，这是自古就存在的，况且他的爸爸还是副县长；可能不会，历史上就有很多穷小子娶达官贵人女儿的例子。问题一个又一个，兆文试图自己解答，但又一次次否定了自己给出的答案。他烦恼着，痛苦着，当然最让他痛苦的是，他不知道古丽对他的是爱情，还是校友间的友谊。他是没有胆量向古丽求证答案的，只能自己默默忍受着痛苦。

让他没有想到的是，因为古丽请他吃饭，很快就给他带来了麻烦。一天晚上，他在图书馆里看书时，体育班的李明来找他，说有朋友请他去说件事。

他没想那么多，便跟了出去，来到学校后面的树林子里。这里离学校比较远，路灯照不到，是同学们谈恋爱的好地方，经常有小情侣们出入，表达着他们朦胧而美好的情感。

体育班六七个壮如牛犊子的小伙子一字排开站在一棵大树下，满脸的杀气。

兆文和他们都熟悉，但现在他猜不透他们找他要干什么。从他们脸上的表情来看，兆文立刻意识到，这些人有意和他过不去，但他又想不起来自己什么时候把这些人得罪了。他平时对同学都很和气，和谁也没吵闹过啊。

他现在已经顾不得想这些了——因为他看见自己的危险处境迫在眉睫。

一个叫王涛的恶狠狠地对他讲："知道我们为什么叫你来吗？"六七个小伙子把他围了起来，可能是担心他会跑掉。

"不知道，我没有得罪你们啊。"他的话还没说完，王涛的拳头已经抡到了他的脸上。他立刻感到鼻子和嘴里热乎乎的，他知道出血了。

紧接着，这群人一齐上来七手八脚把他踩在了地上。他只感到浑身到处都火辣辣地疼，倒在地上爬不起来了……

过了一会儿，王涛恶狠狠地对他说："以后离古丽远点，她不是你的菜。"

这时他才想起来，这群家伙就是围在古丽身边的绿头苍蝇。兆文忍着疼痛笑了笑，问道："我可以走了吗？"

"滚，我想你知道今后该怎么做了。"王涛眼冒绿光，恶狠狠地说。

兆文拖着疼痛的身子来到洗手间，把脸上的血迹洗干净就回宿舍了。他对这次无缘无故的挨打，感到有些不理解，而且觉得好笑。他蔑视他们，在心底里骂道："这算什么男人，爱情是能通过拳头赢得的吗？门儿都没有。"

第二天，兆文按时起床，按时上课，就当什么也没发生。

当别人问他脸上怎么发青了时，他笑笑说："路黑，不小心撞到树上了。"

晚上，他依旧来到了图书馆。大约九点，远处传来了一阵嘈杂声，就是昨天他挨打的那个地方。他没有去猜想那里发生了什么，仍然安心地读他的书，只是昨天挨打的地方隐隐疼痛。

晚自习后，他径直回到了宿舍。张鹏递给他一瓶红花油。"这是古丽给你的。"张鹏的脸上露出了羡慕的神色，"昨天晚上，古丽叫来她的表哥把李明他们打了一顿。古丽的表哥是玩黑道的，在社会上狠得很。李明、王涛这些体育系的人啊，平时在校园里看起来很豪横，但在古丽表哥面前，那就是小巫见大巫，一点脾气都没有。打得好，这些家伙，就得厉害人收拾，看他们以后还耀武扬威！"

兆文听后纳闷了，古丽是怎么知道自己被打的呢？自己没告诉任何人啊！兆文表面上装作很平静，内心里却又掀起了波澜："亲爱的古丽啊，你为什么要这么做呢，挨一顿打算什么呀，一会儿就不疼了。你找人打了他们，千万别给你自己找麻烦了啊。"

好在即将放暑假了，兆文每天把精力全部用在了复习功课上。其间，他见过古丽几次，虽然学习任务重了，但古丽依旧光艳美丽，眼神也依旧那么温柔含情，让他的心怦怦跳个不停。

他们彼此之间，都没有提起过打架的事。

放假了，热闹了一个学期的校园瞬间安静了下来。学子们拎着大包小包回家去了。

兆文虽然被不明朗的爱情折磨着，但依旧考得很好。他还没有请古丽吃过饭，被打后，他觉得他和古丽之间的感情越来越复杂了。当他离开学校时，刻意到古丽的教室去转了一圈，想着起码说声再见，可他没见到古丽。听古丽的同学说，古丽的爸爸已经接她回家了。他感到了一阵失落，像丢了魂一样，离开了学校。

三十七

回到家后，兆文又变成了一个农民。穿着和他大他妈一样的衣服，或放羊，或到地里去浇水、收割。这个假期，他明显地有了心事。古丽的身影占满了他的大脑，那一连串的问题依旧困扰着他。有时候，他开心快乐，他有牵挂的人了，感觉古丽就像影子一样围绕在自己的身边，陪伴着自己，偶尔好像还能听到她的说话声音，他不再孤单。有时候，他也痛苦焦躁，怨恨自己为什么要出生在这么个穷地方呢，要是自己和古丽出身一样，那他就会有更多的勇气去追求自己的爱情，自己的幸福了。有时候，他还会把这种不满发泄到父母身上。

马德胜两口子为儿子骄傲着，儿子的成功给他们带来了前所未有的快乐，也带来了不理解。书上讲读书能使人明理，但兆文这个假期怎么像变了一个人呢，说话做事与以往有了明显的不一样。

从他俩再次备孕失败后，儿子成了他俩的命根子，尤其马晓燕，把好吃的都给儿子留着，说儿子在外面吃不好，缺营养。

德胜不支持马晓燕的做法，但又怕惹她生气，就一直顺着她，任由她按照自己的性子去做。他是睁一只眼闭一只眼。

今天，她又做了大盘鸡，在吃饭的过程中，马兆文一本正经地说：

"大，我问个问题，你别生气啊。外面有那么多的好地方，你们咋选了一碗泉这么个鸟不拉屎的地方啊，除了面积大、空旷外，再啥也没有。我的同学们一听说咱这地方，都翻白眼，吐舌头哩。"

这些话就像是拿放羊的皮鞭在德胜的身上狠狠抽了几鞭子，他的心感到一阵痛。他停止了吃饭，望着儿子，一时不知道该怎么回答了。想起当年刚来时，他是认真查看和了解了以后才落脚的，现在儿子却说这地方不好，他心里冒起了一股火。"我看你娃没念上几天书，现在却看不起家乡了，再过几年啊，可能你连你大你妈都看不起了，嫌我俩没有文化、泥腿子，给你丢脸。是不是啊？"

马兆文看马德胜生气了，连连解释说："大，我没有那意思，我就是说新疆那么大，你们咋不找个条件好点的地方啊。"

"一碗泉不好吗？"德胜生气地质问，两只眼睛里充满了怒气，"娃，我告诉你，这个地方是一块风水宝地，连林则徐都到过这里，还留下墨宝哩。"

马德胜把当初李宝的老丈人张文给他说的话全部讲给了兆文。"我看你娃读了几天书，不知道天高地厚了。你记着，你是喝一碗泉的水，吃一碗泉地里长出来的庄稼长大的，这里永远是你的故乡。儿不嫌母丑，狗不嫌家贫，你娃娃不要太骚情了，人骚情了会倒霉的。"马德胜越说越生气，声音越来越大。

兆文被吓住了，一句话也不敢说，站在那里一动也不敢动，小心地接受着他大的斥责。

马晓燕见父子俩杠上了，瞪了马德胜一眼。"大盘鸡都挡不住你俩的嘴啊！老马同志，儿子问问也没错啊，你干吗要生这么大的气呢？"

马晓燕始终偏护着狗蛋，很少帮德胜说话。这让马德胜更生气了，索性放下碗筷走了出去，来到泉上。刚刚升起的月亮爬过东边的山头，给大地蒙上了一层银白色的光芒。泉水在月光的映照下闪闪发光，变成了一条银白色的带子。

德胜最喜欢这眼泉，很多时候他觉得泉水已经流进了他的血管里，有时他还能听见泉水在血管里流淌时发出的声音，就像一首动听的花儿。他不开心的时候，就会到泉上来，坐在泉边上听听水声，也给泉水说说自己的苦恼，顿时就觉得轻松了，烦恼也放下了。他知道自己已经是地地道道的一碗泉的人了，吃饭、说话、走路，都有一碗泉的样子。但他也时常感到孤单，毕竟父母不在这里，他需要一个倾诉对象。有些话，可以和媳妇聊，有些话，是不能和她聊的。这个时候，他想要是父母在就好了，他可以向他们诉诉苦，即便父母们帮不了什么，也会减轻他的压力。但他们是不会来了，现在他只好把想和父母聊的话，说给泉水听了。

天已经彻底黑了，远处村子里亮起了模糊的灯光。村子东边，不知谁家婆姨正拖长声音呼叫孩子回家睡觉。

一碗泉的泉水声叮咚，吟唱着那支永不疲倦的花儿……

马晓燕的喊叫声打断了他思绪，心里的不愉快也好像过去了，他起身拍拍屁股上的土往回走了。村子里大部分人已经入睡了。他走进家门，看到儿子和马晓燕都在等他。

儿子见他进来了，连声说对不起。

马晓燕也轻声地说："你和儿子怄啥气啊，他毕竟还是个娃娃。儿子都给你认错了，你就消消气吧，赶紧睡觉。"

看着儿子低着头诚恳的态度，德胜的气全部消了，直接进屋睡觉去了。

三十八

新的一学期，在兆文的期盼里来到了。他收拾好行李，提前一天到了学校。

一个秋季的忙碌和锻炼，使兆文更加壮实了，他最看重的那张脸，也被太阳晒得黝黑。这让他有点担心，怕古丽会嫌弃他。

让兆文没想到的是，他想了一路可能出现的场景，并没有出现。比如，他进入校园，见到的第一个人是古丽，他们会热情地握手，甚至是拥抱，他们的举动会再次轰动校园。再比如，他会鼓起勇气请古丽吃饭，理由他都想好了，回请。中国人讲究礼尚往来。他渴望古丽再给他讲餐饮文化，讲假期里对他的思念。

而他听到的，却是一个让他痛不欲生的消息：古丽，不在了。他哥哥开车送她来上学的路上，出了车祸。

兆文到校的第二天早上，细细密密的秋雨将整个校园笼罩在了一片水雾中。校园里很少有人活动，下雨天，大多数人喜欢窝在宿舍里，还有部分同学没有返校。其实大部分学生还是喜欢待在家里吃父母做的饭菜。只有几个外出买早餐的学生，打着雨伞急匆匆地往外走，或回宿舍。

他们宿舍外出买早餐的张鹏飞跑着进来，拉着兆文的手说："兆文，古丽不在了，出车祸了。"

张鹏是刚去买早餐时，听古丽的同学讲的，古丽的哥哥开着车去超一辆车时，对面驶来了一辆大货车。场面很惨烈，小轿车几乎报废了，古丽和他哥哥当场就不在了。

张鹏气喘吁吁的，因为着急，说话时前言不搭后语。但兆文还是听明白了,他的古丽飞走了,再也回不来了。

他的脑袋里突然响起了一声惊雷,他不知所措,本能地把右手的四根指头塞进嘴巴,用牙齿狠狠咬着,脸可怕地抽搐成一种怪模样。他跳下床向雨中奔去。他疯狂地冲出校园,向学校后面的那片树林跑去,任凭雨水在头上脸上身上漫流,两条腿一直狂奔,一直到精疲力竭,倒在了树林旁的一条水渠里。

马兆文扶着一棵大树绝望地呻吟着。他感叹生活为什么对他这么残忍。他的爱情还没有生根、发芽、开花、结果,就这么匆忙地结束了,就像天空的彩虹,很美丽,但转眼间就不见了。

"问君能有几多愁,恰似一江春水向东流。"这不朽词句,正能形容兆文此刻的心情。

雨在头顶上哗哗飘洒,漫天的黑色云朵如潮水向东涌去。

不知过了多久,兆文满身泥浆地返回宿舍,宿舍的人看他这副样子,都吓住了,谁也没敢问他什么。

兆文换了身衣服,便倒在床铺上,两眼呆呆地望着屋顶。他无法相信,一个花儿一样的姑娘就这么飞了,太匆忙了,他还没来得及请她吃饭……

兆文陷入了悲痛里,他不洗脸,不刷牙,除了上课之外,把全部时间用在了看课外书上。只有知识的海洋才能稀释和冲淡他的痛苦,也只有知识,才能让他尽快从痛苦里解脱出来。

这天吃过晚饭后,他又早早地来到了图书馆,坐在最里面一个无人打扰的地方,全身心沉浸在了知识的海洋里。

张鹏走到他的身边说:"兆文,有一个大美女在找你。"

他吃惊地问:"是谁啊?"

"我不认识，反正不是咱们学校的，很漂亮的。"张鹏说完，往外走了。

兆文将书和报纸放回原处，跟着走了出来。

天已经黑了，秋风轻轻吹着，校园里安安静静的，路灯陆陆续续亮起来了。

明亮的灯光下站着一位身材高挑、打扮时尚的女士。兆文走近一看，是古丽的表姐。

"你还记得我吗？我是古丽的表姐马瑞。我有些事想对你说，到我的餐厅去，可以吗？"马瑞的声音像播音员的一样好听。

马兆文坐上马瑞的车，来到了马瑞的西餐厅。一样绚丽的灯光，一样优美的音乐，只是再也看不见古丽的身影了，眼泪忍不住顺着他的脸颊滑落下来。

马瑞给他倒了一杯柠檬水。"今天叫你来，是有一样东西要给你。"说着从旁边拿出了一套运动服。"这是古丽前段时间买的，说是开学要送给你的。是我陪她买的，买好后就放到了我的餐厅里了。没想到，她却走了。多么优秀的姑娘啊！"说着眼泪像断了线的珠子滚落下来了。

兆文也默默地落着泪，只是在马瑞面前，他控制着自己的情绪，不想让自己太失态。

马瑞喝了一口水，平复了一下情绪。"冒昧地问你一句：你喜欢过古丽吗？这也算是我代古丽问你的。"

兆文狠狠地点了点头，说："从我第一眼看到她，就喜欢上她了，只是因为我出生在农村，我怕配不上她，所以一直把自己的感情藏在心底。"

"噢，知道了。追求古丽的小伙子很多，但我看她只对你动了心，经常在我面前说你多优秀多优秀。其实古丽早就知道你是农村的,她这个人不会太计较出身的。唉,也说明你俩是有缘无分啊。"说着,好像记起了什么,转身进到了办公室。过了一会儿又出来了,手里拿着一张纸,粉红色的。

"这是我在收拾古丽的床时发现的,是写给你的,她现在人不在了,就交给你,你保存着,当个念想吧。"马瑞说着把那张纸递给了他,"古丽整个假期基本上都在我这儿帮忙。说实在的,我是不支持她这么早谈恋爱,还不到十八岁。但是我要感谢你,你曾给过她爱情的遐想,让她尝到了思念一个人的滋味。她是在对爱情的幻想里离开这个世界的,即便她还不知道你喜欢她。"

马瑞还跟他聊了很多……

兆文是在学校快关大门时,才回到宿舍的。他急不可待地拿出了那个粉红色的纸张,正反两面密密麻麻写满了娟秀的字。正面写着:

我怎么又开始想他了啊?这想念像甘甜的美酒一样,令人沉醉。那个家伙会想我吗?我想他会的,他的眼神告诉过我。眼神,可不能欺骗我啊!不然,我这么个优秀的姑娘不就成了单相思吗?唉,我不管了,爱情已经在我的脑海里发芽了。我为那个傻瓜感到骄傲,他是那么优秀,那么勤奋,在他面前我觉得自己好渺小,还有点自卑,这是我的性格吗?我这是怎么了啊?

我知道他是农村的孩子,可能他也会感到自卑。但出身能说明什么呢?我愿意为他做任何事。

兆文的视线被泪水模糊了。他又翻过第二面。

马上开学了,我有点等不及了。我希望明天就开学,我拿着给他买的运动衣去见他。然后让他当着我的面穿上,再在篮球场上潇洒地来一段表演,那时的他将会是多么潇洒和帅气啊!我会站在边上为他鼓掌,为他喝彩,那时的校园一定会很美丽:蔚蓝的天空,洁白的云朵,和暖的微风,优美的琴声。啊,我陶醉了吗?

只是开学还那么久远,让我煎熬得睡不着觉,神经有些混乱,我看什么都是他,月亮是他,星星是他,微风是他,路旁的树是他,啊,什么都像他。我这是怎么了啊!我现在只求早点开学,最好是明天,我要第一个赶到校园里,等他归来。

泪水已经像断了线的珠子,一颗一颗掉在粉红色的纸张上,绘成了一朵朵的玫瑰花,发出了微微的光亮。他的心跳得厉害,眼睛已经模糊了,他看见古丽站在他的身边,俯在他耳边,一字一字地跟他说着话……

四季交替,时间飞梭。毕业的时间马上到了,同学们都忙着收拾行李,忙着照毕业照,忙着与同学们道别,也有个别小情侣因为要分离,哭得稀里哗啦的。

对马兆文来讲,三年的时间是漫长的,又是短暂的。他在这里有过欢乐和愉快,懂得了很多事,结交了朋友,获得了友情,开阔了眼界,抛弃了许多狭隘的偏见,一切都好像才刚刚开始,可马上就要结束了。

他更为高兴的是,他已经跨过了十八岁。这就是说,他已经成了大人,即将走上讲台去做一名人民教师了,有了强烈的独立意识。以前,他总觉得自己是个娃娃,得依靠父母。现在,他可以拿挣到的工资孝顺父母了,这是多么让人高兴和激动的事啊。他的另外一个成熟的标志,就是对大人的行为有了批判的意识。以前他大说的话和做的事,他都认为是对的。可现在就不见得了。不过这种批判性的意见他只放在心里而不会表现在嘴上,更不会表现在行动上。总之,他有了自己的生活观——尽管这一切刚刚才开始。

这天晚上,兆文又梦见了古丽。她一个人孤苦伶仃地站在一个山梁上,穿着一件破破烂烂的衣服,头发乱糟糟的,用哀怨的眼神望着他,轻轻地说:"你马上就要毕业回家了,你会不会很快就把我忘了啊,你这个负心人……"他被惊醒了。他呆呆地坐着,望着窗外的圆月和忽闪忽闪的星星,再也没有了睡意,大脑开始一遍又一遍地回放着古丽的身影。

第二天早上,他向班主任请了一天假。他要去看望古丽。

古丽的坟堆已经干巴巴的,快和周围的坟堆变得一样了,只是上面依旧还生长着两棵马兰花,正迎风摇曳着,好像是在迎接他的到来。

他认真地清理了坟上的杂草,给马兰花浇了水,然后和古丽说了一上午的话。他觉得古丽就坐在他的对面,他们彼此对望,彼此欣赏,表达着无尽的相思。

一阵冷风吹醒了他,太阳已经偏西了,他的肚子也开始咕咕叫了,他知道,自己该走了。

临走时,他找到守墓人,掏出身上仅有的二百元钱给了守墓人。他希望古丽的坟头上,一直会盛开着两朵马兰花。以前是马瑞在做,现在他要接过这项任务，而且一直做下去。

其实，这是他第二次去看古丽了。

第一次是在古丽去世四十天后。那天是周末，他泡在图书馆里看书。自从古丽走后，他基本上是在书的海洋里打发每一天的时间。

马瑞又来找他了。"我这几天晚上老是梦见古丽，我想去她的坟上看看。你有时间一起去吗？"

兆文很感激马瑞，这时候了还能记起他，想到他。去看古丽是他早就有的想法，只是不知道怎么办。现在，马瑞正好帮他实现了，便爽快答应了。

兆文站在古丽的坟堆前。坟上已经长出了一些杂草，还有两棵马兰花，正在迎着太阳静悄悄地盛开着。

之前活蹦乱跳的古丽，现在不见了。他无法接受这个现实，眼里已经腾起了一层泪雾，凝成水珠，扑簌簌往下掉，摔碎在脚面上，过一会儿，又有一些水珠滚落而下。

他小心翼翼地给马兰花浇了水，风中的马兰花坚强而美丽。

马瑞说："马兰花是她上次来时种的，古丽喜欢马兰花。她还安顿守墓的老人经常来给马兰花浇水。"

兆文点点头，说："你看我多可怜，我连古丽喜欢啥都不知道啊。"

"这不怪你，是你俩缘分太浅。"马瑞也是泪眼汪汪，望着他，然后带着一份埋怨的语调说，"唉，你啊，胆子太小了。你应该大胆地追求自己的幸福。那时候，哪怕你给她一句肯定的话，也好啊，不至于她躺在地下还要纠结，你喜不喜欢她呢。"

"是的，是的，我懦弱，我懦弱。"他自责着，愧疚着。

他举目四望，发现古丽安睡的地方竟然这么荒凉，到处都是单调的黄色，没有树木，没有花草，也没有鸟儿的歌声，只有从山顶上吹过的风，唱着呜咽的歌从他们身旁刮过。亲爱的人啊，你一个人睡在这荒凉的戈壁滩上，孤单吗？害怕吗？你知道我有多么想你吗？

下午回来的路上，马瑞又给他讲了很多古丽的事。他觉得，这些了解，虽然晚了点，但也很重要。

这天夜里，他梦到了古丽，她依旧那么漂亮。一张脸迎着他笑，好像要给他说什么，奇怪的是不等他走近，她的脸一闪，闪远了，模糊了。他慌忙追上去，哪里有古丽的脸呢，只有两朵马兰花开在那里。他呆住了，望着花儿，这时候一阵风轻轻一吹，花儿就随风走了，越走越远，一直到消失在天空里。

三十九

在马德胜带着乡亲们加快发展的时候，马兆文师范毕业了。此时的马兆文已经成了大小伙子了，个头比德胜还要高出一截，白净的脸蛋上透着红润，身材笔直挺拔，浑身上下透着一股知识青年的干练。

他被分配到了一碗泉小学。这时候，姚时臣校长已经退休了，史新生已经转成正式老师，并当上了校长。还有一个女教师叫甘红梅，是隔壁村甘家的闺女，前年师范毕业。

这个穷苦人家的孩子，茁壮成长为一名人民教师了，他将以新的身份和姿态生活在这片土地上，过上和他父母不一样的生活。

看着儿子每天穿着干干净净的衣服，夹着公文包到学校去上班，马德胜内心乐开了花。见了谁都会热情地问声好。他有了一个新打算，要给儿子买一辆摩托车。现在村子里大多数人都买了摩托车，走起路来一股烟。儿子当了老师了，各方面都要体面一些，而且摩托车要买好一点的，总不能落在村子人的后面吧。

这天晚上吃过晚饭后，他把兆文叫住说了自己的想法。兆文自然高兴，马晓燕也早有此想法。第二天，兆文骑着崭新的摩托车进了村子，引起很多人的围观。

马兆文经过一段时间的适应和努力后，很快成了全县教师队伍里的佼佼者。他的各种才能很快在这块天地里施展开了，也在《昌吉日报》和《新疆日报》上发表了多篇文章。县教育局举办的讲课比赛，他都会参加，而且每次都会得奖。县上教育系统举办的篮球比赛，他一直是主力，一身天蓝色运动衣，两臂和裤缝上两道白杠格外显眼。他的篮球技术是一流的，比赛场上常常赢得一阵又一阵的喝彩声。他又是一个标致帅气的小伙子，更使他具有吸引力了。

不久，教师队伍里便有人纷纷打问一碗泉学校的那个全面手老师叫什么名字，什么出身，多大年纪，哪里人……有些陌生的年轻女老师也在千方百计接近他。

但马兆文对这些视而不见，因为古丽装满了他的心，别人是挤不进来的。

马兆文的优秀，也引起了时任乡党委书记董福的注意。董福是张德彪书记的接任者，以前在县政府办公室当主任，做事比较细腻严谨，和张书记完全不一样。

这天，马德胜和马晓燕下地浇水回来，看见副乡长张贵斌站在他家门口。

德胜连忙放下手里的铁锹，将张副乡长让进屋里，安顿马晓燕赶紧烧水做饭。

张贵斌连忙拦住说:"不用了,我今天是受董书记的委托来和你商量一件事。董书记看上你儿子马兆文了,想调去乡政府当秘书。今天啊,董书记打发我来问问你们,看你们同意不同意。"

德胜和马晓燕一时不知道该说什么,就像狮子逮住了一头水牛,不知道从哪里下口。气氛瞬间凝固了,一分钟,两分钟……

还是马晓燕的反应快。"感谢董书记对我家马兆文的高看,我们家没意见,听领导的安排。"马晓燕虽然紧张,却说出了一连串很官方的话。

德胜也回过神了,随声附和着说:"对,对,我们服从董书记的安排,全力支持配合。"

在得到他们的同意后,张贵斌就走了,没有留下吃饭。

这次会面和谈话时间很短,只有几分钟,却给马德胜和马晓燕带来了空前的兴奋和激动,甚至超过了兆文拿到通知书的时候。假如说,儿子的出生,让他们有了安心在一碗泉生活的想法的话,那么现在儿子即将到乡政府上班,属于乡政府的干部了,他们觉得今后的生活将更加有尊严了,他们会骄傲地生活在这片土地上。

晚上,德胜失眠了。他躺在床上细细回味着这突然的幸福。"太突然了,太突然了。"他在唠叨着。他也为儿子骄傲着,他觉得自己当初供儿子上学是多么明智的做法,儿子毕业短短两年就要到乡政府上班了,以后指不定还会当大官哩。他越想越美气,突然萌发了想找个人说说话的冲动,但又不知道该找谁,找到后说些什么。他坚信,儿子到乡政府上班的事会马上传遍全村,又会成为一碗泉的爆炸性新闻。

这一夜,他忘记了一天的劳累,想了很多,想到了已经去世的他大,他能感受得到这些吗？他听到兆文当干部后，会是怎样一种心情呢？全村人听到后，又会是怎样一种表情呢？这时他想起了一件事。有一天他放羊回来，收音机里正在播放《白鹿原》，他听了一段，说鹿子霖的老太爷谢世时留下遗嘱，家里中秀才到他坟头放一串草炮，中了举人放雷子炮，中了进士放三声铳子。那兆文现在算是什么？要不要也放几串鞭炮呢？在天快亮时他才迷迷糊糊睡着了，还做了一个梦，他和马晓燕在他大坟前连放了三声铳子，那声音震耳欲聋，响彻整个村子。

四十

时间过得真快！雨落下，雪飞扬，熟悉的雁群向南去又往北来。母羊开始产羔，过不了多久，又要脱毛了。马兆文已经在乡政府干满三年了。他更加成熟稳重了。他的公文写作水平也和年龄一样，逐年提升，成了乡上的笔杆子。他还坚持着读书、写作、写调研报告的习惯。前几天，他结合牧民搬迁，在深入调查的基础上，写了一篇调研报告《走出大山天地广》发表了。因为他对牧民搬迁有很多新的思路、新的想法，引起了县领导的重视，还在县委扩大会议上组织学习了这篇调研报告。

这一篇调研报告，让他一夜成名，可以说把马兆文的秘书地位提了很高一截，他在县上的秘书队伍里，已经处在拔尖的地位了。

他的出名，却给董书记带来了颇烦。

这天吃完晚饭后，马兆文准备到河坝边转转，透透气，放松一下疲惫的身体。这也是他多年来养成的习惯。山区的风是柔和的，空气是清新的，很能治愈工作带来的烦恼。

当他走出大门时，碰见了刚从县上开完会的董书记。"书记，您咋才回来啊？还没吃饭吧？您可要注意身体啊！我刚吃过饭，出去转转。您要是有啥事叫我啊。"马兆文已经是一个很成熟的机关干部，说话做事都很到位，但也会让人觉得他有点油，找不到他大他妈身上的质朴善良了。

董书记四十五六岁，中等个头，脸色黝黑，一身干净的中山装，给人一种干练的感觉。在马兆文的眼里，董书记是他的恩人，当年要不是董书记选调他到乡政府，他可能还是一名和孩子打交道的孩子王。虽然教师工作一直是他喜欢的，但对他这样一个对生活、对工作充满幻想的年轻人来讲，还是喜欢到乡政府这样有挑战有梦想的地方工作。所以，他对董书记始终怀有一种感激之情。他经常告诉自己，一定要记住董书记的恩情，一定要做好分内工作。

"你小子可以嘛，你的调研报告在县委扩大会议上都学习了，很不错啊！"董书记微笑着说。

"是吗，书记？"马兆文害羞地低下了头，好像不是受到了表扬，反倒是挨了一顿劈头盖脸的批评一样。

"我看你小伙子的好事快要来了，咱白杨河乡啊，小得很，已经盛不下你了。"董书记的眼里流露出了复杂的神色。这个年轻人是他发现并调到乡政府的，而且在三年的相处中，他们之间建立了一种默契，马兆文总能很好地揣摩出他的意图，总会按照他的意愿写出让他满意的材料来，这让他省了很多事。说实在的，他已经喜欢上这个小伙子了，他也在盘算着推荐他去上个中青班，再找组织部汇报一下，想办法给提拔一下，当个副乡长或副书记。对吃过苦、能干的小伙子，总要给安排个好的归宿吧，这是他老董一贯的做法。他当年也是这么被自己的领导培养出来的。但现在，这一切都被打乱了。兆文马上要调走了，他怎么能不难受呢。其实，今天下午开会时，县政办的张主任已经给他讲了，说要先借调马兆文到庆祝中华人民共和国成立六十周年筹备秘书组，表现好的话，就留下给县长当秘书。他听到这个消息后，本应该替马兆文高兴，但感到了莫名的惆怅和烦恼，好像自己心上的一块肉被硬生生挖走了。他知道，马兆文肯定是要走了，他挡不住。在官场上混了这么多年了，他清楚螳螂是挡不住车轮的。

马兆文已经消失在了夕阳里，只留下了一个模糊的背影，在他的眼前晃动着。"这娃的确是个不错的苗子啊，将来肯定会有一个好的发展的，就让他自由飞翔吧。"

经过多年的发展，木垒已经旧貌换新颜了。现在的木垒县，就像一个朝气蓬勃的年轻人，充满着发展的活力。二〇〇〇年，甩掉了贫困的帽子，全县一千一百多户贫困家庭解决了温饱问题。近几年，县上又结合地方实际，大力发展特色种植和养殖，打造了天山白豌豆、鹰嘴豆等一系列特色农产品基地和牛羊养殖基地。

这些成绩让全县各族人民充满了自信和激情，所以在庆祝中华人民共和国成立六十周年之际，县委、县政府计划举办大型庆祝活动，向外界展现新时代的木垒。

没过几天，借调马兆文的通知就到了。这成了白杨河乡的一大消息，而且，这消息也很快传到了一碗泉，有高兴的，有嫉妒的，平静了很久的一碗泉激起了巨大的波浪。

在山里，在家里，在村子各处闲话中心，马兆文要调到县政府给县长当秘书的事，都是村里人议论的话题。一个穷苦人家里出来的娃，要去庄严肃穆的县政府上班，乡亲们觉得这太不可思议了。可是现在，事实就摆在了眼前，使这些人目瞪口呆。

大家能想到这个消息带给马德胜和马晓燕的振奋。起先两口子对这消息半信半疑，因为上次调到乡上的时候，董书记还专门安排人到他家里征求意见了。可是这次，连一点消息都没有，越想越不踏实。

下午的时候，德胜骑着摩托车跑了一趟乡政府，进一步核实了消息的准确性。当得到董书记的证实后，他飞快赶回家里，把从董书记处验证的消息告诉了马晓燕。这下家里乱了，他们翻箱倒柜，碾米磨面，准备等兆文回来后庆祝一下。

接下来的这些天里，马德胜再没出山劳动，村里杂七杂八的事全交给副手们去打理，他穿着崭新的衣服专门在家里操持着，等待儿子回来。实际上，家务事都由马晓燕忙碌着，他帮不了多少忙。

马兆文进县城以后，情绪好几天也不能平静，一切都好像做梦，既高兴又有点惴惴不安。以前在乡政府上班时，每天也坐在宽敞明亮的办公室里工作，但乡政府毕竟赶不上县政府，而且那差距还不是一点半点的。虽说他以前也经常到县政府报材料，但那时候在他的眼里，自己和县长、副县长的秘书，就像是山羊和骆驼，有明显的差距。现在，他就要和他们一起办公，一起吃饭休息了。今后，他还要在这里占据一个位置。他现在的这个位置，在这个城市是多么瞩目啊！秘书，以后还可能是县长的秘书，写关乎全县发展的材料，县长会在大会上拿着他写的讲话稿讲话，发指令。乡镇的工作，还有同事们，对他来说可能会慢慢变淡，就像他在乡政府时，一碗泉也是慢慢变得越来越缥缈。在乡政府的工作经历，成了生活里的一段记忆，只有在夜深人静时，才能回味其中的趣味。

秘书组的组长叫杜若虹，是县长的前任秘书，刚刚被提拔为政府办公室副主任。三十七八岁，瘦高个，戴一副白框眼镜。初次见面，杜主任人非常和蔼，言语不多。

为了不受干扰，安心写材料，县政府把秘书组安排到了政府宾馆的后院里，每人一间房子。这里是城市里的一块净土，很安静，适合写材料。所有这些弄好以后，马兆文自个儿在房间里走来走去，这里看看，那里摸摸，忍不住哼起了他所喜爱的一首苏联歌曲，或者在镜子里照一会儿自己的脸。西斜的阳光从大玻璃窗射进来，洒在淡黄色的写字台上，一片灿烂，和他的心境形成了完美和谐的映照。

头两天，杜主任给他拿来了一大摞子材料，让他先了解掌握信息。第三天，才给他正式安排工作，写木垒县这些年取得的成绩，这也是庆典活动中最重要的一项。

安排任务的时候，杜主任也把话挑明了，这个材料就是一张试卷，答好了，就接班县长的秘书，答不好，庆祝活动后回家。县长的秘书，可不是谁都能当的，这得靠真本事，没有两把刷子别想进入这道门槛。

杜主任的话给了马兆文极大的压力，他知道自己将面临一次挑战，而且必须成功。总不能来个退货，回原单位吧，那可不是一般的丢人啊。

这时，他想起两天前回家的情景。

马兆文因为工作的原因，回去是两天后了。这时候，马德胜两口子的心情已经平复了很多，少了最初的兴奋和激动。其实，认真想想，儿子带给他们的惊喜已经很多了。所以，这次的惊喜降温也降得很快，他们似乎心态上平静了很多。

马晓燕又做了她最拿手的大盘鸡，而且她还擅作主张，把谢艳也叫来了。马晓燕叫谢艳的理由是，当年马兆文出生时，谢艳帮了很多忙。她觉得，马兆文工作上积极上进，和当初谢艳的接生也有关系，所以，也有了感谢的味道。

马德胜没怎么说话,情绪很稳定,只是偶尔偷偷望一眼儿子,然后又像是做贼似的,赶紧移开目光。

但,这没有逃过马兆文的眼睛。他知道,他大岁数大了,再也不会像以前那样,把一切喜怒哀乐完全表露出来了。晚饭吃得安静平和,没有出现让人难忘的情节。

第二天早上,马德胜早早起床,和马晓燕一起给儿子收拾完行李后就去放羊了,没有留下送行。这让马兆文感到一丝伤感,但他知道,他大用另一种方式来表达对自己的爱。他感受到了这份沉甸甸的爱。

马兆文把自己封锁在办公室里,开始思谋和盘算以什么样的架构来写,写哪些东西。渐渐地,一条线在他的脑海里形成了,那就是他大他妈经常讲的当年他们怎么来到木垒,当时的木垒是怎样的,脱贫攻坚期间各兄弟县市和州直单位是怎么帮扶的,全县的各族群众又是怎么拼命发展的,直到现在的一派欣欣向荣。这条线越来越清楚。

马兆文拿起笔,奋笔疾书,忘记了白天黑夜,忘记了吃饭睡觉,他用一天一夜的时间完成了初稿,又整理了一遍,才拿去让杜副主任看。

杜副主任用好奇的眼光望着他。"写完了啊?速度挺快的嘛。"看完后,杜副主任的脸上露出了难得的微笑。"你小子,名不虚传啊,写得有激情,把咱木垒县发展了几十年的成绩总结概括得很好啊。"

马兆文一颗悬着的心落下来了,考试及格了,他成功了。

杜副主任让他复印了几份,给秘书组每人发了一份,征求大家的意见。

其间,县长来看望过他们一次。县长五十多岁,身材略胖,五官端正,给人一种威严正派的感觉。

杜副主任把马兆文拉到县长跟前，认真地做了介绍。

县长望着他，微笑着说："小马啊，我听说你很能写啊。昨天杜主任还在表扬你呢。你要虚心跟着杜主任学习啊，等大庆结束了，就过来上班吧。"

马兆文第一次近距离地见到县长，心跳飞快，两只手揉搓着，不知道该放到哪里。不过，他还是听清楚了县长的话，他成功了，他的命运再次改变了。

写完汇报材料后，他就基本上闲下了，有大把的时间可以到处转转了。下午，他从宾馆里出来，像巡礼似的把主要的地方都转悠了一遍。最后，他爬上了南边的照壁山山顶上，想站在高处看看现实的木垒和他笔下的木垒是不是一样美好。

马兆文找了一块大石头坐下，县城的全貌展现在了他的眼前：高楼林立，张灯结彩，车水马龙，人声鼎沸。啊，这和他脑海里的木垒县城，木垒各族人民的生活是吻合的。

太阳正在下沉，落日的红晕给周围的一切披上了橘红色的外衣。城外无边无际的山岭像起伏不平的浪涛，涌向了遥远的地平线……当星星点点的灯火亮起来的时候，马兆文才站起来下了山坡。

时间过得真快啊！马德胜还没有想明白很多事情，日头已经绕到头顶上了，火辣辣地照着大地，像着了火。

刚才还精神抖擞的草，已经被太阳晒得低下了头，无精打采的。羊吃饱了，有些躺在地上喘着粗气，有的三五成群头对头站着纳凉，只有个别几只年老的，还在慢腾腾地啃着草。

德胜满头大汗，索性脱去了外套，摘去了帽子，刮光了的脑袋上冒出些许白发,额前的皮肤皱成了一条一条,汗水在那里起伏着流下来。

他知道,上半天的工作要结束了,起身拍了拍身上的土,拿起地上的水壶和鞭子准备回家了。肚子咕噜噜地叫个不停。他在想,马晓燕会给她做什么饭呢?是拉条子,还是米饭?

想到马晓燕正忙着在灶台上做饭,他的心头涌上了一种幸福,这是肠胃和食觉得到满足后的一种真实流露。马晓燕做的饭菜,在全村是有名的,花样多,做工精细,味道好。记得当年修水库时,技术员就曾对他讲过,就是同一种食材,马晓燕都能做出不一样的味道。

马晓燕对生活是热爱的,对自己和儿子也是热爱的。她自己一个人的时候可能会凑合一下,只要他和儿子在,马晓燕就会很用心做好每一顿饭。所以,他在村子里始终有一种优越感,能自豪地对别人说:"走,饭熟了,到家里吃饭走。"他很享受马晓燕的手艺和勤快带给他的这份荣耀。

让他心疼的是,马晓燕也老了,腰明显弯曲了,走路也不像以前带着风了。收拾房子粗枝大叶,大不如以前干净细致了。而且经常丢三落四的。前两天,兆文休息时,想到县上去买些化肥。可是晓燕却找不到钱,把家翻了个遍,最后才在粮仓的粮食里找到。

兆文还不满意地把马晓燕说了一顿,气得他几天不理兆文,心里恨恨地骂道:"你妈成这样,还不是被生活累的啊,你娃娃老了还不如你妈哩。"

"唉,老了,老了。"马德胜不由得感慨道。岁月不饶人啊!想当初马晓燕进到他家时,才六岁,还是一个没长大的娃,见了生人就害羞地躲起来。当时他妈把马晓燕带进家里,对他说:"德胜啊,这是我们给你找的媳妇,以后你要多关心她,多心疼她啊。"那时的他已经八岁了，知道害羞了，撒腿就跑了。

在往后的日子里，他时时处处关心着马晓燕，照顾着她。马晓燕也把他当成了自己特殊的哥哥，每天哥长哥短，叫得很亲切，他俩形影不离，相处得很融洽。

随着慢慢长大，他从父母口中得知了马晓燕的身世。马晓燕的老家在河南，父母为了躲避灾难，来到甘肃。没想到，甘肃这片黄土地更加贫瘠，老百姓的生活更加苦焦，这让他们的生活更没有着落了。好在马晓燕的大是个大厨子，靠着自己的手艺，走街串巷卖各类小吃，有时也会给过红白事的人家当大厨子，挣钱养活一家人。

可是不幸发生了。有一天她大挑着担子，外出做生意时，遇到了大雨。据村里的老人讲，那场雨是近几十年来最大的一场雨，引发了洪水，很多桥梁被冲毁，很多房子被冲塌。他挑着担子，一不小心掉到深沟里，腿摔断了，头撞破了。因为下雨天，路上人少，他发出的求救声音被雨声冲散淹没了。第二天，当人们找到他时，已经迟了。马晓燕妈伤心欲绝，拿出家里所有的积蓄料理了丈夫的后事。这时，她已经身无分文了，便把马晓燕给了马德胜家。

带马晓燕来的那天，马晓燕妈还处在失去丈夫的悲痛里，这个可怜的女人经历了一次又一次的分离，丈夫刚走，现在又要将自己的女儿送给别人。她的两只眼睛像灯泡，嗓子嘶哑得说不出话来，握住刘悦萍的手，一遍又一遍地说："嫂子啊，俺把丫头交给你了，你们帮俺养大吧。长大后，和你儿子有感情了，就让他俩结婚一起生活，没缘分了，就让她做你的女儿，将来给你尽孝。"说完，头也不回地走了，回河南老家了。听到这些后，德胜觉得马晓燕太可怜了，发誓一定会对马晓燕好，不能再让这个可怜的小妹妹受苦受委屈了。在往后的日子里，他也做到了。

时光匆匆，冬去春来，日子在贫穷和困难中慢慢过着。这一年的春天，来得比往年晚一点，但该来的还是来了。庄里不多的杨树已经吐绿了。从南方飞回来的燕子在屋檐下筑巢了。人们陆续脱去穿了一冬天的破旧的烂棉袄烂大衣，穿上了或旧或新的单衣裳。

春天的时间是宝贵的，错过了耕种的最好时机，影响的将是一年的收成。早上德胜被他大叫醒，揉着眼睛到自留地里出早工去了。这是他们多年来的习惯了。

太阳慢慢升起来了，马晓燕站在门口的土堆上，叫他们回家吃早饭。当德胜走进家门时，马晓燕正在给奶奶喂饭。她已经脱去了掉了色的旧棉袄，换上了去年秋天穿过的一件紫红色的长袖衬衣，合身的衣服勾勒出她完美的身体曲线，凹凸有致。在这个早晨，德胜突然发现，眼前的马晓燕已经不是那个胆怯的小姑娘了，分明是一个修长、健美、曲线分明的大姑娘。德胜感到自己的心被触动了一下，心底深处有了一种异样的躁动，浑身潮起了一股无法克制的燥热。此后，他和马晓燕的关系发生了微妙的变化，他不再带着马晓燕到地里去捡鸟蛋，也不会带着她去亲戚朋友家玩，他俩保持了神秘的距离。他大他妈也发现他俩长大了，计划着收完庄稼就给他俩把婚事办了。

因为马德胜突然决定要去新疆，马俊德便决定在他们走新疆之前，把婚事办了。按照农村结婚风俗，得有订婚、下彩礼、结婚等流程，光是结婚当日，就有比较复杂的流程，但在那个特殊的年代里，贫穷和饥饿让他们省去了很多结婚的程序，而且马晓燕的大已去世，马晓燕的妈在河南无法联系，只能按照最简单的流程完成他们一生中最神圣、最珍贵的仪式了。这也成了德胜和他大他妈一生的遗憾,觉得愧对了马晓燕。后来当德胜和老队长两口子聊天,讲到迎娶马晓燕的经过时,老队长媳妇喊起来了:"俗话说:'破扇子扇扇也有风,破轿子坐坐也威风。'先不说威风了,德胜,你不用轿子把女人抬回来,女人的脚就不是你的,是她自己的,随时都会一走了之。你可操心着,说不定哪天马晓燕弃你而去了。"

他知道队长的媳妇是在和他开玩笑,他也开玩笑地回答:"放心吧,马晓燕攥在我手心里了,跑不出去了。"

算算他和马晓燕在一起生活已经四十多年了。回想起这多半辈子的生活,他们有过夫妻间的恩爱甜蜜,也经历过了生活的风风雨雨,成了今天的白发老人。只是自己兑现最初对马晓燕的承诺了吗?悉心照顾她了吗?他在心底里质问自己。自从他俩从家里出来,更多的时候,是马晓燕在照顾他,仅有的一点食物自己舍不得吃,偷偷留给了他。到新疆后,他俩又在这片戈壁滩上摸爬滚打,开始挖自己的光阴,尤其是刚开始时的那几年,吃不饱肚子,穿不暖衣服,他俩硬是靠着两双手,像老母鸡刨食一样,辛勤劳作着,攒下了现在的家业。如今人老了,步入了人生的日暮黄昏。

德胜突然感到一丝愧疚,想想这么多年,除了满足最基本的吃喝外,没给马晓燕买过能拿出手的衣服,没有带着她外出旅游过,更别说像城市人一样,送一束玫瑰花,一盒巧克力。他问自己:"你是不是辜负了这个和你生活了一辈子的女人?你只知道带着她挖光阴,却没考虑过她的感受啊。"

这时他想到了马晓燕的亲人。马晓燕自从离开她妈后,就再也没见过她,也没有给他大上过一次坟。现在她妈还在世吗?家里还会有谁呢？多少年来，马晓燕没有提起过到河南去探望家里人，但这并不说明她不想家里人。母子连心啊，怎么会不想呢？说不定马晓燕还有弟弟妹妹，他们多大了？过得好不好？难道马晓燕不挂念吗？她现在不出声，可能是怕给家里增添负担。一连串的问题，他无法回答，他恨自己，骂自己冷血、粗心、没心没肺。

村子的上空又升起浓浓的炊烟，各家各户都开始做午饭了，只是在强光的照射下，这些烟的颜色淡了很多。羊群、牛群又以不同的队形和姿势回村了，麻雀、狗，这些活跃分子在阴凉处躲了起来。

德胜赶着羊群往家里走，远远地就看见了马晓燕站在羊圈门口在等他回家。阳光下的她，满头的白发闪闪发光，瘦弱的身子已经弯曲成一把历经了岁月洗礼的弓。

德胜突然觉得，马晓燕弯曲的身子就是他俩这么多年来生活的承载，记下了他俩大半辈子的生活。他欣慰这辈子最幸福的事就是娶了马晓燕当媳妇。有时候他在想，其实娶媳妇也是撞运气的，有些人外表看起来很漂亮，但未必适合过日子；有些人看起来其貌不扬，可很会过日子，把家里的什么事都处理得美美当当的。而马晓燕是把两个长处都占住了，人长得稀罕，还能吃苦，会做饭，也孝顺。他觉得，能娶上马晓燕是他大他妈积的德，这两位善良的老人一辈子勤勤恳恳，不招人，不惹事，对谁都是笑脸相迎，和和气气的。这一点马晓燕也深有感触，经常对他说能遇到这样的公公婆婆是她马晓燕的福分。

马晓燕后来给他讲了离开她妈的场景。那天她妈说要把她送人家时，她害怕得浑身发抖，两只手抖得拿不起饭碗。她哭了，叫嚷着不去，可是当她看到饿得哇哇叫的弟弟和偷偷流泪的她妈，便不再说什么了，家里没办法待了，她必须离开这个家，离开她妈和弟弟了。她也知道，她妈心里的无奈，她反而坚强了起来，还转过头劝她妈不要哭了。

马晓燕记得很清楚，她妈把自己的一件旧衣服披到她身上时，她知道自己该走了。她走得很痛苦，也很干脆，她不想在她妈的心里留下太多的伤痛，她妈已经受到了太多的苦痛和不幸。只是当她跨出门槛时，泪水还是大颗大颗滚了下来，身后传来了她妈撕心裂肺的哭叫声。她忍住了，没有回头去看她。不过让她感到高兴的是，她遇到了一家善良的人，公公婆婆，还有德胜对她疼爱有加，这也让她觉得失去的父爱母爱得到了弥补，她是幸运的，也是幸福的。

德胜突然感到孤单，这可能是人老了后情感的自然表达吧。他感叹道："我们两个是苦命的人啊，当年为了讨生活，离开家乡，离开亲人，来到了这里，只是一味地苦生活，想把日子过到人的前头，没想老了以后再回头看，就只剩下这些冷冰冰的光阴了。老人睡在了千里之外的家乡，儿子又跑到城里去工作生活了，现在就剩下我们老两口，成了孤苦伶仃的人了。"

老人最终还是没来新疆浪一趟，这是藏在他内心里的一块病，他觉得欠老人的太多了，常常感到愧疚。作为儿子，没有尽到孝，连姐姐姐夫都不如，没让老人过几天舒坦的日子，最终让他们在孤单和贫困里结束了自己的一生。

儿子是他的骄傲。每当他路过县政府，很自豪兆文就在这雄伟的大楼里面上班，而且还干着一份体面的工作——县长的秘书。但再想想，他也很失望，其实自己只是给公家养了一个干部。儿子一天忙工作，他们老两口一两个月都难得见上一面。现在又在县城买了房子，吃住在县城，回来屁股还没坐热，扔下些钱就跑了。

唉，这和自己当年抛下老人来新疆一样啊。他想起了一句古话："前院的水,往后院流。"这是应验了吗?德胜无奈地摇摇头。

还有一件事让他很颇烦,儿子至今不找对象。他也想抱孙子,也想让马家延续香火,可是当他提起找对象之事,兆文的头摇得像个拨浪鼓。后来从别人的嘴里才知道,兆文的心里装着一个叫古丽的姑娘,别的人是无法走入他的心里了。他欣慰儿子是个有情有义的人,但听说古丽出车祸去世已经很多年了。他骂自己的儿子傻,太痴情了,人总不能生活在回忆里,应该向前看啊。但他也不想说了,怕说多了引起兆文的不满意,就由他自己去处理吧。

德胜也有值得骄傲和怀念的事。在他当村主任的年岁里,不管换了谁当乡上的领导,都对他很尊重,维系着彼此欣赏、相互尊重的上下级关系。在他这里,从来没有出现过书记乡长破口大骂村干部的现象,就算是乡领导对他的工作不满意,或者思路不一样时,也会和颜悦色地沟通,最多是语气上重一点。这让他有一种被尊重的感动。一个没有文化的人,能做到这一步,是不容易了,但他做到了,这不是一种本事吗?

想想,他还是认认真真为乡亲们干了几件实事,得到了大家的拥护。所以在他提出辞职时,乡亲们都出面想办法挽留他,那场面是感人的,很多人还流下了眼泪。

德胜提出辞职是有多种原因的,他岁数大了,六十多岁了。兆文很忙,他也很忙,家里种地、放羊的活儿全是马晓燕的。他发现,短短的几年时间里,马晓燕明显老了,而且各种疾病也开始慢慢找来了。他突然害怕了,怕有一天马晓燕会被生活压垮。此外,随着社会的快速发展,他没有文化的缺点越来越显现出来了。他们这些大老粗已经不适应再做带头人了,即使是在农村。那天下着雨,他专门跑到乡政府去找新任书记李爱华。李爱华年龄不过四十岁，以前是县委书记的秘书，人精神，有文化，工作能力很强。当他把辞职信交到李书记的手里时，李书记不高兴了。"老马同志，你再不行也要支持一下我，我刚上任，你就辞职了，可不好看啊。"

李书记的话让德胜打了一个激灵。"书记，你冤枉我了呀，我也想再干几年，把一碗泉建设得漂漂亮亮的，让乡亲们的生活过得美美当当的，可是不行啊，家里的活没人干了，再下去就把老婆子累倒了。"

"你回去和家里人商量一下，看能不能克服一下困难，再干上一届，我高高兴兴地让你退休。"李书记歇了一会继续说，"老马啊，别的村子里是人占着位子不退，你却主动提出来，让人无法理解啊。"

"李书记，可能每个人对权力的认识不同，在我老马的眼里，就是给乡亲们办点事，给村子里办些事。权力是组织给的，不是私有财产，不能拿到手里不放。现在啊，我的确有困难了，就应该给年轻人，给有文化有能力的让位，我觉得王海泉不错，有文化，有能力，还很敬业。"

李书记看德胜态度坚决，不像是试探，便说："老马啊，你先回去，我们开个会研究一下。你先好好儿干着，可不能提出辞职后，就扔下不管了啊。"

"这没问题，我也是老党员、老干部，绝对不会这么不负责任。"德胜走出李书记的办公室，往回走了。说实在的，德胜的心里也不好受。他已在这个位置上干了二十多年了，对这个岗位、对这份责任，还是有一些眷恋的。既有不得已的因素，也有恋恋不舍的情感。

德胜刚进家门，还没有吃完马晓燕做的拉条子，老队长就领着张卫东、王海泉和几个乡亲进来了。老队长脚还没有迈进屋子里，便嚷开了："德胜啊，你干得好好儿的，咋就突然跑去辞职了？"老队长八十多岁的人了，眼不花，耳不聋，依旧很精神。

"是啊，你不能辞职啊。全村老百姓都不会答应你辞职的。"张卫东嚷道。这个和他搭班子二十多年的人，也老了，头发花白了，腰也弯了。

"我们计划写联名信，到乡上去找李书记，不让乡上批准你辞职。"王海泉附和着。其他的乡亲们也叽叽喳喳地叫嚷着。

德胜有点感动，他没想到自己的辞职会引起这么大的反响。最近几年，他也经常看见或者听说一些村干部赖到位置上不下来，最后引起上访，或者吵闹打架。昨天，他找王海泉写辞职报告时，脑海中也想过乡亲们的反应。可能会有人站出来劝他再干几年，尤其是他帮过忙的那些五保户啊，孤寡老人啊，对他有感情，也会有感激的，是会挽留他的。也可能有些人，会幸灾乐祸地暗自高兴。但不管出现哪种场景，他都能理解，也能接受，当干部哪有不犯错误的。可是他没有想到，会有这么多人来到家里挽留他，这让他有了些感动。

"谢谢大家对我的认可，我很感谢大家。"德胜的声音哽咽了，一度说不出话来，稍微调整了一下，接着说，"我辞职也不是心血来潮，家里的情况不行啊。我再不辞职，老婆子要累倒了。我不能为了当官，把老婆子累翻吧。"他把给李书记说的理由，给大家重复了一遍，希望大家能够理解。

老队长点点头说："你说的也有道理，我们大家也理解你的困难，但你至少再干一年啊，明年开春了，在泉周围把树栽上啊。"这是德胜和老队长商量好的要干的一件事。他对泉有很深的感情，一直有个想法，用铁丝网把泉周围围起来，种上树，最好再修上几个凉亭子，这样村里的环境就好多了，乡亲们有个可去歇息的地方了。

老队长好像说到他的痛处了，他突然觉得自己是一个没有完成任务的逃兵，脸上一阵火辣辣的灼热。他似乎有了一些犹豫，觉得自己再坚持就有点不近人情了。

可接下来发生了一件事，更加坚定了他辞职的决心。

那天早上，他起来准备放羊去，可是他洗完脸等着吃饭时，却不见马晓燕把饭端上来，跑进厨房看见马晓燕双手抱着肚子，蜷缩在灶台边上，头上大汗淋漓。这可把德胜吓坏了，把马晓燕搀扶到炕上，赶紧给兆文打电话，叫来了救护车把马晓燕送到了县医院。经过检查，是急性阑尾炎。医生当着那么多人的面批评了他，说他对马晓燕关心不够，马晓燕生病了没有第一时间送医院，粗心大意，差点酿成大祸。

马德胜吓出了一身冷汗，为自己的粗心感到了后怕。按医生的话说，要是再晚点就穿孔了，生命就会有危险了。他怕了，在他的心目中，马晓燕就是一个机器人，只要把发条上饱了，就会不停地去干这干那的，从来没有对马晓燕的健康操过心。从那次以后，他很快辞去了职务。

马德胜想到了和他们一起来新疆的李长忠。这个当时他们出行时的领导，已经成了亡人了，就埋在了南边的山坡上。德胜常想，要是按照史书上写的，这算不算是孤魂野鬼呢？对于一个离开家乡，把自己埋在他乡的人应该算是的。但李长忠身边有自己的媳妇和儿子哩，以后还有他和家人陪着，这即便算是孤魂野鬼，也是一个有人陪着的，不会太孤单的孤魂野鬼。

其实李长忠还比他还小一岁，因为个头高，四方脸显得成熟，村里人都觉得李长忠应该年长。李长忠两口子来到新疆后，就再也没回过老家。李长忠的解释是："家里老人去世得早，在老人生病去世的时候，手里没有光阴，回不了家，老人走后也就没有牵挂了，回不回都一样。"其实他觉得，那是李长忠的违心话，谁不留恋家乡呢，能一下子割舍断吗？不会的。从娘肚子里落地，就喝着家乡的水，吃着家乡地里种出来的粮食，感受着家人乡亲给的温暖长大，怎么能一下子就忘记呢。

　　李长忠两口子算是不幸的人，来到新疆后，刚开始日子过得还不错，能吃苦，种地养鸡养羊，置办了一些光阴。可是后来，一个接一个不幸接踵而来，家里穷得像一个破筛子，到处是窟窿眼。先是儿子李大兵生病了，上吐下泻，吃不进去饭，十几岁的孩子像根麻秆。李长忠两口子把家里的羊卖了，给孩子看病，医生说是先天性厌食症，给开了一大包药让吃着。当时的条件还很艰苦，家里拿不出太多的钱去大医院看病。后来孩子越来越瘦，发出的声音像刚出生的猫的叫声，最后还是早早地走了。儿子的死对李长忠两口子的打击是要命的，全家人无法接受一个鲜活的生命就这样不在了。尤其是张淑芳，在经历了白发人送黑发人的痛苦后，大脑受到了刺激，一蹶不振，变得神神道道的，见人就说李大兵多么多么听话，多么多么聪明，要是上了学就是个当干部的好料子……村里人觉得张淑芳的精神不对了，让李长忠带着去乌鲁木齐看病。看着什么也没有的家，李长忠只能无奈地摇摇头。后来张淑芳到泉上挑水，看见一群娃娃在涝坝里洗澡，她便记在脑子里了。有一天晚上，她一个人跑去洗澡。第二天被人发现时，已经淹死了，身子漂在水面上，很吓人。两个亲人的先后去世，李长忠一度失去了活下去的信心。好在弟弟李长善看到哥哥的不幸后，便想办法帮忙。李长忠和小儿子李小兵的一日三餐，基本都在李长善家里。李长忠成了专职羊把式，每天赶着自己的几只羊和弟弟家的羊去山坡上放。李小兵小学毕业后就开始帮助叔叔种庄稼，长大后娶媳妇的钱也是李长善给的。

去年开春，李长忠也因病去世了，走得很安详。

相对于李长忠,李长善的生活过得好多了。李长善找了个新疆姑娘，老丈人还是个学校的老师，经济条件比较好。姑娘叫马燕，当初把李长善喜欢得不行，父母看李长善人实在，能吃苦，就同意了这门亲事，彩礼、提亲、订婚、聘请媒人等程序都省了，结婚后两口子相亲相爱，在老丈人的支持帮助下，小日子过得还挺美的。

马德胜有时候放羊时在想，当年自己不顾一切地往新疆跑，付出了那么多的艰辛，这条路是走对了还是错了？李长忠在的时候他和李长忠讨论这个话题，李长忠走后他接着和李长善讨论。李长善说："路是自己选的，自己走的，哪有对和错啊。当时，我们是在饿得受不了才来到新疆的，在这里苦了大半辈子，也置办了一些家业。的确新疆的生活比老家宽泛得多啊！我们这一辈人吃的苦，经历的灾难，太多了，但我们给孩子们攒下了一份家业,他们不会再像我们一样挨饿受罪了。现在我们最重要的是要好好儿活着，善待自己的家人，可不能像我哥，自己没享上啥福，我嫂子也没享上富，现在想起来多让人揪心啊。"

"唉，光阴是挖了不少啊！"德胜叹息着，比起老家的生活，他什么都有了，圈里有成群的羊，院子里停着小轿车，而且还把儿子培养出来了，后来兆文自己还学了本科，成了马家第一个大学生，第一个吃皇粮的人，现在每天穿着干干净净的衣服在单位上班。

天空瓦蓝瓦蓝的，几朵白云悠闲地飘着，一群大雁，一会儿排着人字队形，一会儿又变成了一条直线，向着南方飞去，在天空中留下了凄凉的歌声。

一阵微风吹来，他打了一个冷战，思路又回来了。他觉得李长善说得对，要对家里人好一点，别留下遗憾了，这才是现在最重要的事。

"连大雁都知道回家了，我还在犹豫啥呢。"他唠叨着。此时，他做了一个决定：带着马晓燕先到河南马晓燕的老家，去找找她的亲人，顺道再回一趟甘肃老家，去给他大他妈和他没见过面的老丈人上个坟。

"唉，也该正式和家乡道个别了，起码要拿上家乡的一把黄土吧，到时候放进自己的坟墓里。离开四十多年了，家乡变成啥样子了？还能找到年轻时的影子吗？"他在轻轻地问自己，却无法回答。

德胜拿起手机给儿子拨通了电话："我和你妈要回老家哩，你赶紧买上两张火车票。家里的事就交给你了，你操心着点。"

他知道，这件事不能再等了。打完电话后，他感到一阵轻松，仿佛完成了一项重大的任务。